DIE ̈ GÖTTIN DES SCHICKSALS

ROMAN

ANDREW BLENCOWE

Dieser Roman basiert auf historischen Ereignissen; die Charaktere und Handlung wurden teilweise verändert, um Tatsache und Fiktion zu vereinen.

978-1-927750-54-4 (paperback)
978-1-927750-55-1 (eBook)
Also available in English and Japanese.

Published by Hamilton Bay Publishing
publish@HamiltonBayPublishing.com

Der Erinnerung an William Troeller gewidmet

Inhaltsverzeichnis

Vorwort

AN EINEM SEHR HEISSEN Sonntagmorgen im Juni 1914 tauchte Gavrilo Princip kurz vor Mittag in einem Sandwichladen in Sarajevo unter, um ein frühes Mittag zu essen. Kurz zuvor an diesem Tag hatte er vergeblich den Versuch unternommen, Erzherzog Franz Ferdinand zu ermorden. Während er vor dem Sandwichladen in Ruhe sein Käsesandwich aß, konnte er sein Glück kaum fassen: Die große Limousine, in der das Königspaar saß, hielt direkt vor seiner Nase. Princip ließ sein Sandwich fallen, trat drei Schritte nach vorne und feuerte nur zwei Schüsse ab, die sowohl den Erzherzog Franz Ferdinand als auch seine Frau Sophie töteten. Wäre der Sandwichladen nur ein paar Türen weiter weg gelegen, hätte Princip nicht weit genug schießen können.

Das soll nicht heißen, dass nicht nur wenig später ein anderer Funke das sprichwörtliche Pulverfass von 1914 in Mitteleuropa zum Explodieren gebracht hätte. Aber wer weiß das schon, und wer weiß, wann es passiert wäre? Die zweite Balkankrise von 1912-1913 war friedlich gelöst worden. Vielleicht war der genaue Ort des Sandwichladens der kleine Funke, der die Katastrophe des zweiten Weltkriegs auslöste.

Eine weitere Situation, die sich hierzu zählen lässt, war die arrogante und schlampige Überbeanspruchung der French Frigate Shoals seitens der Kaiserlichen Japanischen Marine – die japanische Marine hatte dieses kleine Pazifikatoll dafür verwendet, unwirksame und überflüssige Attacken auf den Marinestützpunkt in Pearl Harbor abzufeuern, der auf einem der beiden wichtigsten amerikanischen Stützpunkte im Pazifik liegt. Die Japaner benutzten French Frigate Shoals zum Betanken von Flugbooten durch Tanker-Unterseeboote. Der einzige Zweck dieser nutzlosen Angriffe war es, den Ruf der an ihren Schreibtischen sitzenden Admirale in Tokio aufzublasen, sonst nichts.

Aber dem stets scharfsinnigen Chester Nimitz war die wiederholte japanische Nutzung der French Frigate Shoals aufgefallen, und zur Abschreckung hatte er dort einen amerikanischen Zerstörer platziert – mit ihren nutzlosen Angriffen hatten die Japaner also unnötigerweise die Amerikaner auf den entscheidenden strategischen Wert der French Frigate Shoals aufmerksam gemacht.

Als die French Frigate Shoals für das entscheidende Betanken der Späher-Flugboote vor der Schlacht um Midway wirklich gebraucht wurden, war ein amerikanischer Zerstörer dort positioniert. Wäre der Zerstörer nicht dort gewesen, und wären die Späher-Flugboote betankt worden, hätten sie genau das berichtet, wovor sich Yamamoto am meisten fürchtete – und zwar, dass die amerikanischen Flugzeugträger nicht in Pearl Harbor waren. Und in der Tat zogen die Japaner blind in die entscheidende Schlacht um Midway, in Unkenntnis dieser Schlüsselinformation.

ANDREW BLENCOWE,
DIENSTAG, 4. Februar 2014

Prolog

AN DIESEM PRÄCHTIGEN MONTAGMORGEN im September strahlt die Sonne in mein Arbeitszimmer in der 84. Straße in Manhattan.

An Tagen wie diesem denke ich daran, dass es nur ein paar Jahre her ist, seit Deutschland und Amerika beinahe in den Krieg gezogen wären. So unglaublich das momentan scheint, will ich doch der neuen Lesergeneration erklären, wie diese scheinbar unmögliche Situation beinahe zustande gekommen wäre.

Heute Nachmittag werde ich kurz das Empire State Building in der 34. Straße besuchen, um mich mit meinem guten Freund Alfred Jodl zu treffen, dem deutschen Kanzler. Alfred ist mein einziger Freund in der Welt der Politik – auf beiden Seiten des Atlantiks. Es scheint widersprüchlich, unter Politikern einen Freund zu haben, denn schließlich sind wir alle bloß kreisende Haie auf der Suche nach den Schwächsten, um sie auszumerzen. Morgen reisen wir mit dem Zug zu einem Treffen mit Präsident Truman, um unter anderem die Situation in Französisch-Indochina zu besprechen.

Da dies Alfreds erste Reise nach New York ist (die beiden vorherigen gingen nur nach Washington), habe ich ihm versprochen, dass wir das Chrysler-Gebäude besuchen werden, sodass er die von Van Alen entworfene terrassenförmige Turmspitze aus Edelstahl mit eigenen Augen sehen kann.

Der Stahl war eine Sonderbestellung von Walter Chrysler selbst an die Krupp-Werke – nur der beste deutsche Kruppstahl (der patentierte Enduro KA-2 austenitische Edelstahl) war gut genug für das, was in den Augen Vieler die ultimative Ikone der Skyline Manhattans darstellt. Ich weiß über Einzelheiten Bescheid, weil ich der architektonische Berater Van Alens war. Jedes Mal, wenn ich das Chrysler-Gebäude sehe, denke ich an Krupp.

Alfred kommt mit dem neuen Zeppelin *Paulus* an, der mit der deutschen Erfindung Hydrolium gefüllt ist – einer speziellen Mischung von Wasserstoff und Helium – sicher, aber mit 80 % der Hubkraft von Wasserstoff. Es scheint passend, dass der deutsche Kanzler mit einem Luftschiff reist, das nach dem Sieger von Stalingrad und Persien benannt ist, dessen tapfere Kühnheit den Suezkanal von den Briten eroberte und der das Ende des schrecklichen Krieges in Großbritannien beschleunigte. Der alte Zeppelinmast des Empire State Building wurde umkonstruiert, um auf die neuen deutschen Automatik-Anlegekabel zu passen.

Wie allgemein bekannt ist, übernahm Alfred meinen Kanzlerposten, nachdem ich meine Zeit im Anschluss an den Waffenstillstand von '42 gedient hatte. Aber das ist jetzt Schnee von gestern – nun können Sie selbst lesen, wie unsere beiden Länder so nahe an den Rand eines verheerenden – und vollständig unnötigen – Krieges gerieten.

ALBERT SPEER, MANHATTAN
MONTAG, 13. September 1948

1: Treffen mit einem alten Freund

Vevey
Samstag, 7. September 1940

DIE SONNE GING LANGSAM unter an diesem Spätsommertag, aber die Hitze hing immer noch über dem See. Der Lac Léman – oder „Genfer See", wie die gehobene Klasse ihn in Genf gerne nannte – war friedlich wie immer: bescheiden, ruhig und langweilig, genau wie die Schweizer selbst. Julius Stein ging in seinem alten lila-gelben Morgenrock in seinem Apartment umher; die geflochtenen goldenen Enden seines Gürtels waren beinahe vollständig von dem Kurzhaardackel abgekaut worden, der seinem Herrchen respektvoll folgte. Langsam bewegte sich Julius in Richtung des inneren Schlafzimmers, um sich seinem ultimativen Luxus zu widmen: einem Nachmittags-Nickerchen.

Das Bett war eine erhöhte Tatami-Matte mit einem blass orangefarbenen Futon, an dessen Kopfende ein kleines japanisches Buchweizenkissen lag. Dieses asiatische Bett stimmte mit dem Rest des Raumes überein, der von Julius' sehr biederer deutscher Frau in einem biederen Stil eingerichtet worden war, auf den sie sich prahlerisch den im unteren Apartment wohnenden reichen Iranern gegenüber als „japanisches Motif" bezog. Sophie liebte es, das englische Wort „Motif" zu verwenden, das sie letztens in einer von Julius' wertvollen Ausgaben des amerikanischen *Esquire*-Magazins entdeckt hatte, die Julius aus nie erklärten Gründen behielt und gelegentlich erneut las; die Ausgabe vom Februar 1936 war immer in seinem Arbeitszimmer und enthielt ein Stück Papier, das einen Artikel eines amerikanischen Autors markierte.

Julius legte sich hin und dankte dem Himmel für seinen kleinen Fleck Frieden und Ruhe in der Welt. Damals in Deutschland war ständig eine gewisse Spannung in seiner Brust und seinem Magen gewesen, in jedem Augenblick jeden Tages, ein Gefühl von Bangen – oder eher der Furcht – vor dem Klopfen an der Tür, oder auch nur dem Tippen auf seine Schulter, während er mit der langsamen, quietschenden Hochbahn um den Alexanderplatz fuhr, den von ihm und anderen Berlinern geliebten „Alex". Die Furcht davor, dass er und seine Familie vom Sicherheitsdienst geholt würden, um in Nacht und Nebel zu verschwinden, ihre Namen eingetragen in den schrecklichen antiseptischen SD-Büchern, daneben nur die grauenhaften Buchstaben „NN". Es war seinen Freunden passiert und es hätte ihm jederzeit passieren können, während er in Deutschland war; es war die Realität des „neuen Deutschland".

Julius kannte die Schweizer: sie waren dumm, sie waren langweilig, und in ihrem Leben drehte sich alles um Geld und Ansehen, aber sie waren fair in einer Welt, die immer schneller jeglichen Sinn für Fairness verlor. Und er liebte das Gefühl von Sicherheit, dass ihm Vevey vermittelte.

Jetzt legte eine herrliche Wärme langsam ihre weichen, weiblichen Finger um ihn, sie streichelte ihn wie eine Mutter ihr Kind streichelt, der nichts auf der Welt wichtiger ist, als das Kleine lächeln zu sehen, während seine Augenlider langsam zuklappen.

In der Wärme und dem Frieden des kleinen Schlafzimmers konnte Julius spüren, wie er langsam einschlief. Das war ein Gefühl, das er in Deutschland nie erlebt hatte. Bald schlief er, ebenso wie der Hund, der zu seinen Füßen lag, und beide schnarchten leise.

Als der große marineblaue Mercedes sich durch die umliegenden Hügel nach Vevey hinunter schlängelte, hörte der leichte Regen auf, und an seine Stelle traten zuerst Dunst und dann immer mehr Sonnenlicht, je weiter sie nach unten gelangten, zunächst nur schwach, doch dann zunehmend hell und warm. Der Geruch von Schokolade kündete die Ankunft in der Heimat der Schweizer Schokoladenindustrie an, für die die Kühe in den umgebenden grünen Hügeln die Milch zur Verfügung stellten.

Das Auto bog langsam in den Parkplatz des Trois Couronnes – der drei Kronen – ein, einem typischen schweizerischen Fünf-Sterne-Hotel: diskret, makellos sauber, zurückhaltend und natürlich unheimlich teuer. Der frische grobe Kies knirschte kaum, als der Wagen nach seiner langen Reise zum Stehen kam. Der Motor, der jetzt ruhte, gab gelegentlich ein metallisches Knacken von sich, während er sich nach seiner langen Arbeit abkühlte.

Eine große, hagere Gestalt ließ den Komfort des Mercedes hinter sich – die maßgefertigten Rücksitze waren erstaunlich bequem – sie waren von dem Hersteller Kurtsmann hergestellt worden, der sich auf kundenspezifische Arbeit an den Wagen von Auto Union, dem Erzfeind von Mercedes, spezialisierte, sich aber in diesem Fall von der leichten Arglist des kahl werdenden jungen Mannes hatte überzeugen lassen.

Unaufdringlich ging der bescheidene Herr den fünfminütigen Weg vom Hotel zu der ersten Gruppe von Apartments, der einen kleinen Hügel am See hinauf führte. Er sah aus wie jeder andere schweizerische Bourgeois – vielleicht der Inhaber eines kleinen Geschäfts: langweilig gekleidet und zurückhaltend in seiner Erscheinung und seinem Auftreten.

Das kleine Tor war in einem glänzenden Klavierschwarz angestrichen und hatte drei Messing-Scharniere, die ungleichmäßig nach der nordasiatischen Art angebracht waren, wo die beiden oberen Scharniere das gesamte Gewicht tragen, während das unterste lediglich als Ruder dient. Ein näherer Blick zeigte, dass die leuchtende Farbe in Wirklichkeit gebrannte Emaille war – „Gott steckt im Detail", lächelte der Besucher.

Der Mann hielt einen Moment inne und suchte mehr aus Gewohnheit als aus Notwendigkeit nach dem Namen – dies war nicht sein erster Besuch. Er drückte den Knopf, auf dem „Stein" stand, und nach ein paar Minuten öffnete sich die schwere, schmiedeeiserne Eingangstür, und das vertraute Gesicht von Professor Julius Stein kam zum Vorschein, das von dem Nickerchen noch etwas verwirrt aussah.

Dann kehrte die Klarheit zurück und Stein rief: „Albert! Was für eine Freude!"

„Professor."

„Bitte, bitte komm herein, und bitte kein ‚Professor' mehr!"

Albert trat ein.

Sophie, Julius' Frau, warf Albert einen kühlen Gruß zu und verschwand in der modernen, aber kleinen Küche.

Nachdem Albert gegangen war, beschwerte sie sich: „Die sind doch alle gleich." Julius erinnerte sie sanft daran, dass sie beide den Lagern entgangen waren – oder weit Schlimmerem.

Es war Albert gewesen, der die Schweizer – zunächst gegen ihren Willen – dazu überredet hatte, das ehemalige Oberhaupt der Fakultät für Volkswirtschaftspolitik der Universität Berlin anzunehmen – „zu tolerieren" war vermutlich treffender ausgedrückt. Albert hatte einige schweizerische Abteilungen, besonders die Sicherheitsleute, auf die Vorteile hingewiesen, die es mit sich bringen würde, Stein als beratenden Experten vor Ort zu haben: seine kosmopolitische Weltanschauung; seine Fachkompetenz und Kenntnis im Bezug auf alles Amerikanische; sein enzyklopädisches Wissen der Wirtschaftsgeschichte.

4

Und Albert hatte noch einen Hintergedanken. Während es stimmte, dass er für den Professor und seine Frau sicheren Übergang nach England oder Amerika hätte bekommen können, so wollte Albert sich aber den Zugriff auf Stein und seine Einblicke bewahren, also war die ruhige, ländliche, langweilige und nahe Schweiz die perfekte Wahl.

Ein Beispiel für Steins Denken waren die Suchscheinwerfer; es war Stein gewesen, der sie zuerst vorgeschlagen hatte. Als schlauer und erfolgreicher, eigenständiger Geschäftsmann war Stein umsichtig und überraschend ideenreich, wenn es darum ging, den Ruf eines Unternehmens (oder sogar eines Landes) nach außen hin darzustellen, und das hatte er eines bitterkalten Abends in Berlin '35 mit Albert diskutiert.

„Albert, du solltest dir etwas wahrlich Spektakuläres für die nächsten deiner sogenannten Reichsparteitage überlegen. Während ich natürlich die Innenpolitik deines Kanzlers verabscheue, so muss ich doch gestehen, dass ich mit Neid die Art und Weise bewundere, wie er das Radio benutzt – genauso effektiv wie der amerikanische Diktator Roosevelt. (Stein hatte stets einen tiefen Zynismus gegenüber allen Politikern, besonders gegenüber den fürsorglich wirkenden; ‚die sind die schlimmsten Verbrecher von allen‘ wie Stein schon viele Male zu Albert gesagt hatte.) Und diese Massen-Zusammenkünfte sind die modernen *Panem et Circenses,* die die alten Römer so gut einsetzten – bedauerlicherweise möchte der Durchschnittsmensch gesagt bekommen, was er zu tun hat, und ist gerne bereit, mitzuspielen, solange sein Bauch voll ist."

Dieser Kommentar war es, mit dem die beiden Männer die Idee der Kathedrale des Lichts schufen (oder vielmehr: Stein erklärte und Albert hörte zu). Entgegen den wütenden Beschwerden von allen Seiten hatte Albert jeden Suchscheinwerfer in Deutschland eingesammelt – es gab 130 funktionierende Suchscheinwerfer (acht weitere wurden noch gebaut) –, die vereinigt werden sollten, um beim Reichsparteitag der Arbeit in Nürnberg '37 spektakulär die Kathedrale des Lichts zu beleuchten. Albert erntete die Lorbeeren, aber sowohl Albert als auch Stein wussten, dass es Steins Berliner Idee in jener kalten Winternacht gewesen war, die dieses atemberaubende Spektakel hervorgerufen hatte (dessen Fotografien es bis zur 1600 Pennsylvania Avenue und dem kaiserlichen Palast in Tokio schafften).

Stein führte Albert zum Wohnzimmer mit seinem prachtvollen Ausblick über den See.

„Nach einer so langen und mühsamen Reise brauchst du doch sicher etwas Essbares. Komm, Albert. Iss."

In der Tat war Albert hungrig nach dieser Reise, aber er befürchtete auch, dass das Essen ihn nur schläfrig machen würde.

Also bat Albert um italienischen Kaffee.

„Also gibt es Espresso."

Stein wendete sich seiner Frau zu und sagte leise:

„Sophie, warum lässt du Albert und mich nicht etwas über alte Zeiten plaudern? Leuchtet das ein?"

„Leuchtet das ein?" Das war der Satz, den Albert tausend mal von Professor Stein gehört hatte – „Leuchtet das ein?"

Genau das war der Grund für Alberts Besuch – leuchtet das ein?

Stein führte Albert in ein sehr kleines Arbeitszimmer – kein Schreibtisch, sondern nur Bücher an drei Wänden, ein großer, mattbrauner, dick gepolsterter Klubsessel mit einem kleinen Tisch auf der linken Seite – Albert erinnerte sich daran, dass Stein Linkshänder war.

Albert setzte sich auf das einzige weitere Möbelstück im Raum, ein kleines Sofa.

Stein sah Albert an und lächelte.

„Ich nehme an, es interessiert dich zu wissen, was Deutschland tun sollte, wenn Japan Amerika angreift."

6

Stein klang dabei wie ein Veveyer Fahrkartenkontrolleur: „Das macht einen Franc bitte."

So sehr er es auch versuchte, war Albert nicht in der Lage, ein Japsen zu unterdrücken.

Stein lachte.

„Albert, lieber Albert, du bist immer noch so leicht schockiert, und das nach all den Jahren als hohes Tier."

Stein erinnerte sich an einen Spaziergang am See, den sie an einem warmen Sonntagnachmittag zusammen unternommen hatten, und wie Albert von den Überbleibseln der samstagnächtlichen Liebesakte, die die Paare im Park vollzogen, so schockiert war, dass er bis zum See hinunter rannte.

Albert sah Stein direkt in die Augen.

Stein zuckte mit den Schultern.

„Albert – das sieht doch ein Blinder. Und hier sitze ich ganz alleine – ohne meine brillanten Studenten – ganz alleine in dieser schönen Wohnung, die du für mich beschafft hast", Stein erhob die Hand, als Albert versuchte, Widerspruch einzulegen.

„Albert, du – du, Albert – du allein hast uns die beiden Schweizer Pässe besorgt und das Geld und die Papiere – du bist es, dem Sophie und ich unser Leben verdanken. Selbstverständlich fehlen mir die Worte, mit denen ich dir danken könnte."

Stein sah Albert an, während er sprach, und Stein war alt genug, um ehrlich zu sein, ohne sentimental zu werden.

„Also Albert, wie kann ich dir helfen; wie kann ich es dir zurückzahlen, wenn es auch mit etwas noch so Trivialem ist?"

Albert lehnte sich zurück und sah diesen Mann an – groß, immer noch gut aussehend, großzügig und gebildet. Manchmal fragte sich Albert im Stillen nach dem Geschwafel über die „Herrenrasse" und wunderte sich, was es für ein Spiel war, das der Österreicher spielte?

Albert seufzte und sagte:

7

„Professor, wie immer – wie immer – sind Sie mir mehr als nur ein paar Schritte voraus. Ich wollte eigentlich in ungefähr zwei Stunden zu diesem Punkt kommen, nachdem ich meine Springer und Läufer richtig aufgestellt hätte. Aber da Sie meinen Turm gerissen haben, wie Sie es so oft tun, möchte ich mich kurz fassen."

Stein's warme Augen wichen nicht von Albert.

„Sie haben recht. Wir rechnen damit, dass unsere Schönwetteralliierten aus dem Orient die Amerikaner angreifen. Wir wissen nicht genau wo und wann, aber es wird bald geschehen."

Stein erwiderte sachlich:

„Wann und wie spielt keine Rolle – die Japaner könnten San Francisco angreifen oder Seattle, und noch einmal, dies macht wenig Sinn, oder San Diego – das macht ein kleines bisschen Sinn. Natürlich könnte Japan anstelle der Vereinigten Staaten die amerikanischen Territorien der hawaiianischen Inseln angreifen oder möglicherweise die Philippinen. Der Zeitpunkt ist nicht entscheidend. Ich persönlich rechne vor Mai oder Juni '42 damit, denn das ist der Zeitpunkt, an dem den Japanern das Öl ausgehen wird. Aber der Angriff könnte sich morgen ereignen, oder erst im August '42. Meine Annahme ist eher früher als später, und vor August '42, da im August in Nordasien die Taifun-Saison beginnt.

Aber zurück zu deiner Frage: Wenn die Japaner die Amerikaner angreifen, was soll Deutschland tun?"

Stein hatte auf diese Frage gewartet, seit er die Haustür geöffnet hatte.

„Nichts," antwortete Stein.

„Nichts, Professor?"

„Albert, lass uns realistisch sein. Du weißt, dass ich '20 und '21 in Harvard verbracht habe, zusammen mit Studenten aus China, Japan, England und Österreich."

Stein hatte zwei Jahre lang in Harvard unterrichtet und ein weiteres halbes Jahr an der River Rouge in Michigan sekundiert, wo er mit einem Senior-Vizepräsidenten gearbeitet hatte, der direkt Henry Ford unterstellt war. Stein war Gastgeber für einige Ausflüge seiner Harvard-Studenten gewesen.

„Bitte, versteh mich nicht falsch, aber Europa befindet sich auf einer steil absteigenden Parabel. Wir sind erledigt. Der Krieg von 1914 - 18 hat all unsere Lebenskraft aufgezehrt – die Deutschen, die Franzosen, die Engländer, die Italiener, die Russen, wir alle – kaputt. Als ich an der Rouge war, wie die Ford-Herstellungsfabrik heißt – und sie ist eher ein kleiner Nationalstaat als eine Fabrik – wurde mir klar, dass Europa dem Untergang geweiht ist."

Stein erklärte Albert, wie Kohle und Eisenerz und Gummi in das eine Ende dieses Kolosses hinein gingen und am anderen Ende Autos ausgespuckt wurden:

„Die Ford-Geschäftsführer nannten es ‚totale Herstellungsintegration'. Und Krupp sieht daneben aus wie eine Legofabrik.

Bin ich der Meinung, dass Deutschland Erfolg haben wird, wenn das *Reich* Russland angreift? Möglicherweise, und so sehr ich das momentane Geschwätz hasse, das ich in den deutschen Zeitungen lese, so *sind* die Slawen aber tatsächlich Bauern, und sie müssen besiegt werden. Stalin ist nichts als der Neueste in einer langen Reihe von Tyrannen.

Gorky hatte recht, wenn er über die Russen sagte, dass ‚alle finsteren Instinkte der von der Desintegration des Lebens und von den Lügen und dem Schmutz der Politik irritierten Masse aufflackern und lodern und uns mit Wut, Hass und Rache vergiften werden; die Menschen, nicht in der Lage sein werden, ihre eigene tierische Dummheit zu unterdrücken, und einander umbringen werden.' Und die Russen haben eine fünfhundert Jahre lange Geschichte der Pogrome und erinnern sich an die Schwarzen Hundertschaften des Zaren, die alle Jiddisch sprechenden Menschen, die sie finden konnten, jagten und ermordeten.

Russland ändert sich nie – meine Freunde in der Schweizer Sicherheitsabteilung haben ein paar sehr erschütternde aktuelle Berichte darüber, was Stalin in Russland treibt – geheime Gerichtsverhandlungen, Massenhinrichtungen, Hungersnot als Waffe; die Nahrungsrationen sind auf 1000 Kalorien am Tag gekürzt worden; das Minimum, das ein Erwachsener zum Leben braucht, sind 1400 Kalorien. Es ist einfach schrecklich, und, denk daran, *Pogrom* – der Massenmord an Juden in Russland – ist ein russisches Wort und bedeutet *Zerstörung.* Und obwohl ich nur ungern Gutes über das Regime sage, dem du dienst, so ist es doch in Wirklichkeit das geringere der beiden Übel. Es war die amerikanische Zeitung *New York Times,* die über die Sowjets sagte: ,*Zum ersten Mal in der Geschichte hat eine Nation einen allgemeinen Kreuzzug gegen Religion unternommen.*‘ Das war vor 10 Jahren, aber es trifft laut meinen schweizerischen Freunden heutzutage umso mehr zu.“

Es war eindeutig, dass Stein die Idee einer sowjetischen Hegemonie in Europa verabscheute – und fürchtete.

Stein fuhr fort,

„Aber Amerika ist eine ganz andere Angelegenheit – die Amerikaner haben die belustigende Redewendung ,ein ganz anderes Ballspiel.‘“

Albert's Verwirrung machte sich bemerkbar.

„Warst du schon einmal in Amerika, Albert?“

Albert war noch nie dort gewesen.

Was er hörte, machte Albert immer betroffener. „Was kann Deutschland also tun?“

Stein erklärte die beiden wesentlichen Gesichtspunkte, und Sophie gesellte sich mit dem sehr verspäteten Espresso zu ihnen. Der erste kritische Schritt war, Deutschland so weit wie möglich und so schnell wie möglich von Italien und Japan zu distanzieren.

„Die Italiener haben wunderbaren Kaffee und sonst nichts – *il Duce* ist eine Witzfigur, eine sehr dumme Witzfigur sogar, wenn auch mit sehr farbenfrohen Uniformen. Dessen bist du dir sicherlich von deinen Freunden in Berlin bewusst, und von den Aufzeichnungen des fetten Hermann." (Hierauf warf Albert einen prüfenden Blick auf seinen Mentor.)

„Die Italiener sind auf einen Krieg völlig unvorbereitet, selbst wenn es ein kleiner Krieg ist. Prunk und Getöse beiseite – sie sind Kinder. Erinnere dich daran, wie Mussolini neun der 22 italienischen Abteilungen leitete, einschließlich der Handelsmarine, und wie er vergaß, seinen Handelsschiffen Befehl zum Auslaufen zu geben, als die Italiener einem am Boden liegenden Frankreich und geschwächten Großbritannien endlich den Krieg erklärten – ein Viertel des gesamten Frachtraums der italienischen Handelsmarine wurde sofort von den Briten interniert. Natürlich waren die lächelnden italienischen Seemänner ausgesprochen zufrieden damit, im sicheren und zivilisierten Großbritannien auf der Isle of Man gefangen zu sein.

Stell sie dir wie Schwerter vor: Deutschland ist eines der feinsten Schwerter der Sarazenen, England ist ein Degen, aber Amerika ist das größte der furchtbaren Breitschwerter."

„Und Italien?", fragte Albert.

„Hast du als Kind jemals Pirat gespielt, mit Augenklappe und Hut und Gummischwert?"

„So sind nämlich die Italiener – bestenfalls belustigende und unterhaltsame Clowns, schlimmstenfalls eine sehr ernste Belastung."

„Die Japaner?"

Der Professor schwieg und ging hinüber zum Bücherregal. Er nahm einen Humidor herunter, der elegant mit Perlmutt dekoriert war. Schweigend öffnete er ihn und hielt ihn Albert hin.

„Albert, kubanische Cohiba – deine Lieblingssorte."

„Lass uns auf die Terrasse gehen und ich will dir eine Geschichte erzählen."

Die beiden begaben sich zur Terrasse. Sie hatte eine große, ausfahrbare Überdachung, die teilweise ausgefahren war, so dass die Terrasse die volle Wärme des herrlichen Sommertages bekam, ohne direktem Sonnenlicht ausgesetzt zu sein.

Die kubanischen Zigarren waren keine vier Wochen alt und ihr dunkelbraunes Blatt war weich und frisch – keine gealterte Härte, sondern nur feucht, einladend und zart. Albert fragte sich, wie das möglich war, und erinnerte sich dann daran, dass Julius der Schweizer Bundesregierung in Bern als sehr diskreter Berater zur Seite stand.

Der Professor fuhr nun fort, als die sexy, jungen Zigarren angesteckt waren und er zufrieden rauchte.

„Als ich '20 und '21 in Harvard unterrichtete, war einer meiner Studenten ein sehr schlauer und lustiger Kerl, den alle Sechsfinger nannten. Er war Japaner mit Samurai-Abstammung. Sprach perfekt Englisch und wurde nach seiner Zeit mit uns in Cambridge Marineattaché in Washington.

Er gehörte zu der Studentengruppe, denen ich eine Tour des Rouge gab, als ich dort war. Ich werde bei Gelegenheit mehr von diesem Trip erzählen, aber ich lernte Isoroku sehr gut kennen, und wir haben bis zum heutigen Tag Briefkontakt. Ich gebe dir sogar sein Weihnachtsgeschenk für mich, da mein schweizerischer Arzt mir verbietet, Schnaps zu trinken, und ich weiß, dass du Whiskey magst.

Laut Sechsfinger wird Japan von Leuten regiert, die eigentlich denen gleichen, mit denen du arbeitest – auffallend aggressiv, höchst nationalistisch, aber kleinbürgerlich auf die schlimmste Art und Weise: Sie sind Rangfanatiker und wollen immer am nächsten zum Palast sein; alle haben die hübschesten und jüngsten Geliebten; sie sind wegen der kleinsten Angelegenheit beleidigt und jagen sich ständig gegenseitig das Messer in den Rücken."

Albert sah Stein an und sagte: „Bedauerlicherweise liegst du richtig, sehr richtig sogar. Ersetze den ‚Palast' durch ‚Berghof', und du hast sogar eine genaue Parallele. Paul hat mir gerade letzte Woche erzählt, dass sie neulich mit einer Kolonne von 18 riesigen Mercedes durch Nordfrankreich fuhren – du weißt schon, die doppelachsigen, die man in der Wochenschau sieht. Paul sagte, dass alle versuchten, direkt hinter dem ersten Wagen zu fahren. Natürlich gewann bei vielen Teilnehmern der Prozession ihr Magen die Überhand und sie hielten, um ein dreistündiges Mittagessen einzunehmen.

Nun ja, Sechsfinger meint, das Problem in Tokio sei, dass die Armee und die Marine untereinander zerstritten sind und dass die Marine diese riesige Flotte gebaut hat."

Stein lehnte sich nach vorne, um seinen Punkt zu unterstreichen. „Eine riesige Flotte, die das gesamte Öl des Landes aufbraucht."

Stein erklärte, wie die Japaner sich nach dem Washingtoner Flottenabkommen von 5/5/3 aufgeregt hatten, als sie wie der jüngere Teilhaber behandelt wurden – England und Amerika konnten gegenüber Japans schäbigem dreimaligem Frachtraum den fünffachen Frachtraum festlegen. Die Japaner bezeichneten das Ganze verächtlich als ‚Rolls Royce/Rolls Royce/Ford', hatten die Begrenzungen schlichtweg ignoriert – genauso wie Amerika – und hatten eine Marine gebaut, überbaut sogar, die selbst einem himmlischen Kaiser gerecht geworden wäre, geschweige denn einem sterblichen. Aber durch den noch schnelleren Konsum von rarem und sehr teurem eingeführtem Öl stellte dies ein großes Problem dar.

„Sie haben gigantische Öltanks gebaut, aber wenn die kein Öl enthalten, sind sie nutzlos. Ein Blinder kann sehen, dass die Japaner mit ihrem sogenannten Ostasiatischen Wohlstandsgebiet das gesamte Öl von Malaysia und Niederländisch-Ostindien brauchen. Dies ist ihre einzige Möglichkeit – ich bezweifle, dass sie einfach den Kanal überqueren und auf Texas und die amerikanischen Golf-staaten zu segeln können, um nach ein paar übrigen hundert Millionen Gallonen zu fragen, besonders jetzt, wo die amerikanischen Golfstaaten unilateral und illegal alle japanischen Schiffe in diesem Kanal verboten haben, den sie auch gerne ‚ihren‘ Kanal nennen.

Es gehört nicht viel dazu, in den Briefen von Sechsfinger zwischen den Zeilen zu lesen, um das zu begreifen.

Er ist natürlich schon stolz auf diese Marine, die sein Land in weniger als zwanzig Jahren aufgebaut hat, aber er ist Realist – nun haben sie diese riesige Marine und kein Öl. Wir haben wenigstens die rumänischen Felder."

Albert schmunzelte im Innern über die Pronomen, die der Professor verwendete.

„Also?"

„Also sind die Japaner eine viel größere Gefahr für Deutsch-land als die Italiener, so merkwürdig das auch klingt."

„Und Amerika ist ein Feind des *Reichs*?"

„Nicht im Geringsten – die Amerikaner haben momentan keine Feinde, aber ich glaube, dass sie vermutlich bald Feinde Japans sein werden."

„Und das Ergebnis?"

Stein ignorierte die Frage und fuhr fort:

„Albert, erinnerst du dich daran, wie die Russen 1917 gekämpft haben, bevor sie sich ergaben? Falls du es vergessen hast: Sie hat-ten ein Gewehr auf jeweils vier Soldaten, also rannte ein Soldat unseren Truppen entgegen, wurde totgeschossen, und dann sprang der zweite russische Soldat auf und schnappte sich das Gewehr des Toten – ein Staffellauf der Toten, wenn man so will. Das, mein lieber Albert, ist genau das, was deinem Kanzler blüht, wenn er sich gegen den Osten wendet, was er früher oder später wird. Die sklavischen Bauern haben Angst vor allem, vom Krähen des Hahnes am Mor-gen an bis zur sanften Dämmerung. Aber trotz all dieser Furcht

– oder vielleicht gerade wegen all dieser Furcht – lieben sie alle leidenschaftlich Mutter Russland, egal, wer der momentane Autokrat ist."

Albert stand auf und dankte seinem Gastgeber:

„Mit Ihrer Erlaubnis würde ich gerne morgen wiederkommen, um dies weiter zu besprechen, Professor."

Stein warf einen finsteren Blick auf Albert: „Nur, wenn du mich Julius nennst."

Die beiden Männer lachten.

Albert verließ die Wohnung seines Mentors und ging langsam auf dem kleinen Hügel zurück zum Trois Couronnes hinunter. Links in der Ferne konnte er die flackernden Lichter von Avian sehen, das berühmt war für seine Bäder und sein Wasser, und am anderen Ende des Sees glitzerten die frühen Abendlichter Genfs mit seinen Banken und Casinos und Huren.

Albert drehte und wendete in Gedanken die Idee, dass Japan auf tönernen Füßen stand, und der Möglichkeit, dass Amerika die Kraft von Herkules hatte. Stein hatte keinen Grund, etwas zu verheimlichen; es gab kein Motiv – und keinen Nutzen, den Stein daraus ziehen konnte. Sogar ganz im Gegenteil – weise und voraussehende Beratung konnte Stein nur helfen.

Albert kehrte zum Hotel zurück. Am frühen Abend war das Hotel der Inbegriff von schweizerischer Eintönigkeit. Albert wurde vom Concierge begrüßt, einem Mann, den Albert viele Jahre zuvor selbst für den Job ausgesucht hatte; Albert war extrem gründlich.

„Er ist in Zimmer 301", flüsterte der Concierge.

Albert nickte.

Der Aufzug war von der altmodischen Sorte, mit schmiede-eisernen Türen.

Nachdem er die Eisentüren selbst geschlossen hatte, drehte Albert den langen Messing-Kontrollhebel im Uhrzeigersinn, und der Aufzug brachte ihn in das dritte Stockwerk. Er fand das Zimmer mit der Nummer 301 sofort – im Bogengang dem Aufzug gegenüber war es die erste Tür auf der linken Seite.

Als Albert die äußere Tür der Suite erreichte, wurde sie von einer der bekanntesten Schauspielerinnen Berlins geöffnet, die eines der Lieblingsmädchen des Propagandaministers war – „Suzanne" oder so ähnlich, erinnerte sich Albert vage. Paul hatte sie erwähnt, sogar von ihr geschwärmt, aber Albert hatte keine Lust gehabt, zuzuhören.

„Suzanne" lächelte Albert an und verließ die Suite gemeinsam mit einer weiteren Schauspielerin, die Albert von der Berliner Bühne wiedererkannte.

Albert trat ein und begrüßte seinen Gast. Graf Nasherton war ein hochgewachsener Mann in den Vierzigern. Seine Familie hatte in Schottland mit patentierten Erfindungen rund um Hakennadeln und Spulen für automatische Strickmaschinen ein Vermögen verdient. Mit der Zeit waren die Schotten in Richtung Süden gezogen, aber Nasherton hatte seine kaledonische Vorsicht im Bezug auf Geld behalten und das Familienvermögen ganz schön erweitert.

Albert erkundigte sich nach Graf Nashertons beiden Töchtern.

„Ja, beide hübsch. Glänzendes Fell und feuchte Nasen."

Albert erinnerte sich an Nashertons nervtötende Angewohnheit, von seinen Töchtern in Begriffen von Hunde-Gesundheit zu sprechen.

„Und es sieht so aus, als ob der kleine Stephen nächstes Jahr nach Sandhurst geht. Wie es scheint, bahnt sich gerade so etwas wie ein Krieg in Europa an – schade, dass Stephen die Party verpasst."

Beide lachten.

Albert setzte sich und Nasherton schenkte ihm einen sehr großzügigen Whiskey ein – einen Single Malt, den Nasherton favorisierte.

Ein paar Minuten lang Geplauder, träger Klatsch über Nashertons Vorwand, nach Spanien zu reisen, dann nach Italien, und dann schließlich in die Schweiz.

Der Single Malt wärmte Albert auf und er schätzte, dass Nasherton nach den Schauspielerinnen und dem Scotch für Alberts lange Rede schon ausreichend entspannt war. Nashertons Deutsch war genauso gut wie Alberts.

Also kam Albert direkt auf den Punkt, der da war: England war nach dem großen Krieg bankrott, genauso wie Deutschland, und zwar war die britische Not nicht so offensichtlich wie die Not Deutschlands, aber in Wirklichkeit doch genau gleich; Frankreich war eine Hure, eine zerzauste Hure sogar – eine Montmartre-Metze, keine nette, frische, junge, höfliche „Nichte", die man jederzeit der vornehmen Gesellschaft vorstellen konnte; Russland – nicht Deutschland – war Englands natürlicher Widersacher – die Slawen hatten aus den Rassen Europas einen verrückten Flickenteppich geschaffen, der den Kontinent zu einem permanenten Pulverfass machte; sich mit den Amerikanern herumzuschlagen bedeutete mit Sicherheit das Ende des Britischen Imperiums.

Nasherton hörte nachdenklich zu; er hatte die Gabe, ruhig sein zu können. In mancher Hinsicht war er ein seltsamer Mann – noch vor Minuten hatte er mit den feinsten Damen des *Reichs* gezecht, und jetzt hatte er geschmeidig in einen anderen Gang geschaltet und schenkte Albert seine ungeteilte Aufmerksamkeit.

„Ich stimme zu, aber was um alles in der Welt können wir tun?"

Albert erklärte, dass das Denken in Deutschland – damit meinte er das, was er selbst und einige der ranghöchsten Militärmänner argwöhnten – war, dass das größte Hindernis auf dem Weg zur sofortigen Beendigung aller Böswilligkeiten zwischen Deutschland und England Churchill war. Wenn Churchill weg war, konnte man Fortschritt machen; Friede konnte leicht ausgehandelt werden, das Imperium wäre gerettet, und Deutschland konnte sich wieder den vorliegenden Angelegenheiten widmen, nämlich der Vernichtung der verhassten *Bolschewiki* und der schließlichen Stabilisierung Zentraleuropas.

Nasherton stand auf und ging zum Fenster. Er blickte über den See zu den Lichtern von Avian und dann zu den Bergen in Frankreich – obwohl es September war, konnte man auf den höchsten Gipfeln immer noch kleine Flecken des Schnees vom letzten Winter sehen.

Er wandte sich zu Albert.

„Natürlich, ich stimme voll und ganz zu. Wie könnte ich auch nicht zustimmen? Winston ist komisch, er war schon immer komisch, und er wird immer komisch bleiben. Er wird sich nie ändern. Schau dir doch nur die Katastrophe von '15 in den Dardanellen an. Gott allein weiß, warum wir letztes Jahr nicht Halifax bekommen haben. Churchill ist tapfer wie eine Bulldogge, aber auch ungefähr genauso klug. (Albert, ist dir jemals aufgefallen, dass Winston auch wirklich wie eine Bulldogge aussieht? Mit einer gewissen Bastard- oder Mischlingsabstammung. Ist dir das jemals aufgefallen?) Und er redet sich ein, dass er die Amis in der Tasche hat – da hat er ein böses Erwachen vor sich; das ist sicher. Tatsächlich, Albert, könnte es *wirklich* möglich sein, Winston los zu werden – ihm einfach einen Tritt ins Nichts zu geben –, genau so, wie er selbst es mit dem armen alten David Windsor gemacht hat. Was David angeht, nun ja, sein einziges Problem – seine einzige Schwäche – ist, dass er es liebt, den Mund *dieser* Frau um seinen Du-weißt-schon-was zu haben. Aber nichtsdestotrotz, wie in Gottes Namen konnte es dem König von England passieren, sich in diese Nutte aus Baltimore zu verlieben, ein Blinder konnte sehen, dass sie eine Schlampe der schlimmsten Sorte war."

Albert lächelte leicht, allerdings nur aus Höflichkeit.

Albert hatte gehört, dass der frühere König Wallis Simpsons Aufmerksamkeit sehr genoss, und – von einer anderen Quelle –, dass sie in ganz Europa den Ruf hatte, die Toten zum Leben erwecken zu können wie keine Andere. Man sagte, sie habe für ihre angesehensten Liebhaber Kunststücke mit ihrem Mund parat, die sie vor der Ehe mit Mr. Simpson gelernt hatte, als sie in einigen der edelsten Freudenhäuser Schanghais arbeitete.

Nasherton fuhr fort: „Und Winston ist viel zu freundlich zu den Froschfressern – die verdammten Franzosen haben so gut wie nichts für England getan, sie jammerten nur am laufenden Band. Denk nur an den jämmerlichen Rückzug vor drei Monaten in Dünkirchen – was für eine Pfuscherei."

„Aber sei dir sicher, Albert, dass wir unsere Karten sehr vorsichtig spielen müssten – nur ein bisschen zu früh und einer von uns oder wir beide könnten schon bald an einem Seil baumeln – vergiss nicht, dass ‚Verrat' oft als ‚frühreife Wahrheit' bezeichnet wird, also ist Timing alles."

Albert stimmte zu.

Nasherton kam wieder auf den Premierminister zu sprechen.

„Ich wundere mich immer noch, dass Winston den Nerv hat, solchen Unsinn von sich zu geben. In Wirklichkeit ist er genau das Gegenteil von dem, wie er in der Zeitung und den Nachrichten dargestellt wird. Um ehrlich zu sein, ist er ein Tyrann, und er wird zu einem gewalttätigen und verbitterten Tyrannen, wenn er betrunken ist, was also heißt: jeden Tag nach zwei Uhr nachmittags.

Und er sucht sich seine Freunde so schlecht aus. Dann musst du noch bedenken, dass er ständig Schulden hat – er besitzt keinen Pfennig."

Nasherton erläuterte dann die Vorteile einer Koalition, möglicherweise mit Halifax als neuem Premierminister. Immer weiter planten die beiden Männer und zettelten Verschwörungen an.

✠ ✠ ✠

Nach einer Stunde extrem nützlicher Unterhaltung schlug Nasherton einen detaillierten Kampagnenplan vor.

„Nun – das haben wir aber verdammt gut hin bekommen: Ich glaube, wir beide haben mit der Umformung der Karte Europas hier im stillen Vevey heute Abend gute Arbeit geleistet."

Albert schwieg, wusste jedoch, dass Nasherton nicht übertrieb.

Nasherton sagte: „Bismarck zu spielen macht mich immer so geil – können wir vielleicht die beiden Berliner Mädchen noch einmal zurückholen, Albert?"

Albert lächelte nur und hob den Telefonhörer ab. Nasherton konnte die Anweisungen nicht ganz verstehen, aber seine Neugierde wurde fünf Minuten später befriedigt, als vier feine junge Japanerinnen leise in den Raum glitten. Sie waren vier der schönsten Frauen, die er je gesehen hatte. Alle trugen die '41er Herbst/Winter-Kollektion von Chanel. Alle vier waren unheimlich leise und bewegten sich, als ob jedes Geräusch ihre Gastgeber beleidigen würde. Nasherton erfuhr erst später, dass ihre klassische Geisha-Ausbildung ihnen das Sprechen verbat, während sie umhergingen – sie durften nur reden, wenn sie stillstanden.

Ihre Haltung und Zurückhaltung zeigte deutlich, dass sie sich sehr von weißen Frauen unterschieden – alle vier legten eine gewisse Schüchternheit zutage (und womöglich waren sie tatsächlich schüchtern?). Sie sahen alle aus wie Models aus Paris, aber mit weichen mandelförmigen Augen und der zartesten, weichsten Haut, die Nasherton jemals gesehen hatte – ihre Haut schien keine Poren zu haben. Sie waren unterschiedlich groß – die Größte, die Absätze trug, war größer als Nasherton, der gute 1,90 m maß, während die Kleinste selbst mit Absätzen nicht besonders groß war.

Beiden Männern fiel auf, dass die vier Mädchen schon erregt waren. Das war zu erwarten, denn während Männer von visueller Schönheit angeregt werden, sind Frauen in dieser Hinsicht viel komplexer – Macht, und das Selbstvertrauen, diese Macht in der Hand zu haben, sind Faktoren, die alle Frauen erregen. Die Brustwarzen der Kleinen mit den sehr großen 33EE Brüsten standen sogar durch ihr Chanel-Jäckchen schon weit nach vorne; nicht nur kleine Ausbeulungen, die im richtigen Licht gelegentlich eine Sekunde lang von einem scheu zwinkernden Schuljungen erhascht werden konnten, sondern zwei harte Kieselsteine, die stolz und für jeden sichtbar hart heraus standen.

Nasherton war ein alter Hase in diesen Angelegenheiten; er hatte schon zuvor vier Mädchen gleichzeitig genommen – „unterhalten" war seine bevorzugte Ausdrucksweise; einmal in Paris und einmal in Capri. Paris war enttäuschend gewesen, und Capri genauso, denn beide Male waren die weißen Mädchen ganz eindeutig nicht interessiert gewesen und schauten fortlaufend auf die Uhr; wenn Huren doch nur verstehen würden, dass der Weg zum Herzen eines Mannes über seine Hose führt – eine Investition von nur ein paar Wochen sorgfältig geplanter liebevoller Zuwendung konnte leicht in einem oder zwei Jahren zu einer sehr teuren Scheidung führen, aber die meisten Prostituierten wollten immer sofort gehen, sobald sie bezahlt wurden.

Nasherton fand, dass diese Japanerinnen anders aussahen. Aber das würde sich zeigen.

„Mein lieber Schwan, Albert, du hast dich wahrlich selbst übertroffen. Ich dachte, die beiden deutschen Filmsternchen waren bemerkenswert, aber ich habe noch nie solche Frauen gesehen. Wie um alles in der Welt hast du sie besorgt?"

Bevor Albert antworten konnte, klopfte es höflich an der Tür.

Albert öffnete die Außentür der Suite. Der schweizerische Ober von dem Restaurant im Erdgeschoss rollte einen Tisch herein, der mit einem gestärkten weißen Tischtuch bedeckt war. Auf dem Tisch waren vier Portionen der Spezialität des Hauses – Veveyer Schokoladenkuchen.

Auf dem Wagen stand zudem ein Eiskübel, der eine Flasche Dom Pérignon 1921 enthielt. Nasherton pfiff: „Ach du lieber Himmel, ein '21er; das muss einer der feinsten Jahrgänge überhaupt sein."

Albert nickte.

Mit Kennermiene erläuterte Nasherton den Mädchen die Bedeutung des Jahrgangs 1921. Die vier sahen ihn dabei an wie pflichtbewusste Schulmädchen, die für eine wichtige Prüfung büffelten. Er nahm einen Schluck und bestätigte das herrliche Bouquet des Jahrgangs – Vanille und Sandelholz. Doch Nasherton hielt sich nicht lange mit diesen Kleinigkeiten auf. Genau wie Albert wusste er, dass es darum ging, die jungen Damen zu entspannen und sie dadurch noch mehr zu erregen, noch gefügiger zu machen.

„Gut meine Damen, genießen Sie diesen wundervollen Jahrgang und Ihren Kuchen. Wie müssen ein Männergespräch führen. Entspannen Sie sich und lassen Sie sich diesen wunderbaren Schweizer Schokoladenkuchen schmecken. Sie können sich ruhig Zeit lassen."

Albert und Nasherton zogen sich in einen anderen Raum innerhalb der Suite zurück.

„Alter Junge, diese Mädchen sind absolute Spitzenklasse. Du musst mir erklären, wie du an sie herangekommen bist."

Albert erklärte:

DIE GÖTTIN DES SCHICKSALS

„Ich habe Gabrielle Chanel im Ritz untergebracht. Sie bekommt in ein paar Wochen ihre eigene Suite, doch momentan ist sie noch in Suite 254. Ich habe dafür gesorgt, dass sie alles hat, was sie braucht. Du weißt ja, dass es nicht schwierig ist, diese Modesternchen zufriedenzustellen, wenn man ihre anfängliche Anmaßung und Überheblichkeit erst mal durchschaut hat. Ihre aktuelle Suite gehört dem amerikanischen Autor Fitzgerald, der übrigens dort sein Buch *Der Große Gatsby* schreibt. Gabrielle hat auf meine Anweisung hin einige Wochen mit den Mädchen verbracht, um sie ein wenig aufzupolieren: Haare, Schuhe, all die Dinge, die eine perfekte Dame ausmachen. Das hatten diese japanischen Mädchen zwar nicht nötig, doch es schadet ja nichts. Was du schnell bemerken wirst, ist die exquisite Zartheit ihrer Haut. Japanerinnen leiden niemals an Zellulitis. Ich weiß nicht warum, vielleicht liegt es daran, dass sie ständig Fisch essen. Auf jeden Fall sind diese Mädchen den Filmsternchen einfach haushoch überlegen. Und im Gegensatz zu weißen Frauen ist ihre Haut einfach erstaunlich, genau wie der Grad ihrer Erregung.

Du wirst auch feststellen, dass all diese japanischen Frauen Männer lieben und nichts anderes wollen, als sie zu verwöhnen. Ich habe so etwas noch nie gesehen – die Mentalität der Japanerinnen ist so erfrischend. Sie sind nicht nur wilde, sexuelle Tiere unter ihrer Fassade der sittsamen Schüchternheit, sondern sie *wissen* auch so viel mehr als weiße Mädchen. Diese Mädchen kennen versteckte Lustpunkte am Körper eines Mannes, von denen man selbst nicht einmal weiß, dass sie existieren. Und sie können einen Mann viel intensiver und länger erregen. Sie sind einfach unglaublich. Außerdem sind sie fest davon überzeugt, dass sie mehr Selbstvertrauen bekommen, desto mehr Genuss sie einem Mann geben. Also genau das Gegenteil von dem, was weiße Frauen denken."

Albert hielt inne und schaute ins Leere, während er eines seiner seltenen Lächeln aufsetzte. Nasherton hörte ihm aufmerksam zu.

Nach einer angemessenen Wartezeit kehrten die beiden Männer zu ihren Gästen zurück.

✠ ✠ ✠

Die vier Mädchen bedankten sich bei den Männern für den wundervollen Kuchen und den hervorragenden Champagner.

Die Frau mit den riesigen Brüsten hatte bereits ihre Jacke ausgezogen. Beide Männer bemerkten, dass ihre Knospen jetzt noch größer waren als zuvor. Ihr war bewusst, dass die Männer ihr zusahen und das brachte sie dazu, ihre wilde Erregung noch deutlicher zu zeigen. Es war wie bei einem Stierkampf in Zeitlupe: das Anlocken, die Spielerei auf dem langen Weg zum Höhepunkt.

Nasherton trat zu Albert, der am Fenster eine Zigarre rauchte. „Ich will die Kleine zuerst."

Albert sah ihn an: „Die mit den Riesentitten?"

Nasherton nickte.

„Erstklassige Wahl. Sie ist die schärfste der vier Mädchen. Doch ich schlage vor, du hebst sie dir bis zum Schluss auf", sagte Albert mit autoritärer Stimme.

Nasherton lächelte ironisch: „Du hast sie also schon alle auf Herz und Nieren geprüft, was?"

Albert lächelte und sagte: „James, glaubst du wirklich, ich hätte mich nicht vorher abgesichert, dass alle von bester Qualität sind?"

Nasherton lachte laut auf. „Du bist einfach einzigartig, Albert."

„Sie mag es von vorne und hinten und sie mag es mit zwei Männern gleichzeitig. Versuch, sie heute Abend irgendwann auf den Rücken zu legen und schau dir an, wie ihre Titten sich bewegen – Sie sind wie zwei Eier in der Bratpfanne, wenn man sie schüttelt. Wenn du auf ihr bist, greif nach ihren Armen, wie es Zirkusakrobaten tun, und zieh sie zu dir heran. Sie liebt das und sie ist extrem laut. Ihre Lautstärke ist auch etwas, was diese Mädchen von weißen Mädchen unterscheidet."

„Zwei Eier? Ich glaube ich weiß was du meinst. Laut? Das ist wundervoll", gab Nasherton zu.

„Übrigens alter Junge, wie heißen die Mädchen?"

Albert erläuterte: „Masayo ist die Kleine hier mit den großen Brüsten; Mikui ist die Große; Suki ist die mit den blonden Strähnchen und Yuki ist die mit dem extrem hübschen Gesicht. Doch du musst dir ihre Namen nicht merken, wie du gleich sehen wirst."

Nasherton runzelte gutmütig die Stirn: „Wenn du meinst, alter Junge."

Der Raum war außergewöhnlich groß. An den Fenstern stand ein kleiner Schreibtisch. Zwei Paar hohe, schmale Glastüren, die vom Boden bis zur Decke reichten, gewährten Ausblick auf den See. Wenn man sie schloss, drang kein Laut mehr von draußen herein. In der Mitte befand sich ein riesiges Bett, das einen Großteil des Raumes einnahm. Es war groß genug, das acht Leute bequem darin schlafen konnten, obwohl es eher dafür gebaut war, acht Leute auf einmal *aufzunehmen*.

Nasherton kommentierte die Größe des Bettes: „Grundgütiger, Albert, was für ein Monster – brauchen wir das wirklich?"

Albert lächelte und sagte nur: „Ja."

Die vier Mädchen hatten den Kuchen aufgegessen und die Flasche Champagner geleert. Eines der Mädchen hatte die Flasche umgekehrt in den Eisbehälter gesteckt, wie sie es bei Albert im Ritz in Paris gesehen hatte. Albert – Technokrat durch und durch – sagte zu Nasherton: „Die Schokolade erregt sie und sie wiegen nur halb so viel wie ein Mann. Sie fühlen sich also als hätten sie zwei Flaschen Champagner getrunken."

Nasherton flötete: „Und natürlich wird Schampus schnell absorbiert, so dass sie bestimmt schon mit den Hufen scharren, wenn du mir diese Metapher verzeihst. Es wird Zeit, die Pferde zu satteln."

Albert nickte.

Nasherton trat zu den Mädchen herüber: „Wie war der Kuchen?"

„Wir mochten ihn sehr, er war der Beste, den wir jemals hatten, Sir – sogar besser als in Paris", sagte die Große.

Das ‚Sir' erregte Nasherton nur noch mehr.

„Warum ziehen Sie nicht alle ihre Schuhe aus und setzen sich zusammen auf das Bett? Ich kenne ein Spiel, das wir alle zusammen spielen können."

Die vier Mädchen kamen seiner Aufforderung nach und saßen schon bald kichernd auf dem Bett. Alle sahen dabei höchst entspannt und ungezwungen aus und fühlten sich auch so.

Nasherton schaltete alle Lichter im Raum aus, außer der kleinen Lampe auf dem Schreibtisch am Fenster. Er hatte die Flasche Bordeaux-Weißwein geöffnet, die der Kellner zuvor in einem weiteren Eiskübel gebracht hatte.

„Die meisten Menschen wissen einen weißen Bordeaux nicht zu schätzen. Er wird häufig einfach ignoriert. Wenn man ‚Bordeaux' hört, denkt jeder sofort an Rotwein", sagte er, als er sich und Albert ein Glas einschenkte.

„So, Mädchen. Der Champagner sollte Sie entspannt haben, und hier ist es warm und sicher. Ich möchte, dass Sie, Masayo und Suki, die Jacken und danach die Blusen der anderen beiden Mädchen ausziehen, um Albert und mich ein wenig zu unterhalten. Doch bitte sehr, sehr langsam. Sie müssen es sehr, sehr langsam tun. Wir haben heute Abend keine Eile, verstanden?"

Dies führte umgehend dazu, dass vier Händepaare kichernd vor vier Gesichter gehalten wurden. Es waren, wie alle in dem riesigen Zimmer wussten, die Benimmregeln der anmutigen, wenn auch vollkommen künstlichen Unschuld. Ein Vortäuschen von

Zurückhaltung, die vollkommen unecht war. Diese vier Mädchen konnten es nicht erwarten, einen Mann in sich zu spüren – tief in sich zu spüren' ‚sie bis zum Anschlag zu nehmen' – wie es eine von ihnen später formulierte.

In einer Geschwindigkeit, die das Gekicher Lügen strafte, begannen die zwei Mädchen, die anderen beiden auszuziehen.

Inzwischen saßen James und Albert an beiden Seiten des kleinen Tisches und nippten an ihrem gekühlten weißen Bordeaux.

Nasherton raunte Albert zu: „Diesen Teil mag ich am liebsten, das langsame Reizen. Hier erkennt man erst die Qualität der Mädchen. Jede kann sich auf den Rücken legen und zum Höhepunkt kommen. Doch nur wenige können einen Mann wirklich *reizen*. Dies ist der Beginn einer Spitzensportveranstaltung, wie in Berlin '36, bei deinen Spielen."

Albert wurde klar, dass Nasherton nicht nur über Erfahrung, sondern auch über das nötige Wissen verfügte.

Die beiden Mädchen hatten zuerst die Jacken und dann die cremefarbenen Blusen der anderen beiden ausgezogen. Doch plötzlich änderten sie den Plan: die anderen beiden zogen Masayo und Suki ebenfalls die Blusen aus, so dass alle vier Mädchen in ihren Büstenhaltern und Röcken auf dem Bett saßen – ein äußerst erregender Anblick.

Nasherton rief vom anderen Ende des Raumes herüber: „Meine Damen, bitte ziehen Sie die Schulterriemen Ihrer Büstenhalter herunter, sehr, sehr langsam bitte."

Dieses Mal war kein Kichern zu hören, und das sanfte Licht, in Kombination mit dem Champagner, hatte die vier jungen Frauen noch mehr erregt. Sie wollten sich jetzt zeigen, die beiden Männer reizen, vergewaltigt werden, die Männer dazu bringen, zu tun, was Männer mit Frauen tun sollten. Suki zog vorsichtig ihre Schulterriemen herunter und dann, ohne gefragt zu werden, legte sie ihren BH ab. Sie hatte mit gekreuzten Beinen auf dem Bett gesessen. Als sie ihren BH auszog, spreizte sie ihre Beine und legte ihre rechte Hand auf den Saum ihres Rockes, um ihn langsam nach oben zu ziehen. Immer mehr zog sie daran, so dass die Clips ihres Strumpfhalters sichtbar wurden. Das langsame und elegante Reizen funktionierte: Nasherton lächelte.

Die anderen drei Mädchen taten das Gleiche. Jetzt setzte das weibliche Konkurrenzgehabe ein. Genau das, was die beiden Männer geplant und erwarteten hatten; beide sagten nichts.

Frauen haben ein größeres Konkurrenzdenken, wenn es um Sex geht, als Männer es je glauben würden. Dies gilt insbesondere, wenn zwei oder mehr Frauen nur leicht bekleidet sind. Sie wetteifern, wer das Männchen zuerst dazu bringt, sie zu besteigen und sie tun fast alles, um den besten männlichen Samen zu ergattern. Und genau dies war der Fall bei diesen extrem geilen, japanischen Schönheiten – jede wollte die Erste sein, um den erstklassigen Samen abzubekommen. Sie wollten die volle erste Ladung, keine dürftige Zweite oder das Tröpfeln einer dritten.

Weniger als eine Minute später saßen alle vier Mädchen aufrecht am Rand des riesigen Bettes, nur noch mit ihren Strumpfhaltern, Strümpfen und Röcken bekleidet. Inzwischen hatten alle ihre Röcke hochgezogen. Masayos Rock überdeckte kaum noch den Strumpfhalter, und während sie ihre Knie immer weiter auseinander spreizte, wurde sie immer erregter. Sie forderte die Männer eindeutig auf, sie zu nehmen, und zwar sofort. Ihre Nippel waren wie zwei große Erbsen, so rund und hart.

All dies schauten sich die Männer genüsslich an, während sie ihren Wein tranken. Die Untätigkeit der Männer begann nun, die Mädchen nervös zu machen. „Meine Perle hatte solche Sehnsucht, sie wollte endlich einen Mann in sich spüren", vertraute sich Masayo später Albert an.

28

An dieses glühende Vergnügen kam nur wenig im Leben heran – diese Macht, die beide Männer spürten, als sie sahen, wie die vier Mädchen miteinander um ihre Aufmerksamkeit wetteiferten.

(Und, wie die Männer aus Erfahrung wussten, würde es sehr bald sehr laut werden.)

Masayo war die Erste, doch schon bald hatten alle Mädchen ihre Röcke bis zur Hüfte hochgezogen. Da keine von ihnen Unterwäsche trug, waren ihre dunklen Schatten klar zu erkennen, selbst in dem schwachen Licht der Schreibtischlampe.

Nasherton stand auf und ging zum Bett herüber.

Das erste Mädchen – es war Suki – schaute auf und hob ihre Knie an. Ihre Hände lagen nun auf den Knien, und sie spreizte die Beine. Ihre Brüste waren rund, ein wenig hängend, und ihre Atem wurde kürzer: Sie war mehr als bereit.

Nasherton ging daraufhin zur anderen Seite des Bettes, um Masayo zu sehen, die in der gleichen Position lag. Er bemerkte einen kleinen dunklen Fleck auf der gestärkten, weißen Hotelbettwäsche. James lächelte – Masayo war so erregt, das ihre Körpersäfte bereits einen kleinen feuchten Fleck hinterlassen hatten. Es war kein Slip vorhanden, der die Nässe aufhalten konnte. Als Nasherton näher kam, nahm Masayo langsam ihre Hände von ihren Knien und führte sie an ihren Innenschenkeln entlang bis zum Strumpfhalter. Sie öffnete daraufhin kurzerhand ihre Schamlippen mit ihren Fingern. Zwischen ihren Lippen sah Nasherton ihre große, runde, rosafarbene Perle. James lächelte. Er hatte schon viele große Kitzler gesehen, doch dieser war bei weitem der Größte von allen. Ihre Lippen waren nass und bereit. Nasherton entschied, dass sie die letzte in der Runde sein würde. Wenn er sie dazu zwang, die Letzte zu sein, würde sie darum betteln, genau wie Albert es vorausgesagt hatte.

Diese Scheininspektion dauerte mehrere Minuten, und die Mädchen wurden immer erregter.

Albert, der immer noch saß, sagte schließlich: „Meine Damen, bitte zeigen Sie James unsere kleine Überraschung."

Inzwischen hatten sie einen Punkt der Erregung erreicht (und des Verlangens, so schnell wie möglich bedient zu werden), dass kein gekünstelt sittsames Gekicher mehr zu hören war.

Die vier Mädchen standen vom Bett auf, zogen ihre Röcke aus und legten sie ordentlich gestapelt auf einen Stuhl in der Ecke des Zimmers. Alle vier Mädchen trugen die gleichen Strumpfhalter und weißen Strümpfe.

Nur noch mit ihren Strumpfhaltern und Strümpfen bekleidet, standen die Mädchen nackt vor ihnen, und Nasherton bemerkte etwas Ungewöhnliches: Ihre Schamhaare waren alle kurz getrimmt. Noch ungewöhnlicher war, dass jede von ihnen eine römische Zahl von ‚I' bis ‚IV' einrasiert hatte.

Nasherton lachte über dieses Bravurstück und sagte. „Albert, das erinnert mich an eine meiner Reisen nach Hong Kong. Ich war in einem der besseren Freudenhäuser in Kowloon, wo alle Mädchen an einer Messingkette lediglich ein emailliertes Medaillon mit einer Nummer um ihren Hals trugen. Ich glaube, ich hatte in dieser Nacht Nummer 5 und Nummer 17.

Doch bei dir, Albert, geht es wohl eher darum, die Stimmung des Abends zu bewahren."

„Vielen Dank, meine Damen. Setzen Sie sich bitte zusammen auf das Bett", forderte Nasherton sie auf.

Die beiden Männer konnten sehen, dass jede der vier langsam verrückt vor Verlangen danach wurde, endlich einen Mann in sich zu spüren.

Nasherton lächelte und sagte in gedämpftem Ton: „Wir treiben sie zum Wahnsinn."

Albert nickte. Nasherton schenkte sich noch mehr Wein ein und sagte:

„Lassen wir die Mädchen noch einen Moment in ihrem eigenen Saft schmoren."

(Er wusste, dass das erzwungene Warten alle vier noch nasser machen würde.)

Die Aufmerksamkeit der beiden Männer richtete sich nun wieder den vier Mädchen zu, die mittlerweile so erregt waren, dass sie alle kicherten und keuchten. Nasherton bemerkte mit Zufriedenheit, dass die Anwesenheit dieser beiden mächtigen Männer auch die anderen drei Mädchen beeinflusst hatte: Unter allen dreien waren nun kleine feuchte Flecken, obwohl sie alle versuchten, ihre Feuchtheit zu verbergen – Macht war das ultimative Aphrodisiakum.

Albert fragte, wie ihnen das Treffen mit Coco gefallen hatte.

Als er Gabrielle Chanels Namen erwähnte, brachen die Mädchen in einen Dankessturm aus.

Es war nicht kalt in dem Zimmer, aber die Nippel aller Mädchen waren jetzt hart und aufgestellt. Die Phase des Reizens war es, was alle Männer am meisten genossen – und das Wissen darum, wie es sich anfühlen würde: das geschmeidige Eindringen in ein sehr nasses, aber gleichzeitig junges und enges japanisches Juwel.

Und man konnte sehen, wie erregt die Mädchen waren, denn sie kreuzten ständig ihre Beine und schlossen sie dann wieder, nicht aus Bescheidenheit – sondern um sich durch den Druck noch mehr erregen zu können.

Albert saß mit dem immer noch gekühlten weißen Bordeaux rauchend am Schreibtisch. Er war neugierig darauf, Nasherton mit den Mädchen spielen zu sehen. Nach einer langen Zeit zog Nasherton sein Jackett aus und setzte sich auf das Bett, die Mädchen in Gruppen von zwei und zwei an beiden Seiten. Masayo – die Kleine mit der riesigen Brust – wurde als erste tätig, was nicht überraschend war, denn sie begann schon zu keuchen, und es war kein leichtes Keuchen – ihre Atemlosigkeit war nicht erzwungen, und das Keuchen hob und senkte ihre riesige Brust ganz sanft. Sie stöhnte nur aus Erwartung – keiner der beiden Männer hatte sie wirklich berührt. Ihr unkontrollierbares Verlangen machte sie waghalsig – ihre Hand auf Nashertons Knie war reine Formsache. Auf der Stelle schob sie sie ganz nach oben und streichelte ihn selbstbewusst. Sie trug ihr Haar in einem eleganten Pariser Pagenschnitt, die Farbe war ein sehr dunkles Braun mit einem Hauch von blonden Strähnchen, der allgemeine Effekt war berauschend. Im gleichen Moment, in dem sie begann, Nasherton zu streicheln – und Nasherton war sehr hart –, wurde Masayos Stöhnen lauter und sie beugte sich herüber, um Nashertons Hals zu küssen, wobei sie ihn mit ihren Nippeln berührte.

Während dieses Vorspiels und Reizens zogen die anderen drei Mädchen Nasherton aus, so dass er die Hände frei hatte, um Masayos riesigen Brüste zuerst zu umfassen und dann zu drücken. Nasherton fand sie weich, aber erstaunlich fest, und er selbst wurde noch härter. Nachdem Suki Nashertons Schuhe und Hose ausgezogen hatte, ging Masayo in die Knie und nahm Nasherton in den Mund. Zuerst nur die Eichel und dann den ganzen Schaft – sie liebte dieses leichte Würgen, wenn die Eichel eines bestückten Mannes ihre Kehle berührte. Nasherton hatte natürlich einige frühe Liebeströpfchen, die sie mit ihrer Zungenspitze aufleckte – etwas salzig, aber nicht unangenehm, dachte sie.

Masayo war die ganze Zeit auf den Knien und sie stöhnte laut, als das Saugen sie noch mehr erregte.

Wie Albert Nasherton zuvor erklärt hatte, betrachteten alle Japanerinnen es als Ehre, „dinieren" zu dürfen; und das höchste der Gefühle war es, die ganze Ladung Milch eines Mannes zu schlucken.

„In dieser Hinsicht sind sie ganz anders als weiße Frauen, oder?"

Albert nickte und fuhr auf die typische Art und Weise des analytischen Deutschen fort, der er war:

„Es gibt noch weitere große Unterschiede. Zuerst einmal kommen Japanerinnen vier- oder fünfmal zum Höhepunkt, und man kann die frühen Kontraktionen und das Pulsieren spüren, sobald man eindringt. Es kommt heutzutage immer häufiger vor, dass weiße Frauen nicht fertig werden – sie sind kurz davor, aber dann musst du aufhören, und sie sind gezwungen, auf die plumpe und primitive Methode der eigenen Finger zurückzugreifen. Im Gegensatz dazu sind diese japanischen Mädchen wandelnde, leicht gekühlte Orgasmen."

Nasherton lächelte über Alberts Gebrauch dieses Adjektivs. „Nur leicht gekühlt, Albert?"

Albert, der immer ernst war, fuhr mit seiner Lektion fort:

„Oh ja. Sie haben diese extrem sittsame und bescheidene Fassade, weil sie alle Feuerwerkskörper sind, die kurz vor dem Explodieren stehen. Sie sind das diametrale Gegenteil zu weißen Frauen, die typischerweise brausend auftreten, innen aber frigide sind. Als ich diese vier schönen Mädchen in Paris eingestellt habe, habe ich sie paarweise zum Essen ausgeführt. Sie waren mir oder sich untereinander noch nie begegnet. Und beide Paare fanden es völlig natürlich und normal, ihren Gastgeber in dieser Nacht zu belohnen, reich zu belohnen. Keine der vier hat das Gehabe einer weißen Frau, die Eigenschaft zu jammern, oder zu denken, dass sie ein Geschenk Gottes ist; nein, nichts von der Sorte. Nur zwei raffinierte Stunden voller sechsmaliger Höhepunkte pro Mädchen. Dann das erwartete Nickerchen."

Albert berichtete sehnsüchtig weiter:

„Ja, ich mag das Ritz in Paris, weil die Betten da so groß sind. An dem Abend, an dem sich Masayo und Suki bei mir vorstellten, nahmen die beiden Mädchen nach den nächtlichen Frivolitäten gemeinsam ein Bad, und beide schwatzten miteinander wie zwei kleine, elegante Spatzen. Als ich sie da so ansah in den zarten Rosa- und Pfirsichtönen des Badezimmers, nun ja, ich kann dir sagen, dass allein das sehr erregend war, und wäre ich nicht von zuvor noch völlig verausgabt gewesen…

Albert lächelte, als er sich an diese genussvollen Zeiten in Paris mit diesen herrlichen Japanerinnen erinnerte.

Masayos Mund hatte beinahe zu gute Arbeit geleistet, denn Nasherton musste sie von sich weg ziehen. Sie keuchte laut, stand auf, und legte sich auf dem Rücken auf das Bett; dann nahm sie ihre Finger und öffnete erneut ihre unteren Schamlippen. In der Regel war diese gängige weibliche List etwas zu anatomisch für Nashertons Geschmack, aber so wie dieses japanische Mädchen es tat, schien es vollkommen normal. Er drückte sich sofort ganz in sie herein, bis zum Anschlag. Ihre mandelförmigen, sanften Augen öffneten sich in Schock, dann Überraschung, dann Lust. Genau wie Albert es vorausgesagt hatte, begannen ihre Kontraktionen sofort zu pulsieren. Sie keuchte jetzt laut und hatte ihre Hände auf seinem Hintern und zog ihn hinein, immer tiefer und tiefer. Während der ganzen Zeit sprach sie japanisch in einer hohen, aber weichen Stimme und sagte: *„iku iku; iku iku; iku iku; iku iku; iku iku."* Albert erklärte später, dass die genaue Übersetzung das Gegenteil des europäischen Satzes war – die Japanerinnen sagen „ich gehe", was bedeutete „ich verliere die Kontrolle", was in Masayos Fall sicherlich der Wahrheit entsprach.

Masayo drückte sich nach oben, während Nasherton in sie stieß; ihre Augen öffneten sich weit und sie war eine Sekunde lang still – sie gab ein kehliges Stöhnen von sich, als sie Nasherton umschloss, wie keine Frau es je zuvor getan hatte.

„Es war nicht nur die Intensität, sondern auch die Dauer – sie blieb 10 Sekunden lang so – sie starrte mich mit aufgerissenen Augen an und schien in einem Zustand eingefrorener Animation zu schweben. Und die ganze Zeit gab sie diesen Laut von sich. Dann entspannte sie sich. Bevor sie sich entspannte umschloss sie mich so fest, dass ich nicht in der Lage war, mich hinein oder hinaus zu bewegen. Unglaublich. Dann kam eine Reihe von schnellen, aber sehr leichten und weichen Kontraktionen. Dann war es für sie vorbei, und sie lag nur schwer atmend da. Ich sah, dass ihr ganzer Körper mit kleinen Schweißperlen bedeckt war; ihr Rücken tropfte vor Schweiß."

Die anderen drei Mädchen hatten Nasherton auf Masayo beobachtet, und es hatte den Effekt, dass sie jetzt alle so erregt waren wie Masayo. Alle drei gingen auf dem Bett auf alle viere und Suki bat Nasherton: „Bitte probieren Sie uns alle aus, und sagen Sie uns, welche sie bevorzugen."

Im Gegensatz zu Nashertons vorherigen Erfahrungen mit vier Mädchen in Paris und Capri war das hier die *Crème de la Crème*. In seinem ganzen Leben hatte Nasherton nie eine solche Erregung erlebt wie an diesem Abend, als diese drei Mädchen sich dem Engländer ganz unbefangen und natürlich zur Benutzung anboten. Und noch eins fiel Nasherton auf: Diese Mädchen hatten mehr Spaß als er. Das schockierte ihn wirklich, und es half sehr dabei, Alberts Vorliebe für Japanerinnen zu erklären, wenn er Paris besuchte.

Nach der Aufregung verabschiedete sich Albert von einem sehr müden, aber außergewöhnlich gesättigten Nasherton und zog sich still in seine Suite zurück.

2: Jules Vernes' Raumschiff

Vevey
Sonntag, 8. September 1940

AM NÄCHSTEN MORGEN HATTE Albert Croissants und
Bohnenkaffee zum Frühstück im großen Restaurant im Erdgeschoss, das den See überblickte. Es waren nur ein paar kleine
Segelboote auf dem See, die alle langsam wie schläfrige Käfer an
den Rändern des Sees entlang krochen. Nasherton war nicht zu
sehen, und es war nur ein anderer Tisch besetzt – an ihm saßen die
vier Mädchen, die Albert alle mit bewundernden Blicken schme-
ichelten. Auf dem Weg nach draußen ging er hinüber zu ihrem
Tisch und dankte ihnen allen für die „harte Arbeit" in der Nacht
zuvor. Unter Gekicher hielten sie sich aufgeregt die Hände vor die
Gesichter und schlugen ihre Augen nieder.

„Wir wollten uns eigentlich bei Ihnen und Mr. Nasherton für
einen so aufregenden Abend bedanken", sagte Masayo.

Erstaunlicherweise waren ihre Nippel schon um acht Uhr
morgens am Frühstückstisch sichtbar.

Albert lächelte über die unbegrenzte sinnliche Energie dieser
jungen Japanerinnen – er erinnerte sich an Nashertons Kommentare darüber, wie träge die plumpen englischen Mädchen waren (in
Wirklichkeit war Nasherton noch etwas ausdrücklicher gewesen),

und Albert erinnerte sich auch an das komplette Nichtvorhandensein von Cellulitis.

✠ ✠ ✠

Nachdem er sich von den vier jungen Damen verabschiedet hatte, spazierte Albert gemütlich den Pfad hinauf zur Wohnung des Professors, während die Kirchenglocken im hellen Sonnenlicht des wolkenlosen Morgens die Gläubigen zur Messe riefen.

Als er an der Haustür ankam, klopfte Albert und der Professor, diesmal hellwach, öffnete die Tür.

Stein verriet verschwörerisch, dass seine Frau nach Genf gegangen war, um eine Freundin zu besuchen, und verfiel in seine amerikanische Mundart, als er sagte: „Die Luft ist rein."

Während er auf der Terrasse saß und Kaffee trank, fragte Albert nach Amerika und seiner aktuellen wirtschaftlichen Lage.

Stein sagte: „Warte bitte hier".

Er verließ die Terrasse und kehrte einen Augenblick später mit einer Zeitschrift zurück.

„Hier ist die maßgeblichste Quelle, die wir im Bereich der Wirtschaftspolitik haben. Es ist eine Zeitschrift, die sich auch gerne pompöserweise als ‚Zeitung' bezeichnet, um sich von Luces aufdringlichem *Time*-Magazin abzugrenzen und sich mit hochwertigen Zeitungen wie der *Times* von London und den *Financial Times* gleichzusetzen, selbst mit der eher provinzlerischen *New York Times*."

Stein schlug die Ausgabe an der Stelle auf, die er mit einem Papierstreifen markiert hatte.

„Der Kern dieses Kommentars ist, dass das Einkommen eines durchschnittlichen Amerikaners 1930 ein Drittel höher war als das Einkommen eines durchschnittlichen Briten, aber jetzt am Ende des Jahrzehnts ist es ausgewogen – das durchschnittliche amerikanische Einkommen ist nun so hoch wie das englische. Und wir reden von nur 10 kurzen Jahren. Und denke daran, dass es außer Kohle in England keine natürlichen Rohstoffe gibt, die die Vereinigten Staaten im Überfluss haben. Das Magazin hat neulich darüber berichtet, dass die Vereinigten Staaten vergessen zu haben scheinen, wie man wächst. In dem Bericht stand auch, dass Roosevelt in den fünf Jahren von 1933 bis 1938 mehr Geld ausgegeben hat als die Gesamtsumme des Geldes, das alle seine 31 Vorgänger zusammen ausgegeben haben, und diese Präsidenten mussten einen furchtbaren Bürgerkrieg finanzieren, und obendrein den Ersten Weltkrieg."

„Wirklich, mehr als alle vorherigen 31 Präsidenten zusammen? Bist du dir sicher, ist das denn überhaupt möglich?", sagte Albert deutlich überrascht.

„Ja, ziemlich unfassbar, oder?"

Stein, der sich sichtlich warm geredet hatte, fuhr auf sokratische Art und Weise fort:

„Leidet Deutschland zur Zeit Hunger? Und wie steht es mit Amerika?"

„Bedauerlicherweise leiden alle Länder Hunger. Es ist traurig: In allen Ländern der Welt müssen kleine Kinder hungrig ins Bett gehen. Es scheint mir aber so, als ob wir in Deutschland die Gesamtlage unserer Bevölkerung seit '33 verbessert haben, jedenfalls hoffe ich das.

Und ich glaube, dass du die Lage des deutschen Durchschnittsbürgers verbessert hast, jedenfalls was seinen Bauch angeht. Und ich stimme dir zu – bedauerlicherweise hungern alle Länder. So lass mich dich in ein Raumschiff von Jules Verne versetzen, mit Motoren aus feinstem Kruppstahl, und dich auf einen Planeten fliegen, der Hunger leidet, dessen Regierung aber vorschreibt, dass sechs Millionen Schweine geschlachtet werden sollen und zerstört und verschwendet. Oder dass Bauern dafür bezahlt werden, *kein* Essen anzubauen, selbst während ehrenhafte Jungen in Brooklyn sich aufhängen, um ihrer hungernden Familie keine Last zu sein. Oder dass ein Bauer, der einen Acker bebauen möchte, eine Lizenz von der Regierung braucht oder ansonsten eine Strafe von 1000 Dollar am Tag bekommt. Oder dass Köchen auferlegt wird, wie sie Makkaroni zu machen haben. Oder dass eine Hausfrau, die ein Hühnchen kauft, sich den Vogel nicht aussuchen kann, sondern dass für sie kraft des Gesetzes nach dem Zufallsprinzip ein Hühnchen ausgewählt wird. Auf diesem skurrilen Planeten verlieren also Hausfrauen das Grundrecht, das Essen auszusuchen, mit dem sie ihre Familie ernähren. Was würdest du von diesem Ort halten?"

„Sechs Millionen Schweine weggeworfen. Nun, Professor, Sie haben recht, das ist Science Fiction – so einen Ort könnte es niemals geben."

„Albert, ich habe genaue Ereignisse beschrieben, die in Amerika in den letzten 10 Jahren geschehen sind."

Stein lächelte über Alberts Stirnrunzeln.

„So eigenartig das klingt – Deutschlands Wirtschaft ist seit 1933 freier gewesen als die der Vereinigten Staaten. Natürlich spreche ich ausschließlich von der Volkswirtschaft, nicht von persönlicher Freiheit, da Deutschlands Einparteien-Diktatur genau das ist – eine Diktatur, und wie alle Diktaturen ist es eine furchtbar brutale: die Kristallnacht, die endlose Judenhetze; das Kopieren der britischen Konzentrationslager von den südafrikanischen Kriegen des letzten Jahrhunderts – die Liste der Brutalitäten ist endlos.

Aber in rein volkswirtschaftlicher Hinsicht gibt es heute weniger Bestimmungen und weniger Belästigung der deutschen Geschäftsleute als auf der anderen Seite des Atlantik. Das Wegwerfen der sechs Millionen Schweine wurde von Roosevelt in einem wahnsinnigen Versuch angeordnet, die Farmpreise hochzutreiben. Natürlich ist das nur eine weitere Art und Weise, Hunger und Not zu verschlimmern – die Regierung forderte die Armen auf, mehr zu zahlen, um den Bauern zu helfen. Und schau dir an, wie sie mit Henry Ford umgegangen sind. Als Ford sich weigerte, den sogenannten Blue Eagle Code von Roosevelts National Industrial Recovery Act zu unterschreiben und Anweisungen zu folgen, dass er seine Autopreise erhöhen *müsste*, wurde er gnadenlos verfolgt. Ford wurde von dem brutalen Kommissar bedroht, einem ungestümen Tyrannen namens Hugh Johnson. Er war ein Mann, den Stalin bewundern würde – sowohl für seine Trinkgewohnheiten, als auch für sein explosives Temperament. Roosevelt hat in der Tat in einer seiner Pressekonferenzen über Ford gesagt, dass ‚*wir den Kauf von Ford Autos von allen Regierungsangeboten entfernen müssen*‘; dies sind seine eigenen Worte, die Worte des aktuellen amerikanischen Präsidenten. Und als Ford ein Angebot über 500 Trucks für eine von Roosevelts Buchstabensuppen machte – ich glaube, es war der CCC –, war sein Angebot 169.000 Dollar günstiger als das des nächsten Rivalen, und es wurde trotzdem abgelehnt.

Nun hat Roosevelt natürlich nicht die Depression begonnen, diese zweifelhafte Ehre gebührt seinem Vorgänger, Präsident Hoover, dessen Spitzname der ‚Wunderknabe‘ war. Der Republikaner Hoover war den Ideen von Roosevelt viel näher, als die meisten Menschen wissen: Hoovers rückständige Ansicht war, dass ‚hohe Löhne Reichtum schaffen‘. Natürlich ist das Gegenteil der Fall. Also hat Hoover vor Roosevelt nach dem Zusammenbruch von ’29 Firmen gezwungen, unhaltbare und künstlich hohe Löhne aufrechtzuerhalten; und diese Firmen taten, was jeder rational denkende Geschäftsmann tun würde, sie entließen einfach Angestellte, was genau den gegenteiligen Effekt von dem hatte, was Hoover wollte. Weißt du Albert, Hoover und Roosevelt denken beide, dass die Regierung schlauer ist als der Markt. Der Republikaner Hoover war das Gegenteil seines Vorgängers, des republikanischen Präsidenten Coolidge. Während Coolidge der Meinung war, dass das Einmischen der Regierung mehr Probleme mit sich brachte, als es löste, liebte Hoover es, einzuspringen, ‚etwas zu tun‘ – irgendetwas zu tun, egal wie schlecht es war. Aber das Problem ist, dass die Dinge, die Hoover tat, ungeheuer schädlich waren. In der letzten Aktienmarkt-Panik '21 – vor Hoover – entließen Firmen Arbeiter, und das Geschäft wuchs mit der erhöhten Effizienz, und dann stellen sie die Arbeiter wieder ein, sogar noch mehr Arbeiter. Eines der vielen Dinge, die Hoover getan hat und die in der '29er Panik so schädigend waren, war, dass er Firmen verbot, Personal zu kündigen, also gingen viele Firmen einfach bankrott und schlossen die Türen. Und Hoover zwang die Eisenbahnfirmen dazu, eine Milliarde Dollar auszugeben – zu einer Zeit, in der das gesamte US-Regierungsbudget nur drei Milliarden Dollar betrug."

In diesem kritischen Augenblick gesellte Sebastian sich zu den beiden Männern, Steins treuer Dackel, der auf die Terrasse spazierte und sich dann nach einem genehmigendem Schnüffeln an Alberts Schuhen auf einem sonnigen Fleckchen niederließ.

„In ein paar Minuten wird es ihm zu heiß, dann geht er wieder rein."

Natürlich ging Steins Vorhersage zwei Minuten später in Erfüllung.

„Albert, weißt du, heutzutage glauben die Regierungen rund um den Globus, dass Geschäftsmänner unmoralischer sind als Politiker, wobei in Wirklichkeit das Gegenteil der Fall ist. Ein Geschäftsmann ist nur an einer Sache interessiert, nämlich Profit, aber Politiker mit ihren dienernden Günstlingen in den Universitäten sind nur an Macht interessiert, versteckt unter der Vorgabe, ‚Menschen zu helfen'. Akademiker auf der ganzen Welt denken alle, sie seien hochgradig überlegene Wesen, gesegnet mit überlegenem Intellekt. Sie unterhalten sich mit hochstehenden Kollegen, diskutieren überragende Themen, verbringen ihren Urlaub an außergewöhnlichen Orten und lechzen wirkungslos nach hübschen, jungen Kellnerinnen. Zum Glück werden Akademiker generell ignoriert. Aber Politiker heutzutage glauben, dass nur sie die Volkswirtschaft ihres

Landes verwalten können und dass die normalen und natürlichen kathartischen Auswirkungen des Zerplatzens von periodischen Aufblähungen durch Paniken unnatürlich sind. Politiker und meine Akademikerkollegen sehen nicht ein, dass sie durch den Versuch, die menschliche Natur zu ändern, auf lange Sicht mehr Schaden anrichten. Und Geschäftsleute, besonders Investoren, sind von den widersprüchlichen Emotionen der Angst und der Gier getrieben. Es wäre schon, wenn das Ideal des ,rationalen Mannes' Wirklichkeit wäre, aber bedauerlicherweise sind die Menschen nicht rational; sie sind urzeitlich und grob und unberechenbar; das wird sich nie ändern.

Nun, die Jules-Verne-Raumschiff-Geschichten sind alle wahre Geschichten aus Amerika. Sowohl Hoover als auch Roosevelt glauben an Taten und an das Spekulieren mit dem Geld der Steuerzahler. Vor allem glauben sie beide an Größe, besonders die Größe der Regierung. Während die Regierung von Hoover die Depression geschaffen hat, hat die Regierung von Roosevelt daraus die Große Depression gemacht. Hoovers Regierung ermutigte die Bauern zur Überproduktion, wozu sie natürlich gerne bereit waren. Natürlich geschah das Unvermeidbare und die Farmpreise brachen zusammen – weil es mehr Angebot als Nachfrage gab. Also klebte die Hoover-Regierung ein schmutziges, infiziertes Pflaster auf ein anderes schmutziges und infiziertes Pflaster und verschwendete 500 Millionen Dollar bei dem Versuch, diese Katastrophe wieder hinzubiegen.

Und hier kommt das Interessanteste: Im gleichen Land mit den gleichen Arbeitern, aber mit einer anderen Regierung stand das Land in den 20er Jahren in vollster Blüte. Wie du weißt, ist das eine Epoche, über die ich ausführlich geschrieben habe und natürlich habe ich die frühen Jahre des Jahrzehnts selbst mit eigenen Augen gesehen, als ich in Harvard unterrichtete. Präsident Coolidge war in dieser Zeit sehr konservativ und glaubte daran, dass es der beste

Ansatz wäre, sich nicht in die amerikanische Wirtschaft einzumischen. Coolidge hielt die Einkommensteuer gering, sodass die Geschäftsleute ihre Profite zurück in ihre Geschäfte investieren konnten, was Geschäftsleute lieben, denn sie behandeln ihre Firmen im Allgemeinen wie ihre eigenen kleinen Babies. Und diese geringen Steuern belohnten Coolidge mit einer robusten Wirtschaft. Natürlich trieb die menschliche Gier es damit zu weit, wie es immer ist, und der amerikanische Aktienmarkt wurde irrational überschwänglich – die ‚tierischen Triebe‘ nahmen überhand. Zum Beispiel fingen gewöhnliche Leute an, an der Börse zu spekulieren, und das mit geliehenem Geld namens ‚Einschuss‘, und das war keine Investition in Rente, sondern eher ein Glücksspiel.

Sie konnten das nur tun, weil die amerikanische Zentralbank den Markt 1972 mit billigem Geld überflutete. Es gab 1928 eine Zeit, als der Betrag dieser sogenannten ‚Margen‘ äquivalent war zu 18 % der gesamten amerikanischen Wirtschaft. Natürlich stiegen die Aktienpreise bei all diesem freien Geld in einem unnatürlichen Maß – vom Frühling ’27 zum Sommer ’29 verdoppelte sich der Aktienindex, der ‚Dow Jones‘ heißt, von 200 auf 381. Als also spät im Jahr 1929 das Verkaufen begann, nahm die zweite menschliche Emotion Angst überhand, und der Aktienmarkt brach schneller zusammen, als er sich in den letzten beiden Jahren ausgedehnt hatte. Nun wäre diese extrem unangenehme – aber wesentliche – Entschlackung von relativ kurzer Dauer gewesen, wenn die allwissenden Politiker und die Zentralbank nicht gewesen wären, die sich weiterhin einmischten. Der einzige Weg, tierische Triebe zu beruhigen, ist, wenn die Leute Geld verlieren, und nicht durch Regierungsvorschriften, die die Märkte ‚regulieren‘ – bis die Posaune des Jüngsten Gerichts schallt, werden die Leute immer von Angst und Gier getrieben sein.

Albert, wenn du die Leute als zu groß geratene Kinder siehst, wie ich, anstatt als rationale Wesen, dann ist es ganz klar, dass diese Kinder gezüchtigt werden müssen, nicht verwöhnt. Und Bauern

sind das perfekte Beispiel. In allen Ländern sind die Bauern diejenigen, die am schlimmsten jammern – sie beschweren sich über
alles. Die beste Lösung ist, nicht ihren Beschwerden nachzugeben,
sondern sie vielmehr zu ignorieren. Lass die schwächeren Bauern
aufgeben oder verkaufen, daher kommt der Name Marktplatz, und
der Marktplatz ist nur eine Formalisierung der menschlichen Natur.

Der Marktplatz ist lediglich eine Abstraktion der Menschheit,
des menschlichen Verhaltens, von Angst und Gier, der wesentlichen
Natur der Menschen mit ihren Stärken und Schwächen. Während
Politiker und ihre akademischen Speichellecker davon überzeugt
sind, dass sie über diese Niedrigkeit hinauswachsen können, irren
sie sich doch. Politiker prahlen gerne im Radio, dass sie ‚die Welt
zu einem besseren Ort machen können', aber in Wirklichkeit ist es
die Wirtschaft, die die Welt zu einem besseren Ort macht. Der Vorgang ist jedoch ein hässlicher, und die Abscheu der Leute vor dieser
Hässlichkeit ist es, was die Politiker ausnutzen. Die Politiker versprechen alle, zu ‚kontrollieren', zu ‚regulieren', zu ‚verbessern'. Ihre
phantasievollen Schemata verursachen oft wirklich eine kurzwei-
lige Euphorie, aber diese Droge verliert schnell ihre Wirkung, und
genau wie bei der Person, mit der es bergab geht, wird immer mehr
benötigt – es ist schlicht und einfach Abhängigkeit. Und während
die Abhängigkeit schnell wächst, muss sie immer mehr befriedigt
werden."

3: Kalter Trost für Dickerchen

Haus Wachenfeld
Sonntag, 5. Januar 1941

DIE SONNE KÄMPFTE SCHWÄCHLICH darum, Haus Wachenfeld zu wärmen – und verlor. Die SS-Wächter versuchten einander davon zu überzeugen, dass der Winter nicht so schlimm war wie der vorherige Eiswinter – der Winter von '39 war der kälteste der Geschichte gewesen: Kanäle gefroren, gesunde Nutztiere starben in den Feldern, bevor sie in Scheunen untergebracht werden konnten; und Flugzeugmotoren weigerten sich, anzuspringen. Aber der jetzige Winter war genauso streng.

Im großen Zimmer brannte ein flackerndes Feuer lichterloh. Davor, und sich die Wärme des Feuers ganz zu Nutze machend, stand ein sehr fetter Mann mittlerer Größe, der die extravagante Uniform des Reichsmarschalls trug. Er sah aus wie ein Oberst von einer lateinamerikanischen Bananenrepublik, so sehr war seine Brust mit Medaillen verkrustet. In seiner Hand hielt er einen juwelenbesetzten Marschallstab. In dozierendem Ton erklärte er dem sehr kleinen Mann, der neben ihm stand, dass sein Marschallstab ganze drei Zentimeter länger war als jeder andere im *Reich*. Der andere Mann setzte erfolgreich eine beeindruckte Miene auf und schmeichelte dem fetten Mann, indem er sagte, dass nicht nur sein Stab länger war als alles andere im *Reich*. Dem Fetten gefiel diese phallische Referenz und er lachte.

„Also, Paul, weswegen sind wir hier? Ich wollte eigentlich in Oberlech die ganze Woche Bergziegen jagen. Konnte dieses Treffen nicht warten?"

Der Kleine schwieg.

In dem Moment trat ihr Gastgeber ein und ging auf das Feuer zu. Er achtete darauf, dem Fetten nicht in die Augen zu sehen. Der Gastgeber schlug vor, sich in den Sicherheitsraum im zweiten Untergeschoss zu begeben. Da verschwand das Lächeln aus dem Gesicht des Fetten und er roch Schwierigkeiten, genau wie seine österreichischen Bergziegen die Gefahr schon spüren, bevor sie den Geruch der Jäger wahrnehmen.

Die drei gingen zu dem Aufzug, den Bormann in einem Zeitraum von nur 24 Stunden hatte bauen lassen, während der Besitzer in Berlin gewesen war. Als der Gastgeber dieses Wunder zum ersten Mal sah, schüttelte er nur den Kopf und lächelte und sagte ohne nachzudenken zu allen, wie er niemals ohne Bormann auskommen könnte; eine Bemerkung, die Bormann während der nächsten Monate einhundert Mal wiederholte.

Die drei Männer betraten den Aufzug und der Gastgeber steckte den Schlüssel in das Messing-Schaltfeld elektrischer Knöpfe und drückte den Knopf zum zweiten Kellergeschoss, das nur mit dem Aufzug erreicht werden konnte und nur von jemandem, der den Schlüssel hatte (den einzigen anderen Schlüssel hatte Bormann).

Der Siemens-Aufzug glitt leise hinunter, und die drei Männer gingen auf den ersten Raum zu. Das gesamte zweite Untergeschoss war spartanisch, was nicht charakteristisch war – es war wie ein Gefängnis, oder vielmehr ein Verlies. Unfertiger Beton kennzeichnete die Wände des Flurs und sogar der Raum selbst war karg – ein großer Schreibtisch, vier Armstühle, ein Filmbildschirm und ein neuer elektrischer Plattenspieler waren die einzigen Möbelstücke. Der Raum war von elektrischem Licht hell beleuchtet und wurde von zwei dreistäbigen elektrischen Heizgeräten beheizt.

Das Unwohlsein des Fetten wurde stärker.

„Ich hoffe, ihr beiden tut mir hier drin nichts", sagte er lachend als Versuch, eine Reaktion zu erhalten.

Das völlige Wegbleiben einer Antwort der beiden anderen alarmierte ihn nun richtig. Schließlich waren dies zwei seiner ältesten Kameraden im Kampf und der Grund, aus dem er mit dem Gastgeber '23 in München marschiert war.

„Setz dich bitte hier hin, Paul möchte dir etwas zeigen. Aber bevor wir anfangen, würde ich dir gerne eine Frage stellen: Kennst du einen Mann namens Prodromos Athanasiadis Bodosakis? Hier ist ein Foto von ihm."

Jetzt wurde Göring blass und fing an zu schwitzen, zuerst nur ein wenig.

„Nun, ich treffe viele Leute. Sag mal, Paul, dieser Kerl sieht aus wie dein Erzfeind aus den alten Zeiten in Berlin – der alte Polizeihauptmann, der dich verfolgte."

Selbst der Hinweis auf den verhassten Bernhard Weiß verursachte keine Reaktion bei dem kleinen Mann.

„Es ist eine einfache Frage, Hermann", sagte der Gastgeber, beinahe traurig.

„Kennst du ihn? Ja oder nein?"

Der Fette begriff, dass sein alter Kamerad versuchte, ihm zu helfen.

Göring schwieg.

Nach einem Augenblick sagte der Gastgeber ohne Enthusiasmus: „Paul, spiel bitte den Film ab."

Der Kleine ging hinüber zu dem Filmprojektor und startete den Film. Der Film war sehr unscharf und der Ton war hin und wieder unhörbar, aber der Film zeigte den Fetten und den Griechen in einem Hotelzimmer. Das Zimmer war eindeutig eine große und teure Suite im alten Stil eines großen Hotels in Wien oder Paris oder sogar Rom.

Nach ungefähr einer Minute Film hörte man Göring nach „der zweiten Zahlung" fragen. Der Grieche sagte zu dem Fetten, dass das Geld bereits in seinem schweizerischen Bankkonto sei. In dem Film konnte man sehen, wie Göring sich die Hände rieb – wie eine Stereotype der habgierigen Bankleute, die er zu hassen behauptete.

„Carinhall braucht mehr Arbeit, daher ist das hier sehr nützlich," hörte – und sah – man die unscharfe Gestalt antworten.

Wenige Sekunden später endete der Film.

„Also gut. Ich habe mich mit diesem Kerl getroffen, er war nur ein Geschäftskollege, na und?" log Göring.

Der Kleine reichte Göring eine Akte mit einem Dutzend Blätter Papier.

Göring öffnete sie und sah hinein.

„Scheiße – was ist das denn, wer hat meine Unterschrift gefälscht?" bekannte der verwirrte Fette zuerst und versuchte dann im gleichen Satz, Drohungen auszustoßen.

„Du hast die verfluchten Republikaner mit Waffen versorgt, mit denen sie deutsche Soldaten getötet haben. Du hast es '36 organisiert, dass das verfluchte Schiff *Bramhill* 19.000 Gewehre, 100 Maschinenpistolen und 28 Millionen Ladungen Munition lieferte. Du bist ein verdammter Verräter. Du hast dabei geholfen, dass tapfere deutsche Soldaten getötet wurden, du verdammtes Stück Scheiße, du verdammtes Tier, du Feigling, du hast deutsche Soldaten in Spanien getötet."

Dieser Wutanfall ging immer weiter, und der Gastgeber schrie nur noch. Sein Gesicht war puterrot und die Adern in seinen Schläfen pulsierten.

Der kleine Mann schwieg.

DIE GÖTTIN DES SCHICKSALS

„Ist dir eigentlich klar, du Stück Scheiße, was passieren würde, wenn meine Feinde an diese Akte gerieten. Das Deutschland, das wir kennen, wäre erledigt – die Wehrmacht wartet nur darauf, dass ich einen Fehler wie diesen mache. '34 würde noch einmal von vorne anfangen, aber dieses Mal nicht mit Röhm, sondern mit mir. Du bist erledigt, es ist vorbei, du Stück Scheiße."

Inzwischen hatten Görings Hände angefangen zu zittern.

„Wolf, Wolf, schau, du hast recht, du hast immer recht. Ich war im Unrecht, aber schau, das braucht doch niemand außer uns dreien zu wissen," bettelte Göring, den Spitznamen des Gastgebers verwendend, den nur seine engsten Vertrauten verwendeten.

„Bist du eigentlich ein totaler Schwachkopf, du verdammter Idiot – was ist mit den Franzosen, die das hier gefilmt haben, was ist mit unseren Agenten in der Schweiz, was ist mit diesen schwanzlutschenden schweizerischen Bankleuten, und was ist mit diesem verdammten Griechen – ist er eine totale Hure, genauso wie du? Nur einer von denen braucht zu reden, und wir sind alle geliefert – du, ich, Paul, alle. Du bist am Ende, es ist vorbei, und du, du verdammter Schwachkopf, bist erledigt."

Plötzlich erinnerte sich Göring an das Treffen – es war '36 in Paris gewesen. Er saß in der Tinte. Dieses verdammte griechische Arschloch.

„Ich kann mich zur Ruhe setzen, ich haue ganz still und leise ab. Paul kann der Welt sagen, dass ich krank bin."

Ohne ein weiteres Wort ging der Gastgeber auf den Schreibtisch zu und drückte auf einen versteckten elektrischen Knopf. Vier SS-Wachen betraten das Zimmer; der Gastgeber nickte. Mit der Ermächtigung des deutschen Kanzlers hoben die vier Göring gewaltsam hoch und stellten ihn an die kalte Betonwand.

Görings Augen öffneten sich weit.

„Ihr könnt doch nicht …"

Bevor er seinen Satz beenden konnte, hatten die vier ihre Luger-Pistolen abgefeuert. Die Leiche des früheren Starfliegers des Ersten Weltkrieges – Anführer des Jagdgeschwaders 1 – sackte zu Boden.

„Weg mit ihm," sagte der Gastgeber ausdruckslos, als ob er sich ein Stück seines Lieblingssahnetorte bestellte.

„Vergrabt ihn hinter dem Treibhaus. Brecht den gefrorenen Boden mit Pickeln auf."

Paul und der Gastgeber gingen und nahmen die Ordner mit.

Als sie zurück im großen Zimmer waren, sagte der Gastgeber:

„Was zur Hölle hat er sich eigentlich gedacht; hat er die Folgen nicht begriffen? Mit deiner Radioarbeit und meinen Auftritten ist es uns gelungen, die Welt sauber auszutricksen. Der Rest der Welt staunt mit offenem Mund über die Macht und Solidarität des deutschen Moloch. Verdammt, wenn die Welt wüsste, wie zerbrechlich wir in Wirklichkeit sind, wie spröde das Spinnennetz ist, das ich versuche zusammenzuhalten. Lieber Himmel. Weißt du noch, wie wir '36 ins Rheinland marschiert sind? Ich wusste, dass diese Idioten in der Wehrmacht mich sofort bei lebendigem Leib häuten würden, wenn die Demokratien auch nur einen Furz ließen. Aber da die Briten und die Franzosen nichts taten, lebte unser Kampf noch weiter. Glaubst du, die Briten sind schwach und so zerbrechlich wie wir? Sicherlich nicht – sie können gar nicht so zerbrechlich und schwächlich sein. Zum einen haben sie eine wunderbare Oberschicht. Und diesen großen Burggraben natürlich. Aber wir müssen sehr aufpassen. Weißt du, ich habe Herrmann geliebt, und er hatte so viele großartige und positive Eigenschaften, aber vielleicht lag es an dem Morphium, was er für seine Schulter bekam. Vielleicht war es der Verlust seiner schwedischen Prinzessin. Vielleicht war es – ach Gott, ich weiß doch auch nicht. Er war ein solcher Fels in der Brandung. Ein solcher Titan."

Paul nickte zu dem knabenhaften Nachsinnen des Gastgebers. Geschäftsmännisch wie immer sagte er:

„Nun, wir geben bekannt, dass er bei einem Frankreich-Besuch vom Widerstand getötet worden ist. Es schadet nie, ein paar Beschwerden anzuhäufen, ob sie echt sind oder erfunden. Falls die Wahrheit jemals ans Licht kommt, leugnen wir sie einfach; mindestens sechs Monate lang sind wir bestimmt in Sicherheit. Was nun diese Akte anbelangt, so sehe ich absolut keinen Grund, sie zu behalten – oder den Film. Ja, sicher hast du recht, es gibt noch andere Kopien – wir können uns darauf verlassen, dass diese verdammten Franzosen versuchen werden, uns einen Strick zu drehen, aber Gott sei Dank haben wir all das jetzt herausgefunden und nicht später."

Jetzt, wo sie wieder in dem großen Raum waren, warf Paul ein Blatt Papier nach dem anderen ins Feuer. Selbst die einfachen, gelbbraunen Manila-Ordner wurden verbrannt. Der Zelluloid-Film verbrannte mit einem scharfen Geruch und füllte den großen Raum mit Dämpfen, die die Augen zum Tränen brachten. Nach ein paar Minuten war nur noch die verkohlte, stählerne Spule übrig.

„Meine Schwester wird wütend sein, wenn sie am Montag den Kamin putzt," sagte der Gastgeber, dessen Schwester den Haushalt verwaltete und darauf bestand, den Kamin selbst zu putzen, obwohl ihr mehr als zwei Dutzend Diener zur Verfügung standen.

4: Sasakis Franklins

Tokio
Mittwoch, 8. Januar 1941

ES HATTE AM DIENSTAG angefangen zu schneien, um kurz vor Mitternacht. Der Großteil des Schnees war bis zum Vormittag geschmolzen, aber in der Dämmerung hatte die Stadt zwei Stunden lang in weichen Pastelltönen einen neuen, sanfteren Charakter gehabt. Um neun Uhr dieses Morgens sah Kaito Sasaki aus dem Fenster seines Büros im dritten Stockwerk, zwei Blocks entfernt von den ausgedehnten 342 Hektar des kaiserlichen Palastes. Sasaki war Organiker von Beruf und wunderte sich oft über die Wechselhaftigkeiten des Lebens, die ihn von seinem einfachen und nicht ganz unangenehmen Job bei dem führenden Papierfabrikanten im schläfrigen Nord-Hokkaido zum Zentrum der Macht bei der japanischen Zentralbank gebracht hatten.

„Das Papier ist das Wichtigste," erklärte sein Chef eine Stunde später enthusiastisch dem gelangweilten versammelten Treffen von Generälen und Admirälen.

„Wissen Sie, meine Herren, es ist das Papier, aus dem eine Banknote gemacht wird, und wir schätzen uns glücklich, Mr. Sasaki von der Feinpapierfabrik in Hokkaido für unser Unternehmen haben anwerben können. Sasaki ist der weltweit führende Fachmann, wenn es darum geht, Konsistenzen und Faserstoffe aus verschiedenen Papierfabriken zu mischen und hat ausführlich sowohl über dieses Thema als auch das dazugehörige Thema der variierenden Säuregrade von Fasermischungen zur Papierherstellung geschrieben. Ich werde Sie nicht mit den pH-Werten langweilen, aber glauben Sie mir, Sasaki ist der Experte."

Während sie höflicherweise versuchten, interessiert zu bleiben, verloren die versammelten Admiräle und Generäle schnell das Interesse.

„Bitte öffnen Sie die Umschläge vor Ihnen. In ihnen befinden sich zehn amerikanische 100 Dollar-Noten. Untersuchen Sie bitte jede davon und bilden Sie zwei Stapel: einen mit denen, die Sasaki und sein Team hier bei der Bank hergestellt haben, und einen mit den echten amerikanischen Noten."

Diese Aufgabe belebte die Versammlung plötzlich, und die vier Admiräle und fünf Generäle öffneten jeder einen Umschlag und untersuchten enthusiastisch alle zehn Banknoten. Die Noten variierten von so gut wie neu über abgenutzt und eingerissen. Genau wie Sasaki es erwartet hatte, wurden die beiden Stapel nach Frische gebildet, und die Tester verkündeten, dass die japanischen Fälschungen die frischen waren, während die alten, abgenutzten Noten die echten amerikanischen seien.

Sasakis Chef lächelte leicht und nickte.

„Ich verstehe, die neuen, sauberen Noten sind also die, die Sasaki gedruckt hat und die alten sind die amerikanischen. Natürlich ist das eine völlig angemessene und logische Schlussfolgerung."

„Und es ist auch eine ganz und gar falsche." Diese Bekanntgabe zog alle Aufmerksamkeit auf sich.

„Wissen Sie, meine Herren, jede Banknote, die Sie vor sich haben, wurde im Keller dieses Gebäudes hier in Tokio gedruckt."

Der liberale Admiral der Gruppe – er war erst 49 und einer der jüngsten Admirale in der japanischen Marine – fragte:

„Entschuldigen Sie, aber könnten Sie mir sagen, was es kostet, diese Noten zu drucken?"

„Ich denke, ich werde Sasaki diese Frage beantworten lassen, da es er und sein Team waren, die diese welterschütternden Waffen geschaffen haben."

Der Raum wendete sich Sasaki zu, der aufstand und sich leicht verbeugte.

„Diese Noten kosten insgesamt circa drei Yen pro Stück, oder drei amerikanischen Cents, wenn man so will."

„Oh", sagte der Admiral.

Sasaki fuhr fort:

„Dieser Preis ist einschließlich Tinte, Papier, Strom für die Drucker und Schneidepressen, und ich habe einen Zehntelyen für die Miete der Räumlichkeiten dazu gerechnet."

Der Admiral lachte: „Ja, die Miete dürfen wir niemals vergessen."

Alle lachten. Manche lachten, damit sie nicht auffielen, andere taten so, als ob sie verständen. Diejenigen, die tatsächlich verstanden, erkannten sofort die erstaunliche neue Waffe, die Sasaki gebaut hatte.

Sasaki zeigte dem Admiral, dass er ihn verstand, indem er hinzufügte:

„Also, eine Million Dollar, die aus 10.000 Noten besteht, würde circa 30.000 Yen kosten – oder circa 300 echte US Dollar."

„Heilige Scheiße," sagte ein alter Admiral aus der Tsushima-Zeit auf die lapidare Art und Weise, in der alle Marineleute reden.

„Allerdings, meine Herren, allerdings. Bitte denken Sie daran, dass all dieses Papiergeld wirklich nur Papier ist. Es ist wertlos. Es ist nicht aus Silber oder Gold, die rund um den Globus echten Wert haben – die 100 Dollar-Note eines Landes ist nur das Klopapier eines anderen Landes," erklärte Sasakis Chef höflich.

„Sehen Sie sich das an," sagte er und reichte eine weitere amerikanische 100 Dollar-Note in die Runde.

Es folgte Stirnrunzeln.

„Wie Sie sehen, ist auch dies eine amerikanische 100 Dollar-Note, aber dieses brüchige Stück Papier wurde 1864 von den rebellischen Südstaaten ausgegeben. Und natürlich ist sein Wert heute gleich Null. Für Leute wie uns hier bei der Bank ist es ein interessantes Relikt, aber es dient einfach dazu, uns an die völlige Wertlosigkeit von Papiergeld zu erinnern. Hier ist noch ein Beispiel, dies ist eine 100 Milliarden-Reichsmark-Note von 1923. Schon wieder nur ein dummes Stück Papier."

Sasakis Chef wurde philosophisch:

„Erinnern Sie sich daran, was der russische Kerl, der Revolutionär V.I. Lenin, sagte – ‚Der beste Weg, das kapitalistische System auszurotten, ist es, die Währung zu korrumpieren.' Nun ja, Sasaki hat eine unglaubliche Waffe geschaffen, die wir benutzen können, um den Feind mit Papier, Tinte und einer Druckpresse zu vernichten. Meine Herren, ich möchte Sie auch daran erinnern, dass in den meisten Ländern der Welt der amerikanische Dollar in der Tat die Währung ist und dass 80 % der gesamten US-Währung aus 100-Dollar-Noten besteht. Darüber hinaus sind all das Papier, die Tinte, die Platten und die Druckmaschinerie japanisch. Und mit der Entwicklung der neuen Fernzüge im Jahr 1939 und 1940 – der Shinkansen – werden nun moderne Dampflokomotiven entwickelt, die sich mit einer Geschwindigkeit von 200 Stundenkilometern fortbewegen können. Also ist die Transportdauer des Papiers vom Norden Japans bis nach Tokio auf weniger als 10 Stunden verkürzt worden. Und mit unseren Pressen in den Kellern dieses Gebäudes können wir pro Tag dumme Papierscheine mit einem Nominalwert von einhundert Millionen US-Dollar herstellen."

Sasakis Chef pausierte und sagte dann:

„Unser respektvoller Vorschlag hier in der Bank ist, dass wir unsere Armee und unsere Marine wöchentlich mit Zahlungsmitteln im Wert von jeweils 100 Millionen Dollar ausstatten. Und Sie, meine Herren, können es für jeden Zweck verwenden, den Sie für angemessen halten."

Eine zweifelnde Stimme fragte:

„Das ist ja alles schön und gut, und es ist ein wunderbarer Plan – oder vielleicht sollte ich ‚Intrige' sagen. Aber wir in diesem Raum sind keine Experten – werden diese Banknoten angenommen werden? Sind sie gut genug?"

Sasakis Chef lächelte:

„Eine sehr, sehr schlaue Frage. Wir von der Bank haben Sasakis neue Waffe seit Januar letzten Jahres unseren Vertretern in den amerikanischen Territorien der hawaiianischen Inseln und der Philippinen zukommen lassen, ebenso wie den amerikanischen Städten San Francisco und New York. Insgesamt sind beinahe siebzig Millionen Dollar von Sasakis Währung ausgegeben worden und nicht eine einzige Banknote wurde abgelehnt."

Das rief Stirnrunzeln hervor.

Der Zweifler gratulierte Sasaki, der sich still erhob und tief verbeugte.

Eine weitere Stimme hatte eine Frage zu den alten Banknoten:

„Wenn diese Banknoten erst vor kurzem hergestellt wurden, wie kommt es dann, dass manche von ihnen so alt aussehen?"

Sasaki erklärte, dass es eigentlich ein einfacher Vorgang war; der erste Schritt war, dass dazu Beauftragte in den Vereinigten Staaten 1.200 echte Franklins (hierbei rutschte Sasaki versehentlich in die Fachsprache) aller Qualitätsstufen einsammelten. Durch Tabellarisieren der Daten auf den Banknoten und anschließende Bewertung jeder einzelnen Note konnten Sasakis Leute feststellen, dass die durchschnittliche Lebensdauer einer echten US-100-Dollar-Note zwischen sieben und neun Jahren beträgt. Sasaki lächelte und erläuterte, dass das Papier der japanischen Geldscheine anfänglich ein wenig zu dick gewesen war und der Faserstoffanteil reduziert werden musste, um die von der US-Schatzkammer gedruckten Banknoten besser nachzuahmen – die Sasaki-Banknote hielt sich länger als die echten, die in Washington gedruckt wurden. Sasaki hatte Banknoten gedruckt, die mit 1928 bis 1939 datiert waren. Um die Geldscheine älter wirken zu lassen, hatte die Bank 200 der neuesten automatischen Bendix-Waschmaschinen gekauft und angeschlossen, die alle auf die Fußböden des zweiten und dritten Kellergeschosses dieses Gebäudes geschraubt worden waren. Sasaki lächelte und erklärte, dass diese Maschinen in San Francisco gekauft und 1938 und 1939 nach Tokio verfrachtet und mit Sasakis eigenen Banknoten bezahlt worden waren. Bei der letzten Bekanntgabe brach der Raum in Gelächter aus.

Sasaki fuhr fort:

„Also, sind sie einmal geschnitten, trocknen wir die Banknoten in einer Reihe von Trocknern. Sobald sie ganz trocken sind, waschen wir die Noten in den Bendix-Maschinen ein- oder mehrere Male mit wenig Wasser und einem bisschen Essig, um menschlichen Schweiß vorzutäuschen. Dann trocknen wir die Noten wieder in den Trocknern, die die Noten drehen und durcheinander purzeln lassen, um einen gebrauchten Eindruck und eine abgenutzte Beschaffenheit zu erzeugen."

Bis zu diesem Treffen war sich jeder in dem Raum bewusst über das furchtbare, unnütze und niemals endende Gezänk zwischen der Armee und der Marine. Wie einer der älteren Admiräle einem seiner Militärkohorten erklärt hatte:

„Es ist wie Wundschorf – du weißt, dass du nicht daran herumfummeln sollst, aber du kannst nicht anders."

Der ältere General, der zuhörte, nickte bejahend:

„Grundgütiger, wir sind alle Japaner, aber wir können nicht damit aufhören. Es ist nur, weil wir zu viel Zeit und zu wenig zu tun haben, aber Zeiten wie diese sind es, wenn wir diese wertvolle Zeit zum Planen nutzen sollten, nicht zum verdammten Kämpfen."

Dieses Treffen könnte vielleicht dieses Geschwür heilen und dem Kratzen ein Ende setzen – eine Druckpresse, die mächtiger ist als das größte Schlachtschiff der Welt.

5: Kobayashis
Freitagabend-Soirées

Mexiko-Stadt, in der Altstadt
Freitag, 31. Januar 1941

KOBAYASHI VERMISSTE UM DIESE Jahreszeit immer Nagano, wenn der meiste Schnee der Saison in den Bergen lag und die klare, kühle Winterluft nach dem heißen japanischen Sommer eine erfrischende Veränderung bildete. Aber in Mexiko-Stadt war die Luft trocken und kühl und die Höhe war immer anstrengend, vor allem für Kobayashis Frau Akiko, die die dünne, trockene Luft des mexikanischen Winters hasste.

Am letzten Tag im Januar hatte Kobayashi die ersten Pakete aus Tokio empfangen. Die Aufkleber behaupteten „Schallplatten," und das stimmte – jedes der fünf Pakete enthielt, wenn man es öffnete, eine Anzahl von Schallplatten mit 78 rpm-Umdrehungen, jede aus Bakelit und ungefähr so dick wie ein kleiner Finger. Wenn man die drei Schallplatten allerdings aus der jeweiligen Kiste herausnahm, wurde der wahre Inhalt enthüllt – zwei Millionen US-Dollar in gebrauchten 100-Dollar-Noten.

Bevor er den ersten Satz Geldscheine von der Zentralbank Japans verschickte, ließ Kobayashi vom Konsulat einen altmodischen Tresor mit nur drei Schlüsseln kaufen und aufstellen. Einen

Schlüssel versteckte er in seiner geliebten deutschen Originalkopie von „Vom Kriege" und gab sie dem weltgewandten Botschafter – er wusste, dass der Botschafter den Schlüssel verlieren würde, wenn er ihn einfach so übergab, also schien die List mit dem Buch vernünftig. Den zweiten Schlüssel behielt er. Den dritten Schlüssel vergrub er im Hof, wobei ihm seine Frau zusah. Der Boden war gefroren, und mit der Gartenhacke dauerte es eine Weile, aber nach 30 Minuten war er fertig.

Die fünf Kisten kamen am Ende jeden Monats, bis Kobayashi ein Telegramm nach Tokio schickte, keine weiteren mehr zu senden – die Kisten türmten sich schneller auf, als er Geld ausgeben konnte, und Mexiko war ein preiswertes Land. Der höchste Stand waren über 46 Millionen Dollar in seinem Tresor – genug Geld, um ein kleines Land zu kaufen oder einen Krieg zu beginnen, überlegte er.

Also machte Kobayashi sich an die Arbeit und war während des ganzen Jahres 1941 damit beschäftigt, an so ziemlich alle Politiker des Bundes und die meisten Richter in Mexiko-Stadt große und kleine Geschenke zu verteilen.

Es dauerte gar nicht lange, mit den Mexikanern „Freundschaften" aufzubauen. Sobald sich die Geschichten von Kobayashis „Stipendien," „Beratungsgebühren," „Honoraren" und „Vortragshonoraren" herumgesprochen hatten, war es sogar so, dass die Leute – und einflussreiche Leute noch dazu – unangemeldet beim Konsulat vorbeikamen, um den führenden diplomatischen Attaché zu besuchen und ihm jegliche Dienste anzubieten, die er gebrauchen könnte.

„Nichts ist zu klein, und wenn Sie meine Hilfe brauchen, nun ja, Sie wissen ja, dass wir Mexikaner alle freundliche und friedliebende Menschen sind. Wir möchten unser Land nur stärker machen."

Im April begannen Kobayashi und der Botschafter, Kennenlern-Abendessen zu veranstalten, die anfänglich einmal im Monat,

dann zweimal im Monat, und im Juli schließlich wöchentlich statt-
fanden – die freitägliche Abendgesellschaft wurde schnell die Ver-
anstaltung, wo man gesehen werden wollte. Alle Empfänger der
Kobayashischen Großzügigkeit kamen mindestens einmal monatlich und manchmal sogar wöchentlich. Hier war der Köder nicht
Mammon, sondern Fleisch – Kobayashi stellte sicher, dass immer
mindestens 30 Mädchen anwesend waren – seine „Geishas", wie
er sie gerne nannte; meistens Mexikanerinnen, aber auch ein paar
gelangweilte, abenteuerlustige Blondinen aus Europa. Kobayashi
hatte den Mädchen falsche, aber echt aussehende Visitenkarten
gegeben, die sie direkt an einen potentiellen Kunden ausgeben konnten – voll sichtbar für die Frau oder momentane Geliebte des Kunden. Dann kam der Kunde am folgenden Montag oder Dienstag
vorbei, „streng geschäftlich, Sie verstehen, Señor Kobayashi," war
der am meisten gebrauchte Satz.

Dies hatte ganz besonders mit einem kleineren Problem gut
funktioniert, als eines der Mädchen – entgegen Kobayashis aus-
drücklichen Anweisungen – schwarz gearbeitet und dabei von drei
amerikanischen Seeleuten eine besonders hässlich Dosis Tripper
eingefangen hatte, was sich im dem kleinen und intimen Kreis der
diplomatischen Elite von Mexiko-Stadt herumsprach wie ein Lauf-
feuer. Das Mädchen wurde geheilt und dann gefeuert. Kobayashi
gelang es ohne weitere Schwierigkeiten, die Schuld auf den
Botschafter der kanadischen Botschaft zu schieben, dessen Frau
bekannterweise außergewöhnlich hässlich war.

Bis zum Juli hatte Kobayashi ein „Institut" aufgebaut – oder
eigentlich vielmehr ein Klubhaus, aber die Aufschrift auf dem
Messingschild außen an der doppelten Glastür mit dem (von
Akiko entworfenen) schwarzen, schmiedeeisernen Monogramm
des Instituts war „Mexikanisch-Japanisches Institut für Handel
und Freundschaft." Das Büro, das Kobayashi gewählt hatte, war
sogar in der Zeitung erschienen als das mit einer der größten und

weiträumigsten Lobbys ausgestattete Büro – die Lobby war ganze zwei Stockwerke hoch. Die führende Zeitung, El Universal, schickte zwei Reporter und einen Fotografen vorbei.

In der Mitte der rückwärtigen Wand saßen zwei Rezeptionistinnen, die aufgrund ihrer Größe ausgesucht worden waren – mit flachen Schuhen waren sie beide einen guten Kopf größer als Kobayashi, und sie überragten ihn, wenn sie Absätze trugen; eine zweite Anforderung war es gewesen, die schönsten Beine von Mexiko-Stadt zu haben. Kobayashi gab ihnen Schuhe mit Fersenriemchen und die engsten, knielangen schwarzen Bleistiftkleider, die man sich vorstellen konnte. Von den Knien abwärts zeigten sich der ganzen Welt die feinsten Waden, die die Weiblichkeit jemals geziert hatten.

Kobayashi bezahlte den beiden Frauen dreimal das Gehalt, das sie verlangten und erwarteten, und bekam dafür absolute Treue und Diskretion von ihnen. Natürlich kamen die Empfänger von Kobayashis Geschenken in Scharen vorbei, manchmal allein, aber öfter in Gruppen von zwei oder dreien, um in ungehobelter Weise zu gaffen und zu flüstern. Ein paar hatten den Mut, von Kobayashi zu verlangen, vorgestellt zu werden, aber Kobayashi zuckte einfach mit den Schultern und sagte dem Anfragenden, dass das – leider – nicht möglich war.

Im dritten Stockwerk hatte Kobayashi ein Team von fünf Leuten eingestellt. Einen Verkäufer, der zuvor Cadillacs an die Elite von Mexiko-Stadt verkauft hatte, drei Anwälte und einen Werbeagenten. Alle waren in Mexiko-Stadt geboren und aufgewachsen und alle, außer dem Verkäufer, hatten Universitätsabschlüsse. Mithilfe dieser Gruppe erstellte Kobayashi den Grundstein für das, was später die „Vereinbarung über Frieden, Freundschaft und Treue zwischen Mexiko und Japan" werden würde. Am 1. Oktober begrüßte der Präsident von Mexiko den japanischen Premierminister, Mr. Konoe, und beide unterschrieben die Vereinbarung. Als

Konoe sich bei Kobayashi über das erstaunlich warme Willkommen erkundigte, das ihm bereitet worden war, erzählte Kobayashi dem Premierminister einfach, dass alle Mexikaner sehr freundlich waren. Was keiner der beiden Ministerpräsidenten wusste, war, dass die Vereinbarung einen geheimen Anhang hatte, der festlegte, dass Mexiko die Vereinigten Staaten angreifen würde und Arizona und New Mexico zurückgewinnen würde, falls jegliche Art – der geheime Anhang war hier sehr deutlich – falls *jegliche* Art von Boshaftigkeit zwischen Japan und den Vereinigten Staaten ausbrechen sollte. Die Bereitstellung von 20 Millionen im Monat an Mexiko, in 100-Dollar-Noten natürlich, war ebenfalls in dem geheimen Anhang aufgeführt.

Was das Treffen der beiden Ministerpräsidenten betraf, so war darüber eine Spalte in den *New York Times,* auf Seite 8.

6: Der Vorschlag des großen André

KOBAYASHI UND SEIN KOLLEGE in Montreal namens Oon-ishi hätten nicht unterschiedlicher sein können – Oonishi war groß, schlaksig, dünn, Kettenraucher, Junggeselle und Whiskey-liebhaber, mit oder ohne „e". Akiko wusste aus Erfahrung, dass drei kleine Gläser Sake das Gesicht ihres Mannes rot machten wie eine glühende Kohle in einem Winterfeuer; Oonishi dagegen lebte von Whisky und er war nicht wählerisch – japanischer Whisky war natürlich sein liebster, der 21-jährige Suntory Hibiki war sein persönlicher Favorit, aber sowohl amerikanischer Bourbon als auch irischer Whisky und Scotch waren alle willkommen bei Oon-ishi. Oonishis Strategie war dieselbe wie Kobayashis – er kaufte Geschenke. Aber Oonishis Taktik war das Gegenteil. Eine förmliche Vereinbarung war nicht möglich, besonders nach der Handelsver-einbarung zwischen den Vereinigten Staaten und Kanada 1935. Es war aber allerdings möglich, die Glut der quebecischen Unzufrie-denheit anzufachen. Unzufriedenheit war oft kaum versteckt, und manchmal gar nicht.

In seiner freundlichen, feuchtfröhlichen Art wurde Oonishi von jedem und allen als ungefährlich betrachtet, als freundlich und nicht bedrohlich, wenn auch beizeiten etwas laut. Aber die

Quebecer mit ihren rauen Umgangsformen störten sich daran kein bisschen, sondern dadurch wurde er für sie sogar zu einer willkommenen Abwechslung von den Angloamerikanern von Toronto und Ottawa mit ihrem überheblichen Auftreten. Widersprüchlicherweise war Oohnishis Französisch das der Pariser Oberschicht, und während dies in direktem Kontrast zu seinem proletenhaften Verhalten zu stehen schien, waren die Quebecer davon ziemlich angetan, da die Pariser sich universell über ihr Französisch lustig machten, wie alle Quebecer genau wussten. Der Widerspruch wurde mit Oonishis Spitznamen belohnt – *Bien-Aimé*, Vielgeliebter, was der Name des Volkes für Louis XV war, der dafür berühmt war, eine „Nach-mir-die-Sintflut"-Einstellung zu haben.

„Bien" trieb sich in den Bars in der Nähe der Armee-Transportlager und der Ringlokschuppen der Canadian Pacific Railway herum. Freundschaften anzufangen, die durch den unerwarteten Luxus von Schnäpsen bester Qualität befeuchtet waren, war kinderleicht – in diesen Bars verkehrten nur Männer und nur solche von der Arbeiterklasse. Gelegentlich – am Jahrestag eines mystischen, historischen Festes, das Oonishi sich ausdachte – gab es den ganzen Abend Freigetränke, und alle Barbesitzer liebten es, wenn Oonishi am Tag vorher in amerikanischer Währung zahlte. Es war in der Tat ein Kinderspiel für einen geschulten und disziplinierten Agenten wie Oonishi, dem Murren der Arbeiter einfach zuzuhören und es zu bewerten. Die meisten Beschwerden waren Dreck, aber bisweilen entdeckte Oonishi ein kleines Körnchen Gold. Das war bei Big André der Fall, einem sehr kleinen Mann mit breiten Schultern, der – wie alle kleinen Männer – leicht reizbar war.

In Oonishis einmaligen Chiffreberichten nach Tokio beschrieb er, wie Andrés Beschwerden das ganze System betrafen, sie waren nicht nur funktional – wenn er getrunken hatte, beschwerte sich

André darüber, dass er die Angloamerikaner hasste und die „Yankees", wie er Amerikaner immer nannte. „Weißt du, Bien, die Yankees sind die Chefs in Kanada, es sind die verdammten Yankees, die Kanada kontrollieren, sie erzählen diesen eierlosen Wundern in Toronto, was sie zu tun haben, und die Angloamerikaner tun es einfach. Vollkommen lächerlich. Wir Franzosen müssen etwas tun, die verdammten Angloamerikaner tun nämlich nichts."

Oonishi nickte und sagte wenig, außer diesen Worten tiefster Weisheit zuzustimmen.

„Ja, viele Japaner denken genauso – dass die Amerikaner versuchen, die Welt zu regieren."

„Genau! Die verfluchte Welt zu regieren, das ist es, was diese Sauhunde versuchen; verdammte Sauhunde!" André schlug seine Faust auf die Bar.

Oonishi seufzte: „Wenn es nur etwas gäbe, das wir tun könnten."

„Keine Sorge, Bien, ich lasse mir etwas einfallen."

Oonishi bestellte noch eine Runde – André trank seinen geliebten Molson, während Oonishi patriotisch beschwingt Canadian Club trank – oder vorgab, zu trinken. Oonishi lenkte die Unterhaltung auf Andrés Lieblingsthema, ein Thema, das er wirklich genau kannte: Heusinger- im Vergleich zu Stephenson-Ventilsteuerung, oder vielmehr die spezifischen Vorzüge von Heusinger.

André musste den Prüfer mit 1000 Dollar von Oonishis Geld bestechen, um Ingenieur zu werden, denn er war deutlich kleiner als die angegebene Mindestgröße. Und da es Andrés lebenslanger Traum war, Ingenieur zu werden – „seit ich fünf war" –, war Oonishi jetzt Andrés allerbester Freund – „egal, was du von mir verlangst, ich werde es für dich tun."

André legte die vielseitigen Vorzüge einer Heusinger-Ventilsteuerung dar:

„Weißt du, Bien, mit der Heusinger-Ventilsteuerung ist eine Lokomotive effizienter. Wir Ingenieure (er machte eine Pause zur

Steigerung des Effekts) möchten alle so viel Kohle wie möglich sparen und trotzdem noch pünktlich sein. Mit der alten Stephenson-Steuerung ist immer alles auf gut Glück – man hat keine Kontrolle."

Oonishi wartete auf die obligatorische Gehässigkeit und musste nicht lange warten:

„Natürlich haben diese verdammten südländischen Sauhunde Heusinger erst übernommen, nachdem wir Kanadier es taten."

Oonishi hörte aufmerksam zu, nicht aufgrund seiner Agentenausbildung darin, sich Vorteile zu erarbeiten, sondern weil André mehr als nur ein Goldkörnchen in der Hand hielt.

„Die Ventilsteuerung ist das Gehirn einer modernen Dampflokomotive – alles Weitere ist nur Stahl und Messing und Kupfer, aber die Kontrolle sitzt allein in der Ventilsteuerung. Wenn du die Ventilsteuerung ausschaltest oder beschädigst, ist die Lokomotive kaputt."

Während er diesen letzten Satz hörte, sah Oonishi zur Tür, als eine ungewöhnliche Frau eintrat. Sie war eine Arbeiterin von den Hafenbecken am Fluss, hatte ihre besten Jahre deutlich hinter sich und ging zu einem Tisch im hinteren Bereich des Raumes, an dem vier Holzfäller saßen.

„Ja, das ist gut, aber es hat keinen Sinn, einen Teil der Ventilsteuerung zu entfernen, selbst deine amerikanischen Freunde sind nicht so dumm – sie könnten es leicht ersetzen."

Andrés Gesicht wurde sofort rot:

„Nein, nein, nein. Vollkommen falsch. Vollkommen falsch, Bien."

„Weißt du, der Trick ist, eine Münze mit einem Loch in den oberen Öler einzufügen."

Oonishi stellte sich dumm und schaute so einfältig wie möglich drein: „Und dann?"

„Und dann? Und dann, zur Hölle? Ich sage dir, was zur Hölle dann passiert."

André kauerte sich verschwörerisch über die Bar und rutschte eben ein klein wenig näher zu seinem Wohltäter.

„Ich kann eine Münze machen, die es der Lok erlaubt, auf die Hauptlinie zu gelangen, zwei oder drei Stunden lang zu fahren, und dann…"

Oonishis Gesicht sah aus wie das eines schüchternen 15-jährigen Schuljungen, der von seinem Hauptlehrer eine Lektion bekommt.

„Und dann," André lächelte, schlug seine Fäuste zusammen und machte eine Bewegung, als ob er einem Hühnchen den Hals umdrehte.

„Aber wie kannst du dir so sicher sein?"

„Schau, ich bin Ingenieur (wieder die Effekt-Pause), und in der fortgeschrittenen Ausbildung lernten wir die Fließrate von Schmieröl für alle Stellen der Ventilsteuerung. Als Warnung an uns alle startete einer der Ausbilder die Ventilsteuerung auf dem Übungs-Chassis im Unterricht am Morgen, und er reduzierte den Ölfluss zum oberen Öler um genau ein Drittel. So sicher wie Yankees Schweine sind, lief sich der obere Öler genau um zwei Uhr nachmittags fest."

„Also sind das besondere Münzen, oder?"

André sah Oonishi an, als ob er mit einem einfachen Kind redete, und seufzte: „Ja, sehr besonders – nimm einen kanadischen Vierteldollar, bohr ein 3/8-Zoll großes Loch hinein, und du hast deine besondere Münze, Bien."

„Oh, es tut mir leid, Ingenieur Maloit, ich bin nur ein Laie, du bist der Ingenieur," sagte Oonishi mit soviel Aufrichtigkeit, wie er aufbringen konnte. Das Aussprechen von Andrés förmlichem Titel war alles, was es brauchte, um den kleinen Mann zu Oonishis Marionette zu machen.

73

Der Ingenieur nickte einfach: „Das ist schon in Ordnung, mein Freund, du bist kein Ingenieur und hättest das niemals wissen können."

Sie wendeten sich wieder dem Trinken zu, als die Hure mit zweien der Holzfäller die Bar verließ.

Während es von Seiten Andrés eine absolut vernünftige Annahme war, hatte der Ingenieur in diesem Fall aber unrecht – diese genaue Illustration war Oonishi zwei Jahre zuvor im Testgebiet der sich ausbreitenden Lokomotivenfabrik in Yokohama gegeben worden. Und an diesem Tag hatte der Lehrer einen amerikanischen Vierteldollar verwendet und sogar einen 3/8-Zoll-Bohrer – aus einem der beiden Bohrersets in der Lokomotivfabrik, die nicht metrisch waren. Die Resultate waren dieselben gewesen.

Außer seinen geliebten Lokomotiven und dem Trinken auf Oonishis Kosten war die andere Faszination in Andrés Leben das Windhundrennen, oder vielmehr das Verlieren von Wetten, indem er auf dreibeinige Windhunde setzte. Wie das Schicksal es wollte, wohnte André ein paar Gehminuten entfernt von einer der beiden Hallen-Rennbahnen in Montreal. Es war nicht ungewöhnlich, dass André seinen Freund an einem Montagabend besuchte und nach „einem kleinen Kredit" fragte, den Oonishi gerne bereit war, zur Verfügung zu stellen. Bis Donnerstag war der Kredit in Vergessenheit geraten. Oonishi leistete nach und nach Andrés Gepflogenheit mit einem einfachen Hilfsmittel Vorschub.

„André, darf ich dich um einen Gefallen bitten? Könntest du diese 100 Dollar nehmen und sie für mich wetten? Mit dir ist es ja mehr eine Investition als eine Wette."

André strahlte dann immer und stimmte glücklich zu. Auf diese Art und Weise ermutigte Oonishi André dazu, an jedem Treffen teilzunehmen.

DIE GÖTTIN DES SCHICKSALS

Im späten November warnten Freunde Oonishi in der Bar, dass „André ein paar schlimmen Leuten viel Geld schuldete, also pass auf, Bien."

Während er an André arbeitete, rekrutierte Oonishi noch fünf weitere Ingenieure – einen für jeden der anderen Ringlokschuppen der Hauptstrecken der Canadian Pacific Railroad. Zusätzlich hatte Oonishi in den Bars, die die durstigen Mechaniker der Militär-Fuhrparklager versorgten, nach und nach 12 Mechaniker rekrutiert, und wie alle Männer hatten diese Männer ihre eigenen Marotten und nicht wenige dieser Marotten waren Schwächen: einer der Mechaniker unterhielt eine Frau und drei verschiedene Geliebte gleichzeitig; ein anderer trank immer bei der Arbeit und wurde immer erwischt, wand sich aber immer nur dank Oonishis „Krediten" heraus, die er dazu verwendete, seine Ankläger zu bestechen; ein weiterer bestahl das Lager – „das macht doch jeder" – und die Lagerpolizei kam zu den unangemessensten Zeiten zu ihm nach Hause (die Lagerpolizei bekam telefonisch anonyme Hinweise von einem Anrufer, der makelloses Französisch sprach); und noch ein anderer liebte es, in Montreal zu prassen, wobei er es besonders mochte, die Dienste von Edelhuren in Anspruch zu nehmen, und zwar generell von mehr als einer gleichzeitig.

Natürlich war jeder der 12 Mechaniker, so wie die sechs Ingenieure, sozusagen in seiner eigenen Kapsel – unabhängige und selbstständige Agenten; der Verlust des einen würde in keinster Weise Einfluss auf den anderen haben.

Wie André mit seiner Heusinger-Steuerung hatten die 12 Mechaniker alle ihre eigenen Vorstellungen von der besten Art und Weise, einen Lastwagen lahm zu legen, die von einfach bis fantastisch reichten. Wie sich in der zweiten Dezemberwoche zeigen sollte, war es einer der effektivsten Ansätze, einfach den Bowdenzug des Last-wagen-Chokes mit einem kleinen Bolzenschneider durchzuschnei-den – man konnte auch einen Drahtschneider verwenden, was sich in der Praxis allerdings als etwas schwierig erwies, wohingegen ein kleiner Bolzenschneider das sprichwörtliche heiße Messer durch die Butter war. Der Versuch, einen Gasmotor im frigiden kanad-ischen Winter ohne Choke zu starten, entlud typischerweise die Batterie, und bei 48 Wagen im Fuhrpark, die alle gleichzeitig bereit sein sollten, nun ja, da waren die Auswirkungen chaotisch.

Drei der anderen Mechaniker machten von der bewährten Zucker-im-Tank-Methode Gebrauch. Das funktionierte sehr gut, besonders nachdem Oonishi den feinsten Puderzucker ausfindig gemacht hatte, der schneller rieselte und sich schneller auflöste als normaler Zucker. Eine patriotische Variante, die von zwei anderen Mechanikern verwendet wurde, war kanadischer Ahornsirup.

Das Leiten, Beschützen, Fördern und Kontrollieren dieser Agenten war anstrengend – Oonishi ging jede Nacht aus, manchmal in zwei Bars am Abend. Sein kleines schwarzes Buch war allerdings voll. Alles, was er nun brauchte, war das Signal aus Tokio.

7: Der vielgelesene Kriegsplan

Washington
Mittwoch, 2. Juli 1941

DIE STADT WAR IN untypischer Weise still, als der Exodus aus der Hauptstadt für den Feiertag am Freitag beinahe vollendet war. Ein paar blieben in der glühenden Hitze und Luftfeuchtigkeit dieses trägen Sommers. Nach dem Mittagessen sprach der Präsident mit beiden Lieblingsmitgliedern seiner Beratergruppe – Harry Hopkins und Rex Tugwell, der für die kommenden sechs Monate von seinem Hauptjob, seiner Arbeit für die Little Flower in New York City, versetzt worden war. Das Gesprächsthema fiel auf Japan und die möglichen Schritte, die die Japaner unternehmen könnten.

Professor Tugwell erzählte, dass er gerade Senator Beveridges Rede von 1900 noch einmal gelesen hatte.

„Dieses alte republikanische Schlachtross?" grunzte der Präsident.

„Ja, Mr. Präsident, aber seine Ansichten ähneln den Ihren im Grunde genommen sehr."

Die Augenbrauen des Präsidenten, die ständig in Bewegung waren, hoben sich.

„Erzähl mir mehr, Rex."

„Ich habe hier eine Kopie für Sie. Die wichtigen Teile habe ich mit Bleistift unterstrichen."

„Rex, ich bin Politiker. Ich rede, ich lese nicht; also musst du mir sagen, warum die Rede dieses alten Kauzes wichtig ist, und hol mir einen Drink, wenn du schon stehst."

Tugwell tat, wie ihm geheißen, und gab dem Präsidenten einen trockenen Martini; es war an diesem Nachmittag der dritte.

„Beveridges Hauptpunkt ist, dass der Pazifik der Handelsozean ist, der wichtigste Ozean der Welt, und es deshalb für die USA wesentlich ist, ihn zu dominieren. Der Kontrollverlust oder auch nur die Beeinträchtigung der Kontrolle des Pazifischen Ozeans wäre ein Desaster für dieses Land. Beveridge sagte: ,Der Pazifik ist der Handelsozean der Zukunft. Die meisten Kriege der Zukunft werden Konflikte für den Handel bedeuten, beispielsweise aufgrund von Öl. Deshalb ist die Macht, die den Pazifik regiert, die Macht, die die Welt regiert.' Ich muss zugeben, dass das erstaunliche Voraussicht ist für etwas, das vor über 40 Jahren geschrieben wurde. Und mit der aktuellen Situation hören sich seine Worte sehr wahr an."

Roosevelt schwieg einen Augenblick lang und hob dann impulsiv den Telefonhörer ab.

„Kann Johnston bitte hereinkommen. In Ordnung, dann schick ihn herein."

Es klopfte an die Tür, und ein Mann trat ein. Es war Johnstons Sohn, den alle drei vom Sehen kannten.

„Schick bitte das WPR herüber," sagte der Präsident.

Der Mann nickte und ging.

Tugwell und Hopkins tauschten einen Blick aus. Es war deutlich, dass keiner der beiden wusste, was der Präsident gerade angefordert hatte.

Rückblickend war es schwer zu sagen, ob es die Martinis waren oder einfach die natürliche Impulsivität des Präsidenten, die er im Bezug auf alles hatte – von der nationalen Wirtschaft bis hin zu den größten Regierungsgeheimnissen.

Der Präsident lächelte:

„Von Rechts wegen sollte ich keinem von Euch beiden dieses Material zeigen, da es als hypergeheim klassifiziert ist, aber ich denke, dass es unter den gegebenen Umständen gerechtfertigt ist."

Beide Männer wussten, dass „hypergeheim" eine seltene Dokumenteneinstufung war, die über „streng geheim" lag. Beide waren insgeheim aufgeregt, dieses Dokument zu sehen, da keiner zuvor etwas Hypergeheimes gesehen hatte.

Nach der Anfrage des Präsidenten rief der Offizier vom Dienst das Archiv B3 an und verlangte, dass das WPR sofort zum Weißen Haus geschickt werde.

Die Anfrage überraschte den Archivisten, da Anfragen nach hypergeheimen Dokumenten selten waren.

Der Archivist rief nun wiederum das Transportlager an und sprach mit dem zuständigen Offizier:

„Ich brauche ein Gefesseltes Handgelenk nach 1600."

Der Transportoffizier schwor bei seinem Leben, dass er und Hoffmann die einzigen Gefesselten Handgelenke vom Dienst waren und er ganz sicher nicht derjenige war, der es tun würde; erstens war ein Gefesseltes Handgelenk verpflichtet, im Weißen Haus zu bleiben, bis der Präsident mit dem Dokument fertig war, und außerdem erinnerte er sich immer noch an den Fall '37, als er das Gefesselte Handgelenk war und der Präsident vergessen hatte, das Dokument zurück zu geben und ins Bett gegangen war – und er hatte die ganze Nacht im Weißen Haus gewartet, bis 9 Uhr am nächsten Morgen.

„Hoffmann, du hast ein GH für 1600. Geh nach B3 und hol die Dokumente. Und hier, nimm das."

Der Offizier gab Hoffmann den Schlüssel zu der Handgelenkfessel.

„Sag darüber natürlich nichts, denn ich sollte dir den Schlüssel wirklich nicht geben, aber diese Gefesselten-Handgelenk-Aufträge gehen einem echt auf die Nerven."

Hoffmann wusste das, denn der Offizier erzählte ihm oft von den Schrecken der Nacht im Jahre '37 und wie die Aktentasche, die an sein Handgelenk gefesselt war, zu einem Mühlenstein wurde, wenn er versuchte, auf die Toilette zu gehen – „Lieber Himmel, es ist, als ob man einen Arm abgehackt bekommt", hatte der Offizier Hoffmann gesagt. Hoffmann nickte.

Hoffmann schloss die Fessel um sein Handgelenk, steckte den Schlüssel in seine linke Hosentasche und ging.

Auf dem Weg nach draußen wählte Hoffmann eine örtliche Telefonnummer und ließ es dreimal klingeln.

✠ ✠ ✠

Diese drei Klingeltöne elektrisierten den Mann, der sie hörte. Das spezielle Telefon hatte im letzten Jahr nur zweimal geläutet. Der Mann sprang auf und rannte den Flur hinunter.

„Sir, wir haben gerade einen dreimaligen Klingelton bekommen."

Schneider, der Kulturattaché der deutschen Botschaft, blickte auf.

„Es ist unser Glückstag," sagte er lächelnd.

„Alarmiere das Team und sag Louise, sie soll zu mir kommen."
Der Mann nickte.

Louise Kochs Titel war Stellvertretende Assistentin des Kulturattachés und wie ihr Chef Schneider war sie Sicherheitsagentin – ein höfliches Wort für Spion.

Während Schneider anfing, Fett anzusetzen, war Louise das personifizierte Ideal einer deutschen Frau: groß – in Schuhen mit Fersenriemchen war sie einen halben Kopf größer als Schneider – und blond mit blauen Augen. Aber die Aufmerksamkeit aller Männer war immer auf ihren Körper gerichtet – ihre Beine waren dünn wie die eines Models – aber ihre Brust mit Größe 36 und einem C-Körbchen, das eigentlich vielmehr ein D-Körbchen war, war atemberaubend. Und ihre Brüste waren ungewöhnlich fest und straff – sie trug ihren Büstenhalter nicht, wie die meisten Frauen, als Stütze, sondern lediglich, um ihre Erscheinung etwas abzuschwächen.

Für diesen Auftrag würde es keinen Büstenhalter geben und unter ihrem Rock nur Strumpfhalter und Strümpfe – „Kommando" war der Ausdruck, den Schneider verwendete. Sie war erst 24, ihr Urteilsvermögen war erstaunlich gut, und sie konnte so ziemlich jeden Mann lenken. Schneider war eine Ausnahme und diese Professionalität schätzte sie sehr, wobei Professionalität nur ein anderer Ausdruck für seine organisatorischen und ausbilderischen Fähigkeiten war.

Als sie anfänglich zur Botschaft kam, hatte er mit ihr über die Beherrschung der Männer gesprochen, die ihre Zielobjekte waren, und sie hatten die „Ausbildung" in seinem Büro beide genossen – sie liebte es, Männer zu spüren und zu riechen, und sie liebte es, diesen Genuss mit ihrer Ausbildung bei Schneider kombinieren zu können. Er hatte ihr ein paar Geheimnisse gezeigt, von denen sie schon guten Gebrauch gemacht hatte. Allerdings war sein Training im Bezug auf Reaktion bei Pannen am nützlichsten. Sie selbst hatte nie über Pannen nachgedacht – und deshalb waren sie ihr peinlich; sie wusste nie, was sie sagen sollte. Er hatte ihr beigebracht, wie unbedacht und oberflächlich die meisten Männer waren und dass nur wenige gewählte Worte alles waren, was man brauchte. Zur vorzeitigen Beendigung: „Oh Gott, ich bin gerade so heftig gekommen, bitte hör auf, oder ich bekomme einen Herzanfall"; bei einem sehr kleinen Mann: „Das ist zu groß für mich"; bei einem fetten Mann: „Gott sei Dank, bist du nicht nur Haut und Knochen"; bei einem dünnen Mann: „Gott sei Dank, bist du nicht fett – ich hasse es, wenn ein Fetter auf mir liegt, oft kann ich ihn dann gar nicht in mir spüren."

Sie lachten beide, als sie Schneider erzählte, wie perfekt diese Schmeicheleien waren – „Sie funktionieren immer," sagte sie überrascht.

Sie war stolz auf ihren Körper und fand es beglückend, ihn zu benutzen. Selbst als sie in Schneiders Büro ging, war sie schon aufgeregt und erregt; ihre Nippel verkündeten es deutlich.

„Das hier ist ein Wichtiger, Louise, also lass dir Zeit. Es ist Washington, eine sichere und einfache Stadt. Der Standard-Ansatz."

Und als Nachsatz:

„Und hab Spaß, du kannst mir später alles genau erzählen."

Diese letzte Bemerkung erinnerte sie daran, was für ein Glück sie hatte – sie liebte es, zwei oder drei Männer am Tag zu haben; zusammen war gut, aber wenn nacheinander, half ihr das, ihren Fantasien vom Unanständigsein zu frönen. Und sie liebte es, Schneider in sich zu spüren, wenn sie noch feucht von der Zielperson war. Es erregte sie, an seine weichen und sanften, aber dominanten Techniken zu denken.

Das Hauptteam hatte sich im Hinterhof der Botschaft versammelt. Louise war schon aufgebrochen, sie ging fünf Blöcke zu Fuß, bevor sie sich ein Checker-Taxi zum Willard nahm.

✠ ✠ ✠

Der Fahrer vom Transportlager fuhr Hoffmann zuerst zum Archivgebäude und dann zum Weißen Haus. Hoffmann war froh, dass es Jones war, ein einfältiger Junge aus Biloxi, Mississippi. Es schien, als ob Jones' Hauptinteresse darin bestand, seinen Lohn so schnell wie möglich beim illegalen Pokerspiel loszuwerden – und bei den „Damen", wie Jones sie nannte.

Hoffmann redete mit Jones, während Jones den mattfarbigen Packard fuhr.

„Mit einem Auto wie diesem bekommst du sicher alle Damen."

„Nur in meinen Träumen, Sir."

„Nun ja, früher oder später bekommst du schon deinen Sex. Alle Transportfahrer sagen, dass die Damen es lieben, hinten drin zu sitzen, und dass sie immer sehr großzügig sind."

Jones kicherte.

„Vielleicht habe ich mal Glück," sagte Jones mit einem so starken Südstaatenakzent, dass Hoffmann ihn nicht verstanden hätte, hätte er die Unterhaltung nicht selbst begonnen.

Hoffmann betrat das Archivgebäude und nahm den Aufzug nach B3, wo die WPR-Akte in den Sicherheitskoffer gelegt wurde.

„Keine Ahnung, wann ich wiederkomme," sagte Hoffmann.

Der Offizier grunzte nur: „Ja, weiß der Geier."

Hoffmann ging zum Weißen Haus und bat Jones, hinter dem Hotel Willard auf ihn zu warten.

„Ich treffe dich dort – benimm dich und tu nichts, was ich nicht auch tun würde."

Jones lachte.

„Er ist ein netter Junge," dachte Hoffmann.

Als er das Weiße Haus betrat, wurde Hoffmann direkt in das Oval Office gebracht. Der Präsident gab Hopkins den Sicherheitsschlüssel und bat Hopkins, den Koffer aufzuschließen und die dünne, grell-orangene Akte herauszunehmen. Hopkins tat, wie ihm geheißen, und Hoffmann ging, um in der Cafeteria im Untergeschoss zu warten, während die bedeutenden Männer im oberen Stockwerk über den Inhalt nachdachten.

Eine Stunde später kam der Anruf, der ihn in das Oval Office zurückbeorderte. Der Präsident saß immer noch an seinem Schreibtisch wie zuvor. Hoffmann legte den Aktenkoffer auf den Tisch und wand diskret seine Augen ab. Hopkins legte die Akte zurück in den Koffer und verschloss die äußeren Schlösser.

„Alles fertig, Kapitän, und danke," sagte der Präsident.

„Jawohl, Sir, Mr. Präsident," und Hoffmann salutierte mit einer Paradeplatz-Ehrenbezeugung und ging hinaus.

Jones hatte Hoffmann abgesetzt und fuhr den einen Block bis zum Willard, wobei er fast einen Unfall baute. Er parkte hinter dem Hotel, schloss das Auto ab und schlenderte in das Hotel; nicht, dass er den Mut hatte, auch nur eine Tasse Kaffee zu bestellen, aber er sah sich gerne die edlen „Damen" an. Es hatte sich herumgesprochen, dass das Willard ein Ort war, an dem Politiker gerne ihre Geliebten trafen. Ob es stimmte oder nicht, war Jones egal, er glotzte einfach gerne. Er nahm all seinen Mut zusammen, um zwei Dollarnoten in Willard-Münzen umzutauschen – das Willard putzte alle Münzen, die in riesigen Kübeln im Keller gesammelt wurden, und gab allen, die Geld wechselten, diese makellosen, glänzenden Münzen – „als ob sie gerade geprägt wurden" war der Satz, mit dem das Hotel sich rühmte. Viele Jahre später übernahm das St. Francis in San Francisco dieselbe Praktik, aber bis dahin war die „Willard-Münze" schon Teil des amerikanischen Vokabulars.

Nach einer Stunde und vielen unfreundlichen Blicken des Concierge verließ Jones das Hotel, um zurück zu seinem Auto zu gehen.

Als er um die Ecke ging sah er etwas, das im ersten Moment aussah wie jemand, der gerade sein Auto aufbrechen wollte. Einen Augenblick lang bekam er Panik, aber dann erkannte er, dass es nur eine „Dame" war, die mithilfe seines Seitenspiegels ihren Lippenstift auffrischte. Der Oberst hatte recht gehabt – heute war sein Glückstag. Das Auto war so geparkt, dass Louise Jones nicht kommen sehen konnte, aber sie wusste genau, was passieren würde – eine tollpatschige und schmerzhaft offensichtliche Einladung.

„Wissen Sie, dagegen gibt es ein Gesetz – es heißt illegale Benutzung von Regierungseigentum."

DIE GÖTTIN DES SCHICKSALS

Louise japste und drehte sich um.

Jones Augen fielen direkt auf ihre Nippel, genau wie sie es erwartet hatte.

„Oh bitte, schwärzen Sie mich nicht an," sagte sie.

„Wissen Sie, innen ist ein viel größerer Spiegel; ich zeige ihnen, wo."

Louise lächelte, sittsam und verletzlich, wie Schneider es ihr beigebracht hatte.

Jones schloss das Auto auf und öffnete die Tür für die Dame. Louise stieg ein und stellte dabei sicher, dass ihr Bleistiftrock bis zur Mitte ihrer Oberschenkel nach oben rutschte. Nichts hiervon entging Jones, der ihr den größeren Innenspiegel zeigte.

„Sie sind so freundlich, aber warum hat ein Militärfahrzeug denn überhaupt Spiegel? Ich meine, Sie Soldaten sind doch Krieger und Kämpfer."

Sie sagte diesen letzten Satz mit nur einem Hauch von Atemlosigkeit. Dann kam das Flattern mit den Augenlidern, der Blick nach unten auf seine weiten Serge-Hosen, und das obligatorische Berühren ihres Haares – das universelle Zeichen einer wollüstigen Frau. Aufgrund von Jones Unerfahrenheit verpasste er dieses letzte Zeichen, aber er hatte schon gut und heftig angebissen.

Wie alle erfahrenen Frauen liebte Louise es, zu reizen, zu flirten, und einen kindlichen Mann wie Jones in Versuchung zu führen. Sie schätzte ihn als 30-Sekunden-Mann ein; aber das machte nichts, denn Schneider würde sie vier- oder fünfmal zum Höhepunkt bringen, wenn sie in sein Büro zurückkehrte – sie konnte schon seinen Lederstuhl riechen, auf den ihr Gesicht gedrückt werden würde – sie liebte es, von einem selbstbewussten und kraftvollen Mann von hinten genommen zu werden. Macht.

„Nun ja, Miss, wissen Sie, hier in D.C. chauffieren wir Fahrer nicht nur Leute vom Militär, sondern auch ihre Frauen und…"

„Ihre Geliebten," vollendete Louise den Satz aufgeregt.

„Oh Gott, das ist ja so aufregend; erregt Sie das manchmal, ich meine, diese Mädchen zu chauffieren – erregt Sie das? Die Geliebten herumzufahren? Diese jungen Dinger, die es gerne für Geld tun? Wissen Sie, für Geld Sex haben? Gott, wenn ich an Ihrer Stelle wäre, würde mich das so erregen. Ich würde so gerne für Sex bezahlt. Erzählen Sie mir ein paar Geschichten, was haben Sie gesehen? Sie müssen eine Menge gesehen haben, oder? Lieber Himmel, das ist so aufregend. Haben Sie viel gesehen?"

Ihre Atemlosigkeit war echt – „Denk einfach daran und fang an, dich zu berühren – errege dich selbst und du wirst ihn auch erregen," waren Schneiders Worte. Und sein Rat funktionierte.

Während sie all diese Fragen stellte, streichelte Louise ganz leicht ihre Beine, nicht nur für den armen Jones, sondern auch, weil sie wirklich erregt war, und sie durch die Berührungen ihre Erregung noch heftiger machen konnte, genau wie ihr Mentor gesagt hatte.

Jones erzählte ihr davon, dass er einmal einen Vier-Sterne-General und seine 19-jährige „Nichte" abgeholt hatte – „Das war auch hier am Willard." Der General war ein Schreibtischsoldat im Quartiermeisterkorps oder irgendeinem anderen Nebengewässer.

„Nun ja, er war ein hohes Tier mit drei Abzeichen, oder sogar vier Abzeichen," sagte er und lachte über seine eigene Beschreibung.

Das Mädchen sah Jones im Rückspiegel an und ihre Augen trafen sich.

„Es war als ob sie sich wünschte, dass ich stattdessen dort hinten säße," sagte Jones in einem seltenen Augenblick der Einsicht.

„Erzähl weiter," sagte Louise.

„Naja, sie verschwand einen Moment lang aus dem Blickfeld, und dann sah ich, dass der alte General seine Augen geschlossen hatte und stöhnte."

Hierauf zog Louise ihr Kleid hoch und fing an, sich zu streicheln. Viele Männer finden, dass es der erotischste Teil des Vorspiels ist, wenn die Frau sie anfasst, aber Louise wusste nur allzu gut, dass es den Mann augenblicklich erregte, wenn sie *sich selbst* anfasste. Und Jones war keine Ausnahme. Er sah sie an. Er wollte gerade etwas sagen, als sie keuchte: „Erzähl weiter, bitte."

Jones fuhr fort und Louise konnte spüren, wie sie sehr erregt wurde – „Genug davon, zurück zur Arbeit", sagte sie zu sich selbst.

Mit rauer Stimme sagte sie: „Ich möchte dieses Mädchen sein, darf ich?"

Jones nickte.

Bevor er es sich anders überlegen konnte, hatte sie ihn im Mund.

Sauber, nicht beschnitten, anständige Größe, dachte sie.

Sie schmeckte ein wenig frühen Saft und wusste, dass es ganz schnell vorbei sein würde, wenn sie nicht gut aufpasste, und sie wollte ein Geschenk für Schneider.

„Du musst mich ficken – bitte steck deinen Schwanz in mich und schieß deine ganz Ladung in mich, bitte, bitte nimm mich, ich brauche deinen Schwanz. Ich bekomme niemals genug, niemals."

Die letzte Aussage stimmte – je mehr Männer sie bekam, desto mehr wollte sie; heute würde sie mehr als Jones brauchen.

Wie erwartet war Jones ein 30-Sekunden-Mann und Louise hatte ihr „come back", wie sie es gerne nannte, bereit.

„Gott, das war so gut; Gott sei Dank hast du aufgehört – ich dachte, mein Herz würde zerspringen."

Jones lächelte, ganz der siegreiche Held.

„Sir, ich habe noch eine Bitte, können Sie mir bitte in die Nippel beißen, aber nur ein bisschen, nicht zuviel, nur ein bisschen."

Jones gehorchte und Louise kam in der Tat zum Höhepunkt.

„Ich weiß ja nicht, wie es Ihnen geht, aber ich brauche eine Zigarette, haben Sie welche, Sir?"

Wie Louise Schneider später erzählte machte das „Sir" Jones zu Wachs in ihren Händen.

✠ ✠ ✠

Zehn Minuten früher hatte Hoffmann das Weiße Haus verlassen und war in Richtung Willard gegangen. Aber anstatt hinter das Gebäude zum Auto zu gehen, lief er noch drei Blocks weiter. In der stillen Nebenstraße stand ein unauffälliger Lastwagen mit einigen Roststreifen an der Seite. Im Wagen saß ein Mann und löste das Kreuzworträtsel der heutigen Ausgabe der *Washington Post*. Oder jedenfalls sah es für einen Außenstehenden so aus, als ob er das tat. In Wirklichkeit beobachtete er seine beiden Außenspiegel. Er sah Hoffmann um die Ecke kommen. Hoffmann stieg auf der Beifahrerseite ein und verschloss die Tür des Wagens. Schweigend schloss er die Handschellen auf und gab den Aktenkoffer nach hinten durch das interne Fenster in den Hauptteil des Lastwagens. Schneiders Hände nahmen den Koffer entgegen.

Der Innenbereich des Lastwagens war wie eine kleine, gut beleuchtete Fabrik. Entlang einer Wand stand ein Tisch und neben dem Tisch waren drei Männer, die alle weiße Baumwollhandschuhe trugen. Schneider hatte einen Satz von 20 Schlüsseln in der Hand – alle Schlüssel für alle Gefesselten Handgelenk-Koffer, die in den letzten 15 Jahren hergestellt worden waren. Die Armee hatte in ihrem bewundernswerten Streben nach Sparsamkeit Angebote für die Schlösser eingeholt und hatte, wie alle Regierungen weltweit, nicht mit der Wimper gezuckt, als die Ausschreibung von der Chicagoer Firma Neumann und Braun gewonnen wurde, einer berühmten Schlosserei, die die Tochtergesellschaft eines deutschen Stammbetriebs war.

Der fünfte Schlüssel öffnete die beiden Außenschlösser.

Schneider nahm die Akte aus dem Koffer und übergab sie dem Team. Der erste Mann nahm alle Seiten der Akte und gab dann jede Seite dem Mann in der Mitte, der das Blatt unter einen mechanischen Apparat legte, der aussah wie eine riesige, schwarze, stählerne Spinne. Der mittlere Mann drückte auf einen Knopf und ein Lichtstrahl zeigte an, dass ein Foto geschossen wurde. Dann nahm der dritte Mann das Blatt von dem zweiten Mann und befestigte es wieder in der Originalakte. Der gesamte Vorgang dauerte weniger als fünf Minuten. Dann gab Schneider den Koffer wieder an Hoffman zurück.

Während die Fotografie gemacht wurde, unterhielt sich Hoffmann mit dem Fahrer. Er fühlte sich sicher in der Gewissheit, rechtlich auf deutschem Boden zu sein. Jedem neugierigen Polizisten, der zufällig vorbei ging und unerwünschte Fragen stellte, würde zuerst gesagt, dass Hoffmann einfach eine Unterhaltung mit seinem Schwager genoss. Falls das versagte würde dann Schneider auftauchen und mit Pech und Schwefel drohen. Sicher, Hoffmann würde nach Deutschland zurückgebracht werden müssen, aber lieber das, als einem Erschießungskommando gegenüber zu stehen. Jedenfalls erschien kein Polizist, und Hoffmann verließ den Wagen und ging in die Straße hinter dem Willard.

Hoffmann klopfte ärgerlich an die Hintertür des Packard und Jones fuhr hoch.

„Was zur Hölle treibst du hier, Jones; wer zum Teufel ist diese Frau?"

Jones begann zu stottern.

Louise sagte sanft: „Oberst, es war mein Fehler; ich habe diesen Herrn um Hilfe gebeten, wissen Sie, und…"

„Raus!" befahl Hoffmann.

„Was zur Hölle hast du dir dabei gedacht, Jones?" fragte Hoffmann auf der Fahrt zurück zum Archiv.

Jones lächelte schwach und drehte sich einen Augenblick lang zu ihm: „Sie hatten recht, Oberst – ich habe meinen Sex bekommen."

Hoffmann entspannte sich und lachte: „Du verdammter Glücksritter, sie sah aus wie ein Filmstar aus Hollywood. Du musst mir dein Geheimnis verraten."

Es blieb aber keine Zeit dazu, Geheimnisse zu verraten, denn zwei Wochen später wurde Jones nach Bataaan in den Philippinen versetzt.

„Es wird dir gefallen," sagte sein Chef. „Das Wetter ist genau wie in Mississippi."

✠ ✠ ✠

Der Lastwagen mit den Roststreifen fuhr zurück zur deutschen Botschaft, wo sich die hintere Tür öffnete und die Männer ausstiegen.

„Lasst den Film entwickeln," sagte Schneider unnötigerweise.

Der Mann, der die Kamera bedient hatte, nickte.

✠ ✠ ✠

Nach ihrem „gelungenen Entrinnen" ging Louise zur Vordertür des Willard, betrat das Hotel und ging langsam auf die Bar zu, die sie so gut kannte. Sie konnte spüren, wie etwas von Jones Milch an der Innenseite ihres Oberschenkels hinunter lief; sie liebte dieses Gefühl immer. Sie fühlte sich dann so nuttenhaft und so lebendig. Sie ging zur Bar und setzte sich, ihre inzwischen ziemlich feuchten Beine galant übereinander schlagend.

„Ein Glas Champagner bitte, Peter."

„Kommt sofort, Louise," sagte der lächelnde Barmann, der begeistert darüber war, Frauen wie Louise beim Vornamen ansprechen zu dürfen.

„Peter, jetzt brauchst du mir aber nicht wieder die Geschichten davon erzählen, wie Präsident Grant hier an der Bar und in der Lobby gesessen hat und wie der einheimische „Lobbyist" von Grants Besuchen hier geprägt war," sie blickte gespielt finster.

Peter sah aus wie ein kleiner Junge, den man beim Bettnässen erwischt hatte.

„Ach Peter, jetzt schau doch nicht so. Es sind wunderbare Geschichten, und ich bin mir sicher, dass du mit ihnen bei den Offiziersfrauen und –geliebten Glück hast, aber denk daran, dass du sie mir alle schon einmal erzählt hast."

In dem Moment schlenderte ein Oberst von der Armee zur Bar herüber: „He, Barmann, gib mir zwei Finger Jack, und einen Drink für die Lady, wenn du schon dabei bist."

Kein „Bitte," sondern lediglich ein Kommando von einem Gott an einen Tagelöhner.

„Also Schätzchen, du bist allein hier, oder?"

„Nein, Herr Oberst, ich habe Begleitung, aber danke der Nachfrage." Der stille Sarkasmus entging dem Gott.

„Ach, das ist schade, Schätzchen, denn wir beide könnten viel Spaß haben."

„Sag mal, Barmann, wo ist in diesem Loch das Telefon; ich muss mir für heute Abend ein bisschen Spaß besorgen?"

Peter zeigte ihm höflich die Richtung und Gott ging.

Louise zahlte ihr Getränk und gab Peter viel Trinkgeld.

„Bis dann, Louise."

Louise ging und ließ sich vom Türsteher ein Taxi zu dem kleinen Buchladen namens Boyles rufen, der unweit von der Botschaft war. Louise war sich nicht sicher, ob es Gewohnheit war oder nur berufliches Geschick, was sie hierzu veranlasste, aber sie ging immer einen Augenblick lang den falschen Weg und drehte sich dann plötzlich um, um nach irgendwelchen nervösen Fehltritten auszuschauen.

✠ ✠ ✠

Wie alle Männer, die Erfahrung mit Frauen haben, hatte Schneider seine Fingernägel so geschnitten, dass keinerlei Nagel vom Finger hervor stand – „nichts, was weibliche Delikatessen stören könnte", er lächelte, während er still diesen Gedanken nachging. Er überprüfte auch sein Kinn und seine Lippen – nicht das geringste Anzeichen von Stoppeln; Louise liebte seinen Mund sehr, während sie mit ganz weit gespreizten Beinen auf dem Schreibtisch lag. Manchmal ließ sie ihre Beine baumeln und andere Male umschloss sie ihre Knie mit den Armen; es kam ganz auf ihre Stimmung an.

Auf dem Rücksitz des Taxis hatte Louise die überschüssigen Reste von Jones abgewischt, die langsam ihre Beine herunter getropft waren. Es war eine Sache, Schneider zu erregen, aber eine ganz andere, für ihren „Zweiten" schlampig zu sein.

Schneider rauchte gerade eine Zigarre, als Louise hereinkam. Seine entspannte Haltung verriet ganz deutlich, dass die Mission ein voller Erfolg gewesen war. Schneider stand auf und verbeugte sich leicht und applaudierte dann leise: „Perfekt. Du warst perfekt, meine Liebe.

Möchtest du zum Feiern Cognac?"

Sie nickte.

Louise liebte es, Sex zu haben, wenn sie betrunken war – es schien den Genuss zu steigern.

Fast eine halbe Stunde lang besprach Schneider den Einsatz mit Louise. Es war langsam und angenehm und jeder wusste, dass der andere Sex wollte und deshalb reizten sie sich gegenseitig, sehr langsam.

„Er war ein 30-Sekündler, genau wie du es vorhergesagt hast."

Schneider bemerkte, dass er nicht überrascht war.

„Und das Material ist gut?"

„Nein, ist es nicht."

Louise runzelte einen Moment lang die Stirn, bis Schneider seine Hand hob wie ein Polizist, der den Verkehr anhält.

„Nein, das Material ist nicht gut. Das Material wird den Weg der Weltgeschichte wesentlich ändern."

Louise spürte, wie ihre Nippel anfingen zu kribbeln, sie war wieder erregt. Ihre Haut stand unter Spannung.

Schneider fuhr fort: „Was der Präsident der Vereinigten Staaten heute durchgesehen hat, ist ein Plan von Seiten Amerikas, das Vereinigte Königreich anzugreifen, angefangen mit einem unangekündigten Angriff auf Kanada."

Louises Mund fiel herunter und sie starrte Schneider an.

„Das kann nicht wahr sein – die Amerikaner sind alliiert mit den Engländern."

„Im Moment, aber die Götter haben einen amüsanten Sinn für Humor. Erinnere dich daran, was der Engländer Palmerston gesagt hat: ‚Nationen haben keine permanenten Freunde oder Alliierten, sie haben nur permanente Interessen.'"

Sie saßen auf der dick gepolsterten, dunkelroten Ledercouch, Louise mit übereinander geschlagenen Beinen. Bei Schneiders Verkündung öffnete sie ihre Beine, ohne nachzudenken und rutschte etwas nach vorne. Sie war sehr feucht.

„Oh mein Gott, das sind die aufregendsten Neuigkeiten, die ich jemals gehört habe. Ich hoffe, du willst mich nicht mehr allzu lange reizen."

Dann sagte sie plötzlich: „Also geben wir das jetzt der Welt bekannt, oder?"

„Naja, das wäre die beste Art und Weise, unsere Quelle preiszugeben und zu zerstören. Wäre das eine gute Idee?"

Schneider erklärte, dass es mit so mächtigem Material unerlässlich war, dass nichts durchsickerte.

„Es ist wie mit feinem Wein, wir müssen diese Neuigkeit ein wenig ablagern lassen. In einem Monat oder zwei und nach ein paar weiteren Gefesselten Handgelenken, die andere Leute einbeziehen als unsere Quelle zum Weißen Haus, können wir es gefahrlos verwenden. Dieses Material wird mit dem Alter nicht schlechter."

Louise lenkte das Thema auf das, was sie am meisten interessierte und sagte schlicht und einfach: „Fick mich jetzt bitte."

Schneider begriff, dass Louise verstanden hatte.

Louise war eine schöne, junge Frau, aber Schneiders hatte solche Erfahrung , dass er nicht den Hauch von Nervosität verspürte, genau das Gegenteil vom jungen Jones.

Er küsste sie auf die Lippen, und sie drängte ihre Zunge in seinen Mund. „Der Auftrag hat alle Vorarbeit für mich geleistet," dachte Schneider.

Louise griff nach seiner Hose und zog den Reißverschluss nach unten. Ihre elegante Hand umfasste sein hartes Glied, drückte es und rieb mit ihrem Daumen über die Spitze. Sie war zufrieden, als sie die ölige Feuchte fühlte, die sie immer erregte. Sie hatte ihre Beine geöffnet, und seine Hand streichelte jetzt die inzwischen feuchte Stelle zwischen ihren Schenkeln.

„Um Gottes Willen, hör auf, mich nur zu reizen, steck ihn mir jetzt endlich rein. Ich will ihn sofort in mir spüren. Bis zum Anschlag."

Schneider stand auf und führte sie zu seinem Schreibtisch. Er hatte die Tinte und die Schreibunterlage schon beseitigt, also war die Oberfläche frei. Sie legte sich mit einem erwartungsvollen Seufzen auf den Rücken und spreizte ihre Beine, so weit sie konnte. Schneider glitt hinein; sie war erstaunlich feucht, nicht nur von Jones, sondern auch mit ihrer eigenen Körperflüssigkeit.

„Gott, genau so. Ja, genau so. Das ist es, was ich will. Ganz rein, steck ihn ganz rein. Tiefer. Schieß deine ganze Ladung in mich."

Er konnte schon die kleinen Kontraktionen spüren, und ihre Säfte flossen an ihren Beinen und ihrem Po hinunter auf den Schreibtisch. Er schob seine linke Hand unter sie und hob sie ein wenig hoch. Ihre Kontraktionen wurden schnell stärker und schneller. Sie drückte ihre Nippel durch ihre Bluse, sie würde bald zum Höhepunkt kommen. Schneider stieß so hart, dass ihre

Schambeine bei jedem Stoß aufeinander prallten. „Ungefähr 20 Sekunden noch", dachte er. An diesem Punkt, als sie schon zu weit gekommen war, um sich zu beschweren, schob Schneider sanft, aber bestimmt seinen Zeigefinger in ihre Hintertür.

Ihre Augen weiteten sich, und ihr Mund öffnete sich eine Sekunde lang lautlos, dann stöhnte sie: „Oh Gott, ja. Fick mich. Fick mich."

Sie schloss die Augen und stöhnte immer lauter.

Ihr Kopf bewegte sich wild hin und her. Als sein Finger ganz drin war, hörte sie auf sich zu bewegen und stützte sich auf dem Schreibtisch auf ihre Ellbogen. Sie öffnete ihre Augen weit und sah ihn mit schockiertem Blick an.

„Ein Großer," sagte sie nur.

Dann kam sie. Während sie kontrahierte, arbeitete er sich mit seinem Finger vor und zurück, und als die Kontraktionen schwächer wurden, bewegte er seine Fingerspitze immer mehr. Er konnte sich selbst durch die Wand ihres Körpers spüren. Als seine Fingerspitze sich immer mehr bewegte, wurden die schwachen Kontraktionen wieder stärker. Er machte zwei Minuten lang so weiter.

Letztendlich entschloss er sich, aufzuhören. Er zog sanft seinen Finger heraus und streichelte mit der anderen Hand ihre Braue.

„Es ist alles gut, entspann dich einfach, Schatz. Ich hole dir ein bisschen Wasser."

Louises Körper zuckte unkontrollierbar auf dem Schreibtisch, ihre Beine zitterten. Sie hatte ihre Hände auf dem Mund. Es war, als ob sie weinte, mit leichten, wehrlosen Atemzügen.

„Bleib einfach hier," flüsterte er.

Er schlüpfte schnell in das kleine Badezimmer in der Ecke seines Büros. Er wusch sich die Hände und schenkte zwei Gläser Wasser ein. Dann befeuchtete er ein Handtuch mit warmem Wasser.

Als er zurückkehrte, fand er sie etwas weniger verstört vor.

Nach einem Augenblick öffnete sie die Augen.

„Was war das?"

„Hmm, war das ein wenig anders im Vergleich zum amerikanischen Jones?"

Ihr Atem normalisierte sich, und sie legte sich die Hand auf die Stirn.

„Ich habe noch nie so etwas gespürt. Was um alles in der Welt war das?"

Natürlich würde ein Gentleman wie Schneider einer Frau niemals die genauen Details von der Technik erzählen, die er manchmal „das Klempnern" nannte. Solche Details würden die Romantik zerstören; vor vielen Jahren, als er im Freikorps gedient hatte, waren ihm ein paar Bilder – „frech," wie er sie nannte – von französischen Damen gegeben worden. Einige davon waren so explizit, dass sie in das Lehrbuch eines Arztes zu gehören schienen. Er fragte sich, wie solche Fotos als erotisch angesehen werden konnten, wenn sie das ganze Geheimnis enthüllten.

Schneider hatte die Fotos als Test behalten; er zeigte sie Kandidaten für seine Abteilung mit der fadenscheinigen Ausrede, dass ein Soldat sie ihm aufgedrängt hatte, und „was halten Sie von diesen Bildern?" Die Antworten fielen grundsätzlich in eine von drei Kategorien: „haben Sie noch mehr" (sofortige Ablehnung), oder – am anderen Ende des Spektrums – „die sind ja furchtbar" (sofortige Ablehnung), oder „interessant, aber ganz ehrlich, ich finde, dass diese Bilder die Romantik zerstören und besser für die Ausbildung von Medizinstudenten geeignet wären" (mögliche Zustimmung). Sein letztens eingestellter Assistent Hermann Jäger hatte die dritte Meinung geäußert.

Es war mit Jäger gewesen, als die Unterhaltung eines Abends bei Brandy auf das weibliche „Klempnern" fiel und Schneider aus irgendeinem Grund die Technik erklärt hatte.

„Wissen Sie, Jäger, es gibt eine Stelle in der Hintertür jeder Frau, ungefähr so weit drin," er hielt seinen Zeigefinger hoch und streckte ihn.

„Und diese besondere Stelle steigert die Heftigkeit und die Dauer ihres Höhepunktes, wenn man sie richtig stimuliert. Wenn man es richtig anstellt – und es braucht viel Übung –, kann der Höhepunkt einer Frau bis zu einer Minute ausgedehnt werden, oder sogar ganze zwei Minuten, oder sogar noch länger."

Jägers Gesicht verriet, dass er auf diesem Gebiet ein Neuling war, und er sagte freiheraus: „Herr Schneider, das wusste ich nicht. Ich werde es bei der nächsten Gelegenheit ausprobieren."

Schneider gab ihm schnell noch ein paar Warnungen.

„Jäger, stellen Sie sicher, dass alle Ihre Fingernägel sauber bis ganz nach unten geschnitten sind. Und fangen Sie nicht damit an, bis der Motor der Frau schon warm gelaufen ist. Wenn er noch zu kühl ist und man zu früh anfängt, kann diese Technik manchmal Abscheu hervorrufen. Richten Sie sich nach ihren Brustwarzen. Natürlich unterscheiden sich die Brustwarzen einer Frau sehr in Bezug auf Form und Größe, aber der allgemeine Anhaltspunkt ist die Veränderung ihrer Größe. Ich habe Frauen gekannt, deren Brustwarzen im Alltag nichts als Grübchen sind, aber immer – immer – wenn sie erregt sind, kommen die kleinen Lümmel aus ihrem Versteck, um übergroß hochstehend stolz ihren Platz in der Welt einzunehmen."

Jäger lachte über diesen Kommentar und nickte, als ob er selbst dieses Phänomen auch schon beobachtet hatte. Schneider hielt Jäger für zu jung, um ihm von seinem Peking-Besuch zu erzählen, als Schneider sich mit einer chinesischen Dame vergnügte, deren Nippel bis auf zwei Zentimeter Länge heranwuchsen und sich bewegten wie Würmer; Schneider war darüber so sprachlos gewesen, dass er schnell und höflich zu *à chien* – überging – diese beiden Würmer waren sehr abstoßend.

An diesem Abend, nachdem Louise gebadet und sich verwöhnt hatte, ging Schneider mit ihr in das Hauptrestaurant im Willard, teils, weil das Essen dort vorzüglich war und teils, um Louise das Abenteuer des Nachmittags noch einmal erleben zu lassen.

Die Kellner hatten den Tisch abgeräumt, und das Restaurant war wegen des bevorstehenden Nationalfeiertages größtenteils leer.

„Weißt du, meine Liebe, Frauen sind zarte Blumen, die sanft und vorsichtig behandelt werden müssen, weil sonst die Blütenblätter beschädigt werden. Aber in allen Frauen schläft eine Tigerin, und diese Tigerin kann erweckt werden, und wenn sie erregt ist, wird sie zum wilden Tier. Was in meinem Büro passiert ist, war nichts als das: Ich habe deine Tigerin erweckt. Und wenn sie einmal freigelassen ist, kann deine Tigerin eine lange Zeit umherstreifen."

„Ich habe noch nie so etwas erlebt. Wie lang war mein Höhepunkt - ich war so außer mir, ich habe mein Zeitgefühl verloren?"

Schneider antwortete: „Etwas mehr als zwei Minuten."

„Ich dachte, ich würde sterben."

„Ja, ich weiß; deshalb habe ich aufgehört."

„Willst du damit sagen, es hätte länger dauern können?"

„Oh ja."

Louise seufzte.

„Deshalb hast du eine Stunde lang auf der Couch geschlafen. Dein Körper war im Schock und musste sich erholen."

Louise schwieg, sie war in Gedanken verloren.

„Wie kann ich dir danken?"

„Mir danken? Die Freude war doch ganz meinerseits," lächelte Schneider.

„Schneider, es ist komisch, aber je mehr Männer ich habe, desto mehr Männer will ich. Geht dir das mit Frauen genauso?"

„Ja, aber Louise, es macht süchtig. Aber es ist eine schöne und unterhaltsame Sucht. Und du bist in der glücklichen Position, dass sie Teil deines Berufes ist."

Louise lächelte leicht.

„Weißt du, ich könnte schon wieder, ich bin etwas erregt. Ist das ungesund?"

„Nein, es ist völlig normal. Ich schlage vor, du gehst zur Bar; ich werde dich dorthin begleiten und dann gehen. Wenn der Abschaum an der Bar sieht, dass ich gehe, werden sie sich auf dich stürzen wie Adler auf ein verlorenes Lamm."

Wie versprochen, ging Schneider nach dem Essen mit Louise zur Bar des Willard, aber nicht, bevor Louise einen kleinen Umweg zur Damentoilette gemacht hatte, um wie sie sagte „ein ungewolltes Stück Wäsche zu entfernen". Davon befreit, flüsterte sie ein Dankeschön an Schneider, und auch, dass sie „dort schon wieder feucht wurde".

„Ich muss verrückt sein."

Schneider schüttelte den Kopf: „Je mehr du bekommst, desto mehr willst du. Das ist alles. Du bist nicht verrückt. Du bist einfach nur gesund."

Vielleicht lag es an dem Feiertag – im Gegensatz zum Restaurant war die Bar für einen Mittwochabend ungewöhnlich gut besucht. Schneider nahm an, dass manche Junggesellen waren, die nicht wussten, wohin, und andere verheiratete Offiziere, die der Langeweile und Eintönigkeit ihres spießigen Heims für ein paar Stunden entfliehen wollten. Er bestellte Champagner für sie beide. Peter arbeitete immer noch und lächelte Louise an, die sein Lächeln ehrlich erwiderte.

Nach einer angemessenen Zeit fragte Schneider nach seinem Hut. Er küsste sie auf die Wange und flüsterte: „Ich werde morgen einen ausführlichen Bericht verlangen." Louise lächelte nur.

Wie er es vorhergesagt hatte, setzte sich ein rotgesichtiger, leicht betrunkener Offizier ohne Einladung neben sie, noch bevor Schneider die Eingangstür erreicht hatte.

„Sagen Sie mal, was halten Sie davon, dass Ihr Freund Sie an einem Ort wie diesem ganz allein mit uns Wölfen lässt?" sagte er lachend.

Louise war in der Lage, sich ein Lächeln abzuringen, das man von dem echten Lächeln, das sie Peter und Schneider zuwarf, nicht unterscheiden konnte.

„Oh, er ist nicht mein Freund, er ist mein Chef," antwortete sie, mit nur einem Hauch von Atemlosigkeit, um den Eindruck zu erwecken: „Lieber Himmel, deine Armeeuniform haut mich um."

„Ihr Chef, hm; dann sollte er es wirklich besser wissen. Er sollte seine wertvollsten Truppen beschützen. Das ist das, was wir Offiziere immer tun müssen. Was machen Sie denn beruflich? Wie Sie sehen, beschütze ich das Land vor unseren Feinden, wer auch immer diese Feinde sind," lachte er.

„Nun, ich bin Reporterin für eine Chicagoer Wirtschaftszeitung," sagte sie.

„Das ist interessant," log er, ohne sich die Mühe zu machen, sein Desinteresse zu verstecken.

Schneider hatte Louise erklärt, dass Reporter die perfekte Deckung waren, da es ihr Beruf war, Fragen zu stellen, und dass ein Wirtschaftsreporter am allerbesten war, da Fragen über Millionen von Litern von Schwefelsäure oder die Anzahl von Zügen nach San Francisco oder Flugzeugherstellung alle wie vernünftige Fragen erschienen, die eine hart arbeitende Wirtschaftsreporterin stellen würde.

Louise trank schnell ihr Getränk aus und der Offizier – wie sich herausstellte, war er Quartiermeister – schnippte mit den Fingern wie ein kleiner Cäsar und bestellte ihr noch eines, ohne zu fragen.

Dann begann sie ihre langsame kleine Pantomime-Routine, die sie mit Schneider verfeinert hatte. Zuerst kam der Haarschwung; dann fuhr sie sich mit der Hand durch die Haare – „selbst der dümmste Mann versteht dieses Zeichen von einer wollüstigen Frau," hatte Schneider erklärt; dann der kurze Blick in die Augen – „nur eine halbe Sekunde langt, sonst denkt er, dass du völlig betrunken oder eine Hure bist."

Dann kam das Wichtigste von allem: „Dann legst du deine Hand auf sein Knie. Sag ihm einfach, dass du so langsam einen kleinen Schwips bekommst."

Louise bekam in der Tat einen kleinen Schwips und liebte das Gefühl, diese unbedeutende Figur zu reizen.

Die unbedeutende Figur bildete sich ein – wie alle Männer –, dass ihr Witz, ihr Charme und ihre Persönlichkeit Louises Herz gewannen. Und Louises langsame Ermutigung steigerte diese Einbildung nur noch. In Wirklichkeit hatte er keinen Witz, keinen Charme und in punkto Persönlichkeit nur sehr wenig zu bieten, aber zu seinen Füßen hatte er einen dicken Aktenkoffer, den er regelmäßig und demonstrativ anfasste.

„Ich schreibe gerade einen Artikel für die Zeitung über Gummiproduktion in Ohio; wissen Sie darüber irgendetwas?"

Auf einmal wurde er nervös: „Weißt du, Schätzchen, wir sollten hier nicht übers Geschäft reden."

„In Ordnung – wenn Sie nichts wissen, wissen Sie nichts."

Er befeuchtete seine Lippen und sagte *sotto voce:* „Nun – was springt dabei für mich heraus?"

Louise sagte nichts, antwortete aber, indem sie mit ihrer Hand leicht seinen Schritt kraulte.

„Ich will deine ganze Milch auf meinem Gesicht. Jedes bisschen."

Sie konnte sehen, dass er mit sich rang, aber, wie erwartet, gewann die Wollust.

„Zimmer 1511."

Er ging mit seinem dicken Aktenkoffer davon.

Louise konnte inzwischen deutlich spüren, wie sie wieder feucht wurde.

Nach fünf Minuten ging sie zum Aufzug. Sie klopfte an die Tür des Zimmers und der mittlerweile entspannte Offizier öffnete.

Sie trat ein, und er fragte: „Wie heißt du, Schatz?"

„Nun, wie es der Zufall so will, ist mein Name wirklich Schatz, zumindest für heute Abend. Und ich werde Sie ‚Major Sir' nennen, wenn das akzeptabel ist, Major Sir. Und, Major Sir, ich bin ein ganz unanständiges Mädchen gewesen. Sehr unanständig. Ich muss für meine Unanständigkeiten bestraft werden. Können Sie das tun, um mich wieder zu einem guten und reinen Mädchen zu machen, Major Sir?"

Er lächelte. „Brandy?"

Sie nickte und setzte sich an den Schreibtisch. Sie zündete sich eine Zigarette an.

„Sir, ich hoffe, dass Sie sich gerne unterhalb der Nabellinie bewegen, aber um das zu tun, müssen Sie sich den Mund ausspülen, da Brandy und Schnaps meinen femininen Reizen weh tun."

Er lächelte darüber, dass Louise eine Lady war und doch zur gleichen Zeit ganz grob fleischlich sein konnte.

„Warum duschen Sie nicht kurz, damit Sie für mich ganz frisch sind?"

Er zögerte, aber sie konnte seine Gedanken lesen.

„Und hier ist Ihr dicker Aktenkoffer, den Sie vermutlich lesen wollen, während Sie duschen," sagte sie, während sie den vom Reisen abgenutzten Aktenkoffer ins Badezimmer schleppte.

DIE GÖTTIN DES SCHICKSALS

Nachdem sich die Tür zum Badezimmer geschlossen hatte, stand Louise auf und öffnete den Reißverschluss hinten an ihrem Rock, stieg aus ihm heraus und legte ihn sauber gefaltet auf den Sessel neben dem Bett. Als sie fertig war, setzte sie sich wieder und kreuzte ihre langen Beine. Ihr Strumpfhalter war grellgelb, aus Deutschland – die amerikanischen waren alle so ohne jeden Schick, entweder strahlend weiß oder kränklich pink. Die Strümpfe selbst waren blass gelb. Während die Haare um ihre „Reize", wie sie sie nannte, zart und fein waren, hatte sie sie dunkler getönt, damit sie sich besser abhoben – sie beneidete die Mädchen mit einem großen, dunklen Dreieck von schwarzen Haaren, denn sie mochte es nicht, wenn ihre unteren Lippen zu sehen waren.

Major Sir kam schnell wieder aus dem Badezimmer und schwoll schon ohne Louises kleine Show mächtig an. Louise vermutete, dass er dem in der Dusche etwas nachgeholfen hatte – er wäre nicht der erste Mann, der das tat. Louise stand auf, als er hereinkam, und drehte sich um, um ihm das ganze geheime Arsenal zu zeigen.

Er war ein starker und grober Liebhaber, etwa gleich groß wie Schneider, aber ohne das Geschick und nur einem Teil der Aufmerksamkeit ihres Chefs. Sie nahm sanft ihre Zähne dazu, als er in ihrem Mund war, und zuerst war er überrascht – sie nahm an, dass er hinter dem ganzen Getöse ziemlich wenig Erfahrung mit Frauen hatte. Sie konnte ein wenig von seinem frühen Saft schmecken, als er extrem erregt war, und sie musste das Saugen verkürzen, um zu verhindern, dass es wieder zu einem äußerst gefürchteten 30-Sekunden-Zwischenfall kam.

Ihre Empfehlung, sich mit drei Kissen als Unterlage bäuchlings auf das Bett zu legen, wurde von dem leicht überraschten Major Sir gerne entgegengenommen.

„Hm, das ist ganz schön schlau, nicht wahr, Schatz," war sein lapidarer Kommentar.

Schneider hatte ihr diese Stellung beigebracht und Louise mochte sie sofort, da sie so nicht auf allen Vieren knien musste, wie beim traditionellen *chien*. Sie konnte einfach entspannt dort liegen, Arme und Beine ausgestreckt, ihre Füße den Boden gerade berührend. Und was noch besser war: Die solide Grundlage von Kissen bedeutete, dass der Mann des Tages (oder war es der Mann der Stunde?) so viel, viel tiefer hineinkonnte – die traditionelle Version dieser Stellung ließ viel zu viel Bewegungsspielraum, und die einzige Art und Weise, dies zu korrigieren, war es, wenn der Mann Louise an den Schultern fest hielt, allerdings war dies in seiner Effektivität immer begrenzt; „Schneiders Stellung", wie sie sie nannte, war effektiv, entspannend und, was das beste war, extrem erregend.

Sie mochte die Grobheit des Offiziers; er war einfach, stark und erstaunlich ausdauernd. Und sie mochte die Härte. Aber sie hielt es für am besten, ihre Spannung lieber früher als später zu entladen, also konzentrierte sie sich auf sein tierisches Grunzen – die Geräusche, die ein Mann machte, waren immer der aufregendste Teil des Aktes für sie. Einmal in Berlin hatte sie einen schönen, blonden Adonis vom Berliner Ballett bespaßt, der ein wie gemeißeltes Gesicht hatte und herrliche lange blonde Haare; es war ein völliges Fiasko gewesen, denn er war stumm wie eine Maus, und es hatte sie nicht einmal erregt, als er seine Milch in sie pumpte. Sie hatte auf ihr standardmäßiges Stöhnen und die Das-war-so unglaublich-Lüge zurückgreifen müssen.

Der Beginn ihrer nicht gespielten Kontraktionen hatte den Offizier – wie erwartet – auf die Zielgerade befördert. Aber zur Sicherheit vollendete sie den Großteil ihres Höhepunktes, *bevor* sie mit ihrem gewohnten Schwall von „Oh, ich liebe deinen großen Schwanz," „Spritz all deinen Saft in mich" und dem nie fehlschlagenden „Fick mich härter" anfing. Und er war – wie sie – ganz klar ein gehörgesteuertes Tier. Ihr Zaubertrick funktionierte wie erwartet, und, wie befohlen, schoss er seinen Saft tief in sie hinein, und sie war – aus professioneller Sicht – beeindruckt von seiner Leistung.

Sie sagte: „Nun, jetzt bin ich mit Duschen dran, und ich brauche deinen Aktenkoffer nicht."

Sie hatte ihre Jacke und cremefarbene Bluse ausgezogen, bevor sie sich in die „Schneider-Stellung" begeben hatte und ging nur mit ihrem Bustier und Strumpfhalter bekleidet ins Badezimmer. Sie duschte und kehrte in die Suite zurück, wo sie den Offizier dabei vorfand, die obligatorische Zigarette danach zu rauchen. Er steckte eine für sie an und sie unterhielten sich 10 Minuten lang. Es stellte sich heraus, dass er ein Niemand war; er war für die Versorgung der Soldaten mit Hygieneartikeln zuständig. Sie wagte nicht, nach Details zu fragen. Nach ihrer gemächlichen Zigarette zog sie sich an und verabschiedete sich mit einem Kuss auf die Wange.

Sie war völlig gesättigt, als sie im Taxi zurück zur Botschaft saß – sie lehnte sich vollkommen entspannt zurück; drei Männer an einem Tag war das beste – zwei waren aufregend, aber drei an einem Tag waren unglaublich befriedigend. Schneider hatte recht: Je mehr sie bekam, desto unersättlicher wurde ihr Appetit.

8: Der weltgewandte Gentleman

SCHNEIDER BESTELLTE LOUISE IN sein Büro.

„Ich habe einen wichtigen Auftrag für Dich, Louise. Durch einen Mittelmann habe ich arrangiert, dass du Teil einer Gesellschaft bist, die heute Abend um 8 Uhr im Willard einen der wichtigsten Männer des Landes interviewt. Henry Morgenthau ist Roosevelts Finanzminister und dadurch natürlich sehr mächtig. Er veranstaltet ein Abendessen für fünf europäische Reporter und Dich. Dieser Mann ist eine der Hauptkräfte hinter Roosevelts „New Deal"-Programm, und ich habe großes Interesse daran, dass du Einblick in die Details seines Denkens und seine aktuellen Ansichten über Roosevelt erhältst. Interessanterweise ist er Jude und auch erst die zweite Person jüdischen Glaubens, die in der amerikanischen Regierung tätig ist. Trotz all des Gejammers, das wir über unser *Reich* hören, tun die Amerikaner selbst auch nicht allzu viel. Ich möchte, dass du förmlich bist, aber dennoch sehr feminin. Ich habe eine Liste aller Fragen vorbereitet, die du Herrn Morgenthau fragen sollst. Schau dir diese Fragen eine Stunde lang an und präge sie dir ein, dann können wir beide ein gespieltes Interview üben."

Damit überreichte Schneider Louise drei Seiten handgeschriebener Fragen.

Louise nahm die Fragen, verließ den Raum und ging in die Bibliothek der Botschaft.

Eine Stunde später kehrte sie zurück und die anstrengende, aber wertvolle Generalprobe begann.

„Das Geheimnis dieser Treffen ist es, zurückhaltend zu sein und in keinster Weise bedrohlich zu wirken. Die anderen fünf Reporter sind alle Männer, und sie werden früh versuchen, einander auszustechen. Ich möchte, dass du einfach lächelst und nur die ersten beiden Fragen stellst, bis das Dessert serviert ist. Bis dahin wird Herr Morgenthau von den Männern ordentlich die Nase voll haben, und mit ein wenig Geschick wird er sich zeigen lassen, dass du auf seiner Seite bist und nicht einfach jemand, der nur Punkte sammeln und ein paar druckbare Zitate aufschnappen möchte. Ich habe dir für die Nacht ein Zimmer im Hotel gebucht. Es ist sehr unwahrscheinlich, dass Herr Morgenthau die Initiative ergreifen wird – allen Berichten zufolge ist er ein sehr langweiliger Mann. Und dieser Auftrag ist keiner, bei dem du deine weiblichen Reize benutzen musst, so hinreißend und großartig sie auch sind. Falls es passiert, ist es gut, aber es ist weder notwendig, noch erwarte ich es."

Louise hörte aufmerksam zu und verstand.

Um sieben Uhr abends checkte Louise im Hotel ein und machte sich auf den Weg zur Bar, nachdem sie kurz das Zimmer begutachtet hatte. Ihr Lieblingsangestellter Peter hatte Dienst, und sie grinste ihn breit an. Es war deutlich, dass ihr Auftauchen seinen Abend erhellte. Sie unterhielten sich ein wenig, und Louise lockerte ihre Stimmung mit einem Glas Champagner auf.

Morgenthau erschien etwas zu früh, wie immer, und wurde zu dem Tisch in der Mitte gebracht, wo er sich setzte. Es waren noch keine Reporter da, also ging Louise zu ihm herüber und stellte sich vor. Und bei aller Bescheidenheit konnte Herr Morgenthau nicht umhin, Louises verführerische Sinnlichkeit und ihren ehrlichen Charme zu bemerken.

„Nun, das Weiße Haus hat mir nicht gesagt, dass ich in solch liebreizender Gesellschaft sein würde, meine Liebe."

„Herr Minister, Sie sind allzu freundlich."

Schneiders hatte ihr eingehämmert, die Männer stets mit ihrem korrekten Titel anzusprechen, und es zahlte sich bereits aus. „Um Himmels Willen, nennen Sie mich Henry."

„Ich komme nur selten nach Washington, denn ich arbeite meistens von Chicago aus, und Chicago ist so eine wundervolle Stadt. Wissen Sie, ich liebe alle großen amerikanischen Städte, sie sind viel lebendiger als die Städte in Europa", sagte Louise und passte dabei auf, dass sie Deutschland nicht erwähnte.

„Ich verstehe, Sie leben also nicht hier?"

„Oh nein, ich bin nur für dieses sehr wichtige Treffen hier, ich habe ein Zimmer hier und kehre morgen früh mit dem *Chicago Spirit* zurück nach Chicago."

„In Ordnung, ich verstehe."

„Aber ich habe einen Freund hier, Peter, der Barmann. Ich trinke immer einen Schlummertrunk."

Als sie ihren Satz beendete, kam die Gruppe männlicher Reporter herein und gesellte sich zu ihnen.

Morgenthau, der zurück in den förmlichen Finanzminis-ter-Modus fiel, sagte:

„Herzlich willkommen, meine Herren. Sollen wir anfangen?"

Aus seiner Art ging hervor, dass Morgenthau genauso gelang-weilt war, wie die Reporter aufgeregt waren – es geschah nicht alle Tage, dass ein bescheidener Auslandskorrespondent die rechte Hand des amerikanischen Präsidenten interviewen durfte.

Die Reporter redeten zwei Stunden lang langweiliges Zeug. Sie fragten ein breites Spektrum von Fragen, von scharfsinnigen bis hin zu lächerlichen. Es schien Louise, als ob der Reporter von der London *Times,* ein Kerl namens Harold, mit Abstand der Schlaueste war. Sein Stottern war anfänglich etwas irritierend, aber er war intelligent und charmant, und abgesehen davon sah er auch gut aus. Er sagte, dass er für die *Times* über den spanischen Bürgerkrieg berichtet hatte. Einer der anderen Reporter am gegenüberliegenden Ende des Tisches schien ihn „Tim" zu nennen, aber Louise nahm an, dass sie falsch gehört hatte.

Die meisten Fragen drehten sich um den Erfolg des „New Deal" des Präsidenten. Als das Essen sich dem Ende zuneigte, fragte der Engländer nach den Büchern, die Morgenthau gelesen hatte und die ihn beeinflussten. Morgenthau drehte die Frage geschickt um und richtete sie zurück an den englischen Reporter. An diesem Punkt hatte der Reporter etwas mehr als eine Flasche Wein und drei kleine Gläser Portwein getrunken und antwortete sofort: „Feuerbach." Morgenthau sah den Engländer sehr direkt an und sagte nur: „Interessante Wahl."

„Aber, aber, aber, aber nur von einem rein philosophischen Standpunkt aus gesehen, nichts davon gilt wirklich für die reale Welt," stotterte der englische Reporter schnell seinen Widerruf.

Louise tat so, als ob sie sich Notizen machte und sah zu Morgenthau auf; er sah sie direkt an; sie lächelte.

Das Essen war zu Ende und die Reporter bedankten sich alle beim Finanzminister. Sie gingen in Richtung der Lobby, während Louise zuerst zur Damentoilette ging und dann zur Bar. Peter war entzückt, sie zu sehen. Sie hatte nur an ihrem Wein genippt und keinen Portwein getrunken.

Während sie an der Bar ihr Glas Champagner trank, war sie nicht überrascht, den Finanzminister der Vereinigten Staaten von Amerika herüberschlendern zu sehen und sich neben sie zu setzen. Da es ein ruhiger Dienstag war, war die Bar außer den beiden und Peter leer.

„Hier haben wir einen selbstbewussten Gentleman mit Köpf-chen und Charme; und während er nicht *versuchen* wird, mit mir zu schlafen (er müsste ja nur fragen), genießt er ganz offensichtlich weibliche Gesellschaft," dachte sie.

„Peter, wie geht es Ihnen heute Abend, ich habe gehört, Sie haben das Glück, diese schöne junge Frau zu kennen?" fragte Morgenthau freundlich.

Peter nickte: „Ja, das stimmt, Sir."

„Und Herr Minister, was darf ich Ihnen heute Abend bringen?"

Er bestellte einen Brandy.

„Und Peter, nennen Sie mich bitte Henry."

Louise verglich diesen wahren Gentleman mit den anderen Männern, die sie an Peters Bar getroffen hatte.

„Sie waren beim Essen sehr still, hatten Sie nur die paar Fragen?"

Morgenthau wiederholte Louises zwei Fragen genau.

„Nun, Sir, mein echtes Interesse und das Interesse meiner Leser ist: Wer ist der Mann hinter der wundervollen Stimme? Nach meinem Verständnis sind Sie, wie ich, ein großer Bewunderer von Herrn Roosevelt."

„Das ist eine Untertreibung – ich bin der größte Fan des Prä-sidenten, und ich glaube, das weiß jeder. Ich habe den größten Res-pekt und die höchste Achtung vor Franklin. Er ist ein Mann von außergewöhnlichem Talent und unerreichtem politischen Können und Scharfsinn. Die Leute nennen mich oft seinen Ja-Sager, und ich hege den Verdacht, dass ich manchmal *zu* nachgiebig bin, aber ja, ich bin ein großer Bewunderer. Und seine Verwendung des Radios sucht ihresgleichen, diese herrliche Bariton-Stimme, so geschmei-dig und mächtig, wie eine eiserne Faust in einem Samthandschuh."

„Also meinen Sie, er ist ein Heiliger?"

Morgenthau lachte: „Oh, ganz und gar nicht. Er ist auch nur ein Mensch und manchmal nur allzu menschlich."

„Dann nennen Sie mir eine seiner menschlichen Schwächen. Nichts Indiskretes, nur etwas Interessantes."

„Sie befinden sich hier in einer schwierigen Situation, denn es gibt zwei Dinge, die ich tun kann: ich kann öffentlich sprechen, was Sie dann drucken können, oder ich kann inoffiziell sprechen, um Ihnen Hintergrundwissen zu geben, aber Sie dürfen kein Wort davon drucken. Also, was soll es sein?"

Louises Wahl war eindeutig, aber sie versuchte, nichts zu übereilen.

„In Ordnung, dann lassen Sie uns an diesem Tisch am Fenster sitzen, und ich gebe Ihnen etwas Hintergrundwissen."

„Peter, noch einen Brandy, bitte."

Peter nickte Morgenthau zu.

Die beiden setzten sich. Louise setzte ein klares Zeichen, indem sie ihr Notizbuch zur Seite legte, dann fragte sie:

„Herr Morgenthau, darf ich Sie fragen, warum Sie das tun. Ich meine, warum setzen Sie sich mit einer jungen Reporterin an einen Tisch, und einer weiblichen noch dazu? Und außerdem arbeite ich für eine unbedeutende Chicagoer Wirtschaftszeitung."

„Nun ja, ich denke, dass manche Dinge öffentlich dargelegt werden müssen, und ein Richtungswechsel oder eine Kursanpassung vorgenommen werden muss, und ich glaube, dass auswärtige Zeitungen den Weg weisen können, und Sie sind eine Außenseiterin. Franklin hat die Reporter vom Weißen Haus bei seinen Pressebriefings in der Tasche, und er ist so ein Fuchs – nie vergisst er ihre Geburtstage; für seine Favoriten gibt es vertrauliche Abendessen im Weißen Haus und kleine Textauszüge werden besprochen, bevor die Pressemitteilung bekanntgegeben wird," sagte Morgenthau ohne den geringsten Hauch von Arglist.

Wie Morgenthau Louise erklärt hatte, hatte er das Gefühl, dass die Reporter vom Weißen Haus mit dem Präsidenten viel zu vertraulich umgingen. Und während ein entspanntes Verhältnis nicht unbedingt etwas Schlechtes war, so war es doch nicht gut, *zu* freundlich zu sein – die Reporter vom Weißen Haus hatten die Tendenz, alle Objektivität zu verlieren und die Politik des Präsidenten als Tatsache zu sehen anstelle eines politischen Programms mit seinen inhärenten Stärken und Schwächen – für die Reporter des Weißen Hauses waren alles nur Stärken. Und Roosevelt war atemberaubend – und hatte nicht seinesgleichen – im Bezug auf seine Fähigkeit, die Reporter zu beeinflussen und zu begünstigen und zu täuschen. Etwas Tageslicht könnte nichts schaden, besonders wenn es von fremden Reportern käme; das dachte Morgenthau zumindest.

„Also denke ich, dass das Aussenden einer etwas anderen Meinung gesund sein würde. Wissen Sie, meine Liebe, ich bin etwas beunruhigt, oder, besser gesagt, besorgt. Wir haben ein riesiges Defizit auflaufen lassen, und die Arbeitslosigkeit ist immer noch sehr hoch; wir haben die Steuerrate von 24 % auf 79 % erhöht, aber es kommt insgesamt weniger Geld rein," er stockte und sah zuerst sein Getränk und dann Louise an.

Es war die Fähigkeit, sehr schnell Vertrauen einzuflößen, die Louise zu einer der besten Agentinnen machte. Meistens tat sie das, indem sie schlicht und einfach lächelte und nichts sagte.

„Ich verstehe nicht, Herr Morgenthau."

„Henry, um Gottes Willen," er lachte.

Die unmittelbare Nähe von echter Macht erregte sie sehr. Nicht ein „Major, Sir," sondern echte, wirkliche Macht – der Finanzminister der Vereinigten Staaten von Amerika. Sie spürte, wie sie erregter wurde und wie ihre Brustwarzen anschwollen. Es war so typisch – die mächtigen Männer sind sanft und still und die Wasserkäfer sind furchtbar laut.

„Also Henry … wie ist der Mann wirklich?"

„Nun, Franklin ist auf viele Arten ein komischer, alter Vogel. Als Geschäftsmann, bevor er der Gouverneur von New York wurde, schlugen alle seine Unternehmen fehl. Er versuchte sich im

Geschäft mit lebenden Hummern und verlor viel Geld; dann versuchte er es mit Automaten, und es war eine komplette Katastrophe; er versuchte Landwirtschaft in Georgia bei Warm Springs und verlor sein letztes Hemd. Mein guter Freund Henry Wallace, der Franklin so gut kennt wie ich, sagte mir, dass er nie mit Franklin Geschäfte machen würde, weil Franklin die erforderliche Geduld fehlt, die alle Geschäftsmänner brauchen, um Erfolg zu haben. In anderen Worten, Franklin denkt nicht systematisch, sondern zieht voreilige Schlüsse – er ist wie ein ungeduldiges Kind, das gerne Neues ausprobiert. Sollten wir also die Wirtschaft der Nation einem fehlgeschlagenen Geschäftsmann anvertrauen? Das allein ist ziemlich besorgniserregend.

Im Gegensatz dazu ist mein Vater ein sehr vorsichtiger und daher sehr erfolgreicher Geschäftsmann. Was viele Leute nicht begreifen ist, dass die meisten Geschäftsmänner geduldig und sehr vorsichtig sind – schließlich ist es ihr eigenes Geld. Wenn also die Naiven und Schwachen versuchen, den Erfolg eines Geschäftsmannes nachzuahmen, gehen sie plötzliche und wilde Risiken ein, so wie die, die sie im Filmtheater auf der Leinwand sehen. Aber das Hollywood-Bild von habgierigen Geschäftsmännern ist größtenteils Fiktion. Denn so arbeiten erfolgreiche Geschäftsmänner nicht. Alle von ihrer Sorte, die ich kenne, sind viel vorsichtiger als der durchschnittliche Mensch auf der Straße. Sie hassen Risiko, und vor allem hassen sie es, ihr eigenes Geld zu riskieren. Und während Franklin ein großartiger Führer ist, so finde ich doch seine Fähigkeit, plötzlich vom Thema abzukommen, sehr beunruhigend. Er ist gefährlich impulsiv und geht zu hohe Risiken ein. Das ist vor allem dann der Fall, wenn seine sogenannte Beratergruppe anwesend ist. Keine Idee ist zu skurril. Er hat auch ein gefährliches Verständnis von Glück."

Louise neigte den Kopf zur Seite, als ob sie eine Frage stellen wollte.

DIE GÖTTIN DES SCHICKSALS

„Ich gebe Ihnen ein Beispiel: Er und ich waren eines Morgens im Weißen Haus, um den Goldpreis festzulegen, und ich sagte Franklin, dass er um 18 bis 22 Cent steigen müsse, also sagte Franklin: ‚In Ordnung, sagen wir 21 Cent.‘ Ich fragte ihn, weshalb, und er sagte: ‚Das ist eine meiner Glückszahlen, es ist drei mal sieben.‘ Ich fragte mich, was passieren würde, wenn die Welt wüsste, dass der Goldpreis in den Vereinigten Staaten aufgrund einer der Glückszahlen des Präsidenten festgelegt wurde. Und er hat Glücksschuhe und Glückshüte und Glücksdaten. Mein Vater hat mir beigebracht, dass wahre Geschäftsmänner niemals an Glück glauben – viele von ihnen kaufen nicht einmal Lottoscheine. Franklins Auffassung von der Wahrheit ist auch manchmal ein wenig undurchsichtig. Er sagte bei seiner Kampagne 1920, dass er die haitianische Konstitution selbst geschrieben hätte. In Wahrheit hatte er damit nichts zu tun."

Louise gab Morgenthau eine Kostprobe ihrer Klasse und Eleganz, indem sie ihre langen, langen Beine ausstreckte und wieder übereinander schlug. Sie wollte keine Vorschläge machen, aber sie wusste dennoch, dass der Finanzminister bei aller Hingabe für das Volk dennoch auch ein Mann war.

„Wie die meisten Politiker, besonders die mächtigen hier in Washington, hat Franklin ein sehr nebliges Verständnis von Geld – er scheint zu denken, dass Geld einfach vom Himmel fällt. Wenn er also einmal mehr eines seiner Programme für den Arbeitsmarkt erstellt, das, sagen wir mal, 100 Millionen Dollar kostet, muss das Geld von Steuern kommen, aber Franklin denkt, dass ich einfach nur die Druckpressen etwas länger laufen lassen muss. Und das ist ein großes Problem. Ich gebe Ihnen ein Beispiel. Nehmen wir an, dass die gesamten 100 Millionen Dollar an Steuergeldern nur von Mr. Fords Steuern kommen. Mit anderen Worten müsste Mr. Ford diese 100 Millionen Dollar seines eigenen Geldes in Steuern aufgeben, um die Arbeitsbeschaffungsmaßnahmen zu finanzieren."

Louise runzelte die Stirn: „Und wo liegt das Problem … Henry?"

„Nun, sagen wir einmal, Mr. Ford habe 100 Millionen Dollar aufgegeben, um ein Regierungsprogramm zur Arbeitsbeschaffung zu erstellen. Wenn die 100 Millionen nun immer noch Mr. Fords 100 Millionen wären, denken Sie, dass Mr. Ford – der dafür bekannt ist, ein Geizhals zu sein –, sehr, sehr gut auf seine 100 Millionen Dollar aufpassen würde? Natürlich würde er das, es ist ja schließlich sein Geld. Wenn es aber Rex' alter Agentur zugeschrieben wird, oder der Agentur eines anderen Bürokraten, denken Sie, dass diese Leute auch so genau darauf aufpassen würden? Nein. All diese Regierungsleute denken, dass ich Geld mit einer Druckpresse herstelle. Wissen Sie, die Regierung stellt niemals wirklich Werte her, sie verteilt lediglich Vermögen um, das von seinen echten Herstellern wie Mr. Ford geschaffen wurde. Die Regierung versteuert nur, sie geht nicht auf den Markt und misst sich mit Wettstreitern. Sie stellt nur pompöse Gesetze auf, von Regierungsleuten fabriziert, die sich selbst höher einschätzen als den grölenden Pöbel der Geschäftsmänner, die in ihren Augen ungebildet, roh und vulgär sind."

„Ja, aber Henry, diese Leute in den Arbeitsbeschaffungsmaßnahmen geben doch Geld aus, was gut für die Wirtschaft ist, oder?"

„Natürlich, aber dasselbe wäre auch der Fall, wenn Mr. Ford sie bezahlen würde."

„Was ist also der Unterschied? Die Leute von Mr. Ford und die Leute des Arbeitsprogrammes geben die 100 Millionen aus, also ist das das Gleiche?"

„In Wirklichkeit, meine Liebe, ist es nicht das Gleiche. Nehmen wir an, die 100 Millionen Dollar werden dazu verwendet, Autos herzustellen, Autos von Mr. Ford oder Autos in den Fabriken der Regierung, die die 100 Millionen Steuergeld verwenden, die Mr.

Ford weggenommen wurden. Im Fall von Mr. Ford kann er nun, sagen wir mal 100.000 Autos herstellen, während die Regierung mit ihrer Bürokratie und ihren politischen Bestimmungen und ihrem typischen Schlendrian nur 50.000 Autos herstellen würde.

„Ein Beispiel: Ich weiß aus sicherer Quelle, dass Mr. Ford seine Mechaniker und Ingenieure aussendet, um überall im Land Schrottplätze nach seinen alten, verschrotteten Ford-Autos abzusuchen und diese dann genauestens zu untersuchen. Alle diese Männer müssen Herrn Ford berichten, welche Teile und Komponenten noch in gutem Zustand sind, damit Mr. Ford die Kosten für diese zu gut gebauten und damit unwirtschaftlichen Komponenten reduzieren kann. Wissen Sie, meine Liebe, das Ziel von Mr. Ford ist es, dass das gesamte Auto zur gleichen Zeit abgenutzt ist. Indem er das tut, kann er den Preis des Autos für den Kunden senken, weil die Herstellung dieses Autos für Mr. Ford günstiger wird. Es handelt sich hierbei um amerikanische Brillianz in ihrer reinsten Form – kein Regierungsbeamter hätte jemals die Fantasie, eine solche Idee in Erwägung zu ziehen – in tausend Jahren nicht. Alles, woran diese Bürokraten denken, ist die Hackordnung in ihrer Abteilung und, wie sie auf die nächste Sprosse der bürokratischen Leiter gelangen können. Und weil Herr Ford ein Geizkragen ist und weil es sein Geld ist, passt er gut darauf auf und feuert faule und inkompetente und ineffiziente Arbeiter. Aber Rex und sein Gefolge werden nur wohltäterisch lächeln und die Faulen und Trägen verwöhnen, anstatt sie zu feuern. Wissen Sie, dass kein CCC- oder WPA-Arbeiter jemals gefeuert worden ist?"

„Also meinen Sie, Mr. Ford würde mit den 100 Millionen Dollar mehr anfangen?"

Morgenthau lächelte, nickte und lehnte sich in seinem Stuhl zurück.

Louises elegante Augenbrauen zogen sich nach oben.

„Wissen Sie, Politik ist nicht nur in Deutschland ein schmutziges Geschäft. Es ist Tatsache, dass das Rennen von '36 ohne WPA-Arbeiter extrem eng geworden wäre. Zwei Gallup-Meinungsumfragen im Juli 1936, also sehr spät, ergaben, dass Landon – der republikanische Kandidat – den Wahlausschuss für sich eingenommen hatte. Aber dann drehten Tugwell, Hopkins und die anderen Mitglieder der Beratergruppe den Hahn auf, und das Ergebnis war, dass Franklin den Wahlausschuss mit 523 zu acht führte – einer der größten Erdrutsche der amerikanischen Geschichte."

Er öffnete seine Westentasche und nahm eine Zigarre hinaus. „Wenn Sie gestatten?"

„Aber natürlich."

Das Rauchen machte Morgenthau besinnlicher. Er sagte nachdenklich:

„Ich bin wirklich der Meinung, dass die Wahl von '36 das Land dauerhaft verändert hat, und ich bin mir nicht sicher, ob es zum Besseren war. Ich habe sowohl mit dem Vorsitzenden des Nationalen Demokratischen Komitees, einem Mann namens Farley, als auch mit seiner rechten Hand beim DNC, Emil Hurja, gesprochen, und sie haben beide regelrecht damit *angegeben*, Geld für Stimmen auszugeben – sie geben damit an, Stimmen zu kaufen; sie sind schlimmer als Huey Long, „The Kingfish" von Louisiana, jemals war. Nun können Sie mich als einen von der alten Garde abstempeln, aber ich bin der Meinung, dass das nicht richtig ist. Diese beiden Männer haben Staaten, die auf der Kippe standen, Projekte versprochen. Wenn also ein Staat unentschieden war und vor allem, wenn er viele Stimmen des Wahlausschusses hatte, dann wurden – Simsalabim – in den fünf Monaten bis zur allgemeinen Wahl im November haufenweise „New Deal"-Projekte bekanntgegeben.

„Das Schlimmste daran ist, dass der Durchschnittsmensch nun denkt, dass Geld einfach von meiner Abteilung gedruckt wird. Leider sind kleine Papierzettel mit etwas Tinte drauf das einzige, was ich drucke, Papierfetzen ohne Wert. Was diesen Papierfetzen Wert verleiht, ist, dass die Regierung der Vereinigten Staaten sie anerkennen wird. Und das kann eine Regierung nur, wenn sie zahlungsfähig ist, und der einzige Weg für sie, zahlungsfähig zu sein, ist es, ihr eigenes Einkommen durch Steuern zu erhöhen. Wissen Sie, das ist der einzige Grund, aus dem der Präsident das Alkoholverbot aufgehoben hat, damit er Alkohol versteuern konnte. Und wenn Sie ein Beispiel dafür möchten, was geschieht, wenn eine Regierung nicht zahlungsfähig ist, sehen Sie sich einfach an, was in Ihrem Land passierte, als die blutrünstigen Franzosen 1923 in das Ruhrgebiet eingedrungen sind. Aus diesem Grund sehe ich die Wahl von 1936 als Wasserscheide."

Louise fragte: „Warum ist das ein Problem?"

Morgenthau sah sie an und sagte:

„Sie sind eine außergewöhnlich schöne Frau, und Sie haben mehr Grips als die meisten Männer. Ich hoffe, Sie haben vor, in den Vereinigten Staaten zu bleiben, denn wir brauchen Leute von Ihrem Kaliber."

Dieses freundliche und ehrliche Kompliment ließ Louise erröten.

„Lassen Sie mich Ihnen eine Geschichte erzählen. Vor langer Zeit gab es einmal ein Land, das ich das ‚Mittlere Königreich' nennen will, und das Volk des Mittleren Königreiches war sehr fortgeschritten und stellte viele Dinge her, die die Europäer wollten, wie Tee, Seide und Porzellan. Und der Kaiser des Mittleren Königreiches mochte Fremde überhaupt nicht und versuchte, allen Handel einzustellen, da Handel in seinen Augen unmoralisch und gefährlich war. Natürlich funktionierte das nicht, und der Handel mit den Europäern, vor allem den Engländern, blühte. Aus gutem Grund vertraute das Mittlere Königreich diesen ‚fremden Teufeln' nicht, und so bestand das Mittlere Königreich darauf, dass die Europäer in Silber bezahlten. Das war nun besonders belastend für die Engländer, deren Währung auf Gold basierte und nicht auf Silber.

Nichtsdestotrotz stimmten die etwas verzweifelten Engländer zu. Dann hatte ein schlauer Kopf bei der Britischen Ostindien-Kompanie die Idee, in Britisch-Indien angebautes Opium einzuführen, um das Silber zu ersetzen. Natürlich war der Kaiser berechtigterweise sehr verärgert – denn die Briten versuchten sozusagen, das Leben von Millionen seiner Leute für 30 Stücke Silber zu zerstören. Und Opium ist schrecklich – es macht sehr abhängig und ist eine sehr gefährliche Droge. Es amüsiert mich immer, dass das christliche England es für angemessen und anständig hielt, das Leben von Millionen von Menschen zu zerstören. Ganze Dörfer wurden zerstört, weil die Dorfbewohner alle den ‚Schwanz des Drachen jagten‘, wie das Rauchen von Opium genannt wurde. Die Ernte verfaulte auf den Feldern. Wie es so oft geschieht, kamen wir Amis etwas später ins Spiel, und der größte Opiumhändler in den Vereinigten Staaten war die Bostoner Firma Russell & Company. Und der junge Star der Firma war ein 24-jähriger Ami namens Warren Delano.“

Louise war gelangweilt. „Und?“

„Und junge Dame, das ist es, was wir jetzt tun – wir haben unsere amerikanischen Wähler zu Abhängigen gemacht. Unter Präsident Roosevelt *erwarten* Wähler jetzt Berechtigungen. Sie erwarten, dass die Regierung auf jegliche Weise auf sie aufpasst. Die wundervollen Ideale der Unabhängigkeit, persönlichen Verantwortung, Sparsamkeit, der harten Arbeit und Selbstverantwortlichkeit verflüchtigen sich alle und werden zerstört. Und genau die Prinzipien, die dieses Land großartig gemacht haben – der Pioniergeist der Menschen in Planwagen und dergleichen – werden jetzt umgedreht. Die Menschen tauschen heute ihre Freiheit gegen ihr persönliches Opium ein und gegen Leibeigenschaft. Aber anstatt vor 100 Jahren russische Leibeigene des Zaren zu sein, sind sie nun den Anordnungen des Präsidenten hörig; Bauern brauchen jetzt

Lizenzen zum Betreiben von Landwirtschaft; Fabrikanten wird der Wettstreit verboten; die Preise sind festgelegt und manipuliert."

Verwirrt fragte Louise: „Delano ist der zweite Name des Präsidenten, oder?"

Morgenthau nickte.

„Wie kommt das denn?"

Morgenthau lächelte: „Warren Delano war Franklins Großvater."

Louises Augen weiteten sich, sie wollte gerade etwas sagen, aber Morgenthau kam ihr zuvor.

„Ja, der Präsident der Vereinigten Staaten hatte einen Mann zum Großvater, der das Leben von Millionen von Menschen zerstörte, indem er ihnen eine ekelhafte und verabscheuungswürdige Droge verkaufte. Kurz gesagt handelte Roosevelts Großvater mit dem Tod und dem Elend von Millionen Menschen."

Morgenthau verlor sich in dem Gedanken, wie sehr die Moral des Präsidenten der seines Großvaters ähnelte.

✠ ✠ ✠

Zum ersten Mal an diesem Abend sah Louise direkt in Morgenthaus Augen.

Zögernd sagte sie: „Steht das in Zusammenhang mit diesen Notizen des Kongressprotokolls?"

Sie reichte ihm zwei kleine Blätter cremefarbenes Notizpapier, die sie aus ihrer himmelblauen Hermès-Handtasche aus Krokodilleder genommen hatte.

Beide waren mit Schreibmaschine geschrieben. Auf dem ersten stand:

„Nun, meine Herren, wir haben es damit versucht, Geld auszugeben. Wir geben mehr Geld aus, als wir jemals zuvor ausgegeben haben, und es funktioniert nicht. Ich habe nur ein Interesse, und wenn ich unrecht habe, kann meinetwegen jemand anders meinen Job haben. Ich möchte dieses Land erfolgreich machen. Ich will, dass die Menschen Arbeit bekommen. Ich möchte, dass sie genug zu essen bekommen. Wir haben unsere Versprechen nie gehalten. Wir haben uns nie um unser Volk gekümmert."

Auf dem zweiten getippten Notizblatt stand:

„Und wie gesagt, das einzige Interesse, das ich habe, ist es, dieses Land wirklich erfolgreich zu sehen und diese Regierungs- form beizubehalten, denn wenn wir nach acht Jahren keinen Erfolg verbuchen können, wird jemand anders sich das Recht holen, ihn zu verbuchen, und diejenige Person hat dann auch das Recht, es zu versuchen. Nachacht Jahren dieser Regierung haben wir noch genauso viel Arbeitslosigkeit wie am Anfang."

Morgenthau lächelte: „Wie ich sehe, hat Ihr Schreiber sogar den Fehler ‚nachacht' wortgetreu von der Aufzeichnung übernom- men, eine nette Geste."

„Das war, als Sie im Mai 1939 vor dem Haushaltsausschuss des Repräsentantenhauses gesprochen haben, ist das richtig?"

Morgenthau nickte.

„Ist das auch heute noch Ihre Ansicht, Sir?"

Louise sagte mit Absicht „Sir", um sich noch mehr zu erre- gen. Ihre Brustwarzen waren so hart, dass sie beinahe weh taten. Sie lächelte im Stillen darüber, dass die trockene Wirtschaftstheorie sol- che Auswirkungen auf den Körper einer 24-Jährigen haben konnte, dann fiel ihr aber im gleichen Moment auf, dass es in Wirklichkeit die Nähe der Macht war, die sie so feucht machte, und nicht die Theorie von Produktion und obskurer Politik. Sie hatte eine große Anzahl von Männern ausprobiert, seit sie vor zweieinhalb Jahren in Amerika angekommen war; nun war sie leicht erregbar und dieses neue Jucken musste ständig gekratzt werden. Damals in Deutsch- land war sie ein gesundes Mädchen mit gesundem Appetit gewesen, aber unter Schneiders Führung – und seinem praktischen Training – war sie unersättlich geworden; sie musste jeden Tag einen Mann in sich spüren; im Gegensatz zu ihrer anständigen Art in Deutschland war sie jetzt zum Angreifer geworden. Und sie liebte dieses Gefühl.

„Wie alt sind Sie?"

„Ich bin 24 Jahre alt. Aber in drei Monaten habe ich Geburtstag und werde 25."

Beide lachten über diese Bemerkung, die sechsjährige Jungen immer machten.

„Sie müssen hier in Washington aufpassen. Für eine Frau, die so vor Attraktivität funkelt wie Sie, naja, ich fühle mich wie ein Vater, der ihnen Ratschläge erteilt."

„Sie sind sehr freundlich und lieb … Henry."

Louise war triefend nass.

„Seien Sie einfach vorsichtig, meine Liebe. Ich muss jetzt gehen und mich mit Franklin treffen, darum fürchte ich, ich muss Sie nun verlassen. Aber wissen Sie, Sie sollten sich mit Rex treffen, sodass er Ihnen seine eigene Perspektive geben kann. Ich kann das einrichten, wenn Sie möchten. Geben Sie mir Ihre Karte und ich werde Rex' Sekretärin ein *tête-à-tête* mit Rex für Sie arrangieren lassen, wenn Sie das nächste Mal in Washington sind."

Louise wurde klar, dass sie eine weitere Goldader entdeckt hatte. „Das wäre wundervoll."

„Es ist das Mindeste, was ich tun kann, und ich schulde es Rex, dass er sich Ihnen gegenüber selbst rechtfertigen kann."

Damit stand „Henry" auf und schüttelte ihre Hand. Er ging. Louise blieb sitzen, erstaunt über ihr Glück, einen solchen Gentleman getroffen zu haben.

Louise war so nass, dass sie tropfte; sie konnte spüren, wie ihre Säfte an den Innenseiten ihrer Schenkel herunter flossen; Gott sei Dank war ihr Rock schwarz und knielang; sie war sich sicher, dass ein Teil schon auf den Rock gelaufen war.

Aber die Nähe von solcher Macht, und solch wortgewandter Macht noch dazu, hatte sie mehr erregt als sie wahrhaben wollte. Sie wusste, dass sie befriedigt werden musste. Sie lächelte in sich hinein: die Vorteile, Freundschaften zu pflegen. Sie ging zu der leeren Bar hinüber.

„Peter, du hast in einer halben Stunde frei, oder?"

9: Der Helfer der Little Flower

ES HATTE HENRY MORGENTHAU nur ein paar Ferngespräche nach New York gekostet, um Rex Tugwell nach Washington zu rufen. Der offizielle Grund, den Morgenthau Tugwell gab, war die Besprechung einiger Ideen des Finanzministeriums; der wirkliche Grund war, dass Rex die Reporter treffen sollte und vor allem Louise. Während Tugwell sich offiziell in Manhattan aufhielt, konnte er doch sein persönliches Opium nie vergessen, nachdem er es einmal geschmeckt hatte, und so willigte er bereitwillig ein. Um die Wahrheit zu sagen, hatte die Wall Street-Leute mit ihren ständigen Forderungen nach echten Ergebnissen und echtem Profit Rex gelangweilt, seine Arbeit für die Little Flower war anstrengend und seine Politik wurde blockiert. Jede Möglichkeit, zu seinem geliebten Shangri-La in Washington zurück zu kehren, war eine willkommene Entlastung.

Dieselben fünf Reporter trafen sich mit Rex Tugwell im Willard, und viele der Fragen waren genaue Wiederholungen von dem vorigen Abendessen mit dem Finanzminister. Der gutaussehende englische Reporter war da. Es schien Louise, als ob er etwas kleinlauter war, und er trank den ganzen Abend lang nur ein Glas

Wein. Vielleicht hatte sein Chef ihm auf die Finger gehauen? Er war immer noch charmant, eben nur nüchtern.

Für Louise war es eine Wiederholung des ersten Essens; Morgenthau hatte Louise gesagt, was zu tun war, als sie per Ferngespräch aus Chicago angerufen hatte. (Schneider hatte sie zu dem Büro in Chicago geschickt, das aus einer einzigen, gelangweilten, aber pflichtbewussten Deutschen bestand, die die Anrufe auf ihrem Schaltpult mit einem charmanten deutschen Akzent entgegennahm.)

Bedauerlicherweise hatte Peter den Abend frei, und der Barmann, der Louise bediente, war ein kleiner, dicker, mürrischer Mann spanischer Herkunft, dem die Haare ausgingen. Hector gab Louise ihr übliches Glas Champagner, aber leider hatte der Mann die unterhalterischen Fertigkeiten der ägyptischen Sphinx. Louise war erleichtert, als Tugwell zu ihr herüberschlenderte und einen Tisch am Fenster vorschlug.

Louise fielen sofort zwei Dinge an Tugwell auf: dass er gutaussehend war und dass er „interessiert" war. Letzteres bedeutete nicht, dass sie Erwartungen hatte, aber falls er Annäherungen machte, würde sie nicht überrascht sein. Sein gutes Aussehen setzte sich aus mehreren Faktoren zusammen – seinem dicken, welligen Haar; seinem offenen, ehrlichen Gesicht; aus der Tatsache, dass er seinen Cocktail genoss; und aus seiner echten Abenteuerlust. All diese Dinge zeigten sich ganz offensichtlich. Die geübte Agentin in Louise bemerkte später, dass er während des Essens vier Martinis getrunken hatte.

Rex erklärte mit ein bisschen zuviel Stolz seinen Werdegang seit Washington:

„Mein Büro bei American Molasses war in der Wall Street Nummer 120, das ist gleich nach der Water Street; das war einmal die alte Uferlinie des East River, daher der Name ,Water' Street. Also habe ich den Styx überquert, wenn man so will, und bin in die Unterwelt gegangen. Der Job war in Ordnung, aber ich arbeite lieber für den Bürgermeister."

Er erklärte mühselig, dass „Fiorello" vom Italienischen übersetzt „Little Flower" heißt, was keinen der Reporter interessierte, und dass das auf Rex' Chef in New York mit seinem ganzen einen Meter fünfzig Größe perfekt passte.

Das Abendessen ging auf monotone Weise immer weiter. Ein Gefühl furchtbarer Langeweile kam über den Tisch, es war wie bei einer Schulklasse an einem trostlosen, regnerischen Mittwochnachmittag, wenn das Klassenzimmer mit dem Geruch von feuchten und nasskalten Kleidern gefüllt war. Schließlich ging das Essen dem Ende zu; die Reporter waren alle erleichtert; Tugwell hatte die Langeweile nicht bemerkt, denn er hatte immer weiter von seinem Lieblingsthema geredet – dem Präsidenten der Vereinigten Staaten. Die fünf Reporter bedankten sich bei Tugwell und gingen.

Louise saß auf ihrem inzwischen vertrauten Barhocker an der Bar. Der spanische Barmann ignorierte sie fleißig, was ihr gerade recht war. Einen Augenblick später setzte Tugwell sich neben sie; Morgenthau hatte ihn eindeutig eingeweiht.

Ohne Vorstellung oder Small Talk verkündete er:

„Ich komme immer noch hin und wieder nach Washington. Ich habe mich heute Nachmittag mit Henry getroffen. Ich glaube, Sie kennen Henry."

Louise nickte und fragte leise:

„Also, Herr Tugwell, wie ist Präsident Roosevelt wirklich?"

Tugwell, ganz der fieberhafte Evangelist, übersprang das obligatorische „Nennen-Sie-mich-Rex" und begann seine Rede:

„Er ist ein Genie. So einfach ist es, er ist ein Genie, und er ist freundlich und liebenswürdig, aber knallhart zur gleichen Zeit."

Louise legte den Kopf ein wenig kokett zur Seite und fragte:

„Warum sind Sie dann weggegangen?"

Wie Louise Schneider später beichtete, war ihre Frage der Gipfel der Dummheit. Ja, Tugwell war ziemlich angetrunken – und das allein war es, was sie rettete – aber die Frage war zu stark, und sie stellte sie zu früh. Sie verfluchte sich selbst, als Tugwell nervös und aufgescheucht begann, eine sinnlose Folge von Worten von sich zu geben. Louise rettete die Situation, indem sie schnell ihre eigene Frage beantwortete:

„Ich nehme an, dass all Ihre Arbeit mit dem National Industrial Recovery Act und der Neubesiedlungsbehörde abgeschlossen war, und auch Ihr großer Erfolg mit den Grüngürteln, wie dem Greenbelt in Maryland, war beendet, und ich nehme an, dass Sie sich ein wenig gefühlt haben wie Alexander der Große, der weinte, als ihm klar wurde, dass es keine Welten mehr gab, die er noch erobern konnte."

Mit dieser Bezugnahme auf die Antike entspannte Tugwell sich, und auch die Martinis in seinem Bauch halfen dabei, ihn zu beruhigen.

„Ja, ich denke, das könnte man so sagen. Ja, das stimmt – ‚keine Welten mehr, die man noch erobern könnte'. Ja."

Louise nahm sich vor, daran zu denken, Schneider für seine kompletten Hinweise und Informationen über Tugwell zu danken. Ohne dieses Wissen wäre sie verloren gewesen. Und Louise würde Schneider auf die Art und Weise belohnen, die er am liebsten mochte.

„Nun ja, wissen Sie, Fräulein Koch, sie haben den Nagel auf den Kopf getroffen," sagte Tugwell und trank seinen Brandy aus. Er bestellte sich noch einen und fragte Louise, ob sie noch einen Champagner wollte; Louise schüttelte den Kopf. Sie setzte alles daran, die Unterhaltung wieder herzustellen und lächelte ihr verführerisches Lächeln, während sie sich in ihrem Stuhl zurücklehnte, um ihren ganzen Körper und ihre durch ihre pfirsichfarbene Seidenbluse deutlich sichtbaren Nippel auf Tugwell wirken zu lassen.

Das Schicksal war an diesem Abend auf ihrer Seite, und sie schaffte es, Tugwell auf seinen geliebten Präsidenten zurück zu bringen:

„Erzählen Sie mir mehr von diesem außergewöhnlichen Mann, Herr Tugwell."

Jetzt endlich wurde sie mit dem „Nennen-Sie-mich-Rex" gesegnet.

„Nun lassen Sie mich Ihnen diese Schnappschüsse zeigen."

Er nahm ein kleines, schwarzes Fotoalbum aus Eidechsenleder und zog zwei Fotos heraus, die er Louise überreichte. Beide Fotos hatten die normalen farbigen Ränder. Beide zeigten den Präsidenten, aber die beiden Fotos hätten nicht unterschiedlicher sein können.

„Hier ist der Mann in all seiner Herrlichkeit, und diese beiden Schnappschüsse zeigen die beiden Extreme seiner Person. Beide sind ziemlich alt, von 1933, um genau zu sein. Der erste ist mit dem britischen Premierminister während einer Konferenz zur Festsetzung der Geldpolitik, während der zweite in Virginia aufgenommen wurde," erklärte Tugwell.

„Das sind Sie dort rechts auf dem Foto in Virginia, nicht wahr?"

Tugwell lächelte und nickte.

Louise studierte die beiden Fotografien, und Tugwell hatte recht: In dem Foto mit dem Premierminister war Roosevelts Miene gelangweilt und sah beinahe nach Auflehnung aus. Weder er noch einer der anderen 15 Männer lächelte. Im Gegensatz dazu war das Foto in Virginia an einem Mittagstisch aufgenommen worden, an dem Roosevelt und seine Gruppe saßen; hinter den sitzenden Männern standen 40 strahlende, junge Männer, die das schöne Wetter und ihre Nähe zum Präsidenten genossen. Die Männer in ihren

Anzügen, die dort am Tisch saßen, strahlten ebenfalls, und an der Spitze der Tafel stützte Roosevelt sich auf die linke Armlehne seines Stuhles und erhob sich damit in der Tat um einen halben Kopf über den Rest der Gesellschaft. Seine breiten Schultern und sein Haarschopf waren klar erkennbar, zusammen mit dem typisch fröhlichen Lächeln, das alle – von Premierministern bis zu dem kauzigen alten Griesgram Irving Fisher von der Universität Yale – bezauberte. Auf der Nase trug er einen altmodischen Zwicker, der im Verhältnis zu seinem großen, strahlenden Gesicht viel zu klein war.

„Was ist das runde Ding da?"

„Oh, das war das Mikrofon. Präsident Roosevelt hatte gerade seine Rede an das Lager beendet, als das Bild gemacht wurde."

„Diese jungen Männer sehen alle so fit und glücklich und gesund aus. Sie erinnern mich an die Jugendgruppen, die wir in Deutschland haben. Dieser blonde Junge hier hinten sieht sogar echt deutsch aus."

„Und da haben Sie sogar recht. Er war ein Austauschstudent aus Münster. Das Lager war eines unseres Civilian Conservation Corps, die wir CCC nennen. Sie sind großer Erfolg und sehr beliebt."

„Erzählen Sie mir mehr über diesen erstaunlichen Mann, Herr Tugwell", sagte Louise mit steifer Formalität, aber glücklich darüber, dass Tugwell verstohlene Blicke auf ihre Brust geworfen hatte.

„Nun, ich denke der beste Teil des Mannes ist seine Großzügigkeit. Er möchte den Wohlstand teilen. Genau wie ich, sieht er privaten Wohlstand als Sünde – warum sollten nicht alle Amerikaner den Wohlstand dieses großartigen Landes teilen? Das ist der Grund, aus dem wir die Einkommensteuer erhöht haben. Wofür sollte ein Mensch jemals mehr als 100.000 Dollar im Jahr brauchen? Das macht keinen Sinn, das ist die pure Gier. Und jetzt, wo die amerikanischen Grenzen geschlossen sind, sollte sich der Wohlstand mehr verteilen. Und Leute wie Ford sind nur Gauner – sie tun niemals das, was die Regierung von ihnen verlangt, und stattdessen tun sie allerlei verrückte Sachen. Wissen Sie, Ford und seine Bande kommen vom Thema ab."

„Aber kann er das denn nicht?"

Tugwell stand nun endlich unter Volldampf:

„Im Moment nicht. Heute müssen wir an alle denken, nicht nur an wenige Gierige. Ein Mann, der viel Geld machen will, ist kein anständiger Mann. Es ist unmoralisch. Zum Beispiel Ford. Eines der schlimmsten Dinge, die Ford tut, ist das *Herabsetzen* seiner Autopreise. Und für die Nation kann das nur zum wirtschaftlichen Ruin führen. Wissen Sie, Louise, wenn Preise hinunter gehen, trifft das die Bauern, und dann trifft es jeden, die Löhne gehen nach unten, und dann ist es eine furchtbare Abwärtsspirale. Ford hat das Gesetz gebrochen, das Gesetz der Vereinigten Staaten, das Gesetz dieses großartigen Landes."

Nun war Louise ehrlich verwirrt:

„Aber hat Ford in den 20er Jahren nicht die Löhne seiner Arbeiter verdoppelt und die Preise seiner Autos von 3000 Dollar auf 500 Dollar herabgesetzt? Als Frau bin ich natürlich nicht gut in Mathematik, aber ist das nicht eine sechsfache Steigerung? Und hilft billigeres Essen nicht den Armen? Sodass sie mehr Essen und besseres Essen kaufen können?"

Tugwell stürmte weiter und ignorierte Louises Argument von Armen, die nicht hungern müssen.

„Oh ja, das mit Ford war im letzten Jahrzehnt, in den wilden 20ern, wissen Sie. Aber das ist inzwischen alte Geschichte. Und das war unter dem Republikaner Coolidge – ‚Herrn Tatenlos‘. Man kann die damalige Zeit mit der heutigen gar nicht vergleichen. Und Coolidges Finanzmann, ein alter Geizkragen namens Mellon, hat sogar die Steuersätze heruntergesetzt, damit die Reichen mehr Geld behalten konnten."

„Oh, jetzt verstehe ich. Und inzwischen bekommt die Regierung durch Steuererhöhung mehr Geld für Ihre Camps, korrekt?"

Tugwell wechselte das Thema. Das war es, was Louise erwartet hatte, denn Morgenthau hatte ihr gegenüber zugegeben, dass die Steuersenkung des schlauen Mellon in den 1920er Jahren die gesamten Steuereinnahmen sogar *erhöht* hatte. Im Gegensatz dazu hatten die Steuererhöhungen der Roosevelt-Regierung die Gesamteinnahmen – unerwartet – vermindert. Morgenthau hatte Louise gegenüber reumütig zugegeben, dass die Reichen einfach weniger arbeiteten und weniger investierten, als die Steuern stiegen, und dadurch, dass sie weniger investierten, bekamen Firmen weniger Geld, um zu wachsen, und so war Roosevelts Regierung dazu gezwungen, immer mehr arbeitsbeschaffende Buchstabensuppen zu schaffen, und immer mehr Camps. Aber davon sagte Louise dem Enthusiasten nichts.

„Wissen Sie, Louise, wir haben keine Angst mehr vor Größe, und unbegrenzter Wettstreit ist der Tod, nicht das Leben des Handels. Dies ist eine neue Welt, und wir tun auch nur, was Mussolini in Italien tut, aber wir tun es auf die amerikanische Art und Weise. Verstehen Sie, flächendeckend und vollständig und offen gesagt besser als Mussolini, den ich übrigens getroffen habe. Wissen Sie, manche Menschen sind dickköpfig und manche Menschen wollen sich einfach nicht ändern. Aber der Präsident hat es mit seinen herrlichen Gesprächen am Kamin geschafft, die Menschen zu überzeugen. Als ich hier in Washington war, haben wir uns den Präsidenten im Radio angehört und mein Gott, was hatte er für eine Stimme. Ruhig, tief, Mut machend – er kann mit seinem Charme alle für sich einnehmen. Es ist, als ob er Träume erfüllen kann. Jeden Traum."

Er pausierte und sah sie an:

„Er kann für die neue Welt, die wir bauen, eine neue Realität erschaffen. Ja, sicher wird es ein paar unglückliche Menschen geben, besonders die gierigen Leute, z. B. die Geschäftsleute. Aber der Präsident versteht die Bedürfnisse aller, nicht nur die der Reichen, nicht nur die der Investoren. Und ja, wir werden die Steuern weiterhin erhöhen. Wissen Sie, das ist der Grund, aus dem der Präsident das Alkoholverbot aufgehoben hat – sodass wir mehr Geld beschaffen konnten, indem wir den Alkohol versteuerten – es zählt alles. Und wir können einen neuen National Industrial Recovery Act ins Leben rufen, ohne dass diese verdammten Juden aus Brooklyn sich beschweren. Alles ist jetzt möglich; es gibt keine menschlichen Grenzen, wenn die Regierung die Dinge kontrollieren kann. Wir müssen weiter experimentieren. In dieser immer komplexer werdenden Welt können wir die Menschen nicht für sich selbst entscheiden lassen. Das zu glauben, wäre Wahnsinn."

Louise fand Morgenthau echt attraktiv, zum Teil aufgrund der Tatsache, dass er nicht versuchte, mit ihr ins Bett zu gehen; zum Teil aufgrund seines angeborenen Gefühls für Anstand; teilweise aufgrund seiner Intelligenz; und teilweise aufgrund seiner Ehrlichkeit. Im Gegensatz zu Morgenthau fand Louise, dass Tugwell einigen der Freunde ihres Vaters in Deutschland sehr ähnlich war – zu viele der Freunde ihres Vaters waren genauso engstirnig und bigott wie Rex Tugwell.

Louise stand auf und schüttelte Tugwells Hand:

„Sehr faszinierend. Mein Gott, Sie sind der cleverste Mann, den ich in dieser Stadt getroffen habe. Sie sind verblüffend. Ich weiß nicht, wie ich Ihnen danken kann."

Als sie diese klassischen Schneiderschen Fantasiesätze gesagt hatte, verließ sie den Tisch und ging zur Eingangstür, bevor Rex etwas anderes vorschlagen konnte. Der Türsteher winkte und das erste im Taxistand wartende Checker-Taxi kam vorgefahren.

„Was für ein totales Arschloch," dachte Louise.

10: Mr. Horikoshis Bekenntnis

Washington
Donnerstag, 24. Juli 1941

DER PRÄSIDENT LEHNTE SICH in seinem Rollstuhl zurück und rauchte eine kubanische Zigarre. Er gab immer acht darauf, nur mit einer Zigarette in seinem Lieblings-Zigarettenhalter fotografiert zu werden – ganz der Normalbürger, jedenfalls in der Öffentlichkeit.

Harry Hopkins sagte:

„In Anbetracht unseres Gespräches bezüglich des HS-Dokumentes vor ein paar Wochen habe ich inzwischen mit einem Freund bei Sullivan & Cromwell Kontakt aufgenommen. Kennen Sie John Dulles, Mr. Präsident?"

„Er ist ein verdammter Republikaner," sagte Roosevelt erschrocken und runzelte die Stirn.

„Ja, das ist er, und er ist viel gereist, ist intelligent und erfahren in internationalen Angelegenheiten, was ihn meiner Meinung nach unter seinesgleichen einzigartig macht."

Roosevelt lachte.

„Also gut. Was sagt dieser Kollege Dulles?"

„Nun, er ist Anwalt, ein sehr erfolgreicher Anwalt noch dazu, also hat er die Tendenz, sich im Kreis zu drehen und jeden Satz im Konditional zu sagen, aber beim Essen gestern Abend sagte er, dass

Japan der größte Widersacher des Landes ist und nicht Deutschland, und zwar nicht nur gegenwärtig, sondern auch in der Zukunft. Und er hat ein exzellentes Verständnis von Geschichte."

„Dulles zufolge wird Japan bis 1970 die erste Supernation der Geschichte sein – mit 150 % des Bruttosozialproduktes der USA; wir müssen sofort etwas unternehmen, oder sie werden unaufhaltsam sein, und das bedeutet das Aus für die weiße Rasse."

„Ach, um Gottes Willen, Harry, reiß dich zusammen – die Japsen und uns voran? – unmöglich. Ich bin mir nicht sicher, ob du das weißt, aber der durchschnittliche Japaner hat kein Gleichgewicht – sie werden auf den Rücken ihrer Mütter umhergetragen und das zerstört ihre Balance völlig – sie können kaum ein Auto fahren, ganz zu schweigen davon, ein Militärflugzeug zu fliegen. Könnten vermutlich nicht einmal mein verdammtes rollendes Gefängnis fahren," sagte Roosevelt und meinte damit den Rollstuhl, den er so sehr hasste.

„Vielleicht, aber wir müssen sie jetzt aufhalten," entgegnete Hopkins scharf.

„Dulles sagt, wir haben nicht viel Zeit – sie arbeiten wie die Trojaner, aber mit dem Köpfchen eines weißen Mannes. Ihre Schwäche ist, dass ihnen das Öl fehlt; wir müssen diese Japsen im Keim ersticken, und zwar sofort."

Hopkins lehnte sich nach vorne, öffnete seine kleine schwarze Aktentasche und zog eine unscheinbare, abgenutzte Manila-Akte heraus. Aus der Akte fischte er drei Kopien eines Berichtes. Er gab zuerst dem Präsidenten eine und die zweite dann Tugwell.

„Dies ist ein Bericht, der mir gestern Abend von John gegeben wurde. Er stammt von seinem Bruder Allen der sich, wie Sie wissen, zur Zeit in der Schweiz aufhält. Dieser Text ist eine Übersetzung des schweizerischen Sicherheitsdienstes von einem Bericht eines deutschen Fliegers, der im Mai 1939 die Mitsubishi-Fabrik für Schwerindustrie in Yokohama besichtigte; Allen hat anscheinend ein sehr gutes Verhältnis mit den schweizerischen Sicherheitsleuten," sagte Hopkins mit einem Lächeln.

„Dieser Bericht ist von einem Deutschen der Legion Condor im Spanischen Bürgerkrieg. Er war einer der Anführer der verheerenden Luftangriffe im Juli 1937 in der Schlacht von Brunete; es war die deutsche Luftwaffe, die die Schlacht gewann und den Großteil des Krieges auch. Blättern Sie also bitte um auf Seite fünf, beginnend mit dem zweiten Abschnitt." Hopkins las laut vor:

Vom Hotel wurde ich mit dem Auto zur Fabrik gebracht. Am Haupttor begrüßten mich der Manager und fünf seiner leitenden Angestellten. Das Haupttor und die Fabrik selbst waren bescheiden und makellos sauber. Zwei kleine, grüne Sträucher in Tontöpfen waren die einzige Dekoration, und zwei Damen hatten gerade das tägliche Stutzen beendet, diese Damen standen stolz neben ihren Pfleglingen. Der Manager und die fünf Angestellten trugen alle dieselbe dunkelblaue Uniform, vermutlich die Farbe der Fabrik. Der Übersetzer erklärte, dass die Fabrik sich geehrt fühlte, einen Starflieger zu treffen, der die berühmte Messerschmitt 109 in der Schlacht so erfolgreich geflogen hat. Es überraschte mich, dass sie soviel wussten; während der Führung machte der Waffenspezialist eine lässige Bemerkung über meine Änderung des Patronenverhältnisses von 30/70 zu 50/50, Geschossmantel zu Treibladungspulver. Das schockierte mich wirklich, denn ich hatte diese Änderung selbst vergessen.

Die Fabrik selbst war sehr gut beleuchtet. Aber was mir zuerst auffiel, war das völlige Fehlen von Holz – in Deutschland gebrauchen all unsere Fabriken, einschließlich der Flugzeugfabriken, viel Holz für Regale und sogar Stütz- und Bauvorrichtungen für das Zusammensetzen von Tragflächen und so weiter. In dieser Fabrik in Yokohama war kein Holz zu sehen. Einer der leitenden Angestellten – ein Herr Horikoshi – erklärte, dass kein Holz verwendet wurde, sodass alle Arbeiter sich angewöhnen würden, Leichtmetall als ihr natürliches Holz zu betrachten. Ich ging hinüber zu einem der Regale, auf dem Zylinderköpfe lagen, und ich war schockiert zu sehen, dass selbst die Leichtmetall-Regale sorgfältig mit Schellack-Klarlack gestrichen waren.

Die Fabrik war in vier Unterfabriken unterteilt: zwei für die Fertigung von Flugzeugen; eine – die größte – für Motorenbau und Motorenprüfung; und eine für Radio und Navigation.

„Galland-san, wir haben Fordismus studiert und haben ihn auf unsere eigene Art und Weise verbessert, jedenfalls glauben wir das. Herr Ford ist ein großer Mann, und er ist unsere Inspiration", sagte mir der Manager. Ich war schockiert über die Effizienz der Arbeiter. Als wir an jeder der 22 Stationen des Fließbandes vorübergingen, hielten die Arbeiter inne und verbeugten sich vor mir. Ich muss sagen, ich fühlte mich wie eine gehuldigte Jungfrau.

Für mich als Pilot waren diese Flugzeuge – ,Zero‘ genannt – von größtem Interesse. Die Konstruktion der Tragflächen war von besonderem Interesse. Als ich die Herstellung der Tragflächenteile untersuchte, stellte ich schockiert das extrem leichte Gewicht der Tragflächen fest und runzelte die Stirn. Herr Horikoshi schien meine Gedanken zu lesen und erklärte, dass seine Firma ursprünglich vom Wettbewerb um die Herstellung des neuen Kampfflugzeugs für die Kaiserliche Marine zurückgetreten war, aber durch die Arbeit mit Sumitomo konnte Mitsubishi ein besonderes neues Leichtmetall verwenden, das Extra-Super-Duralumin hieß. Selbst als Laie und nicht als Metallurge ist es mir ganz klar, dass die Japaner uns in der Metallurgie weit voraus sind. Und es sollten noch weitere überraschende Enthüllungen kommen.

Schließlich kamen wir zur letzten der vier Unterfabriken, wo die Radio- und Navigationsausrüstungen gebaut und getestet wurden. Im Navigationsbereich gingen wir durch drei getrennte, hermetisch verschlossene Türen, und ich musste meine Schuhe ausziehen, in Baumwollpantoffeln schlüpfen und eine Baumwollmütze aufsetzen, die aussah wie die Duschhaube einer Dame. Wenn der Rest der Fabrik schon sauber war, war dieser Bereich jedoch ungleich allem, was ich je gesehen hatte – die Luft wurde eigens für diesen Bereich mit sowohl Luftfeuchtigkeit als auch Temperatur unter strenger Kontrolle hergestellt.

An einer der Leichtmetallwerkbänke reichte mir Herr Horikoshi einen Drehzapfen, der in dem Kompass des Flugzeuges verwendet wurde. Es war ein gewöhnlich aussehender Zapfen, einen Millimeter im Durchmesser und ungefähr 40 Millimeter lang. Ich untersuchte ihn und gab ihn Herrn Horikoshi zurück, der auf rätselhafte Weise lächelte. Er nahm den Zapfen und klemmte ihn an eine kleine Klemme unter einer riesigen Linse. Unter der Klemme war ein kleines elektrisches Licht. Nachdem er einen Augenblick lang die Feineinstellung der Klemme eingestellt hatte, lud Herr Horokoshi mich ein, zu schauen. „Scheiße", war alles, was ich sagte. Alle Japaner lachten.

Unter dem riesigen Vergrößerungsglas konnte ich sehen, dass man entlang des gesamten Drehzapfens ein winzig kleines Loch gebohrt hatte. Die Überraschung auf meinem Gesicht war echt, und ich fing an, sinnlos zu stottern. Einige Sekunden später gewann ich meine Kontrolle zurück.

„Dies ist die erstaunlichste technische Leistung, die ich je gesehen habe; wie wird das gemacht?"

Stolz über das Kompliment erklärte Herr Horikoshi fröhlich:

„Diese wichtigen Zapfen werden in drei besonderen Fabriken in Nord-Kanto hergestellt. Die Standorte dieser Fabriken sind aufgrund des ruhigen Untergrundes dort ausgewählt worden. Wie Sie wissen, liegt Japan auf der Pazifischen Kante und ist dadurch anfällig für Erdbeben, aber meistens ist der Boden in Nord-Kanto sehr stabil. Unsere Ingenieure führten sechs Jahre lang mikroseismische Studien und Messungen durch, bevor diese drei Fabriken gebaut wurden. Das Loch, das Sie sehen, kann ein Haar eines jungen Mädchens umfassen, aber nur ganz knapp."

Ich schüttelte einfach nur den Kopf.

Galland-san, wir können Ihnen etwas zeigen, das Sie unterhaltsam finden werden."

Hiernach bezweifelte ich, dass mich noch etwas überraschen könnte, aber ich irrte mich.

Wir gingen zum Motoren-Testgebiet.

In der Mitte des Bodens standen zwei Eisblöcke, jeder ungefähr doppelt so groß wie der Eisblock, der in Kühlschränken in deutschen Haushalten verwendet wird. Jeder Block saß in Hüfthöhe auf einer Baumwollmatte, die ungefähr fünf Zentimeter dick war, und diese Matten lagen wiederum auf Leichtmetallständern mit vier gespreizten Beinen. Auf einem großen Tisch lagen zwei Schwerter, eines davon ein Schwert aus dem Mittelalter. Ich erkannte es von meinen Schulausflügen in deutsche Museen sofort als ein Großschwert, einen schweren Bidenhänder, der ungefähr einseinhalb Meter lang war und mindestens acht Kilogramm wog. Im Gegensatz dazu war das andere bescheiden: ungefähr halb so lang, leicht gekrümmt und schön dekoriert mit komplizierten Gravuren, die die ganze Klinge zierten. Man hätte es leicht für ein Kunstobjekt halten können anstatt einer Waffe. Herr Horikoshi erklärte, dass es ein traditionelles Samurai-Schwert war.

Neben dem Tisch stand einer der Fabrikarbeiter, ein schmächtiger Kerl, der fast einen Kopf kleiner war als ich. Neben ihm stand der größte Japaner, den ich je gesehen habe, nicht dick, sondern muskulös. Es wurde mir gesagt, dass er der Meister im All Japan National Amateur-Ringen war und ich hatte keinen Grund, das anzuzweifeln. Anscheinend arbeitete er in der Fabrik, und er war sehr viel größer als sein Kamerad.

DIE GÖTTIN DES SCHICKSALS

Herr Horikoshi bat mich, das riesige Schwert zu nehmen und einen Eisblock in zwei Hälften zu spalten. Offensichtlich zögerte ich sehr, aber natürlich konnte ich bei all der Gastfreundschaft, die mir entgegen gebracht wurde, auch nicht nein sagen. Also hob ich das Monster etwas zögerlich mit beiden Händen auf, und es war noch schwerer, als es aussah. Ich schwankte ein wenig, die beiden Japaner waren schlauerweise ein Stück von mir abgerückt. Herr Horikoshi wies mich an, das Schwert in immer vertikaler werdenden Kreisen zu schwingen, er machte mir die Bewegung vor. Ich war mit Schwierigkeiten in der Lage, das Schwert zu schwingen, und nach sechs ziemlich instabilen Schwüngen ließ ich es endlich auf den Eisblock niederkrachen. Es tat unheimlich weh, als die Erschütterung meinen Arm hinaufschoss. Ein paar Splitter Eis flogen von dem Eisblock. Dann wies Herr Horikoshi den Ringer an, das Schwert aus meinen Händen zu nehmen. Als ich von der Last befreit war, sah ich mir den Eisblock an – er war so gut wie nicht beschädigt. Die Art und Weise, wie der Ringer das Großschwert schwang, ließ meinen Versuch kindisch aussehen. Nach sieben oder acht Schwüngen krachte das Schwert auf den Eisblock nieder. Der ganze Tisch bebte. Ich sah mit Zufriedenheit, dass seine Bemühungen genauso wenig Effekt hatten wie meine eigenen. Der Ringer verbeugte sich und legte das Monster-Schwert zurück auf den Tisch. Der Schmerz in seinen Armen muss außergewöhnlich gewesen sein, aber er verzog das Gesicht kein bisschen.

An diesem Punkt trat der kleine Arbeiter nach vorne und nahm das Samurai-Schwert. Aber anstatt das Schwert zu schwingen, wie wir es getan hatten, machte er drei sehr große Schritte weg von seinem Eisblock. Er hielt sein Schwert in beiden Händen und hob es hoch über seinen Kopf. So stand er fast eine Minute lang bewegungslos da. Dann rannte er auf einmal mit einem Schrei los und schlug das Schwert mit einer solchen Geschwindigkeit auf den Block, dass der Stahl vor den Augen verschwamm. Genauso plötzlich ging er wieder seine drei Schritte zurück und hielt das Schwert über seinen Kopf, als ob er einen erneuten Schlag vorbereitete.

Als er seine statuenhafte Pose wieder einnahm, fielen die beiden Hälften des Eisblocks auf den Boden. Mein Mund öffnete sich unkontrollierbar. Herr Horikoshi lächelte und sagte: „Galland-san, sehen Sie sich bitte die Matte an."

Ich tat, wie mir geheißen, und war schockiert zu sehen, dass in der Baumwollmatte selbst ein tiefer Schnitt war, so tief, dass die Bambuspolsterung sichtbar wurde.

Ich sagte zu Herrn Horikoshi: „Ich habe vorher gesagt, dass ich die verblüffendsten technischen Errungenschaften gesehen habe. Ich hatte unrecht. Dies ist noch verblüffender, und diese Technologie ist über 600 Jahre alt."

Herr Horikoshi verbeugte sich tief und sagte: „Mit tiefstem Respekt, Galland-san, diese japanische Technologie ist älter als der Jesus der Christen. Dieses Schwert hier ist über 500 Jahre alt."

Ich schüttelte einfach nur meinen Kopf in Fassungslosigkeit. Wäre ich vor der Vorstellung gefragt worden, wäre ich vollkommen überzeugt gewesen, das Ergebnis richtig vorhersagen zu können, und ich hätte mich völlig getäuscht.

Aber es gab an diesem Tag noch einen Schock für mich.

Ich dankte Herrn Horikoshi und sagte: „Ihre Fabrik beeindruckt mich zutiefst, und ich bin verblüfft von dem Entwurf Ihres neuen Kampfflugzeugs. Der Konstrukteur ist ein Mann von außergewöhnlichem Talent und Weitsicht."

Herr Horikoshi sagte mit einer sehr leisen Stimme: „Galland-san, ich selbst bin der Konstrukteur."

Roosevelt sah auf und sagte: „Also befinden wir uns im Kampf."

Hopkins nickte und sagte:

„Und denken Sie daran, Mr. Präsident, die Japaner sind ein Volk, das in Begriffen von Jahrzehnten plant, nicht in Tagen. Und sie lieben ihr Land so sehr, dass sie alles auf sich nehmen oder jegliche Entbehrung ertragen würden, um die Ehre ihres Landes zu erhalten."

Diese Worte würden dem Präsidenten im Dezember in den Ohren klingen.

Aber dann löste die momentane Nachdenklichkeit sich genauso plötzlich auf, und der Demagoge kehrte zurück:

„Nun, ich habe sie so sehr provoziert, wie ich kann. Lieber Himmel, ich hätte schon einen Krieg begonnen, wenn ich nur halb so viel provoziert worden wäre. Diese verdammten Leute haben eine verdammte Engelsgeduld. Ich habe das Ölembargo angefangen; ich habe sie davon abgehalten, unseren Kanal zu benutzen. Weißt Du, ich habe alle mir zur Verfügung stehenden Trümpfe eingesetzt."

Hopkins wusste, dass das geschehen würde, also ackerte er sich weiter durch die Materie:

„Also, es gibt einige Dinge, die wir laut Dulles tun müssen: Wir müssen unsere Kriegsindustrie im Schnellgang wieder aufbauen; wir müssen die Westküste aufbauen, nicht nächstes Jahr, sondern jetzt; wir brauchen einen Krieg und zwar einen Krieg, den wir gewinnen können. Das Alaska-Territorium ist unser Trumpf – von den hawaiianischen Inseln bis Japan sind es 4110 Meilen, aber von Dutch Harbor bis Japan sind es 3583 Meilen, und wir haben eine Landbrücke – keinen riesigen Pazifik, den wir überqueren müssen. Wenn wir Alaska ausbauen, haben wir eine starke, stabile Basis im Norden, die wir völlig kontrollieren können. Wir bauen eine Bahnverbindung von Seattle, und dann können wir Expresszüge dort hochfahren lassen. Es wäre ein Dolch, der auf das Herz Japans zeigt.

Besonders, wenn wir ein Abkommen mit Stalin machen. Mit Stalin an Bord könnten wir sogar ein paar Militärstützpunkte in Russland einrichten, wie wir es 1903 in Kuba gemacht haben. Und denken Sie daran, die Sowjets erinnern sich noch an 1905, also haben die Russen und die Japaner nichts füreinander übrig."

Hopkins machte eine effektvolle Pause:

„Und wenn wir Stalin Kriegsausrüstung versprechen, könnte er sie mit seinen Eisenbahnen in Westrussland nach Osten bringen, wo sie vor den Deutschen sicher ist."

„Hmm," Roosevelt verstand die Plausibilität dieses Ansatzes.

„Winston wäre natürlich nicht glücklich."

„Ja, aber die Briten sind am Ende; selbst die Iren haben sie besiegt, und sie sind nicht gerade die klügste Rasse der Welt. Also ist es nur eine Frage der Zeit, bis die farbigen Länder ihres sogenannten Königreiches dasselbe tun, was die Iren schon getan haben."

„Also, das ist aber ein wenig weithergeholt, denken Sie nicht?"

„Möglicherweise, aber sehen Sie sich doch an, was die Japaner mit den Europäern in Asien machen, und als ich mir das letztes Mal angesehen habe, waren sie nicht weiß."

„Mr. Präsident, das Problem mit Asien ist Folgendes: Mit der Niederlage der Holländer und der Franzosen gegen die Deutschen sind ihre Kolonien in Asien ‚zerbrechlich', und zerbrechlich ist gelinde ausgedrückt. Unsere hawaiianischen Inseln sitzen draußen in der Mitte von Nirgendwo; Australien ist auf der anderen Seite der Welt; wir haben keine Freunde – nicht, dass wir dort welche wollten – in Südamerika. Obwohl es kein Staat ist, gehört Alaska uns, und damit haben wir eine Landbrücke – keine U-Boote, um Konvois zu versenken. Wir müssen planen, Japan anzugreifen und zu zerstören, und zwar sofort, nicht morgen. Und wir wissen nicht, wie lange Stalin durchhalten kann. Unserem Geheimdienst zufolge sind die Deutschen im letzten Monat über 700 Meilen weit nach Russland eingedrungen. Und, ehrlich gesagt, ist Stalin momentan sehr schwach. Jetzt ist die richtige Zeit, ein Abkommen mit ihm zu treffen – er braucht dringend Hilfe."

Dann zog Hopkins das Messer: „Und wie hoch ist der Anteil der Arbeitslosigkeit im Moment?"

Roosevelt wurde rot vor Ärger und wollte gerade etwas sagen.

Hopkins machte eine Bewegung, die im Oval Office noch nie stattgefunden hatte, indem er seine Hand hob und dem Präsidenten bedeutete zu schweigen.

„Entschuldigen Sie bitte, Mr. Präsident, aber letzten Monat war die Zahl 10,4 %, und sie geht nicht nach unten. Ein Sofortprogramm, mit dem wir eine Bahnstrecke nach Alaska bauen, könnte diese Zahl auf drei oder sogar zwei Prozent absenken, wenn es mit ähnlichem Aufwand für Kriegsindustrien im Westen kombiniert wird. Und zwar heute, jetzt. So lächerlich es auch klingt, wir könnten eine besondere Schnellzuglinie bauen. Gestern Abend hat mich Dulles an einen englischen Ingenieur aus dem letzten Jahrhundert erinnert, der eine Eisenbahn mit einer Spurweite von sieben Fuß gebaut hat. Wenn wir eine Spurweite von sieben oder acht Fuß verwenden, könnten große Vormontageteile von den Boeing-Flugzeugfabriken in Seattle und aus Kalifornien geschickt werden."

11: Der erfahrene Kämpfer

Haus Wachenfeld
Samstag, 26. Juli 1941

ALS DER BESITZER DAMIT beschäftigt war, die neue Anlage zu inspizieren, die vor kurzem für ihn in Polen fertiggestellt worden war, hatte man das Berghaus für Juli und August geschlossen – als ein typischer österreichischer Pfennigfuchser aus Braunau am Inn sah der Besitzer keinen Grund dafür, auch nur einen Pfennig zu verschwenden. Von dem Stapel Berichte zu schließen, den Bormann von seinen unterwürfigen und entsetzten Informanten und Schmeichlern bekommen hatte, war die polnische Anlage furchtbar – heiß, feucht, übelriechend und voller Mücken; die Klimaanlage war nachts so laut, dass am Morgen jeder müde und schlapp war; die Mücken waren erstaunlich in ihrer Größe und ihrer Fähigkeit, schmerzvolle Bisse zuzufügen – Bormanns Chef hatte jeden mit unaufhörlichen Witzen darüber gelangweilt, dass die *Luftwaffe* an diesen nervtötenden fliegenden Eindringlingen schuld war.

Bormann erwartete den Besitzer laut Tante Ju im frühen September zurück im Berghaus, nachdem er an Parteigeschäften in Berlin teilgenommen hatte; Bormann glaubte die bösartigen Gerüchte über eine neue, vollbusige, wasserstoffblonde Dame, die der verhasste kleine Giftzwerg eines Propagandaministers Bormanns Chef vorgestellt hatte, keine Sekunde lang.

Was Paul selbst anging, so war er in Bormanns Augen schon immer eine Witzfigur gewesen. Die Kombination aus seinem verkrüppelten rechten Bein und seinem atemberaubenden Intellekt – er war schließlich immerhin Doktor der Philosophie – machten ihn zu dem seltsamsten Mann, den Bormann jemals getroffen hatte. Einmal hatte Paul Bormann die Herangehensweise verraten, mit der er Tändeleien anging: „Zuerst lade ich die Dame zu einem schönen Essen in meinem Haus am See ein, dann spiele ich drei Stunden lang Klavier (ich bevorzuge Chopin), und dann frage ich sie, was sie von der Musik hält und ob sie sie nicht himmlisch beruhigend findet." Bormann, der früher Arbeiter auf einer Schweinefarm gewesen war, lächelte Paul an und fragte: „Warum machst du es nicht so wie ich?" Paul tappte in die Falle und fragte Bormann höflich, wie er es denn mache. Bormann lachte: „Ich sage der Schlampe, sie soll sich auf die Couch setzen; dann setze ich mich neben sie; befehle ihr, die Beine zu spreizen; sage ihr, dass sie zu saugen anfangen soll und dass sie sich besser anstrengt." Bormann lachte über die Kombination von Überraschung und Schrecken auf dem Gesicht des kleinen Paul.

„Paul, der Unterschied zwischen dir und mir ist, dass du Frauen *nachläufst,* während ich ihnen einfach sage, was sie zu tun haben. Du bist wie alle anderen, die ich hier im Haus reden höre, du umgarnst die Damen mit schönen Worten, aber du kriegst nie eine Fotze. Ich dagegen habe keine schönen Worte ‚aber mehr Frauen, als mir lieb ist. Glaub mir, allen Frauen muss gesagt werden, was sie zu tun haben, und ihnen *gefällt* das auch."

Paul blickte finster und schwieg.

Das Haus war vollkommen leer – keine Küchenangestellten, kein Butler, keine Gärtner. Selbst die SS-Leibgarde – strahlend in ihren neuen Hugo-Boss-Uniformen – hatte sich entschuldigen lassen;

zwei einsame Wächter verharrten am Haupttor, das gute zehn Minuten zu Fuß vom Haus entfernt war. Nur Eva blieb; was sie den ganzen Tag machte, wusste Bormann nicht, und es war ihm auch egal.

Bormann hatte sich – wie immer – ein paar Freiheiten erlaubt. Er hatte seinen geschätzten, neuen Electrolux-Einstein-Szilard-Kühlschrank in der nahegelegenen Speisekammer mit seinem Lieblings-Weizenbier aufgefüllt, ohne zu erkennen, dass der Erfinder des neuen Kühlschranks ein deutscher Physiker war, der nach Amerika geflohen war; es machte auch nichts – das Bier war eiskalt – alles andere war Bormann egal; Bormann war ein praktischer Mann.

Er hatte am Morgen nach Eva gesehen und sie in ihrem Zimmer gefunden. Da die beiden die einzigen lebenden Menschen im Haus waren, hatte er ihr gesagt, sie solle ihn holen, falls sie etwas brauchte. Und das Haus schien wie in der Stadt der Toten zu liegen; die Vögel draußen machten das einzige Lebensgeräusch. Es war eine angenehme und entspannende Abwechslung von dem Rummel und der ständigen Aktivität, wenn der Führer daheim war.

Nachdem er nach Eva gesehen hatte, wanderte er durch das leere Haus, das wie ein verlassenes Ski-Resort war, das über den Sommer geschlossen hatte – ein wenig muffig und feucht auf den Teppichen der Treppe. Er ging in das Hauptschlafzimmer und schnüffelte und spionierte, Schubladen öffnend, wie er es schon so viele Male zuvor getan hatte. Egal, wie oft er dies tat, er verspürte bei diesem belanglosen Sakrileg immer einen Schauder der Aufregung. Er ging weiter in das anliegende Badezimmer, einen sehr kleinen und langweiligen Raum für einen so großen Staatsmann, wie sein Chef es war. Er wog sich auf der Waage seines Chefs und, die Tür in einem Akt von Launenhaftigkeit offen lassend, benutzte die Toilette seines Chefs dazu, seinen Darm zu leeren. Danach wog

er sich erneut auf der Waage seines Chefs und stellte mit Zufriedenheit fest, dass er fast ein halbes Kilo verloren hatte.

Es war wahnsinnig heiß – der Tag war einer der heißesten in diesem ohnehin schon sehr heißen Sommer. Bormann saß an dem langen Tisch im großen Saal. Das Monstrum war ganze vier Schritte
lang und hatte sechs Beine, nicht vier, und die Oberfläche war aus
angenehm kühlem Marmor, und zwar nicht aus einer Platte, sondern aus drei dreieckigen Teilen, die sein Chef sich persönlich bei
einem sehr, sehr nervösen schweizerischen Steinhändler ausgesucht hatte; wovor hatte der Schweizer denn Angst – die Schweizer
waren doch seit über 200 Jahren neutral? Die vorzügliche Kühle
des Marmors war ein erfrischender Kontrast zu der Hitze dieses
Sommertages.

Der große Saal, in dem Bormann saß, war vollkommen still
und kühl. An dem langen Tisch hatte er seinen Bestand an Kon-
tenbüchern und Bleistiften aufgebaut; er benutzte nie Tinte – das
Ändern war zu schwierig. Der große Tisch stand an der Wand
gegenüber dem Panoramafenster; er hatte den elektrischen Schal-
ter betätigt, um die Stahlblenden automatisch zu heben, sodass
er das Bergpanorama durch die riesigen Panoramafenster sehen
konnte, die vom Boden bis zur Decke reichten. Es war nicht das
erste Mal, dass er allein im Saal saß und sich selbst als den Herrn
vorstellte – den Herrn des Hauses, und warum auch nicht; er war
doch schließlich die rechte Hand des Führers? Nun sah er langsam und sorgfältig die Zahlen der Lieferungen und der geliefer-
ten landwirtschaftlichen Produkte durch; „mit Bauern kann man
nie vorsichtig genug sein – sie sind die gerissensten Wesen Gottes."
In Wirklichkeit spielte er nur ein Spiel – es war ihm gelungen, alle
Bauern mit Drohungen der Verdammung oder Schlimmerem in

Furcht zu versetzen, sollte Bormann auch nur einen Pfennig zuviel bezahlen.

Ein Geräusch an der Tür ließ ihn aufblicken. Es war Eva. Anscheinend hatte sie auf der kleinen Seitenterrasse im Schatten der langen Segeltuchmarkise Sport getrieben, denn sie trug ihr maßgeschneidertes, seidenes Sporthöschen und –oberteil in entzückendem, weichen Pfirsich-Rosa.

„Ich hoffe, ich störe nicht, Martin, oder doch?"

Er stand vom Tisch auf und verbeugte sich leicht.

„Selbstverständlich nicht, Fräulein Braun; wie kann ich Ihnen helfen?"

(*Halte den Ton mit den Großen immer sehr förmlich,* war ein Bormann-Diktum. Er hielt stets diese etwas gestelzte Förmlichkeit aufrecht, selbst wenn sie beide wussten, dass sie allein im Haus waren.)

„Oh, mir war einfach so heiß und ich hatte Durst, also dachte ich, ich bitte Sie um ein Glas Wasser aus der Speisekammer."

„Sicher, möchten Sie ein wenig Eis, Madame – es ist doch so heiß heute?"

Er wusste, dass sein Chef ein vielbeschäftigter Mann war, beschäftigt mit Staatsangelegenheiten, beschäftigt mit internationalen Angelegenheiten, und dass er – verständlicherweise – keine Zeit für die sanfteren Herzensangelegenheiten hatte. In einer praktischeren Hinsicht wusste Bormann von den Hausmädchen, dass der Besitzer Fräulein Brauns Zimmer nur selten, wenn überhaupt, Besuche abstattete – „man sieht es immer, wenn zwei Menschen in einem Bett geschlafen haben", hatte das grauhaarige Hausmädchen ihm anvertraut. Die traurige Wahrheit war, dass der Führer ein Auge auf die drallen Filmsternchen in Berlin geworfen hatte, die der kleine Paul als Leiter der Filmindustrie des *Reichs* in großer Anzahl beschaffen konnte. Wie es mit vielen Männern geschah, war Bormanns Chef in der Lage, das kleine Frauchen zuhause beizubehalten, während er eine ganze Belegschaft neuer, frischer und anziehenderer junger Sternchen in Berlin bekam, die alle scharf darauf waren, gefällig zu sein, um ihre Karrieren voranzutreiben; „schlussendlich ist es auch nur das Gleiche wie essen oder scheißen," hatte eines der Mädchen aus der Provinz mit charmanter Offenheit verkündet.

Selbst von der Tür aus konnte Bormann schon sehen, dass Eva erregt war, und Bormann liebte es, eine erregte Frau zu beobachten. Tausende von Eroberungen ließen es ihn spüren, wie ein Preisboxer eine Lücke in der Abwehr seines Gegners genießt. Manche Boxer waren fast perfekt und hatten nur eine ganz kleine Schwachstelle, aber diese kleine Schwachstelle – wenn man sie richtig nutzte – würde ihnen zum Verderben werden, oder würde wenigstens ein Knie auf die Matte befördern. Bei Eva war es ihre bescheidene Brust, oder ihre Brustwarzen, um genauer zu sein – das Licht wurde von ihrem Seidenoberteil reflektiert, und er konnte eindeutig zwei Ausbeulungen sehen, die sie nicht zu verstecken versuchte. Warum sollte sie auch, wo die beiden ganz allein waren?

Und von den diskreten Beobachtungen des Hausmädchens wusste er, dass Evas Periode nur zwei oder drei Tage entfernt war – sie war sehr wollüstig, wie eine Katze, die in der Nacht nach Befriedigung schreit.

„Madame, wäre Ihnen vielleicht ein kaltes Bier lieber? Ich habe ein besonders gutes, trübes deutsches Weizenbier mit exzellentem Nachgeschmack."

(Bormann hatte gehört, wie Albert unaufhörlich von Wein redete. Also hatte Bormann beschlossen, die gleiche Herangehensweise mit seinen geliebten Bieren zu benutzen – es würde ihn mit Sicherheit schlauer aussehen lassen; jedenfalls dachte Bormann das.)

„Au ja! Mein Mann hat mir erzählt, dass er deutsches Weizenbier liebte, als er früher in München war. Er hat dieses Bier zu seinem Hühnchen getrunken, als diese furchtbare, furchtbare Sache mit seiner Nichte in seiner Wohnung passiert ist. Aber das ist doch jetzt alles Vergangenheit, oder? Ich meine, jetzt hat mein Mann ja Sie und mich, oder?"

Eva verwendete „Mann" jedem im Haus gegenüber, von den Bediensteten bis hin zu Bormann, obwohl es nie eine Zeremonie gegeben hatte. Es war ihre Art und Weise, ihre Überlegenheit über alle im Haus zur Geltung zu bringen. Und es funktionierte mit jedem außer Bormann, da er die rechte Hand des Führer war, und Eva wusste das.

„Wissen Sie, Bier ist im Sommer viel erfrischender," log er.

Er stand auf und kehrte von der Speisekammer zurück. Er brachte auch einen Untersetzer mit. Es war einer der billigen, gewöhnlichen, ledernen Untersetzer die er zu Hunderten herge- stellt hatte, mit den Insignien der Partei und „Wachenfeld" aufge- prägt. Wie bei allen Versorgungsgütern des Hauses nahm Bormann sich seine üblichen acht Prozent.

„Wir müssen den Touristen etwas zum Stehlen geben", hatte er seinem Chef gesagt. Als die Anhänger des *Duce* nach ihrem letzten Besuch gegangen waren, waren alle diese Untersetzer – und noch einiges mehr – verschwunden. „Sie sind Italiener", hatte er seinem Chef gesagt, als ob das ihre Verlogenheit erklärte. Der Führer hatte über Bormanns Kommentar kurz nervös gelacht – vielleicht kam das der Wahrheit nur allzu nahe.

Eva nippte an ihrem Bier.

„Sie haben recht, das ist *so* erfrischend."

Bormann bemerkte, wie sie das Adjektiv betont hatte.

Dann machte sie die klassische Bewegung einer Frau auf der Jagd – sie strich ihr Haar langsam mit ihrer freien Hand zurück, dann berührte sie ihren Nacken, als sie ihren Kopf langsam drehte, was den Eindruck erweckte, als trage sie die Last der Welt auf ihren

Schultern – Atlas hatte im Vergleich zur armen Eva überhaupt keine Last.

Bormann lächelte vor sich hin – er sollte ein Buch über Frauen schreiben; mit all ihrer List und all ihrer hochnäsigen Distanz waren sie so durchsichtig wie launische Kinder.

Sie stellte das Bier ab und begann, in dem großen Saal auf und ab zu gleiten. Sie trug immer noch die Balletschuhe, die sie zum Sport getragen hatte, und sie glitt auf dem polierten Marmorboden des großen Saals dahin wie eine Eiskunstläuferin.

„Martin, wissen Sie, wir sind die zwei glücklichsten Menschen der Welt. Sie sind der Rechte-Hand-Mann, und ich bin die Rechte-Hand-Frau des Führers."

Er erwartete ein Kichern, aber nichts geschah.

Stattdessen glitt sie zum Tisch herüber und lehnte sich nach vorne, um Bormann den ersten deutlichen Blick auf ihr Dekolleté werfen zu lassen. Ihre Nippel wurden langsam größer. Als sie ihn ansah, blickte er direkt auf ihre Nippel, sodass sie sehen konnte, dass er guckte. Er liebte diesen Teil der Verführung, wenn die Frau so erregt war und so sehr versuchte, den Mann zu reizen und ihm zu gefallen, aber ihre Erregung wirkte dem entgegen – sie wussten beide, was sie wollte und er war ein viel zu kampferprobter Veteran, um vorschnelle Anstalten zu machen.

Es war so wie, als er mit den anderen Farmarbeitern Schach gespielt hatte, bevor der Kampf begann; an manchen Tagen konnte er drei oder vier Züge vorausblicken, es war als ob er eine Maschine und seine Hände nur einfache Werkzeuge waren, um die Figuren auf dem Brett zu bewegen.

Sie wusste das auch, und sein Sinn für Kontrolle – und dadurch Macht – erregte sie noch mehr. Sie setzte sich in den großen, grünen Stuhl am Ende des Tisches, und die Art, wie sie sich setzte, fing an, den alten Soldaten in ihm zu erwecken.

DIE GÖTTIN DES SCHICKSALS

Wenn der Führer zuhause war, spielte Eva die Vestalin perfekt – oftmals sah sie niemandem in die Augen, sondern sie war weich, lieb, sittsam, unschuldig und rein.

Aber jetzt, allein in dem großen Haus – in dem Haus, das zu Recht das Zentrum des großen, neuen Deutschen Reiches genannt werden konnte – saß sie mit gespreizten Beinen da. Zum ersten Mal, seit sie hereingekommen war, konnte Bormann deutlich den Umriss ihrer Schamlippen sehen, und sie machte keine Anstalten, sie zu verstecken; es war eindeutig, dass sie nichts unter den rosafarbenen Sporthosen trug – sie war eine schreiende Katze und sie konnte nicht umhin, das zu zeigen.

Sie saß da und trank langsam ihr Bier. Sie reizte sich selber genauso sehr, wie sie ihn reizte – sie wusste so gut wie er, was gleich passieren würde.

Während sie sich zum Vernaschen anbot, lehnte Bormann sich gegen die Wand, denn der Tisch stand neben der Wand, und auf ihm lagen Kissen nach altem österreichischen Bauernstil; die Anweisungen, die der Besitzer Albert gegeben hatte, waren „einfach, aber freundlich" gewesen; Albert versteckte – wie immer – erfolgreich seine Verachtung des „Geschmacks" des österreichischen Bauern, der Albert mit Unsinn wie „das größte Genie, das die Welt je gesehen hat" geschmeichelt hatte.

„Sie sehen aus, als ob sie noch eines möchten," sagte Bormann nach einer Weile.

Eva stimmte bereitwillig zu.

Bormann ging zum Kühlschrank, den er beharrlich „seinen Eisschrank" nannte, und holte noch zwei Flaschen.

Er schenkte Eva noch ein Bier ein.

Er hatte auch eine Flasche Schnaps mitgebracht:

„Madame, hätten sie gerne auch einen Kleinen hiervon?"

„Au ja, aber nur einen Kleinen."

Er liebte diesen Teil der Verführung, wenn die erste Salve der Frau in den Wind schlug. Er dachte darüber nach, was ihr nächster Kurs sein würde. Als er noch dabei war, dies zu denken, sagte Eva:

„Ach, Bier mit Schnaps macht mich immer so schwindelig." (Die älteste Retorte des Schauspiels, dachte Bormann.)

Bormann schwieg.

Der Alkohol begann, seine Wirkung zu zeigen, als sie sagte: „Martin, erinnern Sie sich an Berlin in den 20er Jahren?"

Bormann sagte, er erinnere sich, nicht dass er sich wirklich erinnerte, aber ihre Frage würde ganz klar zu mehr führen.

„Hoffie ist so ein Schlimmer, wissen Sie, er ist mit mir und Sally, seiner anderen Assistentin, in ein paar Nachtclubs gegangen. Kennen Sie das Pink Diamond?"

Bormann bejahte, noch eine Finte.

„Hoffie ist da mit uns hingegangen; es ist ein Nachtclub, wissen Sie? Und Sally ist so ein geiles kleines Luder – ich habe mich immer für sie geschämt, sie war so direkt." (Das allgegenwärtige Ich-bin-rein-aber-sie-ist-eine-Schlampe-Spiel.)

„Nun ja, wir waren eines Samstagabends alle dort – es war so heiß wie heute, aber es regnete stark und so kam jeder durchnässt in den Club, und bevor man es sich versah, war der Club wie eine schwedische Sauna – so heiß und dampfend. Und da war eine Bühne, und auf der Bühne standen drei Frauen aus dem Osten, Slawen, wissen Sie, und neben ihnen stand ein riesiger Neger mit dicken Muskeln – er war sehr groß und sehr schwarz, schwarz wie Ebenholz, und im Licht konnte man sehen, wie er schwitzte, aber das war es nicht, was die meisten Leute ansahen."

Sie machte eine effektvolle Pause zugunsten von mehr Bier und Schnaps.

Bormann wusste, was als nächstes kam und konnte sich vorstellen, worauf sie hinauswollte, aber wie ein Schauspieler, der seine Rolle tausend mal geübt hatte, antwortete er:

„Oh." (kurze Antworten, die nicht das geringste Interesse zeigten, reizten diese Füchsinnen mehr als alles andere.)

„Da unten war er so groß." (Obligatorisches Kichern.)

„Sie haben hingesehen?"

„Man konnte es nicht übersehen – er war so groß – eher wie das Glied eines Pferdes und nicht eines Mannes. Und Sally sagte zu Hoffie: ‚Gott, stell dir das Ding in dir vor' – Hoffie kicherte nur, und jetzt weiß ich auch, warum er kicherte. Mein ganzer Körper kribbelte, als ich ihn ansah, und er hat es mit allen drei Mädchen auf der Bühne getrieben, mit einer nach der anderen, wissen Sie, von hinten, und man konnte sehen, wie sein Glied in sie hineinging, und jedes der Mädchen schrie in irgendeiner östlichen Sprache auf, da es ja so schmerzhaft gewesen sein muss."

Sie sah Bormann an. Bormann bemerkte, dass ihre Augen so aussahen, als hätte sie leichtes Fieber.

„Ehrlich gesagt, fing mein Körper dann an zu kribbeln," sie lachte.

„Ich muss Ihnen sagen, Martin, dass mein Körper sogar jetzt überall kribbelt, wo ich Ihnen nur davon erzähle."

Bormann wartete auf die nächste Frage – es war genau wie beim Schachspiel auf der Schweinefarm.

„Ich habe gehört, Sie haben das auch gemacht; ist das wahr?"

Schnell fügte sie hinzu: „Ich meine mit richtigen deutschen Frauen, nicht mit unreinen slawischen Huren, aber drei oder vier auf einmal, stimmt das, Bormann?"

Dies war der Teil des üblichen Moriskentanzes, den Bormann wirklich genoss – sein Luder des Tages das Kribbeln fühlen zu lassen.

Schüchternheit war immer der beste Gegenzug.

„Was meinen Sie, Fräulein Braun?"

Durch den Alkohol, die Monate der Vernachlässigung und ihre bevorstehende Periode war Eva nun nicht mehr zu bremsen, sie jagte weiter und weiter voran.

„Ach Martin, nennen Sie mich um Himmels Willen Eva. Ich heiße für ihn Eva, ich kann auch für dich Eva heißen. Heute kann ich für dich Eva heißen. Nun, ich habe gehört, dass du, dass du manchmal drei oder vier Mädchen aus dem Dorf oder von anderswo gleichzeitig zu Gast in unserem Haus hast. Ist das wahr? Du musst mir erzählen, was du mit diesen Frauen machst. Sind sie Schlampen oder nette Damen? Sind sie alle deutsch? Sind welche von ihnen verheiratet? Gefällt es ihnen? Was tun sie für Dich? Was ist dein Geheimnis?"

Genauso plötzlich, wie sie angefangen hatte, pausierte sie.

„Macht es dir etwas aus, dass ich frage, Martin?" sagte sie, nervös werdend.

„Würde dich das erregen, Eva, wenn es so wäre? Soll ich es dir erzählen?"

„Himmel, ja, ich will es hören, ich will es hören. Bitte erzähle es mir. Bitte."

„Na sicher. Ich will es dir erzählen. Aber nur, um eines klar zu stellen – damit muss es aufhören, Eva. Mein Chef, der Führer, vertraut mir, und ich würde sein Vertrauen verraten."

„Mein Mann sagt, er vertraut dir mehr als jedem anderen Mann auf der Welt, und dass du ein guter Mann bist und ein ehrlicher Mann, und dass ich von dir alles bekommen kann, was ich brauche. Und wenn er *alles* sagt, dann meint er auch wirklich alles, was ich überhaupt brauche, und heute bin ich nach meinem Sport sehr verspannt, und denke daran, dass wir beide ganz allein in diesem großen, leeren Haus sind. Kannst du mir also heute helfen, Martin, mit dem, was ich heute brauche? Zu entspannen. Kannst du meiner Verspannung abhelfen? Meine Verspannung ist heute wirklich furchtbar."

Bormann sagte, dass er helfen konnte. Er stand auf und stellte sich hinter den Stuhl. Ohne zu zögern, kniff er ihr unsanft in die Schultermuskulatur. Er bekam dafür das Übliche: „Das fühlt sich wundervoll an." Während er ihre Schultern massierte, blickte er hinunter auf ihre kleinen Brüste.

„Eva, du weißt aber, dass heute nur ein Traum sein darf; es ist alles nur für heute und dann niemals wieder, und ich werde dich zerstören, wenn du das hier irgendjemandem gegenüber erwähnst."

Wie erwartet, erregte diese Drohung Eva eher, als dass sie sie ängstigte.

„Also, ich tue Folgendes. Ich hole mir Mädchen in mein Haus am Hügel, wenn der Chef in Berlin ist, und entspanne mich mit ihnen. Im Grunde genommen ist es für mich eher wie Arbeit. Vor allem, Mädchen bei mir im Haus zu haben, wenn meine Frau in den Bädern in Baden ist oder irgendwo anders."

Bei dieser Verkündung, dass Bormanns Frau manchmal aushalf, weiteten sich Evas Augen ein wenig.

Bormann erzählte weiter, als ob er von einem lokalen Bauern eine Ladung Kartoffeln bestellte:

„Ich spiele ein paar Platten auf dem Plattenspieler, wir trinken etwas Bier und Schnaps, normalerweise findet das Ganze früh an einem Samstagnachmittag statt, wenn es hier in den Bergen still und langsam zugeht. Ich entspanne die Mädchen. Manche dieser Mädchen vom Land sind sehr schüchtern, während andere sehr begierig sind – Frauen unterscheiden sich alle, manche sind verschämt, aber alle sind aufgeregt, mit einem mächtigen Mann des *Reichs* zusammen zu sein; die jungen Mütter sind die geilsten, es muss wohl die Natur sein, die ihnen einbläut, sich noch mehr fortzupflanzen. Dann spiele ich langsam mit einer nach der anderen, wobei sie zunächst noch ganz angezogen sind, ich berühre sie und reize sie. Dann schiebe ich ganz langsam meine Hand unter ihre Kleider. Sie sind alle so feucht, so erregt von diesem langsamen

Reizen. Weißt Du, ich mag es, sie sehr, sehr langsam zu reizen – was gibt es auch für einen Grund zur Eile, wir haben doch den ganzen Samstag und Samstagabend? Ich sah mich erst zweimal gezwungen, eine von ihnen zum Gehen aufzufordern."

„Zum Gehen?"

„Nun, obwohl die beiden immer noch angezogen waren, konnte ich sie an meinen Fingern riechen – es war, wie wenn man eine Büchse norwegischer Sardinen öffnet. Aber das geschieht sehr selten, da deutsche Frauen so rein sind – nicht wie die tierischen Slawinnen. Ich habe erst zwei von über 300 deutschen Frauen gebeten zu gehen. Alle anderen waren so sauber und feucht, und so, naja, ‚keuchend' ist der richtige Ausdruck, nehme ich an. Und sie sind immer so nass. Muss wohl die Bergluft sein. Und mit allen diesen reinen deutschen Frauen ist das Reizen der beste Teil, denkst du nicht?"

Damit begann Bormann, leicht Evas Arme zu streicheln, und sie reagierte, indem sie das kalte Bierglas nahm und es schamlos um ihre Brustwarzen rollte. Sie war betrunken und sehr, sehr geil. Ihr rosafarbenes Oberteil war jetzt feucht, und als sie das Bierglas weglegte, spreizte sie ihre Beine. Als sie das tat, konnte Bormann zum ersten Mal deutlich sein Ziel sehen.

„Erzähl weiter. Bitte sag mir, was du als Nächstes tust – was tust du als Nächstes?" sagte sie, leicht nach Luft ringend.

„Dann bringe ich sie in das große Schlafzimmer – du bist schon einmal bei mir gewesen. Ich bringe sie in das große Schlafzimmer, das dieses Haus und den Berg bis ganz nach unten überblickt. Ich treibe es gerne von hinten mit ihnen, während sie ihre Kleider anhaben, die nur nach oben geschoben sind. Ich finde es am erregendsten, es mit einer Frau zu treiben, die noch ihre Kleider anhat. Ich nehme eine, dann die Nächste, dann die Nächste, der Reihe nach."

Jetzt stöhnte Eva heftiger: „Und du tust es in jeder von ihnen?"

„Nein, nein, nein – das funktioniert nie. Wenn man das tut, hat man eine Menge unzufriedener Kunden. Nein, der Trick ist es, sich zurückzuhalten, sonst wird man sofort schlaff. Und deutscher Schnaps hilft einem Mann, sehr hart zu bleiben. Nein, man muss warten. Also unterhalte ich jede für ein paar Minuten. Ich mag es, wenn das Mädchen kommt, sodass ich spüren kann, wie sie sich um mich klemmt. Aber nicht zu viel, sie muss ja schließlich für die nächste Runde noch mehr wollen. Man muss aufpassen, denn wenn das Mädchen zu sehr kommt, ist es für den Mann zu erregend, und er kommt zu früh, wenn er nicht aufpasst. Es ist extrem erregend, all diese Mädchen in einer Reihe auf allen Vieren auf dem Bett zu sehen – vier in einer Reihe, die Kleider über ihre Körper nach oben geschlagen."

„Du hast ein richtiges System, und diese Mädchen sind Jungfrauen?"

„Nein, nein, nein – niemals Jungfrauen. Jungfrauen haben den offensichtlichen Vorteil, dass sie eng sind, aber sie haben keine Ahnung, was zu tun ist, und es ist ein zu großer Aufwand, es ihnen beizubringen. Und Jungfrauen sind oft nervös. Nein, die besten sind junge, geile Ehefrauen, die es gern jeden Tag bekommen, aber da ihre Männer bei der Armee sind, sind sie alle sehr eng, weil sie wenig benutzt werden. Und es gibt immer das Versprechen eines sicheren und freundlichen Auftrages für ihre Männer. Und es gibt viele, die ich mit einer Rückfahrkarte bekomme – weißt du, hinaus und zurück, sie kommen immer wieder, weil sie mehr wollen."

„Das klingt, als wäre es Arbeit für dich."

„Es ist halbe-halbe, Arbeit, aber auch Spaß – du kannst dir den Lärm nicht vorstellen – vier junge, geile deutsche Frauen, die alle wollüstig sind und kommen (sie legen oft Hand an sich selbst an, während sie darauf warten, dass ich ihren Durst richtig stille.) Weißt Du, es erregt alle Frauen am meisten, wenn sie andere erregte Frauen sehen, das erregt alle anderen, was wiederum die erste mehr erregt, und so weiter. Der Lärm ist wie bei einem Stuka-Angriff – du weißt schon, unser neuer Sturzkampfbomber mit den kreischenden Luftdruckbremsen. Es ist immer sehr laut; Das ist der Grund, aus dem meine Frau nach Baden in die Therme geht und ich meine Diener für das Wochenende gehen lasse. Aber ich mag es. Es ist eine gute Art und Weise, Zeit zu verbringen; wer weiß – die Briten oder Russen könnten jeden Tag hier einmarschieren und uns alle umbringen.

„Weißt Du, wenn Frauen in solch einer Gruppe beisammen sind, werden sie sofort zu wilden Tieren, die alle als Nächstes an der Reihe sein wollen, sie mögen den Akt, aber noch mehr wollen sie die Macht. Sie fangen an, um den Mann zu wetteifern. Frauen wetteifern immer, sobald zwei oder mehr von ihnen zusammen sind, selbst in einem Umfeld wie einer Bar. Als ich vor Jahren auf den Farmen gearbeitet habe, nahm ich an Samstagabenden das hässlichste Mädchen, das ich finden konnte, mit in die Stadt,, und allein ihre Anwesenheit zog andere Frauen an wie das Licht die Motten. Es funktionierte jedes Mal. Wenn man also vier Frauen auf allen Vieren am Rand des Bettes knien hat, erregt es sie ungemein, und sie machen so viel Lärm, wenn du in ihnen bist, weil sie noch nie zuvor so erregt waren – Mutter Natur macht sie zu derjenigen, die den Samen des Mannes bekommt. Deshalb sind sie so feucht und möchten, dass man in ihnen kommt und nicht in den anderen Mädchen. Und um dieses Rennen zu gewinnen, tun sie regelrecht alles und sagen die wildesten Dinge – Dinge, die ich mir nicht einmal vorstellen kann."

Eva war zu erregt, um sich von dieser letzten Idee stören zu lassen. Später bezweifelte Bormann, dass sie sie überhaupt gehört hatte.

Dann tat sie, was für Mädchen wie sie die Standard-Prozedur war – sie stand auf und ging zum anderen Ende des Tisches, auf dem keine Papiere und Stifte lagen, dann beugte sie sich nach vorne und drehte ihren Kopf zur Seite.

Sie sah Bormann an und sagte:

„Martin, bitte zeig mir, was du mit ihnen machst. Jetzt!"

„Eva, das ist es, was ich tue, und was andere Männer nicht mit dir machen."

Während sie von Zig-Millionen deutscher Frauen beneidet wurde und auf der Titelseite von unzähligen Frauenmagazinen abgebildet war, war es Tatsache, dass sie sich nicht daran erinnern konnte, wann ihr Mann es das letzte Mal mit ihr getrieben hatte. Sie gab Bormann gegenüber später zu, dass sie sich fragte, ob und warum sie ihre Anziehungskraft ihm gegenüber verloren hatte.

Eva stöhnte atemlos und wollte es hart – sie mochte ein wenig Schmerz; eigentlich sogar mehr als ein wenig, genau wie die drei Slawinnen mit dem riesigen Neger im Pink Diamond.

Eva war vorzüglich eng – sehr feucht wie eine erfahrene Frau, aber ungewöhnlich eng – fast wie eine Jungfrau. Bormann spürte sofort, wie sie anfing, enger zu werden und zu kontrahieren, und die Kontraktionen kamen sehr bald schneller und stärker. Aber bevor sie zum ersten Mal kam – und um sicherzugehen, dass ihre Lust noch nicht zu Ende war –, hörte er auf und legte sich auf den Boden.

Als er auf dem Boden lag, ließ er Eva die ganze Arbeit tun. Sie saß auf ihm und bewegte sich auf und nieder wie der Korken an einer Angelschnur. Sie war so eng, dass er spüren konnte, wie sie kam, als sie sich zum ersten Mal ganz herabließ, und keinen Grund sah, zu warten, und er schoss alles, was er hatte, in die Erste Geliebte des Neuen Reichs, oder wie sie von sich selbst lieber dachte, die First Lady des Neuen Reichs. Seine zusätzliche Befeuchtung intensivierte ihren Höhepunkt. Bormann lächelte bei sich in dem Gedanken, dass jemand sie unterbrechen könnte – der Wahnsinn dieses Ereignisses, der Schock. Aber zum Teufel damit. Er würde sich mit Lügen herauswinden, wie er es immer tat. Es kam aber niemand, und er stellte sie auf die Beine, und während Evas Gesicht dem Panoramafenster zugewendet war, wurde er wieder hart und nahm sie von hinten. Dieses Mal war er sehr roh, und sie machte eine Menge Lärm; durch die erzwungene Enthaltsamkeit genoss sie es eindeutig noch mehr.

Nach 15 Minuten brach sie zusammen:

„Oh mein Gott, das habe ich gebraucht. Wir müssen das öfter tun. Ich vermisse es so sehr. Weißt Du, ich bin ein normales Mädchen mit normalen Wünschen und Bedürfnissen. Einmal, als ich sehr geil war wie gerade eben, habe ich Hoffie gebeten, meiner Verspannung abzuhelfen, obwohl er ein Homo ist. Weißt Du, es war wie im Traum – sobald ich diese Schlampe Sally dabei beobachtet hatte, wie sie meinen Chef reizte und im Büro streichelte, und ich wusste, dass ich Hoffie haben musste, war es, als ob die unsichtbare Hand irgendeines primitiven Geistes mich dazu veranlasste, ihn zu zwingen, sein Ding zuerst in mich zu stecken und zuerst in mir zu kommen. Ich weiß nicht, was es war, aber er musste mich zuerst nehmen und mir etwas von ihm geben, bevor Sally etwas bekam. Es war Wahnsinn. Ich brauche das öfter."

Bormann schüttelte den Kopf: „Nein, Eva, das ist das erste und letzte Mal – zu viele Probleme."

Sie nickte, traurig und wehmütig: „Ja, du hast wohl recht."

Es sollte sich herausstellen, dass Bormanns Chef – sein geliebter Führer – weder Bormann noch Eva noch den großen Tisch jemals wiedersehen würde.

12: Der letzte Flug des flügellosen Adlers

Haus Wachenfeld
Montag, 1. September 1941

DER ERSTE SEPTEMBERTAG WAR der heißeste Tag des höllischen Sommers von 1941. Und in einem Berghaus brachte die Hitze den Teer zum Schmelzen. Um 9 Uhr morgens hatte die Sonne die Terrasse bereits in einen Hochofen verwandelt, und die alpine Höhe verdoppelte die Kraft der Strahlen. Es schien, als ob jeder einzelne Grashalm den Kampf aufgegeben hatte und sich entschloss, braun zu werden, wie ein verwundetes Tier, das sich dem Tod hingibt.

Das Frühstück, das den Gästen normalerweise auf der Terrasse serviert wurde, war in den großen Saal verlegt worden. Bormann ließ die „Maschine, die Luft herstellt" – sein altmodischer Ausdruck für die Klimaanlage im untersten Keller des Berghauses – mit voller Kraft laufen. Wie ein preisgekrönter Pekinese ging er von Gast zu Gast, um jedem von ihnen mit seinem selbstgefälligen Geschwätz auf die Nerven zu gehen und jedem von ihnen darzulegen, wie hart er arbeitete – „Das Leben ist wie ein Zugpferd. Nein, schlimmer sogar, denn Tiere dürfen sonntags ruhen; für mich gibt es niemals Ruhe."

„Und mit weniger Gehirn als ein Zugpferd," war Alberts unausgesprochener Gedanke.

Albert ging zum Balkon und setzte sich allein hin. Er ließ sich von der Hitze umschließen. Aber selbst nach seinem zweiten exzellenten doppelten Espresso wurde er etwas schläfrig. Nichtsdestotrotz ließ der prächtige Blick auf die Berge und das Geräusch der Vögel Albert ganz entspannen – keine zankenden, kleinkarierten Beamten mit ihrer pingeligen Sorgfalt auf ihre Manschetten und das präzise Knoten ihrer Krawatten und ihre nichtssagenden Streitigkeiten darüber, weswegen sie das sechste Auto der Kolonne fahren sollten – „nicht in Auto 17 hinten dranzuhängen" – oh, der Schrecken, nicht in den vorderen acht zu sein.

Seine kurze Träumerei von Stille wurde jäh unterbrochen, als Jodl ihn begrüßte, begleitet von Milch.

„Also, heute ist ein Rekord-Tag," sagte Milch.

Seine beiden Begleiter stimmten zu.

Auf der Terrasse saßen die drei Männer unter einem der hellblau-weiß-gestreiften Schirm. Sie waren allein bis auf die zeitweiligen, ungeschickten Spionierversuche Bormanns, der in regelmäßigen Abständen vorbeikam, um zu fragen, ob sie etwas brauchten. Würden sie heute mit uns zu Mittag essen? Bräuchten sie etwas mehr Kaffee – es ist echter Kaffee hier? Seine wahnsinnige Liste schien endlos.

Jodl war allgemein bekannt für zwei Dinge: die extreme Hässlichkeit seiner reichen, schwäbischen Frau und seine Ohren. Für ersteres wurde er bemitleidet und für letzteres „Flügelmutter" genannt. Ungeachtet dieser beiden Trivialitäten besaß Jodl das beste taktische und sicherlich stärkste strategische Geistesvermögen, mit der möglichen Ausnahme seines britischen Gegenstücks, dem

mürrischen und bescheidenen Antialkoholiker und Nordiren Feldmarschall Alan Brooke.

Jodl war ein dunkelhäutiger und bodenständiger Bayer mit
einer ruhigen Wesensart, die seinen außergewöhnlichen Intellekt
Lügen strafte. Es war Jodl gewesen, der in Narvik die Nerven behalten
hatte, während sein Anführer wimmernd und schwankend wie ein
gepeitschter Hund seine Meinung jede Minute geändert hatte. Es
war Jodl gewesen, der bei jedem Wort mit seinen Fingerknöcheln
klopfte, bis sie sich weiß von dem massiven Eichentisch im Kon-
ferenzraum abhoben, und er sagte: „In-Zeiten-von-extremem-
Druck-muss-ein-Führer-führen." Die anderen neun Stabsoffiziere
im Raum japsten bei solcher Kühnheit innerlich nach Luft.

Am Ende dieser Aussage gab es eine sehr, sehr lange Pause; der
Führer richtete sich auf und zog sogar die Ecken seiner Uniform-
jacke gerade, wie es nervöse junge Kadetten rund um den Erdball
tun. Er stellte sicher, dass man sah, wie er die Karte studierte, und
vermied jeglichen Augenkontakt mit Jodl, dann stellte er die traurige Frage: „Was schlagen Sie denn vor, Jodl?", was Jodls Dominanz
über den Österreicher zeigte. Der Effekt auf alle anwesenden Militärmänner waren die ersten kleinen Samen des Zweifels, die auf
den sogenannten übermächtigen Führer geworfen wurden, dessen
einzige wirkliche Erfahrung als Botenjunge an der Westfront im
Ersten Weltkrieg zwar eine tapfere, aber auch sehr niedere gewesen
war.

„Gehen wir zum Aussichtspunkt," schlug Jodl vor.

„Dort sind weniger lauschende Ohren."

Die anderen beiden nickten.

Das Trio ging den steinernen Pfad hinunter, den Bormann
zwei Jahre zuvor erschaffen hatte.

Der Aussichtspunkt war eine Ansammlung von drei österreichischen Pavillons, die Bormann im Vorjahr hatte bauen lassen. Sie waren grob geschlagen und passten so zu dem österreichischen Bergstil, den der Besitzer so mochte.

Als sie sich gesetzt hatten, bot Jodl den anderen Zigarren an – Dunhills aus London.

„Ein Geschenk von einem schweizerischen Kollegen," sagte Jodl.

Beide nahmen eine Zigarre.

Albert war kein großer Zigarrenraucher, aber er war das größte Chamäleon des *Reichs*. Im Gegensatz dazu liebte Milch es zu rauchen – „Zigarre" war einer der beiden Spitznamen, die seine Angestellten ihm gegeben hatten; „der Diplomat" war der andere, da er vermutlich der am wenigsten diplomatische Kommandant des *Reichs* war – „Total verdammter Pferdemist" war sein mildester Ausdruck von Missgunst.

Es folgten fünf Minuten Small Talk über die Qualität kubanischer Zigarren.

Albert lenkte die Unterhaltung auf das Frankreich des vorigen Jahres.

Jodl sagte:

„Ja, hier zu sitzen ist ganz anders als letzten Mai in dem Staub in Frankreich zu stecken. Letztes Jahr in Frankreich waren wir immer auf dem Sprung. Es gab kein Ausruhen und keine Stille. Wir sind deutlich vorangekommen. Der französische Zusammenbruch war erstaunlich. Es war, wie Schneeflocken zu beobachten, die auf einem glühend heißen Herd landen – sie waren in einem kleinen Augenblick verschwunden. Ich habe noch nie so etwas gesehen. Ich kann mir nicht vorstellen, dass das in meinem Leben noch einmal geschieht."

Es entstand eine gedankenvolle Pause.

„Ich nehme an, so muss es 1870 gewesen sein, als die Krupps die Franzosen an einem einzigen Nachmittag zerstört haben."

Albert schwieg. Seine ausgedehnten Geschäfte mit Offizieren hatten ihn gelehrt, dass es das Schwierigste war, sie zum Reden zu bringen. Und während ein paar von ihnen Idioten waren, so waren seiner Erfahrung nach die dienstälteren Ränge der *Wehrmacht* viel erfahrener, besser geschult und vor allem umsichtiger als die oberflächlichen Politiker, die dem Status nach ihre Vorgesetzten waren.

„Der russische Feldzug scheint tadellos zu laufen, was meinen Sie, Jodl?"

„Er läuft sehr gut, wirklich ein bisschen zu gut, aber Russland ist nicht Frankreich und die Russen sind nicht die Franzosen. Trotz des frühen Erfolges habe ich ein paar sehr bedenkliche Berichte von meinen Kommandanten, dass viele der Russen sich weigern, sich zu ergeben – sie kämpfen einfach weiter, sie geben niemals auf. Wenn ihnen die Munition ausgeht, greifen sie unsere Truppen einfach mit ihren Bajonetten an. Vom militärischen Standpunkt aus gesehen ist es sehr besorgniserregend, solchen Soldaten gegenüberzustehen. Ich beginne zu verstehen, womit Napoleon sich vor 130 Jahren herumschlagen musste. Und es gibt so viele von ihnen – die russischen Divisionen scheinen kein Ende zu nehmen."

„Also ist der Begriff von ‚Alles' was du tun musst, ist die Vordertür einzutreten und das ganze verrottete Gebäude bricht zusammen' nicht wahr?" fragte Albert.

„Ich bin mir nicht sicher, was der Kanzler gedacht hat, als er diese wahrhaft seltsame Bemerkung machte," antwortete Jodl.

Keiner sagte etwas, als alle drei versuchten, die Gedanken der anderen beiden zu lesen.

„Meine Besorgnis ist es, wie wir reagieren werden, wenn wir Rivalen gegenüber stehen. Wie Schlieffen gerne sagte, ist ‚ein Krieg ohne Krise nichts als ein Scharmützel', und das ist meine Besorgnis. Die schweizerischen Militärleute, mit denen ich hin und wieder rede, sagen, dass uns Deutschen die Kohärenz fehlt, die wir letztes Jahr in Frankreich hatten."

„Ich teile diese Besorgnis," fügte Milch nachdenklich hinzu.

Albert sagte: „Meine Besorgnis oder meine These ist Folgendes: Zuhause sind wir sehr stark, aber wir haben überhaupt keine Außenpolitik und um uns herum nur sehr zerbrechliche Alliierte. Der Kanzler scheint komplett unter dem Einfluss des *Duce* zu stehen, den ich als schwach und schwankend betrachte. Was sind Ihre Ansichten von Italien, Jodl?"

„In zweitausend Jahren des Krieges gab es vermutlich niemals einen schlechteren Verbündeten, als Italien es heute ist – sie sind nur Erntehelfer, nicht mehr und nicht weniger. Erinnern Sie sich, als sie letztes Jahr mit ihrer Kriegserklärung warteten, bis wir in Frankreich das Kämpfen erledigt hatten?" antwortete Jodl farblos.

Albert bat Jodl um eine Erläuterung.

Was Jodl so eindrucksvoll machte, war seine komplette Distanziertheit – er war wie ein Großmeister im Schach: immer kühl und klar; niemals aufgebracht; niemals emotional; niemals theatralisch. Er analysierte einfach die Situation, als ob er die Positionen von Figuren auf einem Schachbrett analysierte, und für ihn *waren* es auch Figuren auf einem Schachbrett. Kein Schreien, kein Schmollen, keine Beleidigungen, keine Drohungen kamen von dieser Person, die die ganze Welt wissen ließ, dass sie ein Militärgenie war.

„Mussolini ist im Wesentlichen ein übergroßer und etwas zu pompöser Pfadfinder. Ihm fehlt alles Grundwissen. Er ist ein typischer italienischer Träumer, er träumt von einem neuen römischen Reich, mit ihm als neuem römischen Kaiser. Sehen wir uns Abessinien im Jahre 1935 an – Gott hilf uns, er musste sogar auf Giftgas zurückgreifen, um mit Eingeborenen fertig zu werden. Und ich habe seinen Einsatz in Nordafrika mit eigenen Augen gesehen, und er jagt mir Schauer den Rücken hinunter – seine Lager liegen viel zu weit auseinander, sodass ein listiger Gegner sie Stück für

Stück wegnehmen könnte, und während die Briten momentan in der Defensive sind, suchen die Italiener Streit. Unsere deutschen Attachés haben versucht, ihn zu warnen, aber die Italiener sind so stolz und eingebildet, und zwar so lange stolz und eingebildet, bis sie ihre erste Niederlage erleiden, und dann werden sie sich einfach *en masse* ergeben."

Außerdem sind all ihre Kommandanten unqualifiziert. Hier ist ein einfaches Beispiel der Grundregeln, die unsere Freunde im Süden brechen: Deutsche Feldkommandanten essen immer erst nach ihren Männern, um sicherzugehen, dass ihre Männer gegessen haben, falls die Nahrung ausgeht; deutsche Kommandanten haben die gleichen Rationen; deutsche Kommandanten nehmen die gleichen Entbehrungen auf sich wie ihre Männer. Im Gegensatz dazu essen die italienischen Offiziere besseres Essen, sie bekommen sogar Wein, und sie haben besondere Zelte, manche von ihnen mit elektrischen Ventilatoren, die mithilfe der Lastwagenbatterien betrieben werden. Ich kann mir keinen besseren Weg vorstellen, Missstimmung zu schaffen, und die italienischen Kämpfer sind ganz klar von vornherein nicht vom gleichen Kaliber wie unsere Soldaten. Aber wir dürfen niemals Kritik am *Duce* zur Sprache bringen. Italien könnte sehr schnell zu einem Mühlstein an unserem Hals werden."

Nach einer kurzen Pause korrigierte Jodl sich:

„Es wird so geschehen mit Italien, es ist nur eine Frage der Zeit. Und denken wir daran, die italienischen Soldaten sind alle Babies – ihnen fehlt der Mut des deutschen Soldaten."

Jodl lächelte. Er beobachtete Alberts natürliche Kühle und fuhr fort: „Ich bin mir sicher, dass diese Geschichten und militärischen Standpunkte Sie langweilen, Albert."

Albert schüttelte den Kopf.

Der Pavillon war fünf Schritte vom Rand der senkrechten Klippe entfernt. Der größte der drei Pavillons war so groß wie das

Haus eines deutschen Arbeiters, was für Bormanns völligen Mangel an Proportionen typisch war. Es war nur eine mehr von Bormanns Ideen, der eine endlose Liste von Projekten zu haben schien, die alle nur darauf ausgelegt waren, sich bei seinem Beschützers einzuschmeicheln.

Ganz der Diplomat, der er war, fragte Milch Jodl: „Vergessen Sie diesen Scheiß; wie steht es wirklich um den russischen Feldzug?"

Jodl schwieg einen Augenblick lang, blickte auf die Asche, die sich an der Spitze seiner Zigarre bildete, und erwiderte dann:

„Er ist viel zerbrechlicher, als wir erwartet hatten. Wie gesagt, ist unser größtes Problem das Fehlen klarer Ziele. Und unsere Geheimdienstinformationen waren in letzter Zeit traurig."

Jodl formulierte seine Worte vorsichtig, da er nicht wusste, wie weit er seinen Gesprächspartnern vertrauen konnte.

Niemand sagte ein Wort, bis Albert das Schweigen brach:

„Ich kenne einen alten Professor, der jetzt in der Schweiz lebt. Seine Meinung ist, dass das *Reich* sich zu sehr ausgeweitet hat."

Jodl wandte den Kopf und sah Albert direkt an:

„Der alte Jude?"

„Ja."

„Aber er ist Wirtschaftler, er hat keine Ahnung von Militärstrategie. Sag mir bitte nicht, dass ich mich jetzt schon wieder mit einem verdammten Amateur herumschlagen muss?" fragte Jodl und machte dabei eine nicht sehr verschleierte Anspielung auf den Besitzer des Berghauses.

„Ja, er ist Wirtschaftler, und wie er sagt – und ich bin seiner Meinung –, ist der moderne Krieg heutzutage eine wirtschaftliche Schlacht und nicht eine Schlacht mit Schwertern und Schilden oder Männern und Flugzeugen. Ich habe ihn neulich besucht. Er hat mich darauf aufmerksam gemacht, dass wir für einen langen Krieg in einer sehr schlechten Position sind – wenn wir den Krieg nicht im Jahr 1942 beenden, sind wir geliefert; zum Beispiel haben wir nicht einmal genügend Arbeiter für unsere Fabriken. Sein Punkt war, dass Amerika ein riesiges und unangezapftes Kraftwerk ist. Und während die Amerikaner im Moment neutral sind, wird ihre Anwesenheit in diesem Krieg vermutlich zu einer deutschen Niederlage führen. Sie müssen nicht einmal Truppen schicken, aber wenn sie anfangen, *en masse* Nachschub zu liefern, dann könnte Russland für uns sehr unangenehm werden. Uns fehlen einfach die Arbeiter und das Öl."

Jodl sagte: „Momentan drängen wir die russischen Kommandanten ins Abseits, aber eine Sache, die ich in meiner Ausbildung gelernt habe, ist, dass die Feinde immer anfangen, die siegreichen Taktiken ihrer Gegner anzunehmen, und Stalin ist ein weiser, alter Kerl, das Gegenteil von Mussolini."

Albert dachte nach und sagte:

„Es sollte unser unmittelbares Ziel sein, Amerika aus dem Krieg herauszuhalten. Die Deutschen und die Briten sind natürliche Verbündete. Der Ferne Osten ist nicht stabil, und der amerikanische Präsident Roosevelt versucht sowohl uns als auch die Japaner zu provozieren. Mit einem in die Knie gezwungenen Deutschland und einem bankrotten England gewinnen die Amerikaner, und genau das ist es, was Roosevelt zu erreichen versucht. Was Japan angeht, so werden die Amerikaner und die Japaner sich früher oder später gegenseitig den Krieg erklären. Wenn – nicht falls – wenn das passiert und wir uns mit den Amerikanern in ein Boot setzen, haben wir einen starken Verbündeten, wir isolieren Russland und wir stechen in London in ein Hornissennest. Aber das müssen wir jetzt planen, und wir müssen für diesen unvermeidlichen Pazifik-Krieg bereit sein, und wir müssen auf der Seite Amerikas stehen, nicht Japans."

Jodl beschloss, ein Risiko einzugehen: „Nun, da könnte er recht haben. Milch, was denken Sie?"

„Ich stimme zu, aber im aktuellen politischen Klima sehe ich keine Möglichkeit für einen von uns, etwas zu ändern."

Das „aktuelle politische Klima," auf das Milch sich bezog, war der momentane Kanzler.

„Albert, Sie haben bei ihm mehr zu melden als ich und Jodl; können Sie nicht mit ihm reden?"

Albert sagte: „Ich glaube kaum, dass er auf seinen Teilzeit-Architekten hört."

Stille.

„Unser Führer ist gesund und kräftig, abgesehen von seinen chronischen Darmproblemen," fuhr Albert fort.

„Nicht, wenn Sie mit Morell sprechen," war Jodls freche Antwort, die sich auf den ekelhaften und übergewichtigen Arzt des Kanzlers bezog, den alle für einen Quacksalber hielten, außer seinem „A-Patienten." Milch erzählte oft Geschichten davon, wie Morell zwei seiner Finger (mit schmutzigen, schwärzlichen Fingernägeln) in eine Orange schob und dann den Inhalt der Orange aussaugte, oder wie er seine dreckigen, haarigen Hände in eine Glasschüssel voller Eiswürfel steckte, um sich Eis für sein Getränk zu nehmen, oder dass er nur alle zwei Wochen badete.

„Nichtsdestotrotz ist das allgemeine Befinden unseres Gastgebers gut – momentan. Aber wenn dieses Reich tausend Jahre lang besteht, was geschieht dann, wenn er nicht mehr mit so guter Gesundheit gesegnet ist, was früher oder später der Fall sein wird? ‚Alles, was lebt, muss sterben und durch die Natur zur Ewigkeit gehen', wie das alte Schauspiel sagt. Und Gesundheit beiseite, die Wahl seiner Kameraden ist ausschließlich auf Treue ausgerichtet und darauf, wen er am besten manipulieren kann – sehen Sie nur unseren guten Freund Martin an. Und dann ist da noch die kleine Sache mit dem Schwur."

Bei dieser Aussage änderte sich auf einmal Jodls Benehmen. „Dieser verdammte Schwur, totaler verdammter Wahnsinn – die deutsche Armee hat einem verdammten Fremden totale Allianz geschworen. Gott im Himmel! Als Nächstes schwören wir einem französischen Schwulen Allianz – davon gibt es ja heutzutage genug."

Es stimmte, dass sich bei dem Schwur der deutschen Armee im Jahr 1934 die Nackenhaare aller Offiziere aufgestellt hatten – einer einzigen Person einen Schwur abzulegen – nicht dem Land, nicht einmal einem Amt. Und noch dazu jemandem, der bis zum Jahr 1932 nicht einmal deutscher Staatsbürger gewesen war, Herrgott noch mal!

Jodls Schimpfen verebbte ein wenig. Sich an die Sicherheit des Hypothetischen haltend, wie jeder gute Akademiker es würde, fuhr Albert fort:

„Stellen Sie sich für einen schrecklichen Augenblick einmal vor, der Führer erleidet einen Herzanfall; wie ginge es mit Deutschland weiter?"

Der Läufer war gerade gezogen worden, um den Ausgang der Partie zu bestimmen – beide Großmeister sagten nichts, wussten aber zu schätzen, dass sie auf dem höchsten Level spielten.

Jodls Antwort war in ihrer Direktheit und Einfachheit schockierend: „Es würde keinen Unterschied machen."

Jodl paffte an seiner Zigarre.

„Schauen Sie mal, Albert, wir sind alle drei erwachsene Männer. Ich weiß genau, was Sie mich fragen, und ich würde dies keinem anderen Bürger anvertrauen. Aber Sie haben ein Gehirn zwischen Ihren Ohren, und da Sie mir gegenüber ehrlich waren, will ich das Kompliment zurückgeben. Es gibt drei Militärmänner, die das *Reich* leiten: ich selbst, Milch und Donitz. Das ist alles. Milch kann für sich selbst sprechen, und ich kenne Donitz und denke, dass ich für ihn sprechen kann. Er hegt keine größere Liebe zum aktuellen Regime als ich – die Mörder, die Kriminellen, die verdammten Gauleiter."

Jodl hielt inne, aber der Punkt war dargelegt.

Albert forschte weiter: „Also, wenn nun das Schreckliche geschähe und der Führer plötzlich außer Gefecht gesetzt würde oder stürbe?"

Albert machte eine effektvolle Pause, was auf Jodl nicht den geringsten Effekt hatte, der Albert direkt ansah und auf die offensichtliche Frage wartete.

„Was würde also passieren; ich meine, was wäre der Mechanismus?"

Jodl machte eine Pause, sah hinüber zu der Bergkette in der Ferne und sagte:

„Der Untersberg sieht heute traumhaft aus, oder?"

Albert konnte kaum glauben, dass Jodl mit ihm spielte, aber es beeindruckte ihn und gab ihm gleichzeitig ein Gefühl von Sicherheit.

Albert lächelte: „Also, was passiert?"

Albert hatte absichtlich die Zeitform geändert, da er spürte, dass Jodl voll hinter ihm stand. Jodl tat einen tiefen Atemzug und begann zu erklären, als ob er jungen Kadetten eine Lektion erteilte:

„Clausewitz lehrt uns, dass der Nationalstaat eine politische Struktur braucht, wie ein Schiff eine Super-Kommandostruktur braucht. Jeder stimmt dieser Tatsache zu. Worüber sie sich nicht einigen können, ist die Form dieser politischen Struktur. Wir könnten das diskutieren, bis Jesus zurückkehrt, falls das jemals geschehen sollte. Aber vorerst müssen wir uns darauf einigen, dass wir eine Struktur brauchen. Heute haben wir im Wesentlichen keine Struktur. Was wir sehr wohl haben, ist ein ausländischer Diktator aus Österreich, der ein unglaublicher Schauspieler und außerdem sehr gut darin ist, Menschen zu durchschauen, und besonders darin, ihre Schwächen zu entdecken und auszunutzen. Erinnern Sie sich daran, wie er diesen Homo Röhm beim Röhm-Putsch auseinandergenommen hat – Röhm-Fick wäre wohl eine angebrachtere

Bezeichnung für diese Säuberungsaktion gewesen. Aber ein Land leiten?"

Jodl wendete den Kopf, schnippte die weißgraue Asche vom Ende seiner Zigarre und fuhr fort – sein Blut war heißgelaufen:

„Ich habe viel zu lang dabei zugesehen. Haben Sie jemals gesehen, wie er eine Notiz schreibt – der Mann kann so gut wie gar nicht schreiben? Seine Handschrift ist wie die eines Kindes – deshalb schreibt er nie etwas. Deshalb *diktierte* er diesen Haufen Pferdemist: ‚Über einen fünf Jahre langen Kampf gegen Lügen, Dummheit und Feigheit', oder was auch immer der Originaltitel war. Es ist unlesbarer Schrott – totaler Scheiß, und es wurden bis zu seiner Machtergreifung 971 verdammte Kopien verkauft – von der ersten Auflage wurden 971 Kopien verkauft, dann wurde es zu unserer verfluchten Bibel, einer Bibel voller Mist. Er kann nicht schreiben; er kann nicht organisieren. Und meine Armee hat diesem Mann einen verdammten Schwur abgelegt. Jesus Christus und Maria, auf wessen Seite steht eigentlich Gott, verdammt nochmal?"

Unbeeindruckt stellte Albert einfach fest: „Wenn also der Führer stürbe oder beschloss, sich zur Ruhe zu setzen, könnten Sie, Milch und Donitz übernehmen?"

Jodl stockte: „Albert, Sie verstehen nicht – wir *sind* schon an der Macht, *unser* Hindernis ist die aktuelle politische Struktur."

Das verräterische Gespräch verlor sich, und die Unterhaltung kehrte zur aktuellen Situation in Russland zurück.

Jodl baute seine Erklärung weiter aus, was sowohl für ihn selbst als auch für die anderen beiden eine Lagebesprechung darstellte:

Unser Problem ist Öl oder vielmehr das Fehlen von Öl. Wir sitzen so ziemlich im gleichen Boot wie die Japaner und die Scheiß-Spaghettifresser, unsere sogenannten verdammten südlichen Alliierten." Jodl hasste die Italiener mit ihrem Getue, ihrer

Faulheit, und allem voran ihrer Einstellung, tapfere deutsche Soldaten im Stich zu lassen, sobald sich auch nur der schwächste Feind näherte.

Das strategische Genie fuhr fort:

„Es ist das einfachste, klassische Problem der Militärlogistik: jeder Kilometer, den wir nach Russland einrücken, ist ein weiterer Kilometer, den unsere Tanklaster abdecken müssen. Und im Gegensatz zu unseren Tankern haben diese Öltanker dünne Wände – selbst der einfachste Angriff feindlicher Flugzeuge kann einen wichtigen Ölkonvoi ins Chaos stürzen.

„Und wie ich zuvor sagte, sind unsere Geheimdienstinformationen über Russland armselig gewesen. Es ist wahr, dass wir in den ersten Wochen unglaubliche Fortschritte gemacht haben – Leeb erreichte Dvinsk; wir hatten Smolensk in der Hand; Rundstedt stand vor den Toren von Kiew. Statt des Spruches unseres Führers über das Eintreten der Vordertür hätte er seinen geliebten Friedrich den Großen zitieren sollen: ‚Du musst jeden Russen zweimal totschießen und ihn trotzdem noch umdrehen, um sicher zu sein.' Das ist unser Problem."

Keiner lächelte über diese Binsenweisheit.

„Die Russen sind ganz genau – ganz genau – das Gegenteil von dem, worauf wir vorbereitet wurden. Manchmal greifen sie unsere Maschinengewehre mit Mistgabeln und Äxten bewaffnet an. Es ist mittelalterlich, nicht wie 1941. Und ein Großteil Russlands hat keine Straßen. Ich fühle mich, als ob wir Römer sind, die im Jahre 9 vor Christus in den nördlichen Wäldern kämpfen – und wir alle wissen, wie die drei Legionen im Teutoburger Wald massakriert wurden; es ist heute in Russland genau das Gleiche. Diese ganze Kampagne ist ein großes Risiko – Frankreich war schon ein ziemliches Risiko, aber eine Niederlage oder eine Pattsituation in Frankreich wäre für das *Reich* nicht tödlich gewesen. Und die aktuelle Kampagne in Russland haben wir mit allen 10 Divisionen in

Reserve begonnen. Guderian erzählte mir, dass der Kanzler vor vier Wochen zu ihm sagte: ‚Hätte ich gewusst, wie viele Panzer die Russen haben, hätte ich mir den Angriff zweimal überlegt.‘ Wunderbar. Verdammt wunderbar.“

Eine neutrale Bewertung des Schweizer Geheimdienstes nach dem Waffenstillstand von 1942 stufte Jodl und Alan Brooke als die beiden herausragenden strategischen Denker des europäischen Krieges ein, mit weitem Abstand gefolgt von Rundstadt, Student und Guderian. Seine nächste Aussage zeigte, dass die Schweizer Recht hatten.

„In Russland stehen wir zwei Problemen gegenüber, die voneinander unabhängig sind. Das erste ist der fehlende Fokus – entgegen allem, was Clausewitz uns über ‚maximale Kraft an der minimalen Front‘ beigebracht hat – versuchen wir, alles auf einmal zu tun. Das zweite ist die Zivilverwaltung – die Verwendung der brutaleren Elemente der Gestapo und der Clowns – der verdammten Clowns –, die damit beauftragt werden.“

Jodl schüttelte einfach den Kopf:

„Es ist schon wieder wie in Polen, aber tausendmal schlimmer. Hier ein Beispiel: In der Ukraine werden wir als Befreier willkommen geheißen. Unsere deutschen Offiziere gehen mit den lokalen Größen in die Kirche. Aber seit der Weisung vom 17. Juli ist der beschissene Koch verantwortlich – Koch, dieser verdammte Idiot. Er ist so verflucht dumm.“

Hier unterbrach Milch:

„In Berlin hat Koch beim Abendessen einmal zu mir gesagt ‚wenn ich einen Ukrainer treffe, der es würdig ist, an meinem Tisch zu sitzen, muss ich ihn erschießen lassen.‘ Ich stimmt Jodl voll und ganz zu – der Mann ist ein vollkommener Idiot. Koch erzählte mir weiterhin, und das noch dazu mit großem Mitleid dass, – ich zitiere – ‚diesen ukrainischen Bauern beigebracht werden muss, bis 400 zu zählen, dann die Tage der Woche und die Monate des Jahres', Zitatende. Was für ein Vollidiot."

Jodl sagte:

„Es sind Leute wie Koch, die diesen Krieg für uns verlieren werden. Die Ukraine ist riesig; sie ist beinahe doppelt so groß wie Deutschland. Wenn man sie richtig verwaltet, kann sie ein halbautonomer *pāgus*, werden, wie es die Römer mit Gallien gemacht haben. Und die verdammten Ukrainer lieben uns, und sie hassen die Russen leidenschaftlich. Sie lieben uns – die verfluchten Deutschen – sie lieben uns. Und was machen wir also? Der Österreicher beauftragt einen Scheißkerl wie Koch? Die Ukrainer wollen für uns kämpfen – für uns, die verfluchten Deutschen – zum Himmel nochmal. Und wie belohnen wir diese Leute? Wir geben ihnen den verdammten Scheißkerl Koch."

Jodl schüttelte den Kopf. Der Grad seiner Verärgerung war am wachsenden Grad seiner Profanitäten gut zu erkennen.

Jodl schäumte vor Wut und kehrte dann zu seiner normalen, analytischen, berechnenden Funktionsweise zurück:

„Mein Problem ist das erste Problem – wir sind jetzt schon zu weiträumig verteilt, wie Alberts Professor sagt. Und warum, um alles in der Welt, greifen wir Leningrad an? Ich sage Ihnen, warum. Nur weil es der Geburtsort des Bolschewismus ist, aus diesem alleinigen Grund und keinem anderen. Es hat keinerlei militärische Signifikanz. Und uns geht die Zeit aus. Heute ist der erste September, und wir führen seit zwei Jahren Krieg. Aber in Nordrussland – und ebenso in Leningrad – beginnt der allererste Teil des Winters in 30 Tagen. Gestern Abend habe ich erneut Napoleons Tagebucheinträge von seiner Kampagne im Jahr 1812 gelesen und dort steht: ‚7. September: herrliches Wetter, meine Truppen sind glücklich. 14. Oktober: erster Schnee; 7. November: eiskalt, meine Männer sterben wie die Fliegen und ich verliere täglich 100 Pferde.' Ich erinnere Sie daran, meine Herren, dass der siebte November 68

Tage entfernt ist und der 22. Juni vor 70 Tagen war. Wir provozieren das Schicksal auf eine sehr, sehr gefährliche Art und Weise."

Speer sah den Diplomaten an und blickte dann zurück zu Jodl.

„Was schlagen Sie also vor?" fragte Albert.

„Nun, es gibt eine einfache Lösung – wir gehen nach Süden. Stalins Achillessehne ist Öl – genau wie bei uns. Also sollten wir den Süden angreifen, unsere Ploiesti Ölfelder beschützen und die Ölfelder von Baku im Kaspischen Meer einnehmen oder zerstören. Wir sollten die momentane elefantenartige Front zu einer Linie von Brest-Litovsk nach Kiew und hinunter zur Krim und nach Baku zusammenziehen. Ich habe das mit Rundstedt besprochen, und er stimmt zu. Diese Linie bedeutet, dass wir Ploiesti und Rumänien als Ganzes stärken. Wir können auch Benzin über das Schwarze Meer schiffen. Und es ist warm – kein verdammter Schnee. Mit einer solchen Linie können wir die Türkei bei uns einsteigen lassen, und wenn sie nicht wollen, können sie zur Hölle fahren – wir sind gut in der Lage, die Türkei mit Gewalt zu erobern. Und mit der Türkei sind wir in einer guten Lage, den Nahen Osten einzunehmen und dann …"

Albert vollendete den Satz:

„Den Suezkanal".

Jodl lächelte.

„Eines unserer größten Probleme ist, dass der derzeitige Kanzler ein politisches Tier ist, das in der Wahnvorstellung lebt, ein Militärexperte zu sein. Anwälte dienen lokalen Hinterwäldler-Politikern, die die Gesetze veröffentlichen. Ganz egal, wie schlecht diese Gesetze sind, die Anwälte sehen sie als unantastbar. Die Politiker sind genauso, sie dienern dem, den sie für den Führer halten, und aufgrund des Marsches auf Rom 1923 ist der Kanzler dem Kleinen Fetten in Rom so zugetan. Und dieser herumstolzierende Italiener ist genauso wie Koch – er ist durchaus in der Lage, den Krieg für uns zu verlieren, und zwar in ein paar Monaten, nicht

Jahren. Während die Italiener im Ersten Weltkrieg tapfer gekämpft haben, sind sie mittlerweile zu einem mutlosen Haufen verkommen. Nehmen wir nur das Beispiel in der Westlichen Wüste letztes Jahr – was für verdammte Witzfiguren diese Spaghettifresser sind. Diese wahnsinnige Liebesaffäre mit Rom wird uns noch teuer zu stehen kommen, merken Sie sich meine Worte. Aber wenn wir über Land angreifen, brauchen wir diese wertlosen Affen nicht. Ich stimme Alberts Professor zu – Öl ist der Schlüssel dieses Krieges, nicht Menschen, nicht Armeen und ganz bestimmt nicht Städte. Wenn wir Baku einnehmen oder kontrollieren, ist Stalin geliefert. Aber im aktuellen politischen Klima ist das nur ein Wunschtraum."

Aus dem Hauptgebäude kam Jodls ADC die Steintreppe herunter gerannt. In seiner Hand hielt er ein rosafarbenes Stück Papier – eine dringende drahtlose Nachricht.

Der ADC biss sich auf die Lippen, schwieg und überreichte Jodl das Durchschlagpapier.

„Danke, Schäfer. Behalten Sie das strengstens für sich, und setzen Sie die Armee in meinem Auftrag in volle Alarmbereitschaft. Nehmen sie mit allen Kommandanten Kontakt auf und sagen Sie ihnen, sie sollen in 30 Minuten von mir eine Nachricht der Kategorie 1 erwarten."

Der ADC grüßte und rannte zum Haus zurück.

„Was ist es?" fragte Milch mit seltener Neugierde.

Jodl reichte Milch die dringende, drahtlose Nachricht auf dem rosafarbenen Durchschlagpapier.

Milch sprang auf die Beine.

„Heilige verdammte Scheiße."

Das Papier wurde Albert übergeben.

In der Nachricht stand:

```
*** DRINGEND ***
FLUG D-2527 BEIM START ABGESTÜRZT STOP
     KEINE ÜBERLEBENDEN STOP
WIEDERHOLE: KEINE ÜBERLEBENDEN STOP
         *** DRINGEND ***
              - 00 -
```

„Nun, das ändert die Landschaft ein wenig, oder?"

Albert lachte unwillkürlich über Jodls maßlose Untertreibung.

„Glück im Unglück," sagte Jodl.

„Ja, das ist es; das ist es wirklich. Er flog doch so gerne die alte Ju-52 des Fetten mit den roten Streifen des von Richthofen," antwortete Milch.

„Nun, meine Herren, dieses Ereignis hat das Schicksal unseres Landes verändert; ich werde Ihnen nun beiden sagen, dass Russland ein Problem ist und unser Untergang sein wird. Ich wollte diese Änderungen schon immer vornehmen, aber ich wurde überstimmt. Aber nun hat sich die Situation auf einmal geändert, oder sollte ich sagen: verbessert?"

✠ ✠ ✠

Während Albert und Milch über Jodls Kommentare nachdachten, sah man eine zerzauste Gestalt die Treppe hinunterrennen.

„Die Neuigkeiten. Die Neuigkeiten. Es ist schrecklich. Es ist das Ende von uns allen. Er ist fort. Er ist fort."

Jodl redete als erster. „Bormann, wovon reden Sie denn nur?"

„Er ist fort. Weg. Er ist weg."

„Wer ist weg?" fragte Jodl provokant.

„Der Führer, der Chef, der Kanzler – er ist weg."

„Wohin ist er denn gegangen?"

„Er ist tot."

183

„Wer ist tot?"

„Der Chef, unser Führer – getötet."

„Nein, unmöglich; hier, Mann, setzen Sie sich, genießen Sie dieses schöne bayerische Wetter, haben Sie Spaß."

„Spaß, sind Sie wahnsinnig? Leben Sie in Wolkenkuckucksheim? Er ist weg. Sehen Sie sich diese Nachricht an."

Bormann reichte eine verwirrte Telefonnachricht von einem von Bormanns Lakaien herüber.

Bormann setzte sich in den Pavillon und gab keinen Ton von sich.

Milch stand auf und stellte sich leise zwei Schritte hinter Bormann. Jodl sah auf und gab den Hauch eines zustimmenden Nickens, ohne seine Miene zu verändern. Die Kugel aus Milchs Luger-Pistole schlug an den linken Schneidezahn in Bormanns Unterkiefer, als sie aus seinem Schädel kam und hinterließ einen Riss in einer der Granitsteinplatten vom Pavillon des seligen Bormann. Bormanns Körper sackte nach vorne wie ein Marathonläufer, der nach Beendigung eines langen, strapaziösen Rennens erschöpft ist.

Der Diplomat steckte seine Luger zurück in ihr Halfter, paffte an seiner Zigarre und sagte:

„Von den vielen, vielen Sauhunden in diesem *Reich* muss dieser Sauhund der sauhündischste Sauhund der schlimmsten, verdammten Sauhunde gewesen sein, ein totaler Sauhund der Sauhunde."

Jodl lächelte: „Mochten Sie ihn nicht so sehr?"

Albert fragte leicht nervös und perplex:

„Aber was, wenn es gar nicht stimmt – dann sitzen wir alle ganz schön in der Scheiße?"

„Warum? Er ist doch nur ein Kriegsopfer. Komm, wirf ihn von der Klippe. Ich bin mir sicher, dass das Durchschlagpapier recht hatte. Wenn dem nicht so ist, haben wir dem Land einen Dienst erwiesen. Wenn das Durchschlagpapier unrecht hat, leugnen wir es einfach, wenn wir gefragt werden."

„Er hat recht, wirf den Sauhund weg," fügte Milch hinzu.

Damit warfen die drei Männer Bormanns Körper von der Klippe. Einen kurzen Augenblick lang konnten sie sehen, wie er sich auf dem Weg nach unten überschlug. Ein paar Sekunden später wies ein leises Geräusch darauf hin, dass Bormann seinen letzten Ruheplatz eingenommen hatte.

„Da geht es 900 Meter weit runter und die Füchse werden mit dem Körper aufräumen. Es wird Wochen dauern, bis er entdeckt wird," sagte Jodl ohne einen Funken von Emotion.

Jodl hatte unrecht. Der Körper wurde nicht vor dem Jahr 1947 entdeckt. Wie das Schicksal es wollte, fiel der Körper in die hohen Äste einer Kiefer und lag dort sechs Jahre lang eng eingekeilt. Und er wurde ausgerechnet von einem amerikanischen Fotografen entdeckt, der für das Magazin *National Geographic* beauftragt worden war, die Vögel Südbayerns zu fotografieren. Der Fotograf stieg auf besagten Baum und dachte zuerst, er war auf ein kunstvolles Nest gestoßen. Erst als er die verblichenen Knochen sah, wurde ihm klar, dass dies einmal ein Mensch gewesen war. Der Fotograf fiel beinahe aus dem Baum. Die ganze Angelegenheit war bis dahin uralte Geschichte.

„Lassen Sie uns annehmen, dass die Götter uns keinen Streich spielen: Was schlagen die Herren dann als nächsten Schritt vor?" fragte Albert.

„Eine Liste," war Milchs sofortige Antwort, und er zog sein kleines Notizbuch, das er immer bei sich trug, aus der linken Brusttasche seiner Uniform. (Milch war bekannt dafür, dass er sich immer Notizen machte – die meisten Fotografien zeigen ihn mit seiner stets gegenwärtigen Zigarre und kritzelnd wie ein teutonischer Edward Gibbon.)

„Ja, ich stimme zu," sagte Jodl.

Jodl kam auf den Grund für Alberts Stirnrunzeln zu sprechen.

185

„In Wirklichkeit brauchen wir zwei Listen. Zuerst einmal eine Liste der politischen Änderungen, die nötig sind. Zweitens eine Liste der nötigen militärischen Änderungen. Was die erste angeht, so müssen wir das Land stabilisieren – momentan ist das Land eher wie 1748 statt 1941 – Intrigen von halbwahnsinnigen Prinzen, die alle um Macht und Einfluss kämpfen. Das muss sich ändern. Und diese verrückte und schwachsinnige Kampagne in Russland muss heute noch korrigiert werden, und zwar jetzt, heute Nachmittag, nicht morgen.

„Bis vor einer Stunde war unser Problem ein sehr einfaches – Emils Glück war das eines Anfängers oder, besser gesagt, Dilettantenglück. 1940 in Frankreich waren wir entlang der gesamten Frontlinie schwächer, außer in den Ardennen. Wir hatten den Vorteil, gegen die französischen Frontsoldaten zu kämpfen. Wissen Sie, gegen die ‚Haarigen‘, wie das französische Volk die undisziplinierten, ungewaschenen und schmutzigen französischen Soldaten nannte, die oftmals betrunken von billigem Wein waren. Aber der Ardennen-Angriff war ein großes Risiko, ein gigantisches Risiko, und ein *atemberaubend gefährliches* Risiko obendrein. Ich bin immer noch verblüfft darüber, dass wir heil davongekommen sind. Das haben wir nur der beispiellosen Führung der Armee zu verdanken, die dieses Wunderwerk vollbrachte."

Diesem letzten Kommentar fügte Milch hinzu:

„Albert, das stimmt voll und ganz. Ich sprach mit meinen Piloten der sogenannten Störche – die sehr leichten Beobachterflugzeuge, die auf einer Tabakdose landen können, und sie waren voll des Lobes über unsere Armee. Natürlich ging es damals gegen die dekadenten Franzosen, die immer die Unterwerfung der Ehre vorziehen."

Jodl fuhr fort:

„In den Ardennen hätte sich eine einzige unserer Panzerkolonnen von einem Ende zum anderen 1600 Kilometer weit erstreckt.

Die ausländische Presse erschuf dieses verrückte Wort namens ‚Blitzkrieg'. Ein besserer Ausdruck wäre gewesen ‚glückliche Deutsche und schlecht geführte Franzosen.' Und in Frankreich sind wir nur um Haaresbreite durchgekommen – die Franzosen hatten mehr Panzer, größere Panzer, bessere Panzer und mächtigere Panzer. Aber die Franzosen waren so mutlos und schwach, dass wir vier oder sechs oder sogar acht unserer kleinen Babypanzer schickten, um einen ihrer ungeheuren Char-B-Kolosse anzugreifen. Mit dieser taktischen Überlegenheit haben wir gewonnen, aber es war verdammt knapp. Natürlich nahmen wir die Lorbeeren mehr als gern entgegen, und die Franzosen benutzten es als Ausrede für ihre atemberaubend inkompetenten Generäle. Wissen Sie, dass der französische Oberbefehlshaber Gamelin nicht einmal ein Telefon in seinem Hauptquartier hatte? Alle Nachrichten wurden von Motorradfahrern gebracht, und um zwölf Uhr mittags konnten zwei Stunden lang keine Nachrichten überbracht werden, weil sie zu Mittag aßen?"

„Scheiße," war Milchs lapidarer Kommentar.

Jodl fuhr fort:

„Nach der Kampagne von 1940 in Frankreich fingen unsere politischen Führer sich also diese gefährlichste aller Krankheiten ein – die Siegeskrankheit. Ein widerlicher Amateur gewinnt das Vertrauen des Volkes und bläst die Armee auf, und mithilfe seiner Scheißköpfe, wie diesem flügellosen Adler, den wir gerade die Klippen hinuntergeschmissen haben, übernahm er die Kontrolle über die Nation und dominierte die gesamte Militärplanung. Es gibt einen Unterschied zwischen dem Schauspieler – den alle guten Politiker in sich haben – und einem wirklichen Führer. Albert, Sie wissen so gut wie ich, dass der verstorbene Österreicher in Berlin vier Abteilungen hatte, die alle die gleiche Arbeit taten, nur damit er eine gegen die andere aufhetzen konnte. Das ist keine Art, ein Land zu leiten. Und denken Sie daran: Je protziger der Führer, desto

187

mehr ist er total voller Scheiße – Stalin ist langweilig, der kleine fette Spaghettifresser ist reine Show und sonst nichts. Und wen greifen wir an?"

Jodls Kommentare wurden von seinem ADC unterbrochen, der dieses Mal verlangsamten Schrittes auf den riesigen Pavillon zu kam.

„General Jodl, alle Feldmarschalle sind benachrichtigt."

„Gut, wir werden in Kürze zurück ins Haus kommen."

Der ADC ging.

Nachdenklich sagte Jodl:

„Das Leben ist so merkwürdig – vor Augenblicken haben wir noch über das richtige, aber unerreichbare Ziel für Russland geredet, und jetzt auf einmal ist es vollkommen realisierbar. Ich schlage die folgenden Schritte vor: Zuerst besetzt die Armee alle Städte. Zweitens werden die Gestapo-Führer festgenommen, und alle Gestapo-Büros werden von der Armee abgeriegelt. Drittens, nach diesen beiden ersten Schritten, sagen wir dem Giftzwerg, dass er einen Rundruf an die Nation schalten soll, von hier aus. Vor seinem großen Sturz hat Bormann erwähnt, dass der kleine Paul heute hierherkommt, um wie immer seinem Meister in den Arsch zu kriechen. Nun kommen wir zu der nichtigen Angelegenheit eines neuen Kanzlers. Ich schlage vor, dass wir drei zum Übergangskomitee ernannt werden. So ist die Armee abgesichert, die Luftwaffe ist abgesichert, und die fremde Presse hat Albert immer schon gemocht."

Jodl wurde mit einem von Alberts seltenen Lächeln belohnt.

„Ich kann Ihnen sagen, meine Herren, dass ich mich fühle, als sei mir ein großer Stein vom Herzen gefallen," sagte Jodl.

DIE GÖTTIN DES SCHICKSALS

Die drei Männer gingen zurück zum Haupthaus.

Es war ein Genuss, Jodl in einer Krise arbeiten zu sehen – es schien wie ein Schachspiel am Wochenende im Park; keine Emotion, nur klare und präzise Anweisungen. Aber für Jodl mit der erstklassigen Ausbildung eines ranghohen Wehrmachtoffiziers war es keine Krise. Nur eine Planänderung. Zuerst funkte er per Radio den Kommandanten an der Front. Wie erwartet, waren sie alle vorsichtig – der Röhm-Putsch war noch eine lebendige Erinnerung. Aber einem ihrer Kollegen, einem ranghohen Offizier gegenüber, zeigten sie auch ehrlich ihre Erleichterung; sie alle hassten den kleinen Österreicher mit den falschen Zähnen, dem schlechten Atem und seinen chronischen Blähungen; die heimlichen, verschwörerischen Witze über sein endloses Furzen und seinen schlechten Geruch waren zahllos. Dann sprach Jodl mit allen regionalen Kommandanten und befahl allen, ihre Städte zu sichern, aber zuerst sollten sie alle Gestapo-Büros beschlagnahmen und jeden einsperren, den sie darin fanden; mit diesem Abschaum würde man sich später noch befassen.

Goebbels kam am frühen Abend an und war von Gerüchten, die ihm auf dem Weg zu Ohren gekommen waren, in Panik versetzt worden.

Es gab viele, die sich fragten (und Albert gehörte zu ihnen), wie Goebbels die Reichskristallnacht überlebt hatte, den wahnsinnigen Mob-Angriff, der beinahe die Finanzen des *Reichs* zerstört und die ganze Welt erfolgreich gegen Deutschland gerichtet hatte – Roosevelt, Halifax und viele andere sahen den neunten November als Rubikon. Wie die *Leichtgläubigen* erzählten, war es nur die Frau des kleinen Paul, die ihn rettete – „ihre Eierstöcke klapperten immer, wenn sie in der Nähe von Pauls Chef war" war die häufigste Ansicht. Aber für Deutschland war es ein Desaster gewesen, wie der Botschafter Amerikas sich erinnerte; weltweiter Schrecken; die echte und berechtigte Panik an der *Reichsbank*.

Goebbels wurde rasend vor Wut, als er sah, dass Jodl, Milch, Albert und der Kommandant der lokalen SS-Einheit alle Zigarren rauchten und im großen Zimmer mit ihren Stiefeln auf dem niedrigen Kaffeetisch Champagner tranken – eine höchst lästerliche Darbietung.

Bis zu diesem Tag hatte der Kaffeetisch dem britischen Adel als eine Art kleiner Schrein gedient, voller Ausgaben des *Tatler*-Magazins mit Fotos von lächelnden Corgis und ihren glücklichen, wenn auch sehr minderbemittelten Meistern. Die Magazine waren von dem verstorbenen Gastgeber verschlungen worden, bis sie Eselsohren hatten. Auf den Fotos der selbstgefälligen, lächelnden, hochmütigen Gesichter war eine überlegene Gesellschaftsklasse, die mit Fug und Recht dazu bestimmt war, ein großes Imperium zu regieren; das war es wenigstens, was der arme Bauernjunge aus Linz sehen wollte. Aber trotz seiner jungenhaften Fantasien und Träume war alles, was die Magazine in Wirklichkeit bewiesen, nur ein verzweifeltes Bedürfnis nach einem zweiten Cromwell und dieses Mal einem, der eine richtige und komplette Ausweidung vornehmen würde.

„Was macht Ihr denn, was macht Ihr denn – wisst Ihr denn nicht, dass im großen Raum das Rauchen verboten ist? Das ist eine ungeheure Beleidigung. Falls ich gefragt werde, und ich werde mit Sicherheit gefragt werden, werde ich die Wahrheit sagen müssen."

„Naja, das wäre das erste Mal," sagte Milch, der Goebbels nicht ausstehen konnte.

„Seid Ihr denn alle wahnsinnig?"

Albert gab Goebbels das kleine rosafarbene Stück Papier.

„Oh Gott, es ist also wahr. Gott, wir sind alle verdammt. Wir sind alle am Ende."

DIE GÖTTIN DES SCHICKSALS

„Wovon zur Hölle redest du eigentlich?" fragte Milch mit ehrlicher Boshaftigkeit.

„Die Armee hat alle Städte besetzt; der Gestapo-Abschaum ist schon hinter Schloss und Riegel; und ich habe Sonderflüge losgeschickt, die den lokalen Armeekommandanten Bericht erstatten. Gott ist in seinem Himmel, und Ihr verstorbener Chef ist wahrscheinlich an dem anderen Ort."

Jodl stand auf und ging langsam hinüber; er legte seinen Arm um die Schulter des kleinen Paul und sagte sanft:

„Paul, du wirst nun Folgendes tun. Albert hat eine kleine Ankündigung zusammengestellt, die du lesen wirst, jetzt gleich, im Sendezimmer im unteren Stockwerk."

Goebbels las die handgeschriebene Notiz und sagte reflexartig:

„Das kann ich nicht sagen, ich werde das klären müssen mit … ," dann stockte er, als er zum ersten Mal die Abgeschlossenheit der Situation erkannte.

„Aber."

„Schau mal Paul, hier ist die Situation. Albert, Erhard und ich sind zusammen das neue Kanzlerkomitee – wir sind deine neuen Chefs – wir sind an der Macht. Also lass uns alle gehen und die Ansage machen, sonst wird Albert es tun, und wenn Albert es tun muss, naja, dann geht das für dich nicht so gut aus."

Zehn Minuten später sendete Dr. Paul Goebbels, Reichsminister für Propaganda, seine Botschaft an eine schockierte Nation und eine noch schockiertere Welt. Er sagte, dass der verstorbene Führer ausdrücklich keine Gedenkfeier oder Beerdigung wünschte. Natürlich war das komplett gelogen, aber Alberts Ziel war es, die Erinnerung an den bitteren, kleinlichen und rachsüchtigen Österreicher sofort aus dem deutschen Bewusstsein und der deutschen Seele zu löschen, und zwar innerhalb von Stunden, nicht Wochen.

Dann rief der gute Doktor ziemlich widerwillig alle Herausgeber der deutschen und österreichischen Tageszeitungen an und bat sie, das morgige Titelblatt mit einem großen Bericht über einen plötzlichen Schneefall in Kitzbühel zu versehen, und dass es seit 1822 das erste Mal war, dass ein solch erstaunliches Ereignis im September geschah. Da die Herausgeber keine Informationen hatten, variierten die Schilderungen der Zeitungen in einem komischen Ausmaß – bei manchen war es nur ein leichtes Rieseln am Starthaus; bei anderen lag der Schnee auf der Rasmusleitn knöcheltief. Und der glückliche Ausspruch „Septemberschnee in Kitzbühel" ging als erstaunliches – aber nicht komplett unwillkommenes – Ereignis in die deutsche Sprache ein.

13: Ein Geschenk für Ayinotchka

Barcelona
Montag, 15. September 1941

ALBERT TRAF AM FRÜHEN Nachmittag ein. Die Straßen dösten unruhig in der Nachmittagshitze. Er hatte vom Bahnhof aus ein Taxi zum Grand Caudillo Hotel genommen, das hektisch umbenannt worden war, um den kleinen, rundbäuchigen Eroberer zu ehren, der Spanien von seinem von der *Luftwaffe* zur Verfügung gestellten Exil im spanischen Marokko aus erobert hatte – man sagte, dass Franco ohne die *Luftwaffe* in diesem fauligen und einsamen Höllenloch verbannt geblieben wäre.

Die Lobby war beinahe leer mir nur drei schläfrigen Hotelpagen und einem übereifrigen Concierge, der, immer nach Trinkgeld aus, den bescheidenen deutschen Geschäftsmann freundlich begrüßte. Die beiden Huren des Hauses, die Kaffee trinkend in der Lobby saßen, sahen ihn eine Sekunde lang an und beurteilten ihn als langweilig und nicht den Aufwand wert, hinüberzugehen – er hatte offensichtlich keine Latino-Leidenschaft und kein Interesse an einem nachmittäglichen Geplänkel, wie anregend es auch sein mochte.

Der dienstälteste Hotelpage trug Alberts bescheidenen Koffer zu seiner Suite im Obergeschoss. Nachdem er dem Pagen Trinkgeld gegeben hatte, begutachtete Albert die Suite. Sie war typisch spanisch – extrem hohe Decken, um der übermannenden Hitze des spanischen Sommers entgegenzuwirken. Das riesige Badezimmer war in weißem Marmor vorzüglich kühl mit kleinen, weißen Fliesen auf dem Boden. Das Badezimmer wurde von einer großen, altmodischen, weißen Badewanne aus Emaille dominiert, die stolz auf ihren geschwungenen, eisernen Füßen in der Mitte des Raumes stand. Aus professionellem Interesse ließ Albert kurz die Hähne für Kalt- und Warmwasser laufen – beide spien flutenartig Wasser, und das Warmwasser war in der Tat sehr, sehr warm; es würde nur ein oder zwei Minuten dauern, die riesige Wanne zu füllen.

Zufrieden mit seiner Inspektion des Badezimmers ging Albert zurück in den Hauptraum, hob den Telefonhörer ab und wählte Zimmer 353.

„Ich bin da, komm bitte rüber wenn du fertig bist," sprach er in den Hörer.

Fünf Minuten später klopfte es laut an die Tür.

Albert öffnete und eine Frau trat ein.

„Albert, so schön, dich zu sehen, ich habe so lange darauf gewartet, dich wiederzusehen," sagte sie mit einem schweren russischen Akzent.

„Mrs. O'Connell, sehr schön, Sie zu sehen. Kommen Sie bitte herein."

„Ach Albert, du nennst mich doch immer Ayinotchka, oder nicht?"

„Bitte setzen Sie sich; wie geht es Oscar und Oswald?"

Die Frau lächelte. Sie war klein und hatte die breiten Hüften, die man mit dem Osten assoziiert, vielleicht mit Leningrad. Sie trug ein plumpes, etwas seltsames Outfit, das von einem dreieckigen, weißen Hut gekrönt wurde, der eher zu einem femininen Napoleon passen würde als zu einer Frau. Ihr Kleid war einfarbig braun und schmeichelte ihrem männlich wirkenden Körper nicht. Sie hatte das runde Gesicht einer freundlichen russischen Bäuerin. Ihr dunkelbraunes Haar war im Stil eines 20er-Jahre-Backfisches kurz geschnitten mit einem nach vorne abgeschrägten Pagenkopfschnitt. Was Albert aber – wie allen Männern – auffiel, waren ihre Augen: tief, leuchtend, hypnotisch und magnetisch.

„Ich habe Ihnen ein Geschenk mitgebracht."

Damit öffnete Albert seinen kleinen Koffer und gab ihr eine Schachtel, die in braunem Papier eingeschlagen war. In ihr waren sechs kleine Schachteln, auf denen „*Panzerschokolade*" stand.

Sie öffnete die Schachtel und japste.

„Ach Albert, dass hättest du doch nicht sollen. Oder vielleicht doch."

Sie lachten beide.

„Sie wissen, wie gerne ich Panzerschokolade mag, und sie wird mir dabei helfen, das Buch fertigzustellen. Sie wissen, dass ich nichts als eine Schreibmaschine bin, und das ist das wundervollste Geschenk. Es gibt nur noch so viel zu tun."

„Nun, als mir meine Freunde bei der spanischen Botschaft Ihre Briefe aus Amerika gaben, dachte ich, es könnte nützlich sein."

„Naja, Sie wissen ja, wie ich schreibe. Fortwährend und oft in der Nacht. Ich versuche jeden Tag, noch ein paar Stunden mehr aus dem Brunnen der Kreativität zu quetschen, indem ich feuchte, mit Eis aus meiner Eiskiste gefüllte Handtücher um den Hals trage. Aber Ihre Süßigkeiten werden viel mehr dabei helfen, die Säfte der Muse fließen zu lassen. Wissen Sie, ich bin ja nur ein Kanal für die Musen, nur stets ihre ergebene Dienerin. Die Musen sind alles, ich bin nichts. Ich schreibe nur, was die Musen mir befehlen, es wird nie etwas von mir geändert, geschnitten oder überarbeitet oder manipuliert – es sprudelt einfach aus mir heraus wie ein Fluss, eine Kaskade, eine Sturzflut. Jede Veränderung wäre eine Sünde, eine Kardinalsünde, eine Todsünde."

Albert ignorierte ihr Flöten über die Musen mit Souveränität.

„Was macht also das Buch?"

195

Sie steckte eine neue Zigarette in den langen, gebogenen schwarzen Zigarettenhalter.

„Naja, ich komme voran, aber all die Ereignisse in Europa lenken mich ein wenig ab. Aber ich bin mir sicher, dass diese Reise nach Spanien die Mühe wert sein wird. Ich habe meine Prämissen geprüft und noch einmal überprüft und fand sie alle vollkommen stichhaltig. Ich fand es sehr interessant, Spanien im Zug von Portugal aus zu beobachten. Gott sei Dank sind die Kommunisten besiegt worden, aber ich befürchte, die Spanier haben einen Schrecken mit dem nächsten ersetzt – das Christentum ist tatsächlich der Kindergarten des Kommunismus. Und es scheint, dass der neue Führer auf seine eigene Art und Weise sehr kommunistisch ist, egal wie sehr er vorgibt, die Linken zu hassen – eine Staatsregierung, die Kreativität und Innovation durch Steuern und Regierungsbanditen mit Pistolen verhindert, und das könnte noch Jahrzehnte lang so weiter gehen, noch lang nach seinem Tod. Der *Caudillo* scheint den Standard-Ansatz aller Diktaturen der Linken und Rechten zu verwenden, indem er dem Volk sagt, es müsse zusammenarbeiten, ‚für das Allgemeinwohl,‘ und dass ‚wir die Schwachen beschützen müssen.‘ Was für ein absoluter Quatsch. Er besticht sie. Nein, nein, das ist zu vage. In Wirklichkeit betäubt er sie mit einer Kaskade von Leistungsansprüchen, die allein von der schwankenden Macht der Druckpressen seiner Zahlungsmittel erschaffen werden. Er scheint genau das zu kopieren, was Roosevelt tut, sodass faule Versager auf Kosten von Unternehmern nach oben kommen. Weißt Du, ich habe an einem Bahnhof ein Plakat gesehen, auf dem die Mahnung stand ‚Gefängnis denjenigen Elementen, die sich dazu herablassen, spanische Lebensmittelkarten zu beanspruchen.‘ Als ich einen meiner Mitpassagiere darauf ansprach, erklärte er mir, dass Lebensmittelkarten Essensmarken waren, die den Leuten gegeben wurden, die nicht arbeiten. Ich nehme an, es gibt keine bessere Art und Weise, Arbeitslosigkeit zu schaffen, als diese Lebensmittelkarten – warum sollte man auch arbeiten, wenn die Regierung einen dazu ermutigt, Almosen von Regierungs-Schmarotzern anzunehmen? Und eine Bande von Schmarotzern stachelt die nächste an. Der amerikanische Präsident muss sich für einiges rechtfertigen. Welcher Mensch mit auch nur etwas Ehrgefühl würde sich selbst dazu erniedrigen, einen Dreck wie diese Lebensmittelkarten anzunehmen? Ich meine, welcher ehrenhafte und noble Hersteller würde sich denn so tief bücken? Nur die Schmarotzer würden das tun, habe ich recht, lieber Albert? Bei diesem kollektivistischen Unsinn werden die Hersteller früher oder später streiken – warum sollten sie auch arbeiten, wenn die Früchte ihres Schweißes und ihrer Anstrengungen ihnen gestohlen werden? Und der Herr im Zug legte noch einen weiteren seltsamen, kollektivistischen Wahnsinn dar. Im Jahr 1938 verlangte der *Caudillo* von allen spanischen Hypothekenanstalten, 30 % aller Hypotheken an Arme zu genehmigen, die nicht die Kriterien erfüllten, Menschen, denen die Banken – schlauer- und angemessenerweise – keinen Kredit gaben, weil ihre Kreditwürdigkeit nicht akzeptabel war; letztes Jahr wurde dieser Prozentsatz auf 55 % erhöht. Der offenkundige Grund war, ,den Armen zu helfen;' was für ein absoluter Schwachsinn, beim Heiligen Petrus. Der wirkliche Weg, den Armen zu helfen, ist, ihnen Möglichkeiten zu zeigen, nicht arm zu sein durch Sparsamkeit und Eigenständigkeit, aber dieses Konzept ist vom Erdboden verschwunden. Der wahre Effekt dieser Regierungseinmischung war es natürlich, eine Goldgrube für die Plünderer zu schaffen, die genau das taten, was die Regierung ihnen sagte, und Millionen fadenscheiniger Hypothekenanträge herstellten, die die Hypothekenanstalten mit großer Freude genehmigten – schließlich taten sie nur das, was von der Regierung vorgeschrieben wurde. Nach Aussage von diesem Herrn erreicht der Aktienmarkt täglich neue Höhen, weil diese betrügerischen Kredite in Tranchen gepackt und unbeschwert an noch unbeschwertere Banken auf der ganzen Iberischen Halbinsel und in Südamerika verkauft werden. Nun bewerten die Plünderer Strandschuppen im spanischen Marokko 10- oder 20- oder 100-mal höher als ihren eigentlichen Wert. Aber zumindest momentan sind alle zufrieden damit, in diesem Wolkenkuckucksheim zu leben, während die Plünderer umsonst Geld drucken können (spanische Bürger dürfen kein Gold besitzen); die Regierung protzt mit ihrem Erfolg; die Banker sind wie alle Blutsauger der Welt glücklich, wenn sie ihre Provisionen davon bekommen, die Tranchen zu verkaufen; die Investment-Banken bekommen herrliche Zinsen; und Gott wohnt in seinem Himmel. Nun, zumindest solange, bis dieses Kartenhaus zusammenbricht. Stellen Sie sich holländische Tulpen vor, ohne dass da hübsche Blumen wären. Ich bin überrascht, dass den Amerikanern dieser Schwindel nicht eingefallen ist, denn sie sind neigen ja dazu, mit staatlichem Diebstahl immer an vorderster Front zu stehen, da Amerika nun den humorlosen Faschisten Roosevelt als Herrscher hat, wenn auch ohne Kleider – ‚Washington‘ sollte vermutlich in ‚Schmarotzerton‘ umbenannt werden.

Während eines Teils dieser Zugfahrt habe ich mir ein Abteil mit zwei Männern geteilt. Und diese beiden Männer hätten nicht unterschiedlicher sein können. Einer war groß und dünn und von Natur aus athletisch; er erzählte mir, dass seine Lieblingsdisziplinen der Zehnkampf und der Marathon waren; er sprach anerkennend von der Reinheit des athletischen Wettkampfes und davon, dass Athleten Disziplin und Entsagung üben müssen. Der andere Mann war sein genaues Gegenteil – klein, sehr dick und scheinbar fröhlich, wie so viele Dicke zu sein scheinen, wenigstens auf den ersten Blick. Aber direkt unter der Oberfläche dieser Geselligkeit war ein bitterer Mann, der Macht einzig und allein liebte, um seine Fettleibigkeit und seine Faulheit zu kompensieren; ich konnte sofort spüren, dass er ein Schmarotzer war, aber ich war gewillt, im Zweifelsfall zu seinen Gunsten zu urteilen. Aber dann fingen sie an, sich zu unterhalten, und alles war auf einmal klar. Sie waren beide vom rechten Flügel, nicht dass ich denke, dass es auf der Iberischen Halbinsel heutzutage viele Linke gibt. Aber der gutaussehende Athlet war bescheiden und diszipliniert und unparteiisch, während sein Begleiter seine Giftigkeit kaum versteckte, und nach ein paar Minuten wurde der Hass des Dicken offensichtlich. Während der Athlet für Selbstdisziplin eintrat und den Mut hatte, die Meinung zu äußern, dass die Regierung aus ‚Räubern mit Pistolen' bestand (was, wie du weißt, einer meiner Lieblingssätze ist), war der Dicke vehement anderer Meinung und stand ganz offen auf der Seite der Regierung und Regierungsüberwachung, denn er hielt beides für gut und notwendig, und in seinen Augen war individuelle Freiheit eine Sünde auf Kosten des kollektiven Wohls. Wie kann ein Mann, der verkündet, rechts zu sein, über einen solchen Verstoß auch nur nachdenken – dass die Regierung wichtiger ist als der Einzelne? Er fuhr fort und sagte mit viel Nachdruck, dass die Regierung nach jedem Sturm die Opfer, die ihre Häuser dummerweise zu nah an der Küste gebaut haben, entschädigen sollte. Albert, gibt es einen besseren Weg, rücksichtsloses und unbescheidenes Verhalten zu ermutigen? Der sehr dicke Mann ist Staatsanwalt und der dünne ist Arzt, spezialisiert auf Augenkrankheiten. Ich schmunzelte vor mich hin über diesen natürlichen Widerspruch zwischen dem Schmarotzer und dem Hersteller. Die Reise war lang – 15 Stunden insgesamt –, und so hatten wir drei Kinder der Philosophie massenhaft Zeit, unsere Einstellungen zu prüfen und erneut zu überprüfen und die Position unseres Gegners zu überdenken. Aber auf einmal, um kurz vor zehn Uhr an diesem Abend, regte sich der Dicke wahnsinnig auf und platzte plötzlich damit hervor, dass der Speisewagen bald schloss und er sein Abendessen einnehmen musste. Bei diesem Ausbruch fragte der dünne Athlet ruhig, ob denn der feinstoffliche Geist nicht wichtiger sei als der geringwertige Bauch. Da kam die anwältliche Derbheit des Dicken zum Vorschein, und er sagte, dass es ungesund sei, nicht zu essen. Der Athlet fragte den sehr dicken

Mann, ob ihm die Disziplin fehle, ein bisschen Unbehagen auszu-
halten. Der Dicke antwortete nicht, worauf der Athlet ihn fragte,
wie viele Liegestütze der Dicke an diesem Morgen gemacht habe.
Der Dicke sah erschreckt aus und wollte gerade etwas sagen, aber
der Athlet kam ihm zuvor (das Sparring des Fetten schien in dem
Moment, genau wie jetzt auch, lächerlich). ‚Ich habe meine tägli-
chen einhundert Liegestütze gemacht, wie viele haben Sie gemacht?‘
Der Mund des Fetten öffnete sich, aber es kam kein Laut. ‚Sehen
Sie, ihr Fetten seid alle faul, und weil ihr faul seid, wollt ihr, dass
die Regierung euch staatlichen Schinken gibt, und aufgrund dieses
sogenannten sozialen Vertrages fühlt ihr euch überlegen.‘ Der Fette
sah seinen Gegner mit unverhohlenem Hass in den Augen an. Er
stand auf und sagte schließlich: ‚Die Regierung wird euch finden
und euch alle verfolgen, Leute wie Sie, die Leute, die – *ipso facto* –
gegen die Regierung sind. Sie wissen, dass wir euch finden werden,
euch alle, die diese wahnsinnigen Ideen von persönlicher Freiheit
verkünden, diese wahnsinnigen und verrückten und überholten
Ideen. Nun werde ich euch beiden Anti-Regierungs-Idioten allein
lassen und mein Abendessen einnehmen; und ich hoffe, dass ich
nicht zu spät dran bin.‘ Damit stand er auf und watschelte hinaus.
In völliger Stille sah ich den Athleten an, und er sah mich an.
Dann brachen wir plötzlich zur gleichen Zeit in Gelächter aus. Ich
lachte so sehr, dass meine Augen tränten. Einen Augenblick lang
befürchtete ich, ich würde meine damenhafte Haltung verlieren.
Glücklicherweise wurde dieses peinliche Ereignis aber vermieden.
Nachdem wir uns beruhigt hatten, sagte der Athlet zu mir: ‚Wissen
Sie, meine Faustregel ist, dass die Liebe zur Autorität in direkter
Proportion mit dem Körpergewicht steht – mein Slogan ist ‚Dünne
lieben die Freiheit, Fette verabscheuen die Freiheit.‘ Und wenn die
Länder fetter werden, so werden auch die Schmarotzer gedeihen.‘
Ich sah ihn an und verstand, dass seine Prämisse richtig war. Und
du weißt ja, dass ich intelligente Männer so aufregend finde, und

deshalb schlossen wir die Tür ab, sodass das Schmarotzerschwein nicht wiederkommen konnte, und ich ließ mich von ihm nehmen und hart nehmen und immer wieder nehmen, und mit einem Schmerz, der sich langsam in Genuss verwandelte und in einen Genuss, der in seiner strahlenden Reinheit erhaben war."

Albert hörte schweigend zu.

Mrs. O'Connells Augen waren groß und schwarz und leuchteten vor Energie. Ihr Glanz strahlte einen starken sexuellen Magnetismus aus. Ihr Mund war sinnlich, rund und markant, mit schönen Lippen. Albert spürte die erotische Kraft dieser Frau nicht zum ersten Mal. „Es ist eine Menge Sex in diesem Gesicht", dachte er. Und sie wiederum konnte sein Interesse auch spüren. Später an diesem Nachmittag stellte sie zuerst ihre Knöchel ein wenig auseinander und bewegte dann sehr, sehr langsam ihre Schuhe voneinander weg. Der spanische Roséwein hatte seine Auswirkungen auf sie beide, und allmählich fiel Albert auf, dass ihre breiten Hüften und altbackenen Kleider ihn immer weniger störten. Sie war wollüstig, wie immer, wenn sie mit intelligenten Männern sprach. Albert wusste, dass Mr. O'Connell trotz seines Aussehens, das an einen Filmstar erinnerte, in dieser Hinsicht impotent war, und sie war immer auf der Suche nach anderen Männern, die sie befriedigen konnten; sie verfolgte Männer, die es wert waren, bewundert zu werden. Natürlich würde es für sie schließlich in Tränen enden, denn sie trieb keinen Sport (außer dem, den sie trieb, während sie auf dem Rücken lag); und schon sehr bald würde sie eine kleine, untersetzte und sehr rundliche, ältliche russische Frau werden. Aber das war Zukunftsmusik, und gegenwärtig war sie eine Eroberung, die Albert sehr wollte.

Sie raste weiter wie ein führerloser Zug:

„Albert, es ist herrlich zu sehen, dass dein Land in den sauren Apfel gebissen hat und die Welt von dem Eiter reinigt, der Russland ist. Es ist dort ein Friedhof, und je früher man ihn wegbrennt, desto besser. Und dem kollektiven Gelaber von Versailles mit seinen bizarren Prämissen kann endlich ein Ende gesetzt werden. Weißt du, Albert, die Leute schauen immer durch das falsche Ende des Teleskops – ihre grundsätzlichen Prämissen sind falsch, und so ist auch alles falsch, was ihnen nachfolgt. Die Theorie des Wissens stützt sich auf Sprache. Das scheinen die Menschen nie zu verstehen. Es ist die Sprache, die festlegt, wie die Menschen denken – die Deutschen und die Japaner denken klar, *weil* ihre Sprache klar und eindeutig ist; die Spanier im Gegensatz dazu hören nie auf zu reden, weil romanische Sprachen voller blumigem Blödsinn sind. Der Extremfall ist die Sprache der australischen Ureinwohner, in der das Zählen sich auf drei Wörter beschränkt: ‚eins,‘ ‚zwei,‘ oder ‚viele‘ – nicht sehr wahrscheinlich, dass die Leibnizsche Infinitesimalrechnung von diesem primitiven, steinzeitlichen Volk erfunden worden wäre, oder? Noch ein Beispiel: die Honoratioren in Versailles ordneten die Erschaffung dessen an, was sie augenzwinkernd ‚Länder‘ nennen. Was ist nun also ein Land? Nun, ein Schuljunge würde sagen, dass es eine geographische Fläche ist, wie zum Beispiel die irische Insel. Aber wie Irland beweist, ist das eine falsche Annahme. In Wirklichkeit ist ein Land eine Gruppe von Gleichgesinnten, die eine gemeinsame Sprache und eine gemeinsame Glaubensstruktur teilen. Also ist es wirklich eine falsche Prämisse zu sagen, es gäbe ein Land namens Deutschland. Was es tatsächlich gibt, ist das, was ich ein Supra-Land nennen will – du nennst es das *Große Reich* –, das aus allen Deutsch sprechenden Menschen in Zentraleuropa besteht. Das ist jetzt eine logische Prämisse – nicht die Linien auf einer Karte, und erst recht nicht die bizarren Monstrositäten von 1919. Die einzige wichtigste Komponente einer Nation ist ihre gemeinsame Sprache; ohne eine individuelle, gemeinsame Sprache wird das sogenannte Land früher oder später zusammenbrechen. Das ist es, was Amerika stark macht, und was sowohl den Großraum Deutschland als auch Japan stark macht. Das ist der Grund, weswegen die Sowjetunion früher oder später auch ohne euren Akt der präventiven Selbstverteidigung zusammengebrochen wäre. Eine Nation braucht eine gemeinsame Sprache, die Sowjetunion ist in Wirklichkeit nur ein umbenanntes Zaristisches Russland, das seine fernen Leibeigenen mit Brutalität dominiert – es gibt in der Sowjetunion keine gemeinsame Sprache und keinen gemeinsamen Glauben. Beispielsweise ist das Volk der Ukrainer orthodox-christlich. Deshalb ist die Sowjetunion eine falsche Prämisse und wird als solche früher oder später zusammenbrechen. Vergleiche einmal diesen Friedhof im Osten mit dem Britischen Königreich, wo die englische Sprache der Klebstoff ist, der die ganze Sache zusammenhält; deswegen sind sie in der Lage, Indien zu kontrollieren – vor den Briten war Indien von hunderten von Sprachen zerrissen, und nun ist es Teil des größten Königreiches seit Rom. Aber zurück zu Irland. Die zweite Bedingung ist ein gemeinsamer Glaube. Der Norden mit seinen aus Schottland importierten Protestanten sieht sich als britisch, während der katholische Süden sich als irisch betrachtet. Es wird niemals Frieden geben, bis das geklärt ist, und vermutlich gewaltsam geklärt. Wenn wir unsere grundsätzlichen Prämissen betrachten, können wir sehen, dass das, was die Boulevardpresse ‚Länder' nennt, wie die Tschechoslowakei, eigentlich gar keine Länder sind – das sind nur künstliche Spielwörter.

„Was das Buch anbelangt, so geht es voran, und deine Panzerschokolade wird sehr helfen. Mein Mann hilft mir gelegentlich ein bisschen mit den Dialogen, aber es ist alles meine Arbeit. Die grundlegende Prämisse des Buches ist es, Nietzsches Idee vom einzelnen, kreativen Übermenschen zu nehmen und sie so umzuschreiben, dass sich all die kleinen Menschen, die mein Buch lesen, schnell und einfach mit dem Helden identifizieren können. Sie werden ihre eigenen Schwächen und Fehler als *Beweis* ihrer Größe sehen und diese Schwächen revidieren, um ihre versteckten, kreativen Talente zu beweisen. Also sagen alle diese Schafe ‚Ja, ja, ja – das bin ich.‘ Es ist, als ob sie alle wieder im Kindergarten sind und täglich goldene Sternchen für ihre Arbeiten bekommen, und jeden Tag sagt die Kindergärtnerin jedem von ihnen, dass er oder sie außergewöhnlich talentiert und kreativ ist. Stell dir mein neues Buch als eine Art Bibel für den Durchschnittsmenschen vor, als Fantasie, in der der Leser ein galanter und tapferer Ritter aus den Geschichten von Ivanhoe ist, während meine Leser in Wirklichkeit ein Haufen fetter, fauler, furzender Schmarotzer sind, die nach ihrer verlorenen ‚Größe‘ schmachten, während sie sich mit den Helden des Buches identifizieren. Wie du sehen kannst, Albert, werden die Schafe ihre Darstellung als olympische Helden lieben. Das Geld liegt in philosophischen Romanen, Albert. Das Geheimnis meines Buches ist es, zwischen uns und ihnen Dualität herzustellen, vom noblen Außenseiter zu den Eingeweihten, von den Gesegneten zu den Verdammten.“

Sie hielt inne, besorgt, dass sie ein wenig zu viel verraten hatte, und änderte die Richtung:

„Der Mob hat nie etwas geschaffen – die Glühbirne wurde von einem einzigen Mann erfunden, nicht von einer Regierungsabteilung, das Telefon wurde von einem einzigen Mann erfunden, nicht von einer Regierungsabteilung, das Flugzeug wurde von zwei Männern erfunden, nicht von einer Regierungsabteilung. Sind meine Annahmen vernünftig? Ja, allerdings. Als Künstlerkollege weißt du das, Albert. Und du weißt, dass die Musen nur erscheinen, wenn du allein bist. ‚Mit den Gedanken allein zu sein‘ ist das Ziel aller Künstler. Für die meisten Künstler ist das Ergebnis enttäuschend. Aber allein Ideen überleben, und wir Künstler sind nichts als die Leitungen und Kanäle dieser Ideen. Der echte und wahre Künstler hat drei Merkmale: *Einsamkeit* – der Künstler zieht Abgeschiedenheit vor und bevorzugt, allein zu sein; *Fokus* – der Künstler wird unhöflich, wenn er auf seine sozialen Verpflichtungen hingewiesen wird, ‚Du musst Tante Mary im Krankenhaus besuchen, es geht ihr sehr schlecht,‘ die höfliche Antwort des Künstlers ist ‚Es tut mir leid, ich arbeite an dem Tag,‘ die weniger höfliche Antwort ist ‚Lass sie sterben, sie ist ein Niemand;‘ und *Unaufhaltsamkeit* – die Arbeit des Künstlers ist wirklich sein Leben, für die meisten Menschen, die meisten Faulpelze, ist Arbeit abstoßend, es ist der alte Spruch über die Italiener und die Deutschen, die Ersteren arbeiten, um zu leben, während die Letzteren leben, um zu arbeiten. Die Kreativität einer Person kann sofort dadurch beurteilt werden, wieviel sie gerne allein ist. Der wahre Künstler arbeitet allein und liebt es, allein zu sein, denn sonst schrecken die groben Plünderer die scheuen Musen ab. Und weiß Gott, die Musen können manchmal scheue Zicken sein. Es hat nie jemand gesagt, dass Genie ‚nullachtfuffzehn‘ ist.

„In meiner Zeit in Amerika ist mir aufgefallen, dass viele Amerikaner sich Künstler nennen, als ob die Tatsache, sich Künstler zu nennen, sie zum Künstler macht. Das ist in Kalifornien, wo ich Drehbücher geschrieben habe, am gängigsten. In Wahrheit sind diese Leute untalentierte, leere Hüllen – sie sind nichts als sehr laute, leere Hüllen voller Scheiße. Im Gegensatz dazu sagt der wahre Künstler bescheiden: ‚Lesen Sie mein Buch.‘“

Zwei Stunden lang führte die New Yorker Autorin ihren Monolog fort. Es war ihr klar, dass sie Alberts volle Aufmerksamkeit hatte – er fügte hier und da eine Frage oder einen Kommentar ein. Sein Interesse, das an Faszination grenzte, erregte sie, wie es nur wenige andere Männer konnten. Seine Macht in seinem Land, sein gutes Aussehen und seine Gentleman-Manieren alles zusammen bewirkte, dass sie ihn wollte. Und sie wollte ihn nicht nur, sie wollte, dass er sie dominierte, dass er ihre Seele nahm und damit tat, was er wollte und wie er es wollte. Es gäbe keine Grenzen, keine Einschränkungen, keine kleinlichen, bürgerlichen Nettigkeiten. Sie wollte es hart – sehr, sehr hart. Sie war eine der Frauen, die den lang-samen, reizvollen Anstieg der Heftigkeit genossen, sodass Schmerz und Genuss zu einem einzigen Gefühl verschmolzen.

Sie hörte nicht auf, Albert mit ihren Reden über „falsche Prämissen" zu reizen. Der Wein half. Als der Tag sich in den Abend neigte und Schatten in den Raum fielen, spreizte sie unvermeidlich die Beine, so langsam wie schmelzendes Eis auf einem Teich am ersten warmen Frühlingstag. Ihr Kleid gehorchte und rutschte an ihren Beinen nach oben. Während des gesamten Monologes hatte Albert in einem der großen Lehnstühle gegenüber dem Sofa gesessen.

„Komm, setz dich neben mich, Albert. Ich will dir ein Geheim-nis verraten," befahl sie im Tonfall eines schlechten Romans.

Albert gehorchte.

Er nahm seine rechte Hand und schob sie unter ihr Kleid. Sie war völlig nackt unter dem Kleid.

„Ich will, dass du mich komplett dominierst. Tu einfach, was du willst. Ich möchte Schmerzen spüren. Meiner Prämisse nach ist Schmerz oft ein sexuelles Konzept. Ich möchte dich anbeten, Albert. Dominiere mich und tu mit meinem Körper, was du willst. Ich will es jetzt. Und ich will, dass du mir langsam weh tust, sodass der Schmerz mich überwältigt und ich nichts als Lust spüre, und ich will Schmerz empfinden."

Um ehrlich zu sein, hatte Albert noch nie eine Frau gespürt, die so triefend nass war. Es erinnerte ihn an eine Nacht vor vielen Jahren in seiner Studentenzeit, als er in einem Freudenhaus den Kürzesten von drei Strohhalmen gezogen hatte und geduldig warten musste, bis er an der Reihe war. Aber selbst damals war das Mädchen dieses Abends nicht so nass gewesen wie die russische Autorin.

Diesen Ausgang erwartend, hatte Albert schon vorher die Vorkehrung getroffen, sich das Verständnis der Hotelangestellten im Bezug auf „mögliche Störungen" zu erkaufen. Der Concierge hatte höflich gelächelt und gesagt: „Machen Sie sich keine Sorgen, Sir – das Hotel ist um diese Jahreszeit größtenteils leer."

Nichtsdestotrotz schüttelten die beiden jungen Huren in der Lobby ungläubig den Kopf, als die lauter werdenden Forderungen und stöhnenden Atemzüge der Autorin die offene Haupttreppe hinunterklangen; wie konnte ein so bescheidener Deutscher in der Lage sein, solche Laute in dieser Frau zu erzeugen, oder in irgendeiner Frau; was um alles in der Welt machte er mit ihr? Am nächsten Abend fanden die beiden grell herausgeputzten, jungen Schönheiten das selbst heraus, und keine von ihnen war enttäuscht.

14: Jesajas Nachricht

Washington
Sonntag, 21. September 1941

AM DRITTEN SEPTEMBERSONNTAG WAR es in Washington stürmisch. Die Polizei berichtete von fünf entwurzelten Bäumen im Distrikt; sie sendete eine Blitznachricht im Radio gleich nach der *Red Skelton Show.*

Im Oval Office besprach der Präsident mit Harry Hopkins das Kamingespräch der vorigen Woche. Hopkins war der engste Berater Roosevelts, und der Präsident war sich bewusst, dass Hopkins für den „New Deal" des Präsidenten entscheidend war.

Also war es seltsam, als Hopkins vorschlug, dass sich der Präsident mit Louis Brandeis traf.

"Brandeis, der alte Jesaja, dieser Sauhund – hast du den Verstand verloren – er und seine verfluchten Saufreunde beim Supreme Court haben beinahe mein ND umgebracht?" (An diesem Punkt hatte Rossevelt eine Sucht nach Abkürzungen entwickelt – er nannte sie ‚mein alphabetisches Opium', dabei vergessend, dass sein Großvater reich geworden war, indem er Millionen unschuldiger Menschen durch genau dieselbe Droge zerstörte.)

„Dieser Sauhund und seine Freunde beim Supreme Court haben meine NIRA umgebracht."

Es stimmte, dass das Herzstück von Roosevelts „New Deal" sein National Industrial Recovery Act, oder NIRA, war. Roosevelt hatte den NIRA so entworfen, dass er ihm beinahe unbegrenzte Macht gab, zu diktieren, wie die amerikanische Industrie organisiert werden sollte. Und Brandeis hatte den Präsidenten sehr wütend gemacht, indem er einem von Roosevelts Helfern gesagt hatte: „Sagen Sie Ihrem Chef, dass es schon mehr als genug Diktatoren auf der Welt gibt – wir brauchen nicht noch einen, und erst recht nicht in Amerika." Was dieser kranke, alte Mann für Eier hatte.

„Dieser Sauhund, dieser verdammte Sauhund!"

Der Präsident hörte gar nicht mehr auf.

Hopkins hob seine Hände in die Höhe, wie ein Boxtrainer im Ring, der einen vielversprechenden Kämpfer mit dem Boxkissen trainiert: „Er ist draußen."

„Draußen, wo draußen, du meinst hier draußen?" fragte der Präsident ein wenig überrascht.

„Ja, ich glaube, Sie müssen mit ihm reden."

„Wie, jetzt gleich?"

„Ja, jetzt gleich, und ich glaube, Sie werden das, was er zu sagen hat, sehr interessant finden."

Roosevelt seufzte.

„Also gut, bringen Sie den Sauhund rein."

Während Hopkins zur Tür ging, rollte Roosevelt hinüber zu dem niedrigen Tisch in der Mitte des Raumes. Auf jeder Seite des Tisches war ein langes, mit gelbem Damast überzogenes Sofa; das Muster stellte einen griechischen Bullen dar, der wild, aber wirkungslos seine Hörner gen Himmel stieß.

„Louis, schön dich zu sehen. Wie geht es dir?"

Hopkins' Benehmen war ungerührt. Er hatte Roosevelts Kehrtwendung um 180 Grad schon hunderte von Malen gesehen – insgeheim jammernd, dann in der Öffentlichkeit fröhlich strahlend.

„Mr. Präsident, es tut mir leid, Sie an einem solch stürmischen Abend zu belästigen, aber ich wollte Ihnen und Mr. Hopkins ein Dokument zeigen."

„In Ordnung, aber was ist denn so wichtig? Und warum kann es nicht bis Montag warten?" fragte der Präsident, der für seine kurze Aufmerksamkeitsspanne bekannt war, die selbst für einen Politiker kurz war.

Der Präsident saß in einem schönen Rollstuhl aus Ahorn und Birke mit polierten Speichen aus Edelstahl und glänzenden, massiven Messinggriffen. In seiner Hand hielt er eine Zigarre aus Havanna (am Rollstuhl war ein gläserner Aschenbecher angebracht, der für seine „öffentlichen Pflichten" und für Fotografien rasch entfernt werden konnte).

Wie bei vielen geschickten Politikern war Roosevelts öffentliche Persona sorgfältig darauf ausgelegt worden, ein bodenständiges Bild zu projizieren, einen „Mann des Volkes", genauso wie der *Duce* mit bloßer Brust dabei fotografiert worden war, die „Ernte einzubringen", obwohl der kleine, rundliche Italiener in seinem Leben nie eine Weizengarbe geschnitten hatte.

„Bitte setz Dich, Louis, und wir werden sehen, was du da hast."

„Möchtest du etwas trinken?

„Nein danke, Mr. Präsident, mein Arzt sagt, dass in meinem Alter meine Trinktage vorbei sind."

Roosevelt bemerkte, dass Brandeis' Lippen eine ungesunde purpurne Färbung aufwiesen .

„Dieses Dokument kommt von einem sehr guten Freund von mir, der in der Schweizer Armee der ADC von General Guisan ist, des Kopfes der Schweizer Armee. Nur, um Ihnen ein wenig Hintergrundwissen zu geben, im Juli 1940 sprach Guisan zum gesamten Schweizer Offizierskorps und umriss eine Verteidigungsstrategie gegen eine mögliche deutsche Invasion. Als Teil dessen haben die Schweizer die hohen Kommandanten in Deutschland und Italien unterwandert. Bei den Deutschen haben sie wenig Erfolg – sie sind alle zu professionell und zu schweigsam –, aber mit den Italienern verhält es sich genau umgekehrt. Wie Sie wissen, sprechen die Schweizer Kantone neben Italienisch sowohl Französisch als auch Deutsch."

Hopkins sah an dem Gesichtsausdruck des Präsidenten, dass dieser zum ersten Mal hiervon hörte.

„Ist das so? Ich muss zugeben, dass ich das nicht wusste."

„Ja, Mr. Präsident, es war sehr einfach, das italienische Militär so zu unterwandern, und die große Schwäche der Deutschen ist es, dass sie wenigstens einen Teil ihrer Informationen mit Italien teilen müssen, und der italienische Außenminister Graf Ciano ist Mussolinis Schwiegersohn, also sind die Deutschen gezwungen, Ciano mehr zu erzählen als was ihrer Meinung nach schlau ist. Also sind die Italiener die Schwachstelle."

„Die verdammten Spaghettifresser, und sie haben mich beinahe Chicago gekostet," murmelte der Präsident ein wenig zu laut.

Brandeis war überrascht, fuhr aber fort:

„Also, hier ist eine dreiseitige Zusammenfassung, die ich heute von der Schweizer Botschaft erhalten habe, sie war im Diplomatenpostsack. Ich habe Mr. Hopkins den Inhalt heute Nachmittag kurz erklärt."

„In Ordnung, was steht also drin?" sagte der Präsident, den die klare, aber anwaltmäßige Beschreibung irritierte.

„Ich habe das Dokument aus dem Deutschen für Sie übersetzt; wie Sie wissen, ist Mr. Hopkins Deutsch fließend in Wort und Schrift und ich bin in Deutschland zur Schule gegangen."

Hopkins sagte:

„Im Wesentlichen, Mr. Präsident, weist dieses Dokument, falls es echt ist, und sowohl ich als auch Mr. Brandeis glauben an seine Echtheit, auf drei Punkte hin.

Erstens, dass das Verbrennen der Synagogen in der sogenannten Reichskristallnacht vom verstorbenen Führer als großer Fehler betrachtet wurde – ein Desaster für die Öffentlichkeitsarbeit; er sagte die Reaktion der Welt richtig voraus. Dr. Goebbels wurde beinahe entlassen. Zweitens, dass Hess' Flug von Hess, Hitler und Goebbels sehr sorgfältig geplant war. Und drittens, was sich auf den zweiten Punkt bezieht, dass die Deutschen den Frieden mit England wollen und kein erklärtes Interesse am Britischen Königreich, der königlichen Marine oder den Britischen Inseln selbst haben."

Roosevelt lehnte sich zurück und paffte an seiner Zigarre. „Verdammt," sagte er nur.

„Mr. Präsident, Sie verstehen, weswegen ich dachte, ich müsste Sie und Mr. Hopkins an einem solch scheußlichen Abend belästigen."

„Ja, allerdings."

„Aber ich verstehe das nicht – wenn der Flug von Hess gar nicht der ‚Wahnsinnige in einer Messerschmitt' war, warum wurde er dann so dargestellt? Warum kann man nicht einfach damit herausrücken und es sagen?"

Hopkins brachte den Ball zurück ins Feld. „Naja, die Deutschen sind in einer Zwickmühle – sie mussten mit diesem Tagtraum aufwarten, und zwar aus genau dem Grund, aus dem die Briten ihn abgelehnt haben – sie hätten selbst vor ihrer Juni-Invasion der Sowjetunion schwach ausgesehen."

„Gut, aber wenn das der Fall ist, warum zur Hölle willigen die Briten dann nicht ein?"

Brandeis und Hopkins sahen sich an; keiner sprach. Dann sagte Hopkins ein einziges Wort: „Churchill."

Bis zum jetzigen Moment hatte Roosevelt die Maske des professionellen Politikers gezeigt, aber der Brandy begann seine Wirkung zu zeigen.

„Dieses wichtigtuerische Arschloch glaubt, dass seine Scheiße nicht stinkt."

Brandeis ignorierte diesen Kommentar und fuhr fort: „In der jüdischen Gesellschaft gibt es zwei gegensätzliche Meinungen darüber, wie die aktuelle Situation gehandhabt werden sollte: die Mehrheit meint, dass die Deutschen besiegt und sogar zerstört werden müssen – dass Deutschland in Farmland umgewandelt werden soll. Die Minderheit vertritt die Ansicht, dass die Neuerschaffung eines jüdischen Staates eine bessere Idee ist. Wie Sie wissen (alle Anwälte sagen das, wenn sie wissen, dass der Gesprächspartner es nicht weiß), nennt man das Zionismus. Ich bin ein unerbittlicher Befürworter der letzteren Ansicht. Ich bin stark in der amerikanischen zionistischen Bewegung involviert, und ich halte diese Lösung für besser, weil sie weniger Blutvergießen mit sich bringt und, ehrlich gesagt, ist Zentraleuropa Deutschlands Hinterhof, und die verrückten und zerbrechlichen Monstrositäten von Versailles, wie beispielsweise die Tschechoslowakei, machen in der wirklichen Welt nicht den geringsten Sinn. Diese schachbrettartigen, sogenannten Länder existieren nur zu dem Zweck, die Deutschen einzugrenzen."

Roosevelt hasste Brandeis von einem professionellen Standpunkt aus gesehen, da er der Hauptgegner des Ruhms von Roosevelts „New Deal" war, aber auf persönlicher Ebene war es unmöglich, Brandeis nicht zu mögen: bescheiden, höflich, gebildet und intelligent.

Obwohl er süchtig nach Glückszahlen war und nach Glücksschuhen und Glückshüten, war Roosevelt nicht unintelligent. Er dankte dem alten Richter.

Brandeis stand langsam auf und verließ den Raum.

Roosevelt sah Hopkins an und sagte: „Interessant."

15: Milchs Wissenschaftler

WÄHREND LEICHTER SCHNEE LEISE auf die Steinterrasse des Hauses Wachenfeld fiel, erklärte Jodl der versammelten Gruppe, dass die neue Brest-Litowsk-Kiew-Krim-Linie besser funktionierte als erwartet. Um den Kontakt mit den Gaunern und Streithähnen in Berlin völlig abzuschneiden, hatte Milch schlauerweise vorgeschlagen, dass das Berghaus des ehemaligen Kanzlers eine ideale Kommandozentrale abgeben würde:

„Mit der fortgeschrittenen drahtlosen Telefonie heutzutage ist dies der ideale Ort, oder hättet Ihr lieber im Sommer die Mücken von Rastenburg und im Winter 20 Grad Kälte?"

Jodl hatte über diese Frage nur gelächelt, als er sich an das sumpfige Höllenloch in Ostpreußen erinnerte, in dem man sich Malaria holte.

Jodl erklärte der Gruppe von Feldmarschällen:

„Ich kann Ihnen sagen, dass das Quecksilberthermometer laut unseren finnischen Freunden in Leningrad minus 20 Grad anzeigt. Aber in Moskau ist es anscheinend sehr warm."

Gerd von Rundstedt sah überrascht auf.

„Ja, in Moskau messen wir glühend heiße minus 17 Grad."

Der Raum brach in Gelächter aus.

Rundstedt sagte: „Das mit dem Unfall im September ist zu schade."

Kurt Student sah aus, als ob er kurz davor war, vor Lachen zu ersticken.

Loeb sagte: „Pass auf Rundstedt, sonst bringst du Student noch um."

Jodl lächelte und sagte: „Zeit zum Abendessen, meine Herren, ich glaube, es gibt Truthahn und Schweinshaxen. Ja, das sollte stimmen, denn ich habe das Essen für heute Abend selbst bestellt."

Seit den Ereignissen des ersten September hatte Jodl Milchs Vorschlag, das Kommando für die weit ausgedehnte Front im Berghaus einzurichten, in die Tat umgesetzt. Und er hatte sichergestellt, dass alle Spuren des früheren Besitzers beseitigt wurden: Alle Bediensteten wurden ausgewechselt; Eva war wieder bei ihrer Schwester eingezogen, und ihr Zimmer war neu gestrichen worden; das Treibhaus des Vegetariers war durch eine Betonplatte für Haubitzen ersetzt worden (wodurch die Knochen des Fetten nun permanent begraben waren, oder, wie Jodl einmal gewitzelt hatte, ‚interniert'). Zigarrenrauch waberte durch das Berghaus, und zum Essen gab es immer allerlei Fleisch.

✠ ✠ ✠

Allein vor dem Feuer stehend, blickte Albert abwesend in das Orange der Flammen. Ihm wurde nun klar, was für ein Glück das Land hatte, dass Männer wie Jodl und Milch Verantwortung trugen: nüchtern, bescheiden, und vor allem professionell. Er fragte sich, ob die letzten Jahre vielleicht nur ein schrecklicher, brutaler Alptraum gewesen waren? Und das Eliminieren der bitteren, hassvollen österreichischen Galle, mit der alle Österreicher vergiftet zu sein schienen – die blinde Böswilligkeit, die sie spuckten, war

genauso schlimm wie die Jahrhunderte der slawischen Leibeigenschaft und die sowjetischen Massenexekutionen von Millionen
ihrer Bürger.

Als Albert über Jodl und Milch nachdachte, wanderten seine
Gedanken zu Professor Stein und seinen Kommentaren über
Deutschland, und dass, basierend auf Steins überzeugenden Statis-
tiken eines professionellen Wirtschaftswissenschaftlers, die Stärke
und das Rückgrat Deutschlands seine privaten Firmen waren – dass
deutsche Firmen im Durchschnitt 140 Angestellte hatten, während
in Südeuropa der Durchschnitt bei nur 10 Angestellten lag. Er
dachte an Steins immer vorherwissende Erkenntnis, dass dies die
Kalibrierung der heutigen Staatsordnung radikal beeinflusste – die
stabile, professionelle und gebildete Mittelklasse im Vergleich zu
den ertragsarmen, mit kleinlichen Vorurteilen behafteten, rand-
ständigen Besitzern von kleinen Eckgeschäften.

Dann erinnerte sich Albert an Julius' zuerst seltsam anmu-
tenden Kommentar über die Angst deutscher Privatfirmen vor
Schulden. Albert hatte das selbst überprüft, und es stellte sich heraus, dass sein Mentor vollkommen recht hatte – es stimmte, dass
deutsche Privatfirmen Schulden nicht mochten, beinahe Angst
vor ihnen hatten. Und dass das dazu führte, dass sie jährlich drei
Prozent Wachstum einbüßten, aber zur gleichen Zeit waren diese
bescheidenen, deutschen Firmen die stabilsten der Welt, und viele
von ihnen waren mehr als hundert Jahre alt.

Als Albert darüber nachsann, sah er endlich, wie Deutschland – in der einen oder anderen Form – tausend Jahre lang überleben würde. Und langsam, mit der Geduld eines echten deutschen
Handwerkers, der an seiner Arbeitsbank steht, würde Deutschland
sich über Europa ausdehnen wie eine Blume, die im Frühling blüht
– langsam, unmerklich, aber mit absoluter Unaufhaltsamkeit. Und
die Überlegenheit des deutschen Ausbildungssystems und seiner
Arbeitsmoral würde die Welt viel wirkungsvoller dominieren als

alles, was der stolze, chaotische Österreicher mit seinen Blähungen und seinem chronisch kranken Bauch, seinen verfaulenden Zähnen und seinem blinden Hass jemals hätte tun können.

Nach dem Essen schwatzten die Anführer der *Wehrmacht* und der *Luftwaffe* zufrieden bei Zigarren und Brandy.

Jodl sagte:

„Mit den sofortigen Hinrichtungen von Koch, Greiser und Himmler haben wir begonnen, das *Reich* von seinen giftigen Elementen zu reinigen. Es war auch sehr nützlich, Rosenberg hinzurichten – der Mann war wie ein verrückter Nietzsche."

Alle hörten schweigend zu, dann erläuterte Rundstedt, wie gut sich die Ukrainer entwickelten:

„Wie wir im frühen September besprochen haben, sind deutsche Unteroffiziere befördert worden, und es wurden ihnen kleine Stücke Land zur Bewirtschaftung angeboten, sobald wir einen Waffenstillstand haben. Sie wurden angewiesen, den Ukrainern zu zeigen, dass wir Deutschen ihre Freunde sind im Gegensatz zu den Russen, die sie alle bis auf den letzten Mann hassen. Natürlich hatten wir auch ein paar schwarze Schafe, wie es in allen Armeen vorkommt, aber wir haben sie aussortiert – es waren Männer, die etwas zuviel aus dem Kelch des Übermenschen getrunken hatten. Aber alles in Allem machen wir sehr gute Fortschritte. Und das gleiche gilt für die baltischen Staaten. Wir müssen uns nur das römische Reich zum Beispiel nehmen, in dem die römischen Unteroffiziere die einheimischen Mädchen geheiratet haben, um das Zuchtmaterial zu steigern. Hat für sie funktioniert, also gibt es keinen Grund zur Annahme, dass es für uns nicht funktionieren sollte. Und genauso wie die Römer Latein zur *Verkehrssprache* ihrer Zeit gemacht haben, können wir das auch mit Deutsch tun."

Jodl fuhr fort:

„Rumänien ist jetzt in einer sehr starken Position mit den zusätzlichen deutschen Truppen, die nun nicht mehr den wahnsinnigen Versuch unternehmen müssen, Leningrad und Moskau im Norden einzunehmen, und noch dazu im verfluchten Winter; es gab noch nie einen Grund, das Desaster des kleinen Korsen von 1812 zu wiederholen. Und im Süden verrichten Paulus und seine sechste Armee gute Arbeit – ohne Benzin haben die russischen Panzer Probleme damit, uns anzugreifen. Unsere eigenen Benzinfähren über das nördliche Schwarze Meer laufen gut – wir haben alle U-Boote der Kriegsmarine aus dem Mittelmeer ins Schwarze Meer gezogen und die Hälfte der atlantischen Grauen Wolfsrudel, die die amerikanischen Konvois nach England angreifen. Unsere U-Boote versenken jegliche russischen Angreifer auf der Oberfläche des Schwarzen Meers – im letzten Konvoi ist nicht ein deutscher Öltanker verlorengegangen. Feldmarschall Milchs Kondoren stellen unseren U-Boot-Kommandanten im Schwarzen Meer hervorragende Informationen bereit."

Bei diesem letzten Kommentar strahlte Milch und fügte hinzu:

„Nächste Woche beabsichtigen wir, Bahnverbindungen von den Ölfeldern in Baku direkt von unseren vorgeschobenen Stützpunkten in Maikop aus anzugreifen. Wir haben dafür die Ju-88 mit Extra-Öltanks ausgestattet und alle Panzerung und Ausrüstung entfernt. Da es keine oder nur wenige russische Flugzeuge gibt, scheint das ein vernünftiger Ansatz zu sein, und sie werden von 190er-Flügen begleitet werden. Und das wird die komplette Ölzufuhr nach Russland stoppen, während dadurch das Öl für unsere Flugzeuge und Panzer erhalten bleibt, wenn wir Baku erreichen."

Jodl verriet:

„Und die Türkei steht kurz davor, sich auf unsere Seite zu stellen. Mit vorgeschobenen Flughäfen in der Türkei werden wir natürlich in der Lage sein, uns nach Süden bis dahin vorwärts zu bewegen, was momentan Iran heißt, und ebenso bis zum Suezkanal.

Unsere Strategie ist es, die Südflanken Bulgariens und Rumäniens zu stärken, um die Briten zu unseren Bedingungen auf unserem eigenen Grund und Boden zu bekämpfen und nicht in Ägypten und Libyen, wo wir uns darauf verlassen müssen, dass die Spaghettifresser Benzin über das Mittelmeer schiffen, wo die königliche britische Marine immer noch stark und gefährlich ist. Und wir können uns immer darauf verlassen, dass die Italiener unzuverlässig sind, also müssen wir sie als unser Unglück betrachten. Ich habe Bulgarien einen Panzerkommandanten zugeordnet, der letztes Jahr in Frankreich gute Arbeit geleistet hat, als er das Überqueren der Meuse mit seiner 7. Panzerdivision erzwang, der sogenannten *Gespensterdivision*. Er ist ein ziemlicher Schausteller, aber das macht nichts. Und ich glaube, dass dieser Mann – Rommel – Paulus rechter Flanke nützliche Unterstützung bieten wird. Das wird umso mehr zutreffen, wenn die Türkei uns beitritt. Außerdem sind die Rumänen moralisch schwach, genau wie die Italiener – ich habe Berichte von einigen rumänischen Armeeoffizieren gesehen, die Rouge auflegten und junge Knaben in den Straßen von Bukarest anmachten; sie lassen die Franzosen fromm und gläubig aussehen."

Jodl hatte die Abscheu gegen diese Verdorbenheit mit all den anderen Offizieren gemeinsam – wie der unbeweinte, ehemalige Kanzler Leute wie Röhm ertragen konnte, lag jenseits seines Vorstellungsvermögens.

Als Jodl ein junger Offizier war, wurde ihm von den Schrecken eines Abends im Jahre 1901 berichtet, als der Kaiser Fritz Krupp eingeladen hatte. Der Hauptteil dieser abendlichen Unterhaltung war die brillante und strahlende Vorstellung eines Balletttänzers in einem herrlichen rosafarbenen Röckchen, das mit den schönsten, falschen Saphiren geschmückt war. Der Tänzer drehte sich in der Mitte der großen Holzparkett-Tanzfläche immer weiter im Kreis. Das Zimmer auf und ab und verführerisch auf die beiden Männer zu, die zusammen auf einer kleinen, erhöhten Plattform saßen. Fritz flüsterte dem Kaiser zu, wie sehr er eine solche Vorstellung genoss. Gott war im Himmel, und die beiden Männer waren überglücklich.

Dann aber, als ob der Teufel seine Hand im Spiel und beschlossen hatte, diese einfache, menschliche Freude zu zerstören, hörte der Tänzer, der jetzt in der Mitte des Raumes war, auf, sich zu drehen, sah zuerst einen kurzen Augenblick lang Fritz an und dann den Kaiser und gab ein schreckliches, gedämpftes Stöhnen von sich. Der Tänzer griff sich an die Brust und ging zu Boden. Tot. Die zehn Männer im Raum gaben keinen Laut von sich. Dann befahl der Kaiser ihnen, dem Feldmarschall sein Ballettröckchen auszuziehen und ihm seine Uniform wieder anzulegen. Es gab eine schreckliche Verspätung von zwanzig Minuten, bis die Uniform des toten Feldmarschalls schließlich gefunden wurde (er hatte sie heimlich im hinteren Teil eines Spindes im Damenumkleideraum versteckt). Dann begann das echte Desaster – die Totenstarre hatte schon eingesetzt, und so war es unmöglich, den beleibten Feldmarschall zu bekleiden, dessen Uniform eine Maßanfertigung eines Berliner Schneider war, der sich auf sehr fettleibige Menschen spezialisierte. Aus Anstandsgründen hatten sich Fritz Krupp und der Kaiser entfernt, während die anderen acht Männer vergeblich versuchten, den toten Feldmarschall anzukleiden. Als Jodl sich an diesen furchtbaren Abend erinnerte, verstand er, weshalb die Briten diese Perversionen damals die „Deutsche Krankheit" nannten.

„Natürlich bekomme ich täglich Telegramme vom *Duce*, der zwischen Drohen und Betteln hin und her schwankt, aber wir können ihn gelassen ignorieren. Ich denke, es könnte sich lohnen, mit Italien einen kleinen Anschluss zu tätigen, wenn die Zeit reif ist – ich weiß von unseren Agenten, dass der Vatikan das begrüßen würde, besonders wenn wir den Papst mit wesentlicher Macht in einer neuen italienischen Marionettenregierung bestechen und damit die Italiener zu ihrer natürlichen Ordnung zurückbefördern – eine Kabale von hinterhältigen Stadtstaaten, die in „Der Fürst" so deutlich beschrieben werden. Nun werde ich Milch euch von seinem hervorragenden Fortschritt berichten lassen."

Milch war zu lange in unmittelbarer Nähe von Politikern gewesen, um völlig unverdorben zu bleiben. Wie sein verstorbener Chef, so genoss Milch auch die schönen Dinge des Lebens – aber auf menschlicher Ebene und nicht in Form einer Karikatur, wie sie der tote *Reichsmarschall* war. Milch brachte eine grundlegende Veränderung – er war kompetent, bescheiden, ein guter Zuhörer, und vor allem arbeitete er gut mit der *Wehrmacht* zusammen.

„Genau wie Jodl es mit den *Bolschewiken* getan hat, haben wir unseren kleinen Zirkus mit einer einzigen Frage begonnen: Was sind in unserem heutigen, wissenschaftlichen Krieg die größten Schwächen des Feindes: Zivilmoral, das Fehlen von Soldaten, unsere U-Boote, das Fehlen von Flugzeugen, was? Meine Wissenschaftler in der Forschungsabteilung der *Luftwaffe* haben drei sehr interessante – und, wie ich denke, sehr überraschende – Antworten vorgeschlagen."

Er pausierte, um sicherzustellen, dass alle ihm genau zuhörten.

„Die Wissenschaftler sagen: ‚RDF, Flugplätze und Benzin mit 100 Oktan.‘"

„Die Briten haben einen Apparat erfunden, der sich ‚Range and Direction Finding‘ oder ‚RDF‘, also ‚Entfernungsmessung und Funkpeilung‘, nennt, Diese Ausrüstung erlaubt es ihnen, auf einem besonderen elektronischen Glasbildschirm leuchtende, grüne Punkt zu sehen, die Flugzeuge darstellen. RDF kann weder die Größe der Flugzeuge feststellen noch kann es sehen, ob die Flugzeuge feindlich sind oder nicht, aber wenn man 12 Punkte sieht, die in Frankreich starten und den englischen Kanal überqueren, dann ist es vernünftig zu denken, dass es unsere Jungs sind, die einen Parteiausflug nach London machen. Das britische RDF ist also das

Auge der britischen Luftwaffe. Nun braucht man für diesen neuen Apparat allerdings sehr hohe Funkmasten, und die Briten haben eine Reihe dieser Stationen entlang ihrer Südküste aufgestellt. Es ist also unsere erste Aufgabe in diesem modernen Krieg, diese zentrale und wesentliche Einrichtung zu entfernen – und nicht, wie mein ehemaliger Chef gerne protzte, alle feindlichen Flugzeuge abzuschießen, und der Ruhm der Fliegenden Zirkusse, etc. Das mag in den verwegenen und glorreichen Tagen der Luftritter des Ersten Weltkrieges so gewesen sein, aber in diesen modernen Zeiten sind die wirtschaftlichen Aspekte am wichtigsten.

Der zweite Bereich, den wir identifiziert haben, ist ein einfacher – die Flugplätze selbst. Wenn die feindlichen Flugzeuge nirgends landen können, wird das für sie ein Problem darstellen. Das betrifft ihre Bomber mehr als ihre Jäger – es ist oft möglich, einen modernen Eindecker-Jäger, der ganz aus Metall besteht, auf einer relativ großen Wiese zu landen, aber selbst dann wird es zu einer zeitintensiven Aufgabe, den Jäger zu betanken, was einen ganzen Tag dauern kann, oder sogar zwei, und die Räder wieder hochzuwinden, die in das weiche Gras gesunken sind. Nachdem wir also die RDF-Stationen kaputtmachen, greifen wir die feindlichen Flugplätze aus einer Höhe von nur 1000 Metern an. Sowohl die JU-88 als auch die Stukas greifen in Wellen an. Das Ziel ist es, der Länge nach die gesamte Start- und Landebahn des Feindes zu zerstören, nicht nur ein oder zwei Schlaglöcher zu hinterlassen. Für maximale Wirksamkeit greifen wir am sehr frühen Morgen an, wenn die englischen Bomber von ihren Angriffen auf Berlin und die Ruhr zurückkehren. Diese englischen Bomber werden alle fast leere Tanks haben, und es gibt nur eine sehr schmale Fehlerspanne. Und im Gegensatz zu den feindlichen Jägern können Bomber in Wiesen nur notlanden, denn Bomber sind viel schwerer als Jäger, die Bomber graben sich bei Bodenkontakt ein, und das ganze Ding landet Arsch über Titten – die schweren, feindlichen Bomber müssen auf richtigen Landebahnen landen.

Der letzte Punkt ist Benzin mit 100 Oktan. Das Rückgrat der RAF ist der Rolls-Royce-Merlin-Motor – sie verwenden ihn so ziemlich in allem. Am wichtigsten sind ihre schweren Bomber und ihre Spitfire-Jäger. Nun wurden diese Motoren ursprünglich entworfen und darauf eingestellt, mit 87-Oktan-Benzin zu laufen. Wir wissen aber von unseren holländischen Freunden bei der Firma Shell in Holland, dass die RAF seit 1937 daran arbeitet, alle Merlin-Motoren mit 100 Oktan laufen zu lassen. Und die Leistungssteigerung ist beachtlich; laut den Holländern haben die Briten einen 50-prozentigen Anstieg im Ladedruck erreicht, was ungefähr 200 Pferdestärken mehr bedeutet. Unsere eigenen Piloten haben in den 190ern auch 87 mit 100 verglichen und ebenfalls wesentliche Steigerungen berichtet, und das waren übrigens blinde Tests – unsere Piloten wussten nicht, ob sie 87 oder 100 benutzten. Das einzige, was die Briten daran hindert, die Umrüstung abzuschließen, ist der Mangel an 100-Oktan – sie haben bis jetzt ungefähr ein Drittel der Motoren umgerüstet.

Nun beziehen die Briten all ihr 100-Oktan von den Amerikanern und aus Trinidad. Sie laden dieses 100-Oktan-Benzin in Plymouth und Liverpool ab, und dann wird es mit dem Zug zu den verschiedenen Flughäfen im Südosten Englands transportiert. Wenn die ersten beiden Phasen komplett sind, greift die *Luftwaffe* Plymouth an, nicht mit Bombern, sondern mit 190er-Spezialflügen. In jeder Staffel werden 12 Flugzeuge sein; neun konventionelle und drei, die mit einer 45 mm-Kanone ausgerüstet sind. Um das zusätzliche Gewicht dieser Bestückung zu ermöglichen und die Leistung beizubehalten, sind alle Maschinengewehre von diesen modifizierten Flugzeugen entfernt worden.

Der Plan ist es, eine große Armada an Bombern in drei Geschwadern nach London zu schicken. Selbst ohne die

RDF-Stationen werden die Briten ihre Jäger alarmmäßig starten, um diesen Angriff abzufangen. Und während sie nach Norden fliegen, rasen die Spezialflüge rüber nach Plymouth in der südwestlichen Ecke Englands und zerstören die Hauptlagereinrichtungen in Plymouth. Natürlich haben diese Tanks dünne Wände und im Gegensatz zu dem schweren Öl, das in Panzern und Schiffen verwendet wird, ist 100-Oktan-Flugzeugbenzin sehr flüchtig – ein einziger Treffer aus einer unserer 45 Kanonen, und der Tank fliegt in die Luft. Unser Plan ist es, den Briten innerhalb von vier Wochen alles 100-Oktan-Benzin wegzunehmen – natürlich bedeutet das, dass das Drittel der Flugzeuge, das schon auf 100-Oktan umgerüstet war, nun mit 87 laufen muss, und das wird viele Probleme verursachen – unsere Wissenschaftler haben Experimente gemacht und haben herausgefunden, dass es die Lebenszeit des Motors halbiert, angenommen der Motor explodiert nicht aufgrund der heftigen Frühzündung mitten in der Luft."

Jodl lächelte: „Und dann?"

Milch erwiderte sachlich: " Und dann fangen wir wieder bei Phase eins an, da der Wiederaufbau der RDF-Stationen die oberste Priorität der Briten sein wird. Ich habe das mit dem kleinen Paul besprochen, und er hat schlauerweise darauf hingewiesen, dass wir eine riesige Nachrichten-Goldgrube schaffen können, indem wir allen neutralen Ländern sagen, dass wir jetzt alle zivilen Ziele meiden. Die Briten können so etwas nicht sagen, weil das Ruhrgebiet so alt ist, dass die Häuser der Arbeiter direkt an den verschiedenen Krupp-Werken liegen. Goebbels Meinung nach können wir so eine ganze Menge Wohlwollen gewinnen."

Milch berichtigte sich sofort: „Natürlich ist es in Ordnung, was er tut, aber es ist meine Aufgabe, meine Herren, sicherzustellen, dass kein feindliches Flugzeug jemals das *Reich* angreift – ich möchte keinen Besenstiel fressen müssen."

Bei diesem Insider-Witz kam von den Generälen und Feldmarschällen laute Zustimmung.

Milchs einfacher, dreigleisiger Ansatz funktionierte noch viel besser,
als er sich hätte denken können. Churchill hatte einen leichten
Zusammenbruch, nachdem er 15 Minuten in einem betrunkenen
Anfall damit verbracht hatte, den Anführer seiner Flotte, Hugh
Dowding, in dem unterirdischen Kommandobunker in Whitehall
anzuschreien. Dowding hatte während der unverschämten Tirade
kein Wort gesagt, aber er hatte Jock Colville deutlich gemacht,
dass er sich mit sofortiger Wirkung zur Ruhe setzte. Als er wieder
nüchtern war, flehte und bettelte Churchill Dowding an, was aber
wirkungslos blieb. Alan Brooke, der die empörende Behandlung
mit ansah, hatte dem reuevollen Premierminister gesagt, dass noch
eine solche Episode, egal unter welchen Umständen, zu Brookes
eigenem Rücktritt führen würde.

Ein Skandal dieser Größe konnte in dem Goldfischglas, das
die Londoner Clubs waren, nicht lange geheim gehalten werden.
Und tatsächlich, bevor die Woche sich zu Ende neigte, hatte Stimson alle grausigen Einzelheiten erfahren. Stimsons Quelle war nicht
überraschend – es war Lord Halifax, der britische Botschafter in
Washington und Churchills ehemaliger Rivale im Kampf um den
Titel des Premierministers.

16: Mimis Spatz

Cristobal, Panama
Samstag, 29. November 1941

FÜR MIMI WAR SAMSTAG immer der beste Tag – keine Schule und kein schmerzhaftes Knien in der Kirche, um eine Stunde lang ihre Sünden der letzten Woche ins Gedächtnis zu rufen. Mimi war noch kein Teenager und tat sich jeden Sonntag schwer daran, Sünden zu finden, die sie der Mutter ihres Gottes bekennen konnte; sie hoffte, dass es ihr leichter fallen würde, je älter sie wurde – ihre älteste Schwester Maria, die 18 Jahre alt und schon verheiratet war, versicherte ihr, dass Mimis Sünden bald in voller Blüte stehen würden.

Während der letzten zwei Monate hatte Mimi jeden Morgen eilig die Jalousien ihres Zimmerfensters geöffnet, um ihre zwei neuen Freunde zu begrüßen, die sie Mama und Schneller Fuchs getauft hatte. Mama bewegte sich kaum, sie wiegte sich nur sanft hin und her und war immer ruhig und entspannt, während Schneller Fuchs genau das Gegenteil war – er schien nie aufzuhören, sich zu bewegen, sauste herum und saß niemals still.

Aber zu Mimis Überraschung und Bestürzung war Mama fort. Mama war Mimi ein schweigsamer Freund geworden. Mama war nach der Kirche am ersten Oktobersonntag aufgetaucht, diesem garstigen Regentag mit Blitz und Donner, als die Uhr des

Rathausturmes vom Blitz getroffen wurde und aufhörte zu schlagen. Mimi lehnte sich aus dem Fenster und sah vom einen Ende der Bucht zum anderen, aber sie sah keine Mama. Schneller Fuchs war da, er rannte wie immer umher wie eine Fliege, die in einem Glas gefangen war. Mimi würde Vater Koannes morgen nach Mama fragen – der deutsche Vater war weise und sanft zu ihr und allen Kindern der Gemeinde.

Mimi war nicht die einzige, die über Mamas plötzliches Verschwinden traurig war – so ziemlich jeder in der Stadt war froh gewesen, als Mama und Schneller Fuchs gekommen waren. Die Leute der Stadt kannten die beiden Freunde von Mimis förmlicher als den Flugzeugträger *Tancho* und den Zerstörer *Suzume* der Kaiserlichen Japanischen Marine.

Ein Jahr vor der Ankunft der beiden Schiffe waren im Hafenviertel drei japanische Bars errichtet worden. In den ersten paar Tagen sahen die bestehenden Bars diese Neuankömmlinge natürlicherweise als Konkurrenz, die geschlossen werden musste – egal wie. Bevor aber jemand etwas unternehmen konnte, waren die drei makellos gekleideten japanischen Besitzer gemeinsam in jede der etablierten Bars hereingekommen und hatten sich tief verbeugt. Die Japaner erklärten – wunderschönes Spanisch sprechend –, dass es die japanische Tradition verlange, dass die Japaner ihre ehrenwerten Kollegen für jegliches verlorene Geschäft entschädigten. Der Anführer des Trios hatte erklärt, dass die Japaner jeder der etablierten Bars monatlich 500 US-Dollar als „Ehrenmiete" bezahlen wollten.

„Wäre das akzeptabel?"

Die Besitzer der bestehenden Bars konnten ihr Glück kaum fassen. Wie ein Uhrwerk pünktlich um zwölf Uhr mittags erschien der Anführer des Trios jeden Mittwoch bei jeder der Bars, verbeugte sich tief gegenüber dem amüsierten Besitzer und überreichte ihm einen kleinen braunen Umschlag, der die „Ehrenmiete"

enthielt. Eine einheimische Bande hatte geplant, dieses Arrangement auszurauben, aber der kleine José von der Spanischen Meer-
jungfrau hatte davon gehört und dem Anführer die Beine brechen
lassen – „nur um allen zu zeigen, was passiert", wenn jemand auf
die Idee kam, die goldene japanische Gans zu verletzen.

Die drei japanischen Bars rückten in den Mittelpunkt der
Trinkkultur im Hafenviertel, nicht nur aufgrund ihrer Sauberkeit
–„Mein Gott, sogar die Köpfe sind sauber", staunte ein US-Ma-
rine-Soldat beim Landgang –, sondern auch, weil die Preise der
Drinks die niedrigsten der Stadt waren. Unter sich machten sich
die Fischer über die einfältigen Japaner lustig, die immer viel Geld
für den Fang der Fischer zahlten, und die Japaner bezahlten immer
bar und immer in 100-Dollar-Noten – kein Gebettel mehr bei den
einheimischen Barbesitzern. Mit der Zeit öffneten die Japaner ein
Restaurant, das sich auf Meeresfrüchte spezialisierte und die Leute
aus der ganzen Stadt anzog. Und die Japaner waren wundervolle
Gastgeber; wenn Neuigkeiten von einer einheimischen Familie in
Not sie erreichten, wurde der ortsansässige Priester der Gemeinde
mit einer Fischmahlzeit und einem kleinen roten Päckchen aus-
gesandt, in dem drei amerikanische 100-Dollar-Noten waren,
wovon die Familie sechs Monate lang jeden Tag königlich speisen
konnte.

Als also die Japaner bekanntgaben, dass zwei Kriegsschiffe der
Kaiserlichen Japanischen Marine zu Besuch kämen, füllte sich die
Stadt mit Aufregung.

Als die *Tancho* und die *Suzume* ankamen, besuchten die beiden
Kapitäne und die Offiziere des Schiffes zuerst den Bürgermeister im
Rathaus. Die Kapitäne und Offiziere reihten sich vor dem Bürgermeister auf und verbeugten sich tief. Der Wortführer der drei japanischen Bars im Hafenviertel fungierte als Übersetzer und erklärte
die freundschaftliche Natur dieses Besuches und schlug dem Bürgermeister vor, der Stadt für Ankerrechte in der Bucht wöchentlich

2000 Dollar zu bezahlen. Bei dieser entzückenden Überraschung hob der Bürgermeister die Augenbrauen und lächelte, wobei sich die Lücke seiner beiden fehlenden Vorderzähne zeigte. Der Übersetzer hatte sichergestellt, dass die beiden Herausgeber der lokalen Zeitungen anwesend waren, aber „bitte keine Fotografen, denn wir Japaner glauben, dass es Unglück bringt, Fotos zu schießen." Genau wie bei der Idee der „Ehrenmiete" wurde diese dümmliche Erklärung nicht infrage gestellt, besonders da die Japaner die größten Inserenten der beiden lokalen Zeitungen geworden waren, und sie bezahlten immer bar, „sogar bevor die Anzeige geschaltet wird", schwärmten die Herausgeber.

Es war ein ideales Arrangement: die japanischen Offiziere ließen die japanischen Barbesitzer täglich sowohl frischen Fisch von den Fischern kaufen als auch Obst und Gemüse von den einheimischen Bauern. Die Herausgeber hatten ein paar unverbindliche Vorschläge darüber gemacht, die Schiffe zu besichtigen; die Offiziere erklärten aber, dass das leider nicht möglich war, und die Sache wurde sofort vergessen.

Von der Küste aus konnte man die Seeleute dabei beobachten, wie sie die beiden Schiffe strichen und putzten; anfänglich an sieben Tagen der Woche, aber nachdem ein Priester erwähnt hatte, dass Arbeit am Sabbat einige der frommen Einheimischen verärgern könnte, wurde das sonntägliche Arbeiten sofort eingestellt. Die Bewohner der Stadt konnten Seeleute in verschiedenen Uniformen herumlaufen sehen. Die Beobachter ahnten nicht, dass die *Tancho* nur eine provisorische Mannschaft von 60 Seemännern umfasste, die ihre Uniformen dreimal täglich wechselten, um die Illusion einer vollen Besatzung zu erzeugen. Nicht, dass das von Bedeutung war – die Einheimischen profitierten alle von der Anwesenheit der Japaner und ihrem unversieglichen Dollarvorrat; alles 100-Dollar-Noten, oder wie Sasaki sie nannte, „Franklins".

Die Neuigkeiten von Cristobals Glück verbreiteten sich schnell. Dann gelangten die seltsamen Neuigkeiten zurück zur Stadt, dass ihrer Schwesterstadt am anderen Ende der Landenge ebensolches Glück widerfuhr. Anfänglich taten die Städter das als einfache Angeberei im wahrsten Sinne des spanischen *Machismo* ab, dann kamen aber ein paar einheimische Händler zurück und sagten: „Nein, es ist wahr – Vacamonte hat ein riesengroßes japanisches Kriegsschiff, das auch von einem kleinen Spatzen begleitet wird. Und sie haben auch neue japanische Bars – in diesem Fall nur zwei. Und diese japanischen Bars waren genauso sauber wie die in Cristobal, und die japanischen Geschäftsmänner waren ebenso naiv und unbeholfen wie diejenigen in Cristobal."

17: Die Bräutigame des Schweden

Nogales, Mexico
Montag, 1. Dezember 1941

JOSÉ RODRIGUES SCHAUDERTE, ALS er an dem Schwarzen
Walnussbaum im Vorhof des Geländes stand. Es war bereits nach
zehn Uhr morgens, und die dünne Eisschicht auf dem Teich auf
der anderen Seite der Straße war gerade geschmolzen. Aber es war
immer noch kalt; dies war Mexiko – sollte es in Mexiko nicht immer
wärmer sein als in seinem heimatlichen Spanien?

Es war der Erste des Monats, und er freute sich auf den Besuch
seines exotischen Besuchers aus Mexico City. Und tatsächlich, der
Staub kündigte die Ankunft des weißen Autos an, das der große
Schwede fuhr. Der 12-Zylinder-Cadillac hielt in seinem Stamm-
parkplatz. Der Schwede stieg aus dem Rücksitz des Autos und
begrüßte José,

„Alles tipptopp, eh, José?" (Das war immer seine Begrüßung.)

José nickte. Der Schwede hatte etwas mit der schwedischen
Botschaft in Mexico City zu tun. José wusste nicht so genau, was es
war und hielt es für schlauer, nicht zu viele Fragen zu stellen, denn
die Bezahlung war sehr gut und regelmäßig und reichlich, und
nach der Quälerei in Spanien die letzten fünf Jahre lang war das in
der Tat eine willkommene Abwechslung.

„Also, lass uns anfangen, ich habe nach diesem noch ein zweites Treffen."

José wusste von diesem Treffen, da der Schwede auffällig aussah und dabei gesehen worden war, wie er das Hotel Centrale betrat, laut einigen der anderen Spanier. Der Schwede hatte dort langfristig eine Suite gemietet, in der er sich drei mexikanische Mädchen hielt, die alle unter 18 waren und mit denen er „frohlockte", wenn die Pflichten der „Busfirma" vollendet waren. Und der Schwede stellte keinen Versuch an, das zu verstecken – als Diplomat, wenn auch ein korrupter, hatte er völlige Immunität, und was viel wichtiger war, er hatte immer Dollar im Überfluss für jeden, mit dem er Kontakt hatte.

Sie gingen zusammen die äußeren Stufen zu dem Steg hinauf, der an einer Seite des Hauses entlanglief. Vom Steg aus konnte der Schwede den Fortschritt der Arbeit an den fünf Bussen sehen. Später würde er sie im Detail begutachten. Aber zuerst musste er den Zustand und die Moral seiner „Truppen", wie er sie nannte, überprüfen.

Im Erdgeschoss nahm ein einziges, großes Büro die Ecke bei den großen Doppeltüren ein. In dem Büro standen 50 Männer. Als der Schwede eintrat, nahmen sie Haltung an.

„Na, wie geht es heute meinen Bräutigamen des Todes?" fragte er lächelnd.

Es war eine rhetorische Frage. José, dessen krumme Haltung am Walnussbaum sich in die körperliche Strenge des professionellen Soldaten, der er war, verwandelt hatte, antwortete für die Gruppe.

„Den *Caballero Legionario* geht es allen hervorragend, danke, Kommandant."

Zwei Männer traten nach vorne und salutierten.

„Alle fünf Transporte sind bereit, Kommandant. Die neuen Motoren sind eingesetzt und überprüft worden, und die neuen Reifen auch", sagte der erste Mann.

„Das Dynamit, die Haftminen und die Magnesiumleuchtgranaten wurden überprüft und sind allesamt vollkommen akzeptabel", sagte der zweite.

„Hervorragend," sagte der wortkarge Schwede.

„Zeit für eine Anprobe und dann Überprüfung der Ausrüstung", sagte der Schwede und fühlte sich beim Verwenden eines so femininen Wortes wie „Anprobe" etwas seltsam.

„Gibt es Fragen zu den Einsätzen?"

Die Stille war es, was der Schwede hören wollte.

Die Männer marschierten ab und ließen José und den Schweden allein im Raum zurück. Der Schwede öffnete seine Mappe und zog zwei Umschläge heraus, einer davon war ausgebeult, da er 50 kleinere Umschläge mit jeweils fünf 100-Dollar-Noten enthielt.

„Hier ist die Bezahlung für die Männer und deine Ausgaben. Brauchst du mehr?"

„Nein, danke, Kommandant. Das ist mehr als genug."

José und der Schwede gingen zur Garage hinunter zur „Anprobe" des Schweden. Die nächste Stunde über führte die Mannschaft ihre Uniformen vor. Zuerst waren die Uniformen von zwei gut bekannten, privaten Sicherheitsfirmen an der Reihe. Dann, ein wenig düsterer, Uniformen von Gleisarbeitern für die Southern Pacific Railroad und die Central Pacific Railroad. Die dunkelsten Uniformen von allen waren die der U.S.-Marine.

Der Schwede zog eine große Karte aus seiner Mappe, die er an der Wand befestigte. Er nahm einen Besen und schraubte die Bürste ab. Dann gab er den Besenstiel einem Kommandanten der Mannschaft nach dem anderen und ließ jeden von ihnen seinen Einsatz erklären, sodass es alle 50 Männer verstanden. Hier und da befragte der Schwede einen beliebigen Soldaten nach einem der drei Einsätze. Die ganze Mannschaft musste alle Einsätze verstehen, damit „auf der Ersatzbank genug Leute waren" (er mochte diesen Ausdruck des American Football besonders; er war einer von vielen, die er gelernt hatte, als er in den frühen Dreißigern am Konsulat in San Francisco stationiert gewesen war).

Nachdem der Einsatzplan vollendet war, untersuchte der Schwede die Busse. Sie waren ausgediente Greyhounds, die von außen verbraucht aussahen, aber mit frischen Motoren und neuen Reifen versehen waren. Der Schwede hatte diese Busse ausgesucht, weil sie im Westen der Vereinigten Staaten sehr gängig waren und kein Aufsehen erregen würden. Seine Agenten hatten texanische Nummernschilder besorgt. Zu guter Letzt untersuchte der Schwede das Dynamit, die Haftminen und die Magnesiumleuchtgranaten, die in den Hohlraumböden der seitlichen Gepäckräume der Busse versteckt waren.

Zufrieden befand der Schwede die Zeit reif für seine Rede:

„Meine Herren, wir alle sind Söldner und kämpfen somit für Geld. Aber wir wissen auch alle, dass es so einfach nicht ist. Wir kämpfen auch für die Sache. Wir haben alle das feindliche Monster gesehen, und die meisten von uns mit eigenen Augen; ihr habt gesehen, wie unser geliebtes Spanien von Amerika ignoriert wurde, als wir Hilfe brauchten. Spanien, das Heimatland der meisten von euch und meine Heimat des Herzens (hier tat der Schwede etwas zuviel des Guten). Dieser Verrat darf nicht unbestraft bleiben. Und wir, wir glücklichen Wenigen, sind mit der Macht gesegnet, der Welt mit einem tödlichen Stoß zu zeigen – und die Welt zu lehren –, dass Spanien niemals mehr leiden darf. Ohne Männer wie euch hätten die *Bolschewiken* Spanien überrannt und zerstört. Ich wünsche euch allen ganz ehrlich, meine Bräutigame des Todes, dass ihr sicher wiederkehrt. Die Mission ist eine einfache, wir haben vier Monate lang sehr hart trainiert, und vor allem haben wir in jeder Schlacht den Vorteil des völligen Überraschungseffekts. Es geht morgen um 0600 los, und ich werde am Zehnten wiederkehren, um euch alle zu grüßen."

José dachte: „Er mag vielleicht manchmal ein Fiesling sein, aber dieser Schwede hat das gleiche Training wie die Männer durchgestanden, die gleiche Bürde geschultert und nie seinen höheren Rang ausgespielt."

Die Männer nickten.

Wie versprochen, war der Schwede am Mittwoch, den zehnten Tag im Dezember, an Ort und Stelle, um jeden der wiederkehrenden Männer zu begrüßen. Alle 50 Männer kamen sicher zurück – ihre Einsätze waren alle makellos abgelaufen. *Trainiere hart, kämpfe mit Leichtigkeit*, hatte der Schwede ihnen immer und immer wieder eingehämmert, und es war wahr; genauso wahr wie das Sprichwort, das *Überraschung die beste Waffe ist*.

Jeder der Männer hatte seine Bezahlung für die Mission erhalten, und für diejenigen, die in Mexiko blieben, ein zusätzliches Gehalt von 10 Franklins im Monat. Und da die edelste Hure in Mexico City, die absolute crème de la crème – jung, eng, mit großen, weichen braunen Rehaugen und verlockend fester Brust – zehn Dollar kostete, lebten die Männer sehr, sehr gut von tausend Dollar im Monat oder, wie Sasaki es berechnet hätte, von ungefähr 30 Yen oder 30 amerikanischen Cents (einen Zehntelyen pro Franklin für die Miete des Gebäudes mit eingerechnet).

18: Die Beobachtung des Ventilherstellers

ALS SIE IN OTTAWA ankamen, stiegen Schneider und Louise schweigend aus dem Zug aus Washington. Bis jetzt war es eine wundervolle Reise gewesen. Etwas früher an diesem Nachmittag hatten sie Austern und Kaviar mit eiskaltem *Dom Pérignon* genossen. Louise gefiel es, Schneider darin zu ermuntern, sie betrunken zu machen – es gefiel ihrer wollüstigen Seite. Sie trug ihre Lieblingsschuhe aus hautfarbenem Lackleder mit schwarzen Streifen an der Spitze. An der Ferse waren zwei getrennte hautfarbene Riemchen statt nur einem, und diese beiden Riemchen machten die Schuhe um einiges bequemer. Durch sie wurde auch verhindert, dass die Schuhe in einem Augenblick plötzlicher Leidenschaft vom Fuß rutschten. Wie es ihre Gewohnheit war, trug sie unter dem Seidenrock, der ihr bis zu den Knien reichte, nur ihren Strumpfhalter, der ihre cremefarbenen Strümpfe hielt. Indem sie nur ihren Strumpfhalter trug, war sie für jeden Mann völlig offen und verfügbar; und das allein machte sie schon feucht – unter all diesen Männern herumzulaufen und sich quasi zu entblößen. All die Falten ihres leichten Seidenrocks taten ihren Teil dazu, indem sie raschelten und ihre Beine zeigten. Und ihre Erregung steigerte sich von allein – je erregter sie wurde, desto nasser wurde sie.

Sie liebte es, genommen zu werden, wenn sie ganz angezogen war, und sie sah gerne auf ihre hautfarbenen Schuhe mit den schwarzen Spitzen hinunter, die immer noch an ihren Füßen waren, mit weit gespreizten Beinen, während Schneider tief in sie stieß (in einem Moment nicht besonders damenhafter Geilheit hatte sie Schneider gesagt, dass sie diese Schuhe ihre „Fickschuhe" nannte. Unter der Wirkung des Champagners kicherte sie wie ein unanständiges, kleines Schulmädchen).

Sie reisten als Mr. und Mrs. Holtz, aufrechte amerikanische Bürger; ihre Reisepässe waren dank des Fälschungsbüros im Keller der Botschaft schön abgenutzt. Natürlich sahen die Zollbeamten sie nicht zweimal an – in Chicago stellten Deutsche die größte ethnische Minderheit dar, und sowohl Schneider als auch Louise sprachen makellos Englisch.

Schneider spielte einen Chicagoer Wirtschaftswissenschaftler, der sich auf die „Depression in der Depression" spezialisierte, wie sein mit Schreibmaschine geschriebener Vortrag verkündete. Um „die Legende zu leben," wie er Louise – und auch seinen Gefolgsmännern predigte – hielt er ihr im Speisewagen eine Rede. Er hatte ihr befohlen, interessiert auszusehen. Und er redete immer weiter, lauter als es wirklich nötig war, aber schließlich war alles nur Tarnung.

„Meine Liebe, hier sind die Argumente, die ich beim Vortrag anbringen werde." (Natürlich gab es keinen Vortrag; Schneider lebte nur die Legende.)

„Punkt eins. Im Jahre 1937 bedeuteten die unerwarteten Konsequenzen der neuen Steuern auf die nicht ausgeschütteten Gewinne, dass Firmen keine Ersparnisse mehr für schlechte Zeiten behalten konnten. Als also unvermeidlich schlechte Zeiten kamen und die Geschäfte zurückgingen, mussten diese Firmen sofort

Angestellte abstoßen. Die Schlagzeile am 27. August 1937 in der *New York Times,* die sich mit den unerwarteten Konsequenzen dieser Steuer befasste, war sogar: *Besteuerung von Profiten behindert die Expansion.* Aber, meine Liebe, du musst daran denken, dass die meisten Regierungen von Juristen geführt werden, die sich die unerwarteten Konsequenzen ihrer Handlungen niemals vorstellen und immer von ihnen schockiert sind; Regierungsanordnungen erzeugen oft genau das Gegenteil dessen, was die Bürokraten erwarten. Und die Steuern auf unverteilte Gewinne sind ein perfektes Beispiel dafür.

„Punkt zwei: Am Montag, den 18. Oktober 1937, brach der Anleihenmarkt zusammen. Anleihen sind ein Maß für das zukünftige Wachstum einer Wirtschaft, denn Anleihen sind die Kosten der Geldaufnahme für zukünftiges Wachstum, und wenn die Leute kein Geld leihen, liegt das daran, dass sie keine Hoffnung auf zukünftiges Wachstum haben.

„Punkt drei: Am gleichen Tag – Montag, 18. Oktober 1937 –, an dem der Anleihenmarkt zusammen brach, wurde ein Sitz an der New Yorker Aktienbörse für 61.000 Dollar verkauft, was der niedrigste Preis seit 1919 war – keiner wollte mehr Aktionär sein.

„Punkt vier: Ich las eine Zeitung, die einen Brief des schlauen englischen Wirtschaftswissenschaftlers John Keynes abgedruckt hatte. In dem Brief schrieb Keynes: ‚Es ist ein Fehler zu glauben, dass Geschäftsleute unmoralischer sind als Politiker,‘ und ich stimme ihm zu. Ich bin sonst nicht einer Meinung mit den Ideen dieses Mannes, aber diese Bemerkung schien relevant zu sein – seine Ideen vom Widerspruch des Sparens sind typisch für die englischen Homosexuellen und die verrückten Vorstellungen, die sie von den Dächern schreien, denn sie halten sich den normalen Menschen gegenüber für intellektuell überlegen. Keynes schrieb diesen Brief im Jahr 1937; das ist das gleiche Jahr, in dem der New Yorker Aktienmarkt jäh abstürzte, weil die Geschäftsmänner sich unsicher darüber waren, was Roosevelt tun würde, und deshalb wollten sie ihr Geld behalten und nicht investieren, bis der Ausgang weniger unsicher war."

An diesem Punkt unterbrach Louise und fragte: „Ist das der Engländer, der seiner Freundin Lyn gesagt hat, sie solle nach Tunis gehen, weil das der Ort ist, ich zitiere ‚wo Betten und Jungs auch nicht teuer seien,' – ist es der?"

Schneider, etwas genervt von der Unterbrechung (aber im Stillen zufrieden damit, dass die Legende nun wahrlich gelebt wurde) korrigierte sie:

„Meine Liebe, in Wirklichkeit richtete Keynes diesen moralisch verwerflichen Vorschlag an einen Mann. Der Name dieses Mannes war Lytton Strachney. Der Brief an diesen Mann handelte davon, Keyens eigene Besuche der Maghreb-Region nachzumachen, um die armen, fassungslosen, und furchtbar verschreckten, kleinen Jungen von 10 oder 12 Jahren auszunutzen. Diese englischen Homosexuellen dachten sich überhaupt Nichts dabei, 10-jährige Jungen für die Befriedigung ihrer eigenen, sonderbaren sexuellen Bedürfnisse zu missbrauchen. So unglaublich es klingen mag, wurden manche dieser angsterfüllten kleinen Jungen sogar kastriert, um den englischen Homosexuellen besser zu gefallen. Es ist so merkwürdig, dass ausgerechnet dieselben Leute so versessen darauf sind, über wirtschaftliche Ausnutzung zu reden, während der viel schrecklichere Angriff auf die Unschuld eines Kindes spurlos an ihnen vorübergeht. Diese aufgeblasenen und frommen Homosexuellen betrachten sich als ihre eigene Klasse – genau wie die heutige U.S.-Regierung es tut; Roosevelt glaubt, er könne die Leute ausnutzen, genau wie diese englischen Homosexuellen glauben, sie können die unschuldige Kindheit dieser tragisch armen und verängstigten kleinen Jungen in Tunis zerstören.

„Die Leute nennen diesen Keynes-Kerl ‚Pozzo' – wie einen Abwasserkanal –, da seine privaten Gespräche oft skatologisch sind.

Und dieser Pädophile Keynes flötete weiter über das, was er den ‚Höheren Analverkehr' nennt. Natürlich kann man das auf keiner Inhaltsliste einer Bibliothek finden, aber er und dieser Strachey suchten nach jungen Studenten, die sie verführen konnten, als sie in Cambridge waren. Und die hielten es für einen großen Spaß und ein tolles Abenteuer, Tunis zu besuchen, um diese traurigen kleinen Jungen permanent zu brandmarken, die noch nicht einmal Teenager waren. Und dieser Keynes hat einen hohen Ruf in Amerika und wird in England angebetet. Wie tief ist die Welt nur gesunken?"

Louise sah Schneider an; sie hatte einen Nerv in ihm getroffen, einen tief liegenden Nerv, den sie nicht erkunden mochte. Zum Glück nahm Schneider fast augenblicklich wieder seine Tarnung auf, seine Legende.

„Punkt fünf: Die Börsengänge am New Yorker Aktienmarkt in der Calvin Coolidge-Ära betrugen ungefähr 1.000 Millionen Dollar pro Jahr, aber jetzt während des derzeitigen Roosevelt-Regimes sind sie auf nur 50 Millionen Dollar im Jahr heruntergegangen.

„Punkt sechs: Und dies ist der wichtigste Punkt. Regierungsbürokraten erkennen nicht, dass Geschäfte empfindliche Blumen sind, die meistens von jähzornigen und ehrgeizigen Fanatikern gegründet werden, deren eigene Identität in diesen Firmen liegt – eine Firma ist oftmals das Kind des Gründers. Und was diese empfindlichen Blumen am meisten hassen – und fürchten – ist Unsicherheit. Wenn also Präsident Roosevelt im Radio erscheint und von ‚ungezügeltem Experimentieren' spricht und dabei seine Meinung täglich ändert, dann, meine Liebe, versetzt diese Unsicherheit die Firmen in Schrecken."

„Ich hoffe, du nennst die Professoren nicht „meine Liebe," neckte ihn Louise.

Er lächelte.

Am nächsten Tisch des Speisewagens stand ein großer, schlanker Mann mit langer Adlernase auf und kam herüber.

„Entschuldigen Sie, Sir, ich bin nur ungern so unhöflich, die Unterhaltung zu unterbrechen, aber ich konnte nicht umhin, die Notizen Ihres Vortrags zufällig mitzubekommen, als Sie sie ihrer ausnehmend schönen Frau vorgetragen haben. Ich muss sagen, dass es mir vorkommt, als befänden Sie sich in meinem eigenen Kopf. Ich bin Hersteller von Autoventilen, und meine Firma stellt die besten Ventile der Welt her. Einlassventile, Auspuffventile, Ventile für hohe Temperaturen zum Einsatz in Rennmotoren des Brickyard – mein Gott, wir fabrizieren so ziemlich alle Arten von Ventilen, die es gibt. Ich arbeite mit allen großen Firmen in Detroit zusammen. Und mit Stolz kann ich sagen, dass ich Mr. Ford selbst bei einigen Gelegenheiten persönlich getroffen habe. Und Mr. Ford ist ein sehr strenger Projektleiter, ein Zuchtmeister, wenn man so will. Ja, Sir, er ist hart und anspruchsvoll. Ich muss Ihnen sagen, dass die Punkte, die Sie gerade vorgetragen haben, so wahr sind, dass ich für Sie laut ‚Halleluja‘ rufen möchte, Sir, denn Sie verstehen, dass Unsicherheit wahrlich der Tod des Unternehmens ist und dass der aktuelle Präsident und all seine hochtrabenden, unwissenden Fachmänner in diesem Land die Freiheit töten. Ich musste Ihnen das einfach sagen. Ich danke Ihnen, Sir."

Damit verbeugte der Mann sich und verließ den Speisewagen.

„Nun, es sieht so aus, als könnte mein Vortrag schließlich doch ein Erfolg werden, meine Liebe," lächelte Schneider.

Louise nickte. Aus ihrem Verhalten ging deutlich hervor, dass sie der Meinung war, sie habe ihre Pflicht als Spionin, die die gehorsame Frau spielte, getan, und jetzt erwartete sie ihre Belohnung. Eine Belohnung, die ein wenig bodenständiger war als all dieses wirtschaftliche Fachsimpeln. Sie wollte kurzum hart gefickt werden.

Als sie am Bahnhof ankamen, winkte Schneider ein Checker-Taxi heran, das sie zum Majestic brachte. Als sie sich im Hotel bequem gemacht hatten, und nach einer sehr schnellen, aber hoch befriedigenden Nummer im Stehen befahl Schneider Louise, sich auszuruhen und dann in den Boutiquen des Hotels einkaufen zu gehen, die bis 8 Uhr abends geöffnet hatten. Er würde gegen 9 Uhr zurückkehren. Sie nickte.

Schneider verließ das Hotel und nahm ein Taxi zur Druckerei. Die Druckerei war sehr klein und lag im Industriegebiet der Stadt, das selbst in den frühen Abendstunden noch so belebt war, dass er nur einer von vielen war – vielleicht ein reisender Geschäftsmann mir einem Koffer voller Muster? Als er die Druckerei betrat, begrüßte Schneider den alten Deutschen namens Heinrich und seine drei Brüder. Das Druckunternehmen war ein Familienbetrieb, und Schneider gefiel das. Schneider war ein willkommener Besucher, und die Päckchen, deren Versand aus Chicago er monatlich veranlasst hatte, halfen der Partnerschaft. In jedem Päckchen waren zwanzig 100-Dollar-Noten. In Ottawa wurde, wie auch im gesamten südlichen Kanada, die amerikanische Währung überall gerne angenommen.

Natürlich stammten die Noten alle von Schneiders gutem Freund Hiro von der japanischen Botschaft in Washington. Die Vereinbarung war für beide Seiten vorteilhaft, Hiro ermutigte Schneider nicht nur dazu, die Hälfte der Noten zu behalten, die er zur Verfügung stellte, sondern Hiro bezahlte auch alle Besuche ihres Lieblingsbordells in der K Street. Hiro sprach einigermaßen gut Englisch, aber er war in der Öffentlichkeit ein wenig scheu, besonders seit die amerikanischen Zeitungen während der letzten Monate Japan gegenüber immer niederträchtiger wurden. Also ging Schneider voraus, und Hiro schlüpfte hinter ihm mit hinein. Louise war sich seiner Besuche in der K Street nicht bewusst, aber es hätte sie auch nicht weiter gekümmert – mächtige Männer, die in einem Bereich des Lebens aktiv sind, sind auch in anderen Bereichen aktiv, hätte sie ganz vernünftig geschlussfolgert, und schließlich war

Schneider ihr Chef und noch dazu ein sehr großzügiger und entge-genkommender Chef (ihre Gedanken schweiften genussvoll zurück zu seinem Schreibtisch in Washington.)

In der Druckerei übergab Schneider Heinrich den Koffer, der ihn wiederum seinem jüngsten Bruder übergab, der knapp nickte und im Plattenraum verschwand, um die Platten anzufertigen. Schneider hatte versucht, eine Zeitungsdruckmaschine zu fin-den, aber wie Heinrich erklärte, waren diese selten, und vor allem brauchte man fast zwei Dutzend Arbeiter, um sie zu bedienen. Nach Gesprächen mit Hiro hatten sie sich auf Heinrichs kleine und sehr diskrete Presse geeinigt.

Zwei Stunden später lief die Presse, und die ersten beiden Seiten wurden gedruckt. In Wirklichkeit war es die letzte Seite des Berichtes. Wie Heinrich erklärte, würden sie die Seiten in rückwär-tiger Reihenfolge drucken, da das die Arbeit der Schneidemaschine erleichterte.

Um acht Uhr an diesem Abend war der erste Satz von 5.000 Kopien fertig. Die beiden mittleren Brüder waren gegangen, um jeweils ein Auto zu stehlen. Die beiden gestohlenen Autos erschienen eine halbe Stunde später, und die fünf Männer luden die ersten zweitausend Kopien auf die Rücksitze der Autos. Es war kalt und hatte angefangen zu schneien, was Schneider passte – dadurch waren weniger Fußgänger unterwegs, die ihre nächtlichen Lieferungen sahen.

Schneider verabschiedete sich von den Brüdern und ging zurück zu Louise, um mit ihr essen zu gehen.

Die Autos fuhren die beiden gut erprobten Routen entlang. Bei jeder katholischen Kirche auf der Route öffnete sich die hintere Tür, und ein Bruder rannte zur Eingangstür, in jeder Hand ein Bün-del von 25 Kopien. Jedes Bündel war lose mit Bindfaden zusam-mengebunden – es war selbst für das älteste Gemeindemitglied einfach zu öffnen. Die Brüder legten an jeder Eingangstür Bündel ab. Einmal wurden sie von einem erschrockenen Priester gestört, der zu schockiert war, um etwas zu unternehmen. Am Ende ihrer Kirchentour wurden die beiden gestohlenen Autos im Parkplatz eines Lebensmittelgeschäftes abgestellt. Die ganze Operation hatte weniger als vier Stunden gedauert.

Als er ins Majestic zurückkehrte, rasierte Schneider sich und duschte.

Er schnitt sich auch sorgfältig die Fingernägel.

19: Der Geruch von brennendem Gummi

ALS DER PRÄSIDENT NACH einem gemütlichen Frühstück in seinem Rollstuhl vom Wohnhaus die Veranda entlang geschoben wurde, nahm die Ehrengarde der Marine Haltung an. Man kann es berufliche Voreingenommenheit nennen, wenn man so will, dachte er, aber meine Ledernacken sind die besten: die besten Salutierer, besten Marschierer, sie haben die besten Uniformen. Er erlaubte sich, in dem Pronomen zu schwelgen. In Wirklichkeit war er Oberster Befehlshaber aller Armeeeinheiten, nicht nur der Marine.

Rex Tugwell bestellte Kaffee für den Obersten Befehlshaber.

„Rex, was ist das für ein furchtbarer Gestank?"

„Nun, Mr. Präsident, meinem Verständnis nach gab es so etwas wie ein Feuer in Ohio."

„Ohio, was für ein Feuer?"

„Irgendwelche Gummireifen, wurde mir gesagt."

Der Präsident rümpfte die Nase: „Nun, je früher es ausbrennt, desto besser, aber Ohio – das ist doch hunderte von Meilen entfernt."

„Muss ein ganz schönes Höllenfeuer gewesen sein, hoffent
-lichbrenntdasverdammtedingbaldaus," kicherte der Präsident, die
letzten Worte des Satzes wie ein einziges klingend.

In Wirklichkeit waren „das Feuer" zwei getrennte Feuer in
Akron: eins im Lager von Goodyear und das andere 25 Meilen
weiter im Lager von Goodrich.

Das „verdammte Ding" brannte in der Tat aus, und zwar im
Februar. Noch eine weitere der typischen Vertuschungsaktionen
von Washington folgte – es folgte eine Inquisition, um die Schuld-
igen zu beschützen und die Unschuldigen zu quälen, ganz ähnlich
wie die ursprüngliche in Spanien und mit ungefähr dem gleichen
Grad an Wahrhaftigkeit und Ehrlichkeit. Der offizielle Titel war
der „Überprüfungsausschuss des Kriegsministers für die Gummifeuer von Ohio", auf den sich auch etwas weniger ehrfürchtig als
„Gummibericht" bezogen wurde. Der Bericht mutmaßte, dass eine
Anzahl von Männern – „möglicherweise aufgrund von spanischer
oder italienischer Beeinflussung" – verstohlen in die beiden riesigen Lager eingedrungen waren und „bis zu 100" Magnesiumleuchtgranaten entzündet hatten. Diese Granaten brennen mit Temperaturen, die denen der äußeren Sonnenoberfläche nahekommen.
Oder wie ein Leser es kurz und bündig beschrieb: „verdammt heiß."

Das Feuer hatte 60 % des amerikanischen Gummivorrats zerstört, und damit auch – was ein wenig schwerwiegender war – die
Fähigkeit Amerikas, Krieg zu führen.

Aber das war das kleinste Problem des Präsidenten.

20: Roosevelts heilige Lehrrede

Washington
Freitag, 5. Dezember 1941

„SCHLECHT, DIE SACHE MIT den Reifen," sagte der Präsident zu Rex.

Rex nickte, aber er sah ungepflegt und nervös aus.

„Was ist los, Rex?"

„Sir, ich möchte lieber warten, bis Mr. Hopkins da ist."

Roosevelts Antenne, die stets auf Empfang geschaltet war, meldete sich. „Rex, wenn du ‚Sir' und ‚Mr. Hopkins' sagst, weiß ich, dass etwas nicht stimmt, also raus damit."

Tugwell sah auf den Boden, auf eine Form – irgendeine Form – von Erlösung hoffend.

In diesem Moment kam die Erlösung in Form von Harry Hopkins.

„Also Harry, bring mir gute Neuigkeiten."

„Nun, Sir, die Kanadier beschweren sich nicht mehr über die Feuer in Akron."

„Gut, dann hoffe ich, dass diese nichtsnutzigen, feigen Nordaffen aufgehört haben zu lästern. Haben sie aufgehört?"

Schweigend ging Hopkins zum Schreibtisch des Präsidenten und breitete die drei morgendlichen Ausgaben der Torontoer Tageszeitungen aus.

„Vereinigte Staaten planen Einmarsch in Kanada!" war die Schlagzeile in Ende-der-Welt-Schrift; diese sechs Worte waren auf jeder der drei Titelseiten.

„Was zur Hölle ist dieser Unsinn?" fragte der Präsident.

Hopkins holte sehr tief Luft; Tugwell starrte immer noch auf den Boden und wünschte sich flehentlich, irgendwo anders zu sein als im Oval Office.

„Nun ja. Es scheint, als ob die Kanadier War Plan Red in die Hände bekommen haben. Ebenso wie die Engländer, die Australier, und so weiter und so weiter. Sie alle wissen von unseren beabsichtigten Giftgasattacken als Teil des Plans."

„Wie zur Hölle konnte das passieren? Der WPR ist hypergeheim, verdammt – das bedeutet nur Augen, keine verdammten Kopien."

„Wie zur Hölle konnte das passieren?" inzwischen brüllte Roosevelt.

Hopkins sagte leise: „Es wird noch schlimmer."

„Schlimmer, schlimmer, wie viel schlimmer kann es denn werden? Machst du Witze, zum Teufel – schlimmer?"

„Nun, in den kanadischen Zeitungen steht, dass es eine handgeschriebene Notiz von Ihnen an Stimson gibt, in der angeblich steht: ‚Henry, wie besprochen, müssen wir diese dämlichen Nordleute so bald wie möglich zum 49. Staat machen – das geht über Parteilinien hinaus, Franklin.' Und diese Zeitungen behaupten, dass sie die Handschrift haben analysieren lassen, und es ist, ähm, eindeutig die Ihrige, ähm, Mr. Präsident."

Hopkins betete, dass ein Erdbeben das Weiße Haus verschlucken möge oder er selbst wenigstens tot umfiel, aber weder das Eine noch das Andere ereignete sich.

Roosevelt sagte nichts, dann fragte er einfach – mehr sich selbst als die anderen beiden: „Wie zur Hölle ist das passiert?"

„Also, was sollen wir tun, Mr. Präsident?" fragte Rex kleinlaut, als er endlich den Mut zusammengenommen hatte zu sprechen.

Roosevelt, der vollendete Heuchler, griff nach einer Zigarette.

„Tun? Wir tun nichts, verdammt, null, nada. Wir brauchen diese beschissenen kanadischen Hunde nicht. Wenn sie jammern, scheiß auf sie , dann schneiden wir Mr. Winston den Zugang zu Wasser und Brot ab und werden sehen, wer wen braucht."

Schon bevor er diese heilige Lehrrede beendete, lief Roosevelts fein abgestimmter, analytischer Motor bereits, und er kehrte zum Modus des meisterhaft manipulierenden Politikers zurück.

„Schenkt mir einen Drink ein, und nehmt Euch auch einen, wenn Ihr wollt." Obwohl es zwei Minuten vor 11 Uhr morgens war, lehnte keiner der beiden ab.

„Also, wem hilft das hier denn? Natürlich Berlin, aber auch Tokio. Also muss es einer von ihnen gewesen sein – oder beide (hierauf kicherte Roosevelt). Ich muss sagen, bis heute dachte ich, ich sei der listigste Sauhund in diesem Hühnerstall. Aber diese Leute lassen mich aussehen wie einen Hinterwäldler vom Hudson River."

Der pure Scotch beruhigte Tugwells Nerven – wenn auch nur leicht – und es wurde ihm klar, dass er an der Spitze mitspielte – der Präsident der Vereinigten Staaten gab hier eine kurze Stellung-nahme ab, die sogar Niccolò gefallen würde.

„Also ist Berlin ganz klar der erste Sieger, aber Tokio hat auch etwas davon, wenn diese dummen nördlichen Hunde verärgert sind. Aber wir brauchen diese eierlosen Wunder wirklich nicht." (Tugwell erinnerte sich an die häufige Vermutung des Präsidenten, dass „Alle, – nein, das stimmt nicht – sagen wir 97 % – der kanadi-schen Männer ohne Hoden zur Welt gekommen sind.")

Der Präsident kicherte: „Wir leben in einer interessanten Zeit."

Die beiden Männer fragten sich, wie er sich so schnell auf einen anderen Ton umschalten konnte.

21: Ein feiner sozialer Vertrag

San Diego
Samstag, 6. Dezember 1941

DIE REGNERISCHEN STURMBÖEN HATTEN an diesem Abend um kurz nach zehn Uhr angefangen. Um Mitternacht war der Wind stärker geworden, und es regnete so stark, dass man nicht weiter als 30 Meter sehen konnte, und mit dem Regen und dem Wind kam die Kälte. Für Harrison, der in Minneapolis gedient hatte, war dieses Wetter mild. Aber er mochte es trotzdem nicht – Galveston war ihm jederzeit lieber. Das war eine schöne Stadt: warm, massenhaft Alkohol und ein Haufen Mädchen, die einfach nur Spaß haben wollten – Spaß, der fast immer in Form der Tätigkeit endete, die er am liebsten mochte und die er eine „Bettschlacht" nannte. Aber er konnte sehr gut ohne dieses Kuhdorf im Westen leben.

Als Anführer der stündlichen Patrouille zog er eine leichte Veränderung der Prozedur stark in Erwägung, und zwar einen kleinen Umweg zu den Benzintanks, um sicherzugehen, dass keine Mexikaner sie auf ihre Esel geladen und gestohlen hatten. Dann hinüber zur Garage, die immer warm, trocken und still war. Sicher, es gab dort nichts von dem, was er am liebsten mochte, aber wenn er am Dienstag seinen 48-stündigen Ausgang bekam, würde es Fickstuten im Überfluss geben. Unten bei den Docks liebte er es, mit den Mädchen Spaß zu haben, die von Baja gekommen waren. Um mit den einheimischen Mädchen konkurrieren zu können, waren diese mexikanischen Senoritas immer billiger, heißer und vor allem jünger – viele von ihnen *sahen aus* wie unschuldige Jungfrauen. Und während keine von ihnen eng war – sie waren schließlich hart arbeitende Mädchen –, kamen sie mehr (oder wenigstens schien es so, er war sich nie ganz sicher) auf Touren als die einheimischen Mädchen. Und Erregung und Lärm und Feuchtheit sind, wie alle Mädchen wissen, das, was alle Männer am meisten erregt.

Harrison ging mit einem Trupp von zwei Männern: „Das wird eine oberflächliche und kurz gefasste Inspektion."

Die beiden Soldaten im Trupp sahen einander an und verstanden nicht, wovon er redete.

Leicht verärgert erklärte Harrison: „Wir schauen uns Tank 1 an, dann gehen wir zur Garage. Ich bezweifle, dass die Mexikaner heute Abend noch die Tanks stehlen werden."

Beide Männer lächelten und nickten.

Fünf Minuten später erreichten sie die Garage. Sie war typisch – dunkel, flaschengrün und übermalt, mit Schildern, auf denen Unsinn stand wie „Lasst uns selbst Lärm vermeiden" und das allgegenwärtige „Rauchen während des Benzinabfüllens verboten."

Die drei Männer öffneten die Seitentür. Mit Hilfe der äußeren Flutlichter konnten sie die dunklen Schatten der Lastwagen und Jeeps des Lagers sehen, und sie rochen das abgestandene Fett. Sie gingen zum inneren Warteraum der Fahrer und setzten sich. Der kleine Raum war eine Oase der Ruhe. Es lagen Kopien von *Life* und der *Saturday Evening Post* herum und ein paar Magazine, die ihre Mütter zuhause als „anstößig" bezeichnen würden, in denen lächelnde Damen alle mit frech aufgestellten Nippeln und manchmal einem Hauch von Schamhaaren den Leser anstrahlten.

Das Wartezimmer der Fahrer war nicht der sauberste Ort der Welt, aber es gab einen elektrischen Herd mit zwei Platten, einen Eisschrank und vor allem, versteckt hinter den Holzplatten über dem Eisschrank, eine kleine Flasche Bourbon. Das gängige Motto hieß *Trink es und ersetz es.* Aber für einen halben Liter des besten Südstaaten-Bourbons war das nur ein netter sozialer Vertrag.

Die drei setzten sich und fanden drei Gläser. Nicht, dass die Gläser die saubersten waren, aber – was soll's! – der Whiskey würde alle Bakterien abtöten.

Draußen, im Schutz des Unwetters, stiegen zehn Männer aus einem Loch in dem Maschendrahtzaun am oberen Teil des Geländes. Alle trugen Marine-Uniformen. Der Regen war das letzte, was sie im Kopf hatten. Die Idee, hölzerne Gewehrattrappen zu tragen, war im letzten Moment verworfen worden, nicht weil die Gewehre nicht echt aussahen, sondern eher, weil sie den Männern nichts nützen würden, falls man sie gefangen nahm. Alle zehn kamen durch das Loch im Zaun im Norden des Geländes – am höchsten Punkt – , denn der Schwede hatte erklärt, dass „das uns im Fall der Entdeckung einen kleinen Vorteil verschafft – die Gegner müssen bergauf rennen, und das wird sie verlangsamen, besonders, wenn sie Gewehre tragen.“

Die Truppe nickte und war dankbar für seine Fürsorglichkeit für ihr Wohlergehen – ihre spanischen Kommandanten im Bürgerkrieg hätten vom Schweden im Bezug auf Planung, Bedachtsamkeit und Rücksichtnahme auf ihre Truppen lernen können.

Der Regen war vom Himmel gesandt, aber hätten sie die vorherige Woche in Nogales nicht geprobt, so wären sie alle verloren gewesen. Und, heilige Maria, diese Tanks waren riesig – im Training hatten die Männer die Kreise aus Kalk, die der Schwede in den vier Fußballfeldern in Nogales gezogen hatte, nicht glauben können. Aber jetzt konnten sie diese Monster mit eigenen Augen sehen, jedes breiter als ein Fußballfeld und höher als ein zehnstöckiges Gebäude; in jedem von ihnen war genug Benzin, um einen der gigantischen amerikanischen Flugzeugträger einen Monat lang zu betreiben. Und es waren zehn dieser Monster dort.

Jeder Mann ging halb und rannte halb zu dem Monster, das ihm zugeordnet war. Nachdem er die erste der beiden Haftminen auf der zum Hügel hin gelegenen Seite des Tanks befestigt hatte, ging er dann zur gegenüberliegenden Seite – das war der gefährliche Teil, da der Mann nun im Licht stand.

In deutlich weniger Zeit, als sie sich hätten träumen lassen, trafen sich alle zehn Männer wieder beim Loch im Zaun. In Wirklichkeit waren es nur vier Minuten gewesen. Die Zehn krochen durch den Zaun zurück zum Bus. Als sie am Bus ankamen, kletterten sie an Bord wie sehr nervöse und verschreckte Schuljungen, die am Anfang ihrer vielversprechenden Karriere als junge Kriminelle zum ersten Mal erfolgreich einen Süßigkeitenladen ausgeraubt hatten. Im Bus war es dunkel – nur drei rote Glühbirnen leuchteten schwach, was gerade genug Licht erzeugte, dass keiner der Männer über die Stufen stolperte. Alle Zehn streiften ihre Uniformen ab und legten sie in zwei cremefarbene Baumwolltaschen. Während sie das taten, war der Bus gestartet worden und trat langsam und bedächtig seine Reise zurück in die Sicherheit Mexikos an. Nach zwei Stunden auf der Autobahn hielten sie und warfen die beiden Baumwolltaschen in eine Schlucht an der Straße. Sie redeten alle über ihre Mission und ihre Belohnung für vier Minuten eines puren, atemberaubenden Hochgefühls – man stelle sich vor, dafür sogar bezahlt zu werden.

Im kleinen Warteraum der Fahrer glühten die beiden elektrischen Herdplatten rot, und obwohl ihr Leuchten etwas schwach war, so war der Raum auch sehr klein und bald wurde er warm. Außerdem zeigte auch der Bourbon seine Wirkung. Harrison und seine kleine Armee empfanden alle keinen Schmerz. Harrison stand auf und begann zu sagen, sie sollten Kaffee brauen und sich zurück auf den Weg zu den Baracken machen. Gerade als er diese etwas verstümmelte Ansage machte, hörten sie vom oberen Ende des Tanklagers ein gedämpftes Geräusch, dann eine Sekunde später noch eines, dann sechs weitere. Erschrocken sahen sie einander an.

Zwei Sekunden später wurden die Lagergarage und die darin befindliche Oase des Warteraums für Fahrer von einer Flut von 34 Millionen Litern schweren Treiböls weggespült. Genug Treiböl, um die gesamte Flugzeugträgerflotte der US-Marine 74 Tage lang zu betanken, wie die schnell einberufene Untersuchungskommission der „Marine-Überprüfung des Benzinlager-Angriffs in Loma" hinwies.

Oder wie ein etwas schlauerer Analytiker es ausdrückte: Mit dem Verlust der Öllager von Loma und der hawaiianischen Inseln würde es bald der beste Verwendungszweck für die amerikanischen Flugzeugträger sein, als künstliche Korallenriffe versenkt zu werden; Yamamoto dachte darüber nach, als er sich an die Zeit erinnerte, als sein Kaiser ihm gegenüber einmal das Bedürfnis nach mehr Korallenriffen für die geliebten Fische seines Sohnes erwähnt hatte.

22: Satos Kirschblüten

Cristobal, Panama
Sonntag, 7. Dezember 1941

UM SECHS UHR MORGENS blickte Admiral Sato auf der Brücke der *Tancho* gen Himmel. Durchbrochene Wolken verdeckten den Großteil des Vollmondes. Eine Stunde zuvor hatten sich alle 60 Männer in die Offiziersmesse hineingequetscht, der für 20 Offiziere bestimmt war.

„Nun, Männer, heute schreiben wir für unsere Nation Geschichte. Ich kann Ihnen bekanntgeben, dass unsere Landsmänner kurz davor stehen, das amerikanische Territorium der hawaiianischen Inseln im Pazifik anzugreifen."

Alle schnappten nach Luft; Sato wartete, bis es wieder still war.

„Und mit diesem Angriff beginnen wir damit, die Bestimmung des Kaisers zu erfüllen, Herrscher des Pazifik zu werden, unseres Pazifik. Aber unsere Mission ist genauso wichtig. Und wir können unseren Feind lahmlegen – ihn lahmlegen ohne den Verlust eines einzigen Lebens, sei es von Japanern oder anderen Volksgruppen."

Sato ging zu einer großen Karte von Nord- und Südamerika hinüber, die an der Wand hing. Zwei rote Linien zeigten die Entfernungen von New York nach San Francisco. Die rote Linie, die durch den Kanal ging, war mit einer Entfernung von 8.370 Kilometern gekennzeichnet, während die zweite um das Horn herum eine Entfernung von 20.900 Kilometern zeigte.

„Meine Herren, wie Sie aus diesen Linien ersehen können, ist der Panamakanal die wichtigste strategische Ressource, die die Amerikaner haben. Aber dennoch haben sie sich entschieden, ihn in keinster Weise zu verstärken. Und eine solch süße Jungfrau darf nicht verschwendet werden. (Alle Anwesenden wussten von Satos Vorliebe für Jungfrauen aus Yokohama; es war allgemein bekannt, dass Sato in genau dieser Offiziersmesse sieben Mädchen die Unschuld genommen hatte – „genau dort, wo du gerade deine Udon-Nudeln isst" – erinnerte er manch einen errötenden Oberfähnrich, der den Tisch anstarrte. „Sauber, süß, unschuldig und vor allem sehr, sehr eng", lächelte Sato dann.)

Sato war beliebt für seinen Witz, seine Liebe zum Wein, seine Lebensfreude und vor allem dafür, wie er sich um seine Seeleute kümmerte.

„Aber Spaß beiseite, meine Herren, wir sind gesegnet worden. Hier ist also der Plan: Um Mitternacht lichten wir Anker und schlüpfen aus diesem sehr angenehmen Hafen hinaus. Geräuschlosigkeit ist hier der Schlüssel. Die meisten unserer Gastgeber werden um diese Zeit in ihren Betten liegen, aber wir brauchen unser Schicksal nicht unnötig herauszufordern. Wir werden unseren Kurs genau nach Osten halten. Unsere Agenten weiter oben an der Küste haben zu verstehen gegeben, dass sich an der Kanalmündung keine kommerziellen Schiffe befinden. Dann wenden wir uns um 180 Grad und dampfen direkt in die Kanalmündung. Wir werden uns mit nur 6 Knoten fortbewegen, aber selbst dann wird es verdammt eng werden, denn der Eingang des Kanals ist nur drei Bootbreiten weit. Und die Tiefenanalysen, die unsere Fischerboote innerhalb des letzten Jahres angestellt haben, als sie sich ‚zufällig' in den Kanal verirrten, geben an, dass wir mindestens fünf Kilometer weit, vielleicht sogar sieben Kilometer weit, in den Kanal eindringen können.

An der fünf-Kilometer-Marke wird an jedem Ufer ein brennender Lastwagen stehen. Wenn wir diese Markierungen sehen, drehen wir uns heftig nach Steuerbord und schalten den Motor auf der Steuerbord-Seite in den Rückwärtsgang. Dadurch versperren wir dann den Kanal. Sobald wir auf Grund gehen, werde ich das Schiff versenken."

Wieder schnappten alle nach Luft.

„Meine Herren, seien Sie sich bitte bewusst, dass dies kein Spiel ist. Wir folgen einfach nur dem Grundprinzip, die Schwäche des Feindes anzugreifen, und in diesem Fall ist seine Schwäche sein Kanal. Wir gehen in den Kanal, versenken das Schiff, begeben uns vom Schiff, und dann werden Explosionen es in einen großen, unpassierbaren Dorn verwandeln. Ein Dorn, der mehr Schaden zufügt, als tausend Schwesterschiffe es jemals könnten. Sie werden sich alle an die Schwierigkeiten erinnern, die wir als großes Flottenschiff beim Umrunden des Horns hatten – der starke Wellengang, die wilden Vierziger, wütenden Fünfziger und schreienden Sechziger. Wir haben uns gefühlt wie der sprichwörtliche Korken. Und erinnern Sie sich an die Eisberge, die wir sahen? Jetzt stellen Sie sich vor, wie ein kleiner, schwacher, gewöhnlicher Tanker von einem Zehntel unserer Größe sich fühlen wird. Meine Herren, wir sind gesegnet.

Sie haben sich alle über das Trockendock in Yokohama letztes Jahr gewundert. Und warum es in solcher Geheimhaltung vor sich ging. Wie unsere Flugzeughallen unter Deck mit riesigen Blöcken von dreieckig gefertigtem Stahl gefüllt waren. Blöcke, die höher sind als zwei Männer und jeweils 50.000 Kilogramm wiegen. Nun, jetzt wissen Sie Bescheid. Wenn das Schiff explodiert, werden all diese Blöcke, zusammenschmelzen und so ein massives Hindernis erzeugen. Nichts wird vorbeikommen. Und Sie werden sich zur Vervollständigung der Mission vom Schiff begeben. Gibt es Fragen?"

Sato spürte einen Schauder der Aufregung, als er seiner Besatzung endlich erklärte, wozu er selbst zwei Jahre zuvor Yamamoto bekehrt hatte.

Niemand sagte ein Wort.

„Sie können wegtreten, und viel Glück Ihnen allen. Ich erwarte Sie alle am ersten April um zwölf Uhr mittags an der Bar im Palasthotel in Tokio, um mit mir Sake zu trinken und die Kirschblüten rings um den Palast unseres Kaisers von den Bäumen fallen zu sehen.“

Die Referenz zum Ideal des Todes eines Samurai gab der Sache eine nette Note.

Zehn Stunden später dampfte die *Tancho* mit unter einem Viertel der Normalgeschwindigkeit von sechs Knoten in die Ostseite des Kanals. Die Fischeragenten hatten untertrieben – die *Tancho* hatte keine Schwierigkeiten, die fünf Kilometer in die Mündung des Kanals hineinzufahren. Sato hatte zwei Sicherungsposten damit beauftragt, an der Vorderseite des Flugdecks des Flugzeugträgers zu stehen. Für den Fall, dass sie zu früh auf Grund laufen würden, hatte Sato die Vorkehrung getroffen, ihnen Halfter anzulegen, die mit einem Seil am Deck befestigt waren. Die Sicherungsposten waren nötig, weil man den Kanal vom Kommandoturm aus nicht sehen konnte, also wiesen die beiden den Weg. Hier und da verlor einer der Posten den Halt. Sato lächelte im Stillen darüber, dass Takashi mit dem Kriegsschiff *Senshi* am anderen Ende der Landenge in den Kanal würde hineinfahren können, ohne auf Sicherungsposten zurückgreifen zu müssen.

Wie Sato versprochen hatte, war die fünf-Kilometer-Marke auf jeder Seite mit einem brennenden Lastwagen markiert. Als er die Signalfeuer sah, begann Sato die *Tancho* im letzten Manöver ihres Lebens zu wenden. Mit einem Gewicht von 36.000 Tonnen brauchte der Flugzeugträger mehr als 16 Kilometer, um die Richtung vollständig zu ändern. Aber aufgrund der Enge des Kanals am östlichen Ende musste Sato nicht lange warten. Einen Augenblick später lief die *Tancho* auf Grund, während sich ihre Zwillingsschrauben noch wie verrückt in entgegengesetzte Richtungen drehten und dabei den Schlamm aufwühlten.

„Fertig mit den Motoren," rief Sato in das Rufrohr hinunter.

„Schiff verlassen" war das nächste Kommando.

Sato hatte das Portrait des Kaisers der *Trancho* eine Woche vor der Abfahrt der *Suzume* übergeben; Sato gab sein Kommando – wovon man bei einem Admiral noch nie gehört hatte – mit einem Gefühl von Heiterkeit auf.

Die gesamte provisorische Besatzung des Schiffes wurde an Land gebracht. Vier einheimische Lastwagen hatten dort gewartet, um sie in den Dschungel zu bringen. Der Dschungel in Panama begann 100 Meter vom Kanal entfernt, und die amerikanischen Truppen sahen ihn als den Spielplatz des Teufels an – voller menschenfressender Pythons und Schlimmerem. Um den Mythos am Leben zu erhalten, machten die Einheimischen einen amerikanischen Soldaten sternhagelvoll und gaben ihn am lebendigen Leib, aber bewusstlos, einer hungrigen, männlichen Python zu fressen, die danach in einen friedlichen Verdauungsschlaf fiel. Zwei Wochen später erschossen sie das schlafende Reptil mit einer einfachen .22-Kugel durch das Auge zum Gehirn des Tieres. Dann häuteten sie die Schlange und führten die halbverdauten Überreste des Soldaten vor. Die Wirkung auf die amerikanischen Truppen war immer dieselbe – Panik.

Eine Stunde später, sicher verborgen im Dschungeldörfchen bei Reis und Udon-Nudeln, sah die Mannschaft der *Trancho*, wie der Nachthimmel von einem riesigen orange-gelben Feuerball erleuchtet wurde – die *Trancho* hatte ihre Arbeit erledigt.

23: Admiral Abes Typ 93

IN JEDER MARINESPRACHE DAUERT die Vormittagswache von 8 Uhr morgens bis zwölf Uhr mittags. Die moderne Japanische Kaiserliche Marine folgte dieser Konvention, da sie von den Offizieren geschaffen wurde, die von der Königlichen Marine stammten; bis heute haben die Uniformen der japanischen Schulkinder die quadratischen Schulterpolster der Königlichen Marine aus der Zeit Nelsons, die drei erhabene weiße Linien zeigen, eine Erinnerung unserer Zeit an die drei Siege Nelsons.

All dies war unwichtig und von weniger großem Interesse für das kleine Trio japanischer U-Boote, die geduldig hinter dem Eingang zur Marinebasis in San Diego warteten. Fünfzehn frustrierende Tage lang hatten sie dort untergetaucht und still gewartet und kamen nur um Mitternacht für zwei Stunden an die Oberfläche, um ihre Batterien aufzuladen und schnell ein paar Züge Frischluft zu atmen. Einmal pro Woche traf Admiral Abe auf stiller, offener See die U-Boot-Kapitäne, einen nach dem anderen, auf seinem „Flaggschiff" – einem schmutzigen, lauten, kleinen mexikanischen Fischerkahn namens *Anna Maria*.

„Die Mexikaner sind für ihren Intellektualismus, ihre Sportlichkeit und ihr tiefes Verständnis von Geschichte bekannt";

hatte Abe am vorigen Freitag zu Kapitän Higa als Antwort auf Higas Frage nach dem exotischen Namen des Fischerbootes gesagt. Oder wie Abe 10 Minuten später zu Higa sagte, als die beiden allein auf dem Heck des Fischerbootes standen und Zigarren rauchten: „Sie sind verdammte Mexikaner, was hast du denn erwartet, die *Chrysanthemum Throne*?" Higa lachte. Abe winkte seinen Gastgebern, die sich umdrehten, um den japanischen Teufel von unter der Meeresoberfläche aus anzusehen.

Abe führte weiter aus:

„Sie sind verdammte Kinder, Idioten – abgerichtete Affen könnten besser fischen als diese Mexikaner. Ich habe in meinem ganzen Leben noch nie so faule Leute getroffen."

Abe hielt inne:

„Aber meine Ansicht ist im Vergleich zu der ihrer nördlichen Nachbarn großzügig. Das ist es, was meine kleine mexikanische Flotte so nützlich macht – die Amerikaner ignorieren sie; die Mexikaner sind die ideale Tarnung. ‚Ignorieren' ist eigentlich auch das falsche Wort; ‚verabscheuen' ist ein besseres. Ich ließ eines der Boote in meiner Weißen-Storch-Flottille zufällig – das heißt absichtlich – die Hafenseite eines der amerikanischen Zerstörer rammen. Dem Kapitän hatte ich beigebracht, auf Englisch zu sagen ‚Du mein Steuerbord, ich Vorfahrt.' Natürlich runzelte der junge amerikanische Kapitän die Stirn und warf diesen Idioten dann von Bord. Und denk daran, Higa, diese Amerikaner können eine Kriegslist nicht sehen, auch wenn sie ihnen ins Gesicht starrt, was meine Flotte eindeutig tut. Ich habe in den Gewässern vor einer ihrer wichtigsten Marinebasen herumgeschnüffelt, ohne inspiziert zu werden, ohne überprüft oder überrascht zu werden – nichts. Natürlich verdampfte jeder Gedanke an Inspektionen nach dem Ramm-Vorfall.

„Wie Sie auf der Kurzwelle gehört haben, haben unsere Agenten in Bremerton vor drei Tagen signalisiert, dass der amerikanische

Flugzeugträger *Saratoga* gestartet ist, also können wir den Feind morgen oder Sonntag in diesen Gewässern erwarten. Ich habe die drei Positionen unserer U-Boote so geplant, dass die *Saratoga* fast genau über ihnen segeln müsste. Falls das nicht geschieht, wird die *Imai* oder *Noguchi* sie sicher sehen."

Nach dem Ersten Weltkrieg nahmen nur die Deutschen und die Japaner die U-Boote ernst; die Engländer – immer noch Nelsons Phantasie lebend – träumten von einem zweiten Trafalgar. Die Amerikaner hatten eine realistischere Ansicht, aber ihre Torpedos waren die schlechtesten aller Krieg führenden Nationen – „Mein Gott, selbst die Italiener sind uns voran, wenn es um Torpedos geht", hatte sich Admiral Stark 1938 beim Präsidenten beschwert. Stark erklärte, dass die amerikanischen „Fische," wie er sie nannte, zu tief flogen, zu wenig Kraft hatten und – was für jede Bombe die größte Sünde war – beim Aufprall nicht explodierten.

„Sie explodieren nicht beim Aufprall?" fragte der Präsident.

„Sie explodieren nicht beim Aufprall – das ist korrekt, Sir."

„Nun, es muss etwas unternommen werden."

Und wie es mit allen Kundgebungen vom politischen Olympus in jedem Land geschieht – in diesem Fall dem Oval Office des Präsidenten der Vereinigten Staaten –, wurde nichts unternommen, aber alle stimmten vehement zu, dass etwas hätte unternommen werden müssen oder wenigstens eine vollständige und genaue Studie durchgeführt werden müsste, wenn die Zeit reif wäre, zur richtigen Zeit.

Im Gegensatz dazu hatte die japanische Marine 20 Jahre intensiver Arbeit damit verbracht, die feinsten Torpedos der Welt zu erschaffen. Bis zum Jahr 1935 war die Lange Lanze perfektioniert worden. Angetrieben von purem Sauerstoff, war sie fünfmal effektiver als herkömmliche Torpedos, die mit Luft angetrieben wurden, die 80 % inerten Stickstoff enthielt. Zusätzlich zu der sehr schnellen Geschwindigkeit und dem sehr kleinen Kondensstreifen der Langen Lanze – technisch des „Typ 93 Torpedos" – war die Sprengkapsel superb: robust, sicher, und vor allem verlässlich. Und die Streuung war erstaunlich klein – sie war 14 mal besser als der amerikanische „Fisch."

Higa war das hohe Risiko eingegangen, seine vier vorderen und zwei Heck-Torpedorohre zu laden und zu fluten – Higas Boot war nun eine Unter-Wasser-Bombe mit sechs voll geladenen Langen-Lanzen-Torpedos, die alle mit purem Sauerstoff aufgeladen waren. Aber der Effekt war das Risiko wert – er konnte in weniger als 60 Sekunden eine weite Bandbreite in jeglicher Richtung abdecken. Higa hatte gemutmaßt, dass er nah am Ziel sein würde und hatte alle Torpedos auf die Höchstgeschwindigkeit von 48 Knoten eingestellt. Während das die Reichweite bis auf weniger als 20.000 Meter beschränkte, bedeutete es auch, dass der Streuung bis auf höchstens 200 Meter reduziert war. Und wie alle U-Boot-Kapitäne war Higa ein Mann des Risikos.

Und wie es sich ergab, segelte die *Saratoga* tatsächlich direkt über Higas U-Boot.

Higa hatte sein Boot in 30 Metern Tiefe liegen, was die niedrigste mögliche Tauchtiefe war, es ihm aber erlaubte, in 45 Sekunden aufzutauchen, was er auch genau tat. Er erwartete eine typische Einsatzgruppe von Zerstörern, obwohl sein Mann am Periskop, Yako, vehement darauf bestanden hatte, dass keine Verteidigungsschiffe in Sicht waren.

Tatsächlich war der Horizont leer, als Higa auftauchte – kein Zerstörer in Sicht. Aber als er auftauchte, war Higa mit einer wirklich seltsamen Situation konfrontiert – er war zu *nah* an dem amerikanischen Flugzeugträger, also befahl er „Notfall-Umkehr", was wahrscheinlich in den Tagen der Feindseligkeiten das einzige Mal war, dass ein solches Kommando gegeben wurde.

Nachdem er sich eine Minute lang hektisch vom Feind *weg*bewegt hatte, war Higa in Feuerposition. Ohne zu zögern, feuerte er die vier vorderen Torpedos mit der höchsten Bandbreite ab. Sechzehn Sekunden später wurden er und seine Mannschaft mit dem herrlichen Geräusch belohnt, für das eine U-Boot-Mannschaft lebt – das Geräusch eines explodierenden Torpedos, und in den nächsten fünf Sekunden kamen die drei anderen alle hinterher.

Mit der Explosion der vier japanischen Torpedos begann die *Saratoga* sofort, sich nach Backbord hin zu neigen, und zwar mit gefährlicher Schlagseite. Konteradmiral Fitch, der im Aussichtsturm stand, bereute seine Entscheidung, sich über die Aufforderung des Kapitäns, das Schiff zum Gefecht klar zu machen, hinweggesetzt zu haben – „Bill, wenn du die Männer mehr als zwei Tage lang in Gefechtbereitschaft hast, wird das ihre Aufmerksamkeit nicht schärfen, sondern sie schwerfälliger machen," hatte Fitch zum Kapitän gesagt, als sie Puget Sound verließen. Und während das gestimmt haben mochte, stimmte es ebenfalls, dass ohne Klarmachen zum Gefecht keine der wasserdichten Türen wirklich unerschütterlich dicht waren.

Die Geburt der *Saratoga* war eine sehr schwere gewesen – zuerst als Schlachtschiff, dann eingemottet, dann schließlich als Flugzeugträger. Aber mit 18 wasserdichten Abteilen war sie superb entworfen – „praktisch unsinkbar" war das Urteil von Admiral King, aber „praktisch unsinkbar" bedeutete, dass die wasserdichten Türen geschlossen sein mussten – das heißt, wenn das Schiff gefechtsklar gemacht wurde.

Als der vierte Typ-93-Torpedo am Ende des letzten Abteils der *Saratoga* explodierte, war das Schicksal des Flugzeugträgers besiegelt. Da sich die Konstrukteure damals nicht auf den korrekten Ansatz zum Anschrägen des Panzergürtels einigen konnten, taten sie, was in solch einer Situation alle Ingenieure tun – nichts. Wie also der Reisende manchmal eine fertige Brücke sieht, die im Nirgendwo endet, oder ein Vororthaus mit einem Anbau, der nie fertiggestellt wurde, so ließen die Marineingenieure, die über den Blaupausen der *Saratoga* grübelten, ihre Arbeit ebenfalls unvollendet.

Normalerweise wäre diese Handlung – oder, richtiger gesagt, dieses Fehlen einer Handlung – nicht wichtig. Aber der vierte Torpedo hatte im Wesentlichen ein dünnwandiges Schiff getroffen – nicht ein Kriegsschiff mit einem zweihundertvierzig Zentimeter dicken Panzergürtel aus spezialgefertigtem Stahl – sondern eine Wand von einer zweieinhalb Zentimeter schwachen Stahlplatte.

Die Wirkung dieses vierten Torpedos war zu erwarten gewesen. Obwohl es nur wenige Marineleute zugeben würden, sind Panzergürtel dafür entworfen, Angriffe zu dämpfen – nicht zu annullieren. Wenn ein Panzergürtel einen Angriff auf ein Zehntel reduziert, hat er seine Aufgabe erfüllt. Wie ein Kapitän, der früher Boxer war, sagte: „Es ist, wie wenn man mit seinem Handschuh einen Haken auf den Kopf abpuffert. Man spürt es trotzdem, es tut trotzdem höllisch weh, aber man ist auch immer noch bei Bewusstsein."

Die hervorragende Lange Lanze schleuderte verheerende 500 Kilogramm TNT an die einzige dünnwandige Fläche des Schiffes. Die Wirkung war unmittelbar und vernichtend. Die anderen drei Torpedos hatten dem Schiff wenig Schaden zugefügt, aber dieser vierte versenkte es: Die ersten drei hatten im Panzergürtel Risse mit einem Durchmesser von einem halben bis zu einem Meter hinterlassen. Im Gegensatz dazu schuf der vierte Torpedo eine Öffnung von über acht Metern Durchmesser. Der Pazifische Ozean kam in das Schiff wie eine Flutwelle.

Zwei Minuten, nachdem die Belegschaft im Kommandoturm die Backbordneigung des Schiffes bemerkt hatten, tat sich ein viel ominöserer Anblick auf – der Himmel sank, oder jedenfalls schien es so im Kommandoturm. In Wirklichkeit bewegte sich der Himmel nicht, aber das Heck des Schiffes sank mit großer Geschwindigkeit hinab in den Ozean, als das Meereswasser alle rückwärtigen Abteile füllte. Da der Motorenraum komplett unter Wasser stand, gab es keinen Strom mehr. Selbst das Basistriebwerk– der „Hotelstrom" im Marinejargon – war ausgefallen.

„*Saratoga* sinkt sehr schnell heckwärts. Fordere sofortige Unterstützung an," wurde unverschlüsselt über Morse mithilfe der Notfallbatterien signalisiert.

Acht Minuten später sank die *Saratoga* unter die Wellen.

24: Der Polospieler

Hawaiianische Inseln
Sonntag, 7. Dezember 1941

MIYUKI OKINO WURDE IN einem kleinen Zimmer mit den anderen Dienern des Offiziersclubs am östlichen Ende der Insel einquartiert. Die Kasernen bestanden aus drei dunklen, zweistöckigen Gebäuden aus gestrichenem Backstein. Das Beste der drei Gebäude – es überblickte den Strand – war schnell von den einheimischen Hawaiianern in Anspruch genommen worden. Die anderen beiden waren weitaus schäbiger und wurden von den Chinesen, den Philippinern, den Indern und den beiden Mädchen aus Ceylon bewohnt. Miuyki war froh, dass keine anderen Japaner in der Kaserne waren. Sie wollte ihre Arbeit verrichten, und in ihrer Freizeit nähte sie gerne für die Hilfstruppe des Roten Kreuzes.

Die Hilfstruppe war voller gelangweilter Offiziersfrauen, die außer der Wohltätigkeitsarbeit und dem Trinken keinen Zeitvertreib hatten. Einige der abenteuerlustigeren Frauen bildeten einen Hexenzirkel, in dem man sich gegenseitig half und allzu seltene Stelldicheins mit den jungen, eingeborenen Helfern des Gärtners arrangierte. Die Verabredungen wurden getroffen, indem man eine simple Andeutung an die den Zirkel führende Dame fallen ließ; an die führende Dame, die selbst dafür bekannt war, die illegale Berührung von junger, knackiger, männlicher Eingeborenenhaut zu genießen. Ein paar Tage später würde dann ein schweigsamer, junger Hengst höflich an den Dienstboteneingang klopfen und zum Arbeitszimmer der Dame des Hauses gebracht werden. Das Hausmädchen, die Dame und der ältere Gärtner würden dort auf ihn warten. Die Dame würde erklären, dass sie ihren schweren Mahagoni-Schreibtisch ans Fenster gestellt haben wollte, und alle vier würden ihn im Schweiße ihres Angesichts verschieben. Nachdem er beim Versetzen des Schreibtisches geholfen hatte, würde man dem Gärtnergehilfen danken und ihn zu Kuchen und einem Glas Limonade in die Küche schicken. Noch bevor der Koch die Limonade eingeschenkt haben würde, wäre die Dame schon am Telefon.

„Oh, ja. Ja, er ist mir ganz recht."

Die führende Dame würde dann vertraulich mitteilen, dass der Junge, den sie Thomas nannte, sauber und sehr gefügig war und außerdem großartige Ausdauer hatte.

„Und wie ist seine Entwicklung?"

„Entwicklung?" das Stirnrunzeln war einen Moment lang sogar durch das Telefon hörbar.

„Oh, natürlich. Ich Dummerchen. Ja, seine ‚Entwicklung,' wie du es nennst. Nun, meine Liebe, sie ist nicht größer als normal. Ungefähr die gleiche Größe wie die meines Mannes, aber es gibt außer der physischen Größe noch viele Unterschiede. Zum einen habe ich noch nie einen gespürt, der so hart war. Er ist wirklich wie ein warmer Stein, den man findet, wenn man im Sommer am Strand spazieren geht. Er ist erstaunlich hart. Und dieser herrlich warme Stein ist in dir. Ein weiterer Unterschied ist, dass er sogar so bleibt, wenn er fertig ist. Und was ich am meisten mag, ist die Sahne."

Nun war die Dame an der Reihe, die Stirn zu runzeln, aber die führende Dame fuhr fort:

DIE GÖTTIN DES SCHICKSALS

„Ich sage ihm immer, er soll auf Verhütungsmittel verzichten, aber ich bin in einem Alter, in dem ich mir das leisten kann. Für dich mit deiner regulären Periode wäre das kein guter Ratschlag. Aber ich schlage vor, du lässt ihn draußen kommen, auf dein Gesicht oder deinen Busen, denn Thomas größte Begabung, abgesehen von seiner vollkommenen, eingeborenen Gefügigkeit, ist das Volumen seiner Schüsse. Nimm eine Kaffeetasse, die bis zum Rand mit Kuhmilch gefüllt ist, und gieß sie dir heute beim Duschen langsam über das Gesicht und den Körper. Genau so fühlt es sich an, Thomas voll und ganz zu genießen."

„Ist das denn möglich? Das kann nicht möglich sein. Eine Kaffeetasse voll. Das ist doch unmöglich, oder?"

Da sie einmal begonnen hatte, redete die führende Dame leicht erregt weiter:

„Thomas ist ein netter Junge, ein wenig einfach, sogar im Vergleich zu den anderen Einheimischen, und sein Gesicht ist auf rohe Weise gut aussehend, aber seine Arme und Schultern sind erregend. Ich liebe es, wenn er im Schlafzimmer auf mir liegt und in mich stößt, während ich meine Hände über seine Arme und riesigen Schultern gleiten lasse. In dieser Position ist er mehr wie eine Maschine als ein Mensch. Erwarte keine Unterhaltung oder Schlauheit. Er ist schließlich trotz allem ein Eingeborener. Aber es gibt nichts, was so gut ist wie die Männlichkeit seiner Jugend, um die Jahre hinweg zu spülen, wenn es auch nur für ein, zwei Stunden ist. Und denke daran, er kommt nicht, bevor du es ihm erlaubst. Es gab vor ein paar Monaten einen Vorfall, als er zufällig die Kontrolle zu früh verlor, und es tat ihm so leid, dass er den Tränen nahe war. Ich konnte spüren, wie er kurz davor war, aber anstatt ihn zu stoppen, ließ ich ihn einfach alles in mich hineinpumpen. Du darfst nicht vergessen, dass er manchmal beinahe eine halbe Minute lang kommt."

„Eine halbe Minute?" die Dame klang ungläubig.

277

„Oh ja. Denk daran: Er hat eine ganze Kaffeetasse zu füllen."
Beide kicherten.

„Nun, Thomas klingt ideal. Kannst du ihn am Mittwoch vorbeischicken, denn dann haben mein Hausmädchen und mein Diener frei?"

Die führende Dame bejahte.

Gelegentlich war Miyuki beim Roten Kreuz zum Tee eingeladen. Ein paar der Damen bemitleideten sie; sie schien so verloren – ein so unschuldiges, verlorenes, kleines Kind. Und Miyuki war sehr pflichtbewusst, sogar noch pflichtbewusster, als wenn sie im Offiziersclub auf dem Hügel arbeitete. Ihre Augen waren immer nach unten gerichtet, sie ging immer nah an der Wand, und ihr Kopf war immer gebeugt. Wenn eine Schar von Offiziersfrauen sich den Gang des Roten Kreuzes hinabschlängelte, hielt sie immer inne und stellte sich auf die Seite, die Augen heruntergeschlagen und die Hände vor dem Körper leicht verschränkt. Es dauerte nicht lang, bevor ihre extreme Bescheidenheit mit Wohlwollen bemerkt wurde.

Bei einem seltenen Tee bewunderten die Damen Miyukis perfektes Englisch, von dem sie erklärte, sie hätte es als Schülerin in den Philippinen gelernt, nachdem sie und ihre Familie aus Japan verstoßen worden waren. Die Damen trösteten sie damit, dass Politik heutzutage in allen Ländern so schlimm war. Nach ein oder zwei Augenblicken solcher Nettigkeiten nahmen die Damen wieder ihr persönliches Geschwätz auf über ihre Männer und ihre Hoffnungen, wieder auf das Festland versetzt zu werden und ihre Ängste, dass man ihre Männer womöglich in das furchtbare Manila versetzen könnte zu den Schrecken von Douglas MacArthur und seiner Frau, von der man sagte, sie sei ein Halbblut.

Miyuki mochte ihre Arbeit im Offiziersclub. Sie arbeitete dort schon seit fünf Jahren. Laut ihrer Papiere kam sie aus Manila und hatte exzellente Referenzen von dem britischen Plantagenbesitzer. Die Briefe waren auf dem schönsten creme-weißen Papier gedruckt – 25 % Baumwollfaser. Natürlich hassten alle hawaiianischen Angestellten sie leidenschaftlich – für ihre Höflichkeit, ihre Sauberkeit, und dafür, dass sie jeden Tag duschte; dafür, dass sie im Keller nie schlecht über die Offiziere oder ihre abstoßenden Frauen sprach. Und was noch schlimmer war, sie beteiligte sich nie an den kleinlichen Verfälschungen, die die Hawaiianer gerne mit den Mahlzeiten ihrer Herren anstellten. Sie war klein, bescheiden und still. Nur ihr Haar unterschied sich von dem der anderen Dienern – merkwürdigerweise trug sie einen Pagenkopf der 20er Jahre, der an den Haarschnitt der Pagen von mittelalterlichen englischen Rittern erinnerte – Lanzenturniere und all das.

Commander Wheeler, der Kommandant des Clubs, mochte sie gerne. Und sie mochte Kommandant Wheeler.

Sechs Monate zuvor hatte sie an die Tür des Kommandanten geklopft und war, nachdem sie keine Antwort gehört hatte, eingetreten, um seine Suite zu reinigen. Die Suite des Kommandanten lag am Ende des dritten Stockwerks, weg von den anderen Suiten, die für Admiräle und Senatoren verwendet wurden, die zu Besuch kamen. Als sie das Bett machte, kam der Kommandant unerwartet vom Badezimmer herein, nur mit hellroten, seidenen Boxershorts bekleidet und eine goldene Uhr am Handgelenk tragend. Erschrocken entschuldigte sie sich:

„Kommandant Wheeler, es tut mir so leid, Sir. Ich wusste nicht, dass Sie hier sind, Sir. Ich werde später wiederkommen, Sir."

„Unsinn, Miss Okino. Ich gehe ihnen sofort aus dem Weg," sagte Wheeler großzügig in seinem Südstaatenakzent.

„Wie Sie wünschen, Sir."

Miyuki hatte ihre Augen dem Boden zugewendet und instinktiv die rechte Hand vor ihren Mund gelegt, mit nach außen weisender Handfläche und dem Ellbogen an ihrer Seite. Aber sie konnte nicht umhin, seine muskulöse Brust und seine kräftigen Arme zu bewundern, und vor allem konnte er ihre Bewunderung sehen. Wheeler kam aus einer alten, reichen Ölfamilie in Texas – oder jedenfalls so alt, wie Ölreichtum in Texas sein konnte – sein Großvater war einer der ursprünglichen Erdölbohrer gewesen, der in Texas nur mit seinen Kleidern auf dem Rücken angekommen war. Kommandant Wheeler war ein Polospieler und wurde – mit einem Hauch von Neid – von seinen Offizierskollegen bewundert. Aber seine großzügige Art und aufrichtige Freundlichkeit gewannen schnell das Herz der meisten Offiziere und aller Ehefrauen, mit denen er zugleich höflich bis ritterlich und unterhaltsam bis kokett umging.

Wie Miyuki hatten nicht nur ein paar der Ehefrauen Wheelers Körper bemerkt. Einige weiße Narben, die sich von dem gut gebräunten Körper abhoben; ein Hauch von Brustbehaarung – „um zu zeigen, dass er ein Mann ist", tratschten die Frauen; eine außergewöhnlich gut geformte Brust; und Arme, über die die Frauen, um ehrlich zu sein, redeten.

Bevor sie an die Tür geklopft hatte, hatte Miyuki die beiden dünnen, quadratischen Gummieinlagen zwischen ihrer gestärkten, weißen Uniform und ihrem Bustier entfernt. In ihrem kleinen Zimmer hatte Miyuki die Vorderseite ihres Bustiers so verändert, dass in jedem Körbchen ein Loch war, das ungefähr die Größe ihres Daumens hatte, um ihren üppigen Nippeln das Herausragen zu ermöglichen. Durch den Kunstgriff mit den Gummieinlagen war Miyuki in der Lage, sich genauso ordentlich und sauber durch den Dienerkeller und den Club zu bewegen, wie die Kindergärtnerin, die sie einst gewesen war, aber in der Suite von Kommandant Wheeler stachen ihre Nippel heraus und waren unmöglich zu übersehen.

Während sie das Bett machte, ließ sie sich am Fuß des Bettes sorgfältig Zeit; der Fuß des Bettes zeigte zum Badezimmer, das größer war als ihr gesamtes eigenes Zimmer. Während sie beschäftigt war, hatte sie sich über das Bett gebeugt, die Beine zu Gleichgewichtszwecken leicht gespreizt, und bedauerlicherweise war der Rock ihrer gestärkten, weißen Uniform ihre Beine hinaufgerutscht, um den unteren Teil ihrer Strumpfhalterklemmen zu zeigen. Sie hörte nicht damit auf, das Bett zu machen, bis sie sich sicher war, dass Kommandant Wheeler ihre Beine lange genug angesehen hatte.

Wheeler verschränkte die Arme, um die Größe seiner Brust mehr zu betonen. Miyuki gab vor, zu erröten und begann wirklich, erregt zu werden. Abgesehen von einer sich ausbreitenden, warmen Feuchtigkeit spürte sie, wie ihre Nippel anschwollen. Wheeler blickte direkt auf ihre Nippel und ihre große Brust – sehr großzügige D-Körbchen. Miyuki senkte den Kopf und sah auf den Boden. Ihre extreme Passivität erregte Wheeler – hier war eine junge Frau, ganz klar erregt und nur darauf wartend, genommen und vergewaltigt zu werden. Während sie auf den Boden blickte, konnte Miyuki gerade noch die Anschwellung in den seidenen Boxershorts sehen, die sie sich erhofft hatte.

„Miss Okino, wie lange arbeiten Sie jetzt schon bei uns?"

Miyuki sah immer noch fest auf den Boden: „Etwas weniger als fünf Jahre, Sir."

„Und sind Sie glücklich hier bei uns?"

„Oh ja, Sir; es ist so viel besser als meine letzte Stelle in den Philippinen bei einem englischen Plantagenbesitzer. Die Frau des Herren dort schlug mich, und sie waren beide sehr brutal. Ich liebe es, hier zu arbeiten und für Sie zu arbeiten, Sir. Alle sind so freundlich. Die Amerikaner sind so viel netter und freundlicher als die Engländer, und das Essen schmeckt hier so viel besser. Oh ja, Sir, ich liebe es hier; ich würde alles tun, um bleiben zu dürfen."

In diesem Moment stand Wheeler direkt vor ihr, und sie konnte den oberen Rand seiner Shorts und seine wachsende Männlichkeit sehen. Er legte seine Hand unter ihr Kinn und hob es langsam hoch. Sie hob ihr Kinn und sah ihm in die Augen, so sanft sie konnte. Er legte seine Hände sachte auf ihre Schultern und strich langsam an ihren Armen hinunter. Sie spitzte die Lippen, öffnete ihren Mund und begann, etwas schwerer zu atmen. Ihre Nippel trugen ihren Teil zu der Verführung bei, standen nun aus dem Loch im Bustier hervor und formten auf der gestärkten, weißen Jacke zwei große Beulen.

Wheeler war ein alter Hase in dieser Sache, dem ältesten Ritual der Menschheit. Aber Miyuki kannte die Schritte dieses Rituals sogar noch besser als der weiße Mann: zuerst das Erröten, dann die Nippel, dann das etwas schwerere Atmen, das zu noch schwererem Atmen führt. Während der ganzen Zeit hatte Miyuki nur das eine Verlangen, dass er sie einfach auf das Bett drücken und nehmen möge. Aber das würde eine Geschichte sein, die Wheeler etwas zu offensichtlich finden könnte, wenn er später seine neueste Eroberung begutachtete. Also atmete Miyuki einfach nur noch etwas schwerer.

Tatsächlich nahm Wheeler ihre Hand und legte sie auf die inzwischen komplett geschwollene Beule in seinen Shorts. Ohne etwas zu sagen, kniete Miyuki sich auf den Boden und öffnete den Verschluss seiner Shorts. Sie war froh, als sie sah, dass er beschnitten war – sie mochte unbeschnittene Männer nicht. Der englische Plantagenbesitzer war unbeschnitten gewesen, und dadurch roch er unten herum furchtbar, und außerdem war er dick gewesen, und er tat, was alle Frauen am meisten hassten – er benutzte ihr Haar, als sei es ein Griff, und ihren Kopf als eine Art Maschine.

Im Gegensatz dazu war der Amerikaner ein Gentleman, und ein erfahrener Gentleman obendrein. Er wusste, dass es beim Sex mit einer Angestellten oder Dienerin oder selbst einer Hure ein Protokoll dessen gab, was höflich und anständig war. Und es war mehr als höflich – dafür zu sorgen, dass das Mädchen Spaß hatte und der Lärm und der gewölbte Rücken und manchmal sogar das Zusammenfalten ihrer Beine, sodass ihre Fersen ihre Hüften berührten, all das war der beste Teil. Und er liebte es, seine Eroberungen schwitzen zu sehen, wenn die Lust überhandnahm.

Miyuki benutzte ihre Zähne gerade genug, um Wheelers Erregung zu steigern, aber nicht so sehr, dass er zu früh in ihrem Mund kam. Nach ein paar Augenblicken und ohne Aufforderung stieß Wheeler sie auf das Bett.

Miyuki sagte:

„Sir, darf ich zuerst meine Uniform ausziehen? Bitte, Sir?

„Aber sicher."

Miyuki zog sich schnell bis auf ihre Strümpfe und ihren Strumpfhalter aus – sie wollte unbedingt, dass Wheeler ihr Bustier nicht sah. Sie legte ihre Kleider zusammen und ergriff zum ersten Mal die Initiative, indem sie auf den großen Texaner stieg. Sie ritt ihn, so hart sie konnte und gab das beste Stöhnen und Keuchen von sich – genug, um ihn erregt zu halten, aber nicht so viel, dass er Bedenken bekam. (Ihre zweite Besorgnis war in Wirklichkeit grundlos – Wheeler brüstete sich jedem gegenüber, der zuhörte, damit, dass er „jeden Hintern fickte, den er wollte, und ihn keiner aufhalten konnte.")

Miyuki entspannte sich und ließ sich zweimal zum Höhepunkt kommen, bevor sie spürte, wie Wheeler sich anspannte und in ihr kam. Er war ein starker und männlicher Mann, bei dem es gute 15

Sekunden lang dauerte, den elementaren Akt zu beenden. Sie gefiel ihrem Kommandanten eindeutig.

„Sir, lassen sie mich Ihnen ein warmes Handtuch holen," sagte sie und sprang vom Bett, bevor er sie aufhalten konnte.

Wheeler lächelte vor sich hin: „Dieser sanfte asiatische Fick ist unglaublich." Er vertrat sehr stark die Meinung, dass Asien eine Männerwelt war.

„Sir, ich werde wieder in die Suite kommen, wenn Sie sich angekleidet haben. Bitte entschuldigen sie die Unterbrechung, Sir. Ich werde mich nun ankleiden, es wird nicht lange dauern, Sir."

Wheeler lachte über diese Aussage, als Miyuki ins Badezimmer huschte.

Miyuki öffnete die Tür zum Badezimmer wieder nach weniger als einer Minute. Zurück in der Rolle der anständigen Kindergärtnerin, verbeugte sie sich.

„Schätzchen, du hast gerade den Weltrekord in der Geschwindigkeit gebrochen, in der sich eine Frau jemals angezogen hat," sagte Wheeler.

„Bitte sagen Sie es mir, wenn Sie mich wieder benötigen, jederzeit, Sir. Ich stehe Ihnen immer zur Verfügung, Sir. Ich liebe es hier, und ich würde alles tun, um hierzubleiben, Sir."

✠ ✠ ✠

Miyuki ging; nachdem sie die Tür des Kommandanten geschlossen hatte, steckte sie die beiden quadratischen Gummieinlagen zurück. Es hatte gerade eine unerlaubte Affäre begonnen, von der Miyuki seit fünf Jahren geträumt hatte, und es war eine himmlische Partnerschaft - der große, reiche, stramme texanische Kommandant des wichtigsten Clubs der Inseln und die weiche, sanfte, aber sehr körperbetonte, junge, gelassene japanische Dienerin.

DIE GÖTTIN DES SCHICKSALS

Was jedoch wichtiger war, war die Tatsache, dass dies die Aktivierung der wichtigsten Agentin der Kaiserlichen Japanischen Marine war. Die geheimen Informationen, die Miyuki von dem geselligen und prahlerischen Amerikaner sammelte, waren so wertvoll und ihre Position von so entscheidender Bedeutung, dass sie nicht nur einen, sondern zwei Übertragungswege hatte und niemals Radioverkehr benutzt wurde. Sie hatte Radio nie gemocht, und vor allem mochte sie die Radiomänner nicht, die ihrer Meinung nach durchweg unverlässlich und von Natur aus nervös waren – was war es, die Elektronen? Stattdessen wurde ein Spezialprotokoll verwendet, nach dem ihre kodierten Nachrichten auf dem zweiten Übertragungsweg einem Fischerboot übergeben wurden, welches das Päckchen an ein U-Boot weiterleitete. Und dies geschah nur an völlig wolkenlosen Tagen, wenn die „Fischer" den Himmel mit ihren Hochleistungs-Ferngläsern absuchen konnten, bevor sie eine unterirdische Messingglocke läuteten, um das U-Boot zu benachrichtigen, dass der Austausch sicher stattfinden konnte.

Miyukis Material war von erstaunlicher Wichtigkeit – sie schaffte es sogar, einige Fragmente des strategischen Denkens auf höchster Ebene von King und Nimitz ausfindig zu machen. In Tokio hörte man Yamamoto selbst sagen, dass es war, als ob man eine freimütige, professionelle Unterhaltung mit den Admirälen King und Nimitz bei Brandy und Zigarren im Palasthotel hatte.

Aber das war noch nicht die wertvollste Leistung, die Miyuki vollbrachte. Denn diese würde sich am Tag der Operation Z ereignen.

In diesem zukunftsträchtigen ersten Sonntag im Dezember zog Miyuki eine frisch gestärkte, weiße Uniform an und fuhr eine Stunde lang mit dem Fahrrad bis zum Offiziersclub. Sie war sich sicher, dass der Bus zum Offiziersclub, der immer zu spät kam, aufgrund des Durcheinanders an diesem Tag gar nicht erscheinen würde, und das passte ihr gut. Der erste Teil der Strecke war einfach, die Küstenstraße entlang, dann fing der Anstieg an, und es wurde immer steiler. Als sie auf halber Höhe war, hielt sie inne und pausierte. Durch ihr jahrelanges Training japste sie bei dem Anblick, der sich ihr bot, instinktiv und hielt sich die Hand vor den Mund, ganz wie eine gewöhnliche Person es getan hätte, die mit Szenen solcher Zerstörung und Verwüstung konfrontiert worden wäre.

„Du wirst immer beobachtet," hatte ihr Trainer in Tokio ihr immer und immer wieder eingebläut.

„Gib deine Tarnung niemals preis, bis du dich wieder auf japanischem Boden befindest."

Also wischte sie sich, die Stirn, stützte die Arme in ihre Seiten und dehnte ihren Rücken, während sie bei sich leise fluchte. Aber während dieser Scharade lag ihr einziges berufliches Interesse in den Benzintanks. Dieses gigantische Tanklager fasste genug Benzin, um alle Schiffe des amerikanischen Pazifikflotte sechs Monate lang zu betanken. Man stelle sich das vor, sechs Monate, oder zweimal so viel Benzin wie ihr armes Heimatland besaß. Und durch den Qualm sah Miyuki all diese Tanks, makellos und intakt – der japanische Angriff war fehlgeschlagen.

Miyuki wendete langsam ihr Fahrrad – „Du wirst immer beobachtet" – und fuhr zurück die Küstenstraße hinab. Sie hielt nicht an den drei Backsteinkasernen, sondern fuhr weiter, bis sie das verlassene Fischerdorf erreichte. Es war eher ein kleiner Weiler von fünf oder sechs heruntergekommenen Hütten, wo vor neun Jahren

ein paar einheimische Fischer mit der nicht besonders enthusias-
tischen Unterstützung einer Handvoll einheimischer Investoren
geplant hatten, einen Perlenbetrieb zu eröffnen. Natürlich verdammten der Mangel an Kapital und die eingeborene hawaiianische Abneigung gegen alles, was Arbeit nur ähnelte, das absurde
Vorhaben von vornherein. Aber vor drei Jahren hatten die Stille
und absolute Ruhe die Aufmerksamkeit eines Agenten von Miyukis Kaliber erregt.

Sie stieg ab und stellte ihr Fahrrad außer Sichtweite hinter der
ersten Hütte ab. Dann ging sie zur zweiten Hütte und trat ein. Es
roch nach streunenden Katzen. Es war dunkel und feucht – fast kein
Sonnenlicht drang ins Innere. Sie öffnete das vordere Fenster ein
klein wenig und setzte sich auf eine Holzkiste, wo sie fünf Minuten
lang lauschend sitzenblieb. Als sich ihre Ohren langsam an die Stille
gewöhnten, hörte sie nichts als eine weit entfernte Sirene, die das
Ende einer Ära verkündete.

Nach zehn weiteren Minuten, als sie sicher war, dass der Weiler verlassen war, schob sie mit Mühe den schweren, gusseisernen
Tisch in der Mitte des Raumes zur Seite. Sie kniete auf den Boden
und wischte den Dreck weg, den sie dort platziert hatte. Dann entfernte sie das äußere Brett, und ein großes, stählernes Vorhänge-
schloss kam zum Vorschein. Sie entriegelte das Schloss und nahm
ihren Schatz heraus, einen Schatz, für den sie ihr Leben oder das
Leben ihres erstgeborenen Sohnes geben würde. Vorsichtig nahm
sie das Radioset und ging durch die Startprozeduren. Maschinen
und Radioröhren schüchterten sie immer ein, aber sie hatte diese
Angst überwunden; sie musste Erfolg haben, also tat sie es.

Sie fuhr die Antenne aus. Als das Radioset lief und funktion-
stüchtig war, begann sie, in Morse zu tippen: „181-79", immer
und immer wieder. Sie musste diese Nachricht durchbekommen,
und diese Nachricht war so wichtig, dass Chiffre nicht ausreichte
– verschlüsselter Text konnte immer geknackt werden, wobei ein

einmaliger Code unfehlbar war, wenn auch begrenzt. Einhundert-ein-und-achtzig war ihre Agentennummer; 79 war die Nachricht – „Öltanks nicht zerstört." Nach nur 30 Sekunden machte ihr Herz einen Satz: „SN" – „Nachricht verstanden," und der Code von Yamanotos Signalschiff.

Ihre Karriere war zu Ende. Kein Champagner, keine schleimigen Reden, keine blödsinnigen Parties, nur das befriedigende Wissen, dass sie es getan hatte.

Sie schaltete das Radioset aus und entfernte die Senderöhren – sie benutzte dafür ihr Taschentuch, weil sie so heiß waren. Dann zertrümmerte sie eine nach der anderen. Die nächsten zehn Minuten verbrachte sie damit, den Rest des Radios zu zerstören. Sie zog die beiden Benzinbehälter hervor, die sie fünf Monate zuvor in dem Raum versteckt hatte, und spritzte den ganzen Innenraum der Hütte voll Benzin. Ihr letzter Akt war es, die Universalstreichhölzer aus ihrem Versteck zu holen. Bevor sie das Streichholz entzündete, hielt sie am vorderen Fenster inne, mehr aus Gründen ihrer Spionagepraxis als aus Notwendigkeit. Sie hörte nichts, und so öffnete sie die Vordertür, entzündete das Streichholz und hielt es an einen der durchtränkten Lappen.

Miyuki dreht sich um und ging, ohne zurückzublicken, zu ihrem Fahrrad.

Dann kehrte sie in ihre Kaserne zurück. Sie ging in das erste Gebäude, in dem die verhassten, einheimischen Hawaiianer wohnten. Mein Gott, war es ein Chaos. Kein Wunder, dass Wheeler sie lieber mochte – welcher Mann, der noch ganz bei Trost war, würde sein Ding in eine dieser eingeborenen Frauen stecken wollen?

Zu ihrer Überraschung (und Freude) rannten die beiden Mädchen im Gemeinschaftsraum auf sie zu und umarmten sie:

„Schwester Miyuki, hilf uns; was sollen wir tun; kommen die Japaner?; hilf uns, Schwester, wir lieben dich; bitte hilf uns."

Miyuki zog einen sarkastischen Tonfall in Erwägung, sah aber sofort ein, dass das mit dieser einheimischen Bauernbevölkerung nicht funktionieren würde.

„Es ist alles gut, Mädchen; lasst uns Tee trinken."

„Tee, ja, Tee. Warum haben wir daran nicht gedacht? Ja, Tee wäre wunderbar."

Das Geplapper ging weiter, und schließlich wurde Tee gemacht.

In der Offiziersmesse seines Flaggschiffes *Nagato* sah der japanische Marschall Admiral und Kommandant vom Dienst der Kombinierten Flotte, Isoroku Yamamoto, zu dem erschrockenen, jungen Nachrichtenoffizier auf.

„Was ist los, Leutnant?"

„Sir, 181 hat 79 signalisiert. Sir, dies ist der echte 181, auf der Frequenz, die allein für ihn reserviert ist." (Nur Yamamoto kannte die Wahrheit über 181).

„Admiral, Sir, dies ist ein echtes 79."

„Danke, Leutnant. Schicken Sie bitte Kommandant Genda zu mir. Das wäre alles."

Zwei Minuten später betrat Kommandant Minoru Genda die Offiziersmesse, bis über beide Ohren grinsend.

„Nun, wenn wir nächste Woche zurückkommen gibt es für mich das Ginza."

Genda bezog sich auf das 1.000 Jahre alte Einkaufs- und „Unterhaltungs"zentrum in Tokio. Die Stadt war ursprünglich eine Silbermine gewesen und hatte sich zu dem Ort entwickelt, an dem es die schönsten und geschmeidigsten Frauen Japans gab.

Yamamoto blickte auf. Er war ein kleiner, gedrungener Mann und, obwohl er bei seinen Seeleuten sehr beliebt war, mochten ihn seine Kollegen nicht so sehr – General Tojo verabscheute ihn, und Tojo war nicht der einzige. Yamamotos Gesicht war das eines flämischen Portraits aus dem 16. Jahrhundert – ernst, streng und ohne Lächeln.

„79."

„Wirklich?"

„Ja, verdammt, wirklich. Ja, zur Hölle, wirklich. Jetzt laden Sie mehr Bomben in die Flugzeuge und lassen Sie uns diesen Auftrag vollenden."

Während er das sagte, war Yamamoto im Wesentlichen höflich, wenn er auch mit Nachdruck sprach. All das änderte sich aber, als Genda die Dummheit besaß, ohne nachzudenken zu sagen: „Aber Admiral, alle Piloten sind müde."

‚Das war so unbedacht von mir,' gab Genda später bei der Siegesfeier zu, die ironischerweise im Chuo-Ku 3-6-1 stattfand, Matsuya Ginza.

Yamamoto sprang mit solch wilder Energie auf, dass Genda erwartete, der General würde ihn schlagen.

„Müde? Haben Sie den verfluchten Verstand verloren, müde? Oh, die verdammten, armen Babies, holen wir ihnen etwas warme Miso-Suppe. Tut mir leid, ich hatte nicht gewusst, dass die Babies so müde sind, es tut mir so verdammt leid."

Yamamoto schrie nicht – *schreien* wäre viel zu gelinde gesagt, *brüllen* kommt etwas näher an den Tonfall heran, obwohl es immer noch gelinde gesagt ist. Man stelle sich einen Mann vor, der seine Stimme in einem lauteren Tonfall erhebt, als es eigentlich möglich ist.

All das wurde Genda aus solcher Nähe vermittelt, dass Yamamotos Nase die Nase Gendas zweimal berührte.

„Ich werde in zehn Minuten auf Deck sein und dann erwarte ich, dass der erste Flug gestartet wird."

„Aber was ist mit den feindlichen U-Booten?"

„Verdammter Jesus Christus im Himmel." (Yamamoto hatte in seiner Zeit in Harvard gelernt, dass die Amerikaner zu den kreativsten Fluchern zählen.)

„Sind Sie ein völliger, totaler – kompletter – verdammter Vollidiot?"

„Wir sind in einem verdammten Krieg, und Sie wollen auf Nummer sicher gehen? Genda, Sie sind ein totaler, verfluchter Idiot. Verstehen Sie das? Ein totaler Idiot. Ich will in zwanzig Minuten 32 Flugzeuge in der Luft, selbst, wenn ich sie, verdammt nochmal, selbst anführen muss. Ist das klar, sie verdammter Idiot?"

Genda nickte und ging.

Als er allein war, wusste Yamamoto, dass er gerade seinen letzten Würfel mit Genda gerollt hatte. Durch diese brutale Behandlung würde Genda dem Admiral nie wieder vertrauen, und Yamamoto hatte gerade ihre Freundschaft zerstört. Aber, so dachte Yamamoto, verzweifelte Zeiten erfordern verzweifelte Maßnahmen, und Gendas größter Fehler war seine Sucht nach Übereinstimmung. Aber in den meisten Fällen war Übereinstimmung Schwäche.

Miyuki trank gemütlich Tee, als man die ersten Explosionen hörte. Ihr Herz machte einen Satz. All die Arbeit, all die Zeit, das Aushalten der Hawaiianer und der amerikanischen Ehefrauen. Sie ging nach draußen. Der Himmel war schwarz vor brennendem Öl. Öl, das das Lebensblut einer jeden Marine war. Und nun wurde den Inseln all ihr wertvolles Öl ausgesaugt – und alles dank ihres „181-79."

25: Winstons Freude

Washington
Sonntag, 7. Dezember 1941

NACH DEN EREIGNISSEN DER vergangenen Woche waren Hopkins und Tugwell erfreut, gemeinsam ein ruhiges, frühes Mittagessen im Hauptrestaurant des Willard einnehmen zu können. Obwohl sie sehr unterschiedliche Männer waren, genoss jeder die Gesellschaft des anderen, und es verband sie, dass sie gemeinsam im Dienst des Präsidenten standen. Sie hatten schon oft bemerkt, dass er manchmal ein echter Mistkerl sein konnte – Richter Holmes Stichelei über einen „zweitrangigen Geist, aber eine erstklassige Veranlagung" wurde zitiert.

Nachdem der junge Kellner ihren Kaffee gebracht hatte, sagte Hopkins:

„Gott im Himmel, ist es überhaupt möglich, die vergangene Woche zu wiederholen?"

Tugwell lächelte und schüttelte den Kopf:

„Vielleicht eine Wiederholung des Erdbebens in San Francisco von 1906, aber das ist dann auch alles."

Beide Männer lachten.

Aber ihr Gelächter wurde durch das Eintreten des hektischen Smithers in das Restaurant unterbrochen.

„Scheiße, nein," murmelte Hopkins.

Ohne zu zögern, stürmte Smithers auf den Tisch zu.

„Der Präsident braucht Sie sofort. Sofort. Jetzt gleich."

Hopkins wollte etwas sagen, überlegte es sich aber anders. Smithers warf eine zehn-Dollar-Note auf den Tisch.

„Der Wagen steht draußen."

„Aber es ist nur ein Block," sagte Hopkins, ohne zu denken.

„Steigen Sie in den Wagen!" befahl Smithers.

Die beiden Männer tauschten einen Blick aus – wenn ein Milchgesicht wie Smithers so redete, nun, da musste es wirklich dringend sein.

✠ ✠ ✠

Normalerweise trafen sie sich mit dem Präsidenten allein im Oval Office, aber heute war dem nicht so. Ständig kam jemand ins Oval Office. Wie immer saß Roosevelt in seinem verhassten Rollstuhl.

Stimson redete als erster:

„Die Landenge unseres Kanals ist von beiden Seiten von Kriegsschiffen der Kaiserlichen Japanischen Marine blockiert worden. Also müssen jetzt alle unsere Schiffe im Atlantik den langen Weg zum Pazifik nehmen."

Hopkins und Tugwell brauchten einen Moment, um zu verstehen, dass er vom Panamakanal redete.

Tugwell, mit seinem schnellen Denken des Professors, fragte Admiral King:

„Admiral, und dies ist die schlechteste Zeit des Jahres in den südlichen Ozeanen um das Horn herum, oder?"

King antwortete ungerührt:

„Nun ja, die allerschlechteste Zeit haben wir hinter uns, denn das ist die Oktober- und Novemberperiode, aber es ist das Horn, und das Wetter ist in den südlichen Ozeanen in den Vierzigern, Fünfzigern und Sechzigern das ganze Jahr über hässlich – es gibt in Wirklichkeit keine ‚schlechteste Zeit' da unten. Und Eis ist immer ein

Problem, das ganze Jahr lang. Aber die Meere sind nicht das einzige Problem. Das andere Problem ist die Distanz – bis zur Westküste sind es durch den Kanal 5.000 Meilen, aber um das Horn herum 13.000 Meilen, und das bedeutet, dass wir Öltanker brauchen, und der Gedanke von empfindlichen Öltankern im Südlichen Ozean ist um jede Jahreszeit besorgniserregend. Und wir haben keine Kohlestationen, ich meine Öltanklager, in Südamerika."

Das Telefon klingelte.

„Henry, kannst du bitte abnehmen," sagte Roosevelt.

Stimson hob den Hörer ab und runzelte die Stirn, als er zuhörte.

Roosevelt sah ihn an.

„Sind Sie *sicher*?" sagte Stimson, das letzte Wort betonend.

Stimson legte den Hörer auf das Telefon. Sein Gesicht hatte den Ausdruck nicht verändert.

Stimson gab dem Raum mit weder Schock noch Überraschung in seiner Stimme bekannt:

„Die Kaiserliche Japanische Marine greift momentan unsere Marinebasis in Pearl Harbor in den hawaiianischen Inseln an."

Roosevelt nickte von seinem Rollstuhl aus und sagte theatralisch:

„Was? Was hast du gesagt?"

In diesem Moment stürzte Kings Assistent zur Tür herein. Alles Protokoll vergessend, sagte er:

„Admiral, Sir, die Japaner greifen Pearl Harbor an, die Arizona ist gekentert, und unsere anderen Schlachtschiffe brennen lichterloh. Das ganze Öllager ist zerstört worden."

Niemand sagte etwas, und zwar aus dem einfachen Grund, weil niemand wusste, war er sagen sollte.

King gewann als erster die Fassung zurück:

„Das ist sehr, sehr schlecht. Mit einer dieser beiden Situationen könnten wir fertig werden. Aber sowohl den Kanal als auch das Öl der hawaiianischen Inseln zu verlieren – das wird die Lage sehr, sehr schwierig machen."

Wieder kam Schweigen auf.

Stimson, das alte Schlachtross, war der erste, der wieder sprach:

„Junger Mann, nehmen Sie mein Auto zum Kriegsministerium und bringen Sie uns den neuesten Einsatz in Scapa Flow, bitte."

King blickte Stimson an und nickte: „Ich habe das Gleiche gedacht."

Den beiden jungen Männer von Roosevelts viel gerühmter Beratergruppe wurde klar, wie überfordert sie – und der Präsident – waren. Während die beiden Mitglieder der Beratergruppe vor Angst fast zu Pudding wurden, dachten die beiden erfahreneren Männer rational.

Kings Assistent rannte aus dem Zimmer.

Stimson fragte King: „Sind die *Repulse* und die *Prince of Wales* in Singapur?"

„Ja, sie sind letzten Dienstag dort angekommen."

King sagte: „Wir könnten damit gerade noch davonkommen, aber es wird verdammt, verdammt knapp."

Stimson setzte sich auf eines der gelben Damastsofas. In normalen Zeiten war es das traditionelle Protokoll, sich nur auf Einladung des Präsidenten zu setzen, aber dies waren keine normalen Zeiten mehr.

Das Telefon klingelte; Roosevelt nahm den Hörer ab. Es gab eine Pause, während Roosevelt lange zuhörte; schließlich sagte er:

„Ja, danke dir. Vielen Dank, Winston."

Der Präsident deckte die Muschel ab und sprach leise in das Zimmer: „Er ist sehr betrunken und *extrem* glücklich."

Stimson sah vom Sofa auf; King seufzte leise und sagte: „Scheiße."

Roosevelt beendete das Treffen und verlangte, dass Stimson zurückbleiben sollte.

Nachdem die anderen das Zimmer verlassen hatten, sagte der Präsident:

„Nun, Henry, ich glaube, ein Getränk zum Feiern ist angebracht, meinst du nicht?" Roosevelt lächelte sein berühmtes, breites Lächeln, das normalerweise nur für seine Lieblingsfotografen von der Presse vorbehalten war.

Stimson schenkte zwei Martinis ein, und wie üblich warf er einen langen Blick – aber nur einen Blick – auf die Flasche Wermut.

„Ich war etwas überrascht, dass es so lang gedauert hat, Henry."

Roosevelt öffnete seine Schreibtischschublade und zog einen Umschlag heraus. Aus dem Umschlag nahm er vier getippte Blätter Papier; in der oberen Ecke des ersten Blattes stand geschrieben: „ENTWURF Nr. 1."

„Ich habe diese Worte letzten Januar geschrieben, an einem kalten Dienstagmorgen, genau hier im Oval Office. Es gab Momente in diesem Jahr, in denen ich dachte, ich würde diese herrliche Geschichte nie verwenden können."

Der Präsident lachte, aber Stimson blieb unverändert.

Er begann, mit gezücktem Füllhalter zu lesen: „Gestern," er hielt inne:

„In Ordnung, es ist Zeit, endlich das Datum hinzuzufügen, ‚Siebter Dezember,' schrieb er von Hand.

Er fuhr fort:

„An einem Datum, das in die Weltgeschichte eingehen wird, wurden die Vereinigten Staaten von Amerika gleichzeitig und absichtlich von der Marine und der Luftwaffe des Japanischen Kaiserreiches in den Philippinen und Hawaii angegriffen. Soll ich ‚ohne Warnung' dazuschreiben, Henry?"

Stimson zuckte mit den Schultern: „Wenn Sie möchten, Mr. Präsident."

Der Präsident las zu Ende und legte die vier Seiten in ihren Umschlag in die Schublade zurück.

Nach der ersten ihrer fünf feierlichen Trinkrunden sagte Stimson:

„Nun, ich glaube, ich habe alles erfolgreich und peinlich genau erledigt. Du bist ein alter Marinemann, Franklin. Und es war verdammt schwierig. Es war schwieriger, als ich gedacht hatte. Weißt du noch im August, als dieser verdammte Konoe ein Treffen auf unserem Territorium in Hawaii oder Alaska vorgeschlagen hat, dachte ich, wir hätten echten Ärger. Es ist ganz deutlich, dass in Japan starke Kräfte sind – selbst bis zum Premierminister –, die den Krieg mit uns wirklich verhindern wollten, ganz egal, wie sehr wir sie provozierten und quälten. Und wir wissen, dass Minister Kishi auch versucht hat, den Frieden aufrecht zu erhalten. Wir waren mit der heiklen Aufgabe konfrontiert, mit unserer diplomatischen Fechtkunst so vorzugehen, dass wir sicher sein konnten, dass Japan im Unrecht sein würde und den ersten schlechten Zug macht – einen offensichtlichen Zug. Die Frage war: Wie bekommen wir sie in die Position, den ersten Schuss abzufeuern? Gott sei Dank waren wir in der Lage, sie so auszutricksen, dass sie genau das taten. Ich meine, ganz realistisch betrachtet, mit unserer ziemlich unverschämten Schließung des Kanals ihnen gegenüber und der Blockade ihres ganzen Öls, was hätten sie auch sonst tun sollen?"

„Ja, ich stimme zu, Henry, es war knapp. Aber die Göttin des Schicksals ist endlich vorbeigeschwebt, und wir haben es geschafft, ihren Rockzipfel zu ergreifen. Und genau zur rechten Zeit, würde ich sagen. Nur etwas länger und diese Friedensfraktion in Tokio hätte erfolgreich sein können. Natürlich ist dieser Krieg ein großer Vorteil, denn er wird der amerikanischen Wirtschaft einen ordentlichen Antrieb geben, wie der junge Rex – und von Zeit zu Zeit sogar Hopkins – angedeutet haben. Diese weitschweifigen Arbeitsprojekte sind alle schön und gut – aber wie zur Hölle sollen wir damit Geld verdienen, Bäume zu pflanzen und Nationalparks zu schaffen? Sag mir das. Um unsere Wirtschaft am Laufen zu halten, müssen wir ständig im Krieg sein; es ist eine traurige Wahrheit, aber es ist die Wahrheit – so funktioniert die amerikanische Wirtschaft. Zum Glück sind die Japaner so unschuldig, dass wir sie endlich zwingen konnten, den ersten Schuss abzufeuern. Lieber Gott, es hat ja lang genug gedauert."

Stimson nickte enthusiastisch und fügte hinzu:

„Ja. Absolut. Dieser Krieg ist vom Himmel gesandt. Er ist genau das, was wir brauchen. Wir müssen die Schlüsselindustrien des Landes wiederbeleben – Fabriken, Gießereien, Mühlen, nicht diese Wischiwaschiprojekte – z.B. verdammte Autorengruppe, mein Gott. Wir müssen den Westen ausweiten und neue Schiffe bauen und die Leute richtige Arbeit tun lassen. Und vor allem müssen wir die komplette Kontrolle über den Pazifik übernehmen. Wie wir oft besprochen haben, müssen wir Japan komplett zerstören – ein für allemal. Wir müssen es dominieren, überfallen und befrieden. Und vor allem kontrollieren. Auf lange Sicht sind die Japsen eine viel größere Gefahr als die dilettantischen und altersschwachen Briten und ihr sogenanntes ‚Königreich'. Wir *müssen* den Pazifik und die Handelsrouten nach China kontrollieren. Und wir müssen die Japsen bis zur völligen und totalen Unterordnung hungern lassen. Idealerweise könnten wir sie zu einer Kolonie machen wie die Philippinen oder die hawaiianischen Inseln, aber das ist vermutlich zuviel verlangt. Nichtsdestotrotz müssen wir Japan vernichten, denn sie sind wirklich unsere einzigen wahren Rivalen in der Welt – sie haben den Grips und die Führungskraft und die Disziplin dazu, den Pazifik zu übernehmen, und wenn sie den Pazifik kontrollieren, könnten die Japsen einen Großteil des Handels der Welt kontrollieren. Die Japaner haben eine reine Kultur – schau dir an, was wir haben – einen Haufen Promenadenmischungen frisch von

Ellis Island. Und die Japaner denken auf lange Sicht; sie planen; und die Ausführung ihrer Pläne erfolgt fehlerfrei."

Stimson pausierte und dachte einen Augenblick lang nach:

„Natürlich werden die Briten auch ein Problem sein. Aber mit dem Lispler wirst du fertig, Franklin."

Während er ein klassischer Anglophiler war – er bekam bei allem Englischen weiche Knie –, verachtete Stimson Churchill, der seiner Meinung nach ein extrem schlechtes Urteilsvermögen hatte und der ein Trinker mit einer ungerechtfertigt überheblichen Haltung war. Hatte Churchill nicht die Frechheit besessen, die Grammatik des Präsidenten bei dem Treffen in Placentia Bay zu korrigieren wie ein kleiner, fetter, abfälliger Schulmeister? Und Stimson kannte den echten Churchill, den wahren Churchill. Nicht denjenigen, der als heldenhafte Bulldogge portraitiert wurde und als lächelnder, warmherziger Vater. Nein. Stimson kannte – und hasste – den echten: verbittert, rachsüchtig, zu oft betrunken, schikanierend und selbstsüchtig.

„Es gibt da nicht viel, womit man fertig werden muss. Im Gegensatz zu dir kann ich Winston tolerieren, jedenfalls in kleinen Dosen. Er ist klein und dick und kann manchmal unterhaltsam sein. Natürlich leistet er gute Arbeit darin, das Bild der kämpferischen, entschlossenen-aber-freundlichen Vaterfigur abzugeben, mit seinen „V"-für-Victory-Schildern und dem ganzen Müll, den er von sich gibt. Nur wenige Normalbürger wissen, was für ein verbitterter, sarkastischer Trinker er in Wirklichkeit ist. Ich danke dem Himmel, dass ich meinen Schnaps vertrage, denn es ist zum Totlachen, ihn flink im Zimmer herumtollen zu sehen, wenn er betrunken ist, während er über seine vielen neuen Traumprojekte doziert – die Bahnlinie vom Kap nach Kairo, die Überlandbahnverbindung nach Indien (,und natürlich werden wir ein oder zwei erstklassigen amerikanischen Firmen erlauben, Angebote zu machen, Franklin') und die Einführung einer gemeinsamen Währung, um den Dollar zu ersetzen. Den Dollar mit ihrem sogenannten ‚Sterling‘ zu kombinieren – der Mann muss den Verstand verloren haben."

Roosevelt brach in Gelächter aus. „Der Mann *ist* ein Verrückter und ein Trinker, aber du siehst doch sicher seinen Unterhaltungswert, Henry."

„Wenn du meinst, Franklin."

26: Somme Redux

Washington
Montag, 8. Dezember 1941

MAN SAGT, DER UNTERSCHIED zwischen Politikern und Schauspielern sei, dass Schauspieler mit ihren Tricks ehrlich sind. Wenn dem so ist, dann hat der Präsident der Vereinigten Staaten von Amerika das Sprichwort an diesem Montag bestätigt, als er vor einer Kongresssitzung sprach. Aggressiv und mürrisch ging er in den Saal, sein Gesicht dunkel wie eine Gewitterwolke.

Auf der Fahrt nahm Roosevelt einige letzte Änderungen an den vier getippten Seiten vor, die er damals im Januar vorbereitet hatte.

„Gestern, am Sonntag, den 7. Dezember 1941, einem Datum, das in Schande erinnert werden wird," donnerte und drohte er in die Mikrofone, denn das wirkliche Publikum war nicht der Kongress sondern vielmehr das Volk, das an den Radios klebte. Roosevelts Stimme war für das Radio wie geschaffen – ein schöner, tiefer Bariton, der genauso beruhigend wie auch klangvoll war; die Menschen konnten ihm stundenlang zuhören; das sanftere Geschlecht liebte es, seinen herrlichen, starken Tönen zu lauschen, die das Bild von einem männlichen und mächtigen Mann vermittelten (wenn sie nur die Wahrheit wüssten). Nur der kleine deutsche Propagandaminister konnte sich mit Roosevelt messen, aber die

Radiostimme Goebbels war theatralischer und flößte eher Angst ein als Vertrauen; Churchills Radiostimme war leicht zu erkennen und von jedem Betrunkenen in jedem Pub in London noch leichter nachzuahmen; Roosevelts Radiostimme war so, dass die Leute ihr stundenlang zuhören konnten, sie war so beruhigend. „Wenn Präsident Roosevelt es im Radio gesagt hat, muss es wahr sein," wurde zu der schrecklich gefährlichsten Illusion dieser Zeit.

Als sie zum Weißen Haus zurückkehrten, traf Roosevelt sich mit Stimson und Admiral King. Die vielgelobten Mitglieder der Beratergruppe waren nirgends zu sehen. Die drei Männer besprachen die Situation und einige andere unerfreuliche Entwicklungen, die – zu dem Zeitpunkt – alle voneinander unabhängig schienen.

Stimson las aus seinen Notizen vor:

„Nun, es scheint als ob es eine fünfte Kolonne gibt, die in diesem Land operiert, und sie erweist sich als ziemlich effektiv."

„Fünfte Kolonne?"

„Mr. Präsident, Saboteure. Der Ausdruck „fünfte Kolonne" ist eine neue Redewendung vom kürzlichen Krieg in Spanien. Es gab eine mysteriöse Explosion bei den Öltanks der Marine in San Diego; es gibt ein Problem mit dem nordöstlichen Zugkorridor – es scheint, als ob die kanadischen Lokomotiven beeinträchtigt worden sind; sowohl im Zentralpazifik, als auch im Südpazifik sind Jochbrücken nach Westen zerstört worden, und es könnte Monate dauern, bis sie repariert werden können – das bedeutet, wir müssen uns auf die Kanadier verlassen, und die sind nach dem Durchsickern von War Plan Red in letzter Zeit nicht besonders gut gelaunt; am schlimmsten waren die Feuer letzte Woche in Ohio – wir haben diese Gummivorräte sehr dringend gebraucht und ohne sie, naja, dieses Gummi ist sein Gewicht in Gold wert."

„In Ordnung Ernie, du darfst mir jetzt ein paar gute Neuigkeiten berichten," sagte der Präsident.

„Nun, meine Neuigkeiten sind nicht gut – wir haben gestern die Saratoga verloren, mit der ganzen Mannschaft, fürchte ich."

Der Präsident sah auf; dieses Mal war der Schock in seinem Gesicht echt.

„Verflucht."

Opportun wie immer sagte der Präsident: „Nun, ich werde den Briten sagen, dass wir ihre Hilfe brauchen; das wird den fetten Winston maßlos freuen."

Er drückte den Knopf für die Gegensprechanlage: „Grace, arrangieren Sie heute Nachmittag um 3 Uhr ein Gespräch auf dem Chiffriergerät, um mit Mr. Churchill zu sprechen."

„Also, das ist in 15 Minuten. Ernie, schließt du bitte die Verlängerungskabel an?"

Admiral King ging hinüber zu dem kleinen Bücherregal im Oval Office, öffnete die Schublade unter dem Regal und zog zwei Hörmuscheln heraus, die ursprünglich Teil der B-25-Kopfhörer der Radiomänner waren. An jeder der Hörmuscheln war ein in khakifarbene Baumwolle eingerolltes Kabel befestigt; am anderen Ende des Kabels war ein großer Messingstecker von der Sorte, wie ihn Telefonistinnen verwenden, um einen Anrufer mit einer Durchwahl zu verbinden. King steckte sie beiden Verlängerungen in das moderne Telefongerät aus Bakelit.

Ein wenig nach drei Uhr nachmittags klingelte das Chiffrier-Telefon in Washington. Am anderen Ende war der Premierminister des Vereinigten Königreiches von Großbritannien und Nordirland. Mr. Churchill begann damit, sein Bedauern und das Bedauern seines Landes über den Angriff der Japaner auszudrücken und versprach, alles in seiner Macht Stehende zu tun, um zu helfen. Er erklärte weiterhin, dass er in einer etwas schwierigen Lage war, da die Japaner dem Britischen Königreich nicht wirklich und förmlich den Krieg erklärt hatten und er also den Japanern nicht wirklich ohne Grund den Krieg erklären könne – „damit würde ich das internationale Gesetz brechen." (Hierbei sah Roosevelt zu den beiden Männern auf und schüttelte langsam den Kopf.)

Roosevelt hörte höflich zu; sowohl Stimson als auch King machten sich Notizen.

„Nun, Winston, genau darüber möchten wir mit dir sprechen. Ich habe Ernie King und Henry Stimson bei mir; sie hören auf den verlängerten Leitungen hier im Büro mit. Also, Winston, du hast doch die *Repulse* und die *Prince of Wales* in Singapur, oder? Wer ist der Kommandant dieser Flotte?"

Die Stille war genau das, was Roosevelt gehofft hatte, nicht zu hören.

„Ja, Franklin, beide dieser Schiffe der Königlichen Marine sind derzeit in Singapur, und Tom ist Kommandant," kam die unfreundliche Antwort.

King verdrehte die Augen – er hatte Admiral Tom Phillips getroffen und sich sofort eine sehr schlechte Meinung über ihn gebildet.

„Nun Winston, ich muss dich um einen Gefallen bitten. Wir müssen hier zusammenarbeiten. Du musst deine Schiffe nach Manila schicken, wo wir den nächsten japanischen Angriff erwarten."

Selbst bevor Roosevelt seinen Satz vollendete, kam die Antwort gelispelt durch die Leitung:

„Das geht nicht, Franklin. Weißt du – und das musst du verstehen –, das Königreich ist in Gefahr. Wir müssen Singapur beschützen und genauso Malaysia. Du weißt, dass Malaysia eine Schlüsselrolle im Königreich spielt. Ich würde gerne helfen, aber ich fürchte, das kommt dieses Mal ganz und gar nicht in Frage."

Die beiden Männer sahen, wie das Gesicht des Präsidenten sich rot verfärbte:

„Warte mal einen Augenblick, Winston. Schau mal, ich bin persönlich ein großes Risiko damit eingegangen, dein Land die letzten zwei Jahre lang zu schützen – die Republikaner waren hinter meiner Haut her, genauso wie Lindbergh und seine American-First-Gruppe und außerdem diese verdammte Liberty League mit Al Smith und all denen. Ich habe persönlich meine eigene Präsidentschaft riskiert und aufs Spiel gesetzt, um dein Land zu unterstützen. Persönlich. Das Leih- und Pachtprogramm, das Geld, das wir im Stillen zur Verfügung gestellt haben. Ich finde, das Geringste, was du tun kannst, ist, uns auszuhelfen – und es hilft unseren beiden Ländern –, indem du einfach Phillips für eine Woche oder zwei nach Manila umleitest. Das ist doch sicher nicht zuviel verlangt.“

„Geht nicht, tut mir leid, Franklin. Lass uns morgen reden. Gute Nacht.“ Die Verbindung brach ab.

„Dieses Arschloch hat mich gerade abgehängt. Dieser verdammte Trinker. Mich, den Präsidenten der Vereinigten Staaten. Dieses Arschloch – dieser schleimige, kleine, fette, aufgeblasene, englische Schwanzlutscher,“ sagte Roosevelt langsam und schüttelte ungläubig den Kopf.

„Abgehängt. Mich, den Präsidenten der Vereinigten Staaten. Dieser englische Drecksack.“

„Nun, soviel zum ‚Besonderen Verhältnis‘,“ sagte Stimson.

Roosevelt brach in Gelächter aus: „Henry, ich habe dich in Zeiten wie diesen wirklich gerne um mich wegen deiner *bon mots*.“

Das sogenannte ‚Besondere Verhältnis‘ war die Selbsttäuschung vieler Länder zu glauben, solch ein Verhältnis bestünde zwischen ihnen und dem größten Tyrannen des Blocks.

„Diese verdammten Affen, ich kann ihre Arroganz nicht fassen. Also, Ernie, erzähl mir von diesem Phillips-Kerl.“

Admiral King erklärte, wie er Tom Phillips getroffen hatte: „Das erste, was dir auffällt, ist, dass er ungefähr so groß ist.“

King legte seine Hand unter den Knoten seiner perfekt geknoteten Krawatte.

„Sie nennen ihn ‚Daumen-Tom‘, weil er so klein ist. Und er ist gleichzeitig schüchtern und aggressiv. Ich habe ihn einmal in seiner Uniform auf einer Werft stehen sehen, mit den Händen vor sich. Seine rechte Hand hielt seinen linken Daumen, wie man es oft bei schüchternen Kindergartenkindern sieht. Das hinterließ einen wirklich schlechten Eindruck. Wie du weißt, bin ich ein Mann der Schiffe, aber selbst ich weiß, dass wir in dieser modernen Ära Schutz gegen feindliche Flugzeuge brauchen. Als ich dieses Thema mit Phillips ansprach, war seine verblüffende Antwort, dass die Geschützbedienung auf Großkampfschiffen, ich zitiere: ‚sich einfach nicht genug anstrengten‘ und dass Großkampfschiffe, ich zitiere: ‚vor Flugzeugen nichts zu befürchten hätten.‘ Ich war über diesen Kommentar so überrascht, dass ich ihn bat, ihn noch einmal zu wiederholen. Der Mann ist ein typischer Engländer: klein, untersetzt, überheblich und hat immer unrecht. Es ist mein untrüglicher Eindruck, dass Churchill sich auf seiten der Marine mit Ja-Sagern umgibt – sein Erster Lord der Admiralität ist Dudley Pound, der von Churchill komplett beherrscht zu sein scheint, aber Pound ist nicht so schlimm wie dieser Phillips.“

„Hol mir doch einen Drink bitte, Henry. Möchtest du einen, Ernie?“

King nickte und holte sich einen doppelten Rum.

Minutenlang redete niemand.

Es war deutlich, dass Roosevelts flinkes Gehirn dabei war, schwer zu arbeiten. Er trank schnell seinen Martini aus und Stimson füllte ihn zweimal nach. Roosevelt rieb sich das Kinn, während er nachdachte. Er lehnte sich in seinem Rollstuhl zurück.

Heftig wie immer sagte Roosevelt:

„Ich habe eine Idee. Ich weiß, es klingt verrückt, aber hört nur eine Sekunde lang zu. Nehmen wir an – nehmen wir einfach nur an, ich sage nicht, dass wir es tun werden –, es ist nur eine Idee. Aber nehmen wir an, wir verhandeln mit den Japanern."

King explodierte:

„Verhandeln; bist du wahnsinnig? Hast du den Verstand verloren? Wir haben gestern amerikanische Leben verloren, tapfere amerikanische Matrosen, und du willst verhandeln. Bist du verrückt geworden? Wir reden von Amerikanern; Amerikaner sind ums Leben gekommen. Und zwar nach deiner Rede im Radio."

King war so verärgert, dass alle Förmlichkeit und die Anrede „Mr. Präsident" sich verflüchtigt hatten.

„In Ordnung, Ernie. Zuerst musst du wissen, dass wir Politiker immer das sagen, was unsere Wähler hören wollen – das ist das Wesen der Demokratie."

Das Gesicht des Präsidenten strahlte mit seinem breiten Grinsen, während King auf diesen Grundsatz der politischen Zweckmäßigkeit hin keine Miene verzog.

„Heute gab ich meinem Radiopublikum einfach nur das, was es hören wollte. Aber wenn man die Details der Kunststücke eines typischen Politikers einmal beiseite lässt, beantworte mir doch diese größere Frage. Sag du mir doch, wie wir gegen sie Krieg führen sollen; sag mir das, bitte."

Roosevelt hielt seine Finger hoch und zählte einen Punkt nach dem anderen auf:

„Wie haben kein Öl auf Hawaii; wir haben kein Öl in San Diego; wir haben zwei Flugzeugträger im Pazifik, die inzwischen kein Benzin mehr haben; die Engländer sind Arschlöcher wie immer, das kanadische Zugsystem ist zusammengebrochen, für wie lange, weiß niemand; und um Öl aus Texas nach Kalifornien zu transportieren, schicken wir es mit dem Zug, aber sowohl die SP – als auch die CP-Strecken haben zerstörte Brücken, und es hat ursprünglich Monate gedauert, diese Brucken zu bauen. Und jetzt wissen die Kanadier alles über War Plan Red. Und der Kanal – unser Kanal

– ist außer Betrieb, und es könnte Monate dauern, bis er wieder frei ist. Ach ja, und wir haben nicht genug Latex, um ein lausiges Kondom für einen geilen Oberschüler herzustellen, der an einem Samstagabend mit einem heißen Mädchen ausgeht. Sag mir also, was ist mein nächster Schachzug in diesem Schachspiel – welche Figur bewege ich?"

King saß in stiller Wut da und schwieg. Stimson schwieg ebenfalls und trommelte mit den Fingern auf der Armlehne seines Stuhls. Eine unangenehme Stille entstand, die keiner der Männer gerne brechen wollte.

Schließlich sprach der Präsident:

„Ich sage Euch aber eines. Es würde sich so verdammt gut anfühlen, es diesen englischen Arschlöchern heimzuzahlen. Ja, verdammt. Nach allem, was ich für sie getan habe und allem, das ich auf mich genommen habe."

Das Telefon klingelte; Roosevelt lehnt sich nach vorne und hob es ab. Ein schmales Lächeln breitete sich auf seinem breiten Gesicht aus.

„Ihr werdet mir *nicht* glauben, wer vor der Tür steht."

Die Amerikaner nannten den japanischen Diplomatencode „Violett" und hatten in den vorangegangenen beiden Jahren sehr unterschiedliche Erfolgsgrade beim Lesen des Codes – manchmal teilten sie ein Wort in fünf, während sie einen Monat später ein einziges Wort in 20 aufteilten. Obwohl es in einzelnen Nachrichten viele Lücken gab, war eines doch klar – der japanische Botschafter in Washington hatte reinen Gewissens gehandelt.

Es war deutlich, dass Botschafter Nomura ein ehrenhafter Mann war und wirklich versuchte, mit Staatsminister Hull und seiner eigenen Regierung die Differenzen der beiden Länder zu lösen. Die allgemeine Definition eines Botschafters als ehrlichem

Mann, der geschickt wird, um für sein Land zu lügen, schien Nomura perfekt zu beschreiben.

„Ernie, bist du bereit, mit Nomura zu sprechen?" fragte Roosevelt im Tonfall eines ernsten und strengen Schulmeisters.

„Also gut, hören wir uns an, was er zu sagen hat, und keine Beleidigungen – ich nehme an, er ist genauso überrascht wie wir."

Roosevelt klingelte nach Miss Tully: „Grace, schicken Sie bitte den Botschafter herein."

Die Tür öffnete sich, und Nomura trat ein. Seine Erscheinung verwarf alle Zweifel an der Aufrichtigkeit des Botschafters: er hatte seinen Zylinder abgenommen und trug ihn in seiner linken Hand; sein Anzug war ein altmodischer, schwarzer Traueranzug mit Frack. Es gibt eine überraschend hohe Anzahl von Schwarztönen, aber der Anzug des japanischen Botschafters war vom schwarzesten Schwarz, das irgendeiner der drei Männer jemals gesehen hatte.

Als er den Raum betrat, verbeugte er sich, und zwar so tief, dass sein Rücken parallel zum Boden war, und er verharrte zehn Sekunden lang in der Verbeugung. An jedem anderen Tag als diesem wäre ein freundlicher, amerikanischer Witz gemacht worden, aber dieser Tag war für Witze nicht geeignet.

Nach einer Ewigkeit erhob sich Nomura. Sein Gesicht verriet seine Angst und sah ungesund blass und wie glasiert aus.

Sehr langsam sprach er schließlich: „Mr. Präsident, meinem Kaiser ist sehr, sehr schlecht gedient."

Roosevelt war versucht zu sprechen, aber stattdessen winkte er Nomura, sich zu setzen. Der Botschafter schüttelte traurig den Kopf.

„Ich verdiene es heute nicht, zu sitzen, Mr. Präsident. Ich habe Ihnen gegenüber und meinem Kaiser gegenüber versagt."

Ernie Kings ernste mittelwestliche Wurzeln spürten die Qual des Mannes.

„Ich hörte Gerüchte dieses Wahnsinns, aber törichterweise habe ich sie als Gerüchte abgetan. Ich hätte Ihnen und Minister Hull und Mr. Stimson meine Verdachte vorbringen müssen."

Stimson sah Roosevelt nervös an, der seinen Blick auffing; jeder konnte die Gedanken des anderen lesen – hier ist ein ehrlicher Mann, der versuchte, etwas wiedergutzumachen, das Roosevelt und Stimson selbst geschaffen hatten.

„Während Minister Hull und ich die unterschiedlichen Positionen unserer beiden Regierungen vertraten, so habe ich Minister Hull doch immer – genauso wie Sie, Mr. Präsident und Sie, Mr. Stimson – als ehrenhaften und ehrlichen Gentleman betrachtet. Ich hatte immer gehofft, dass unsere beiden Länder zusammenarbeiten könnten.

Wir Japaner bewundern die Vereinigten Staaten grenzenlos. Es war Ihr Commodore Perry, der uns von unserer inzestuösen Selbstzufriedenheit aufschüttelte und damit das moderne Japan schuf. Während Japan ein sehr altes Land ist, haben wir von Ihrem Land doch viel zu lernen – Fordismus ist bei uns eine Religion, und er hat unserem Land immens geholfen. Es war immer meine aufrichtige Hoffnung, dass unsere beiden Pazifikländer gemeinsam Asien weiterentwickeln könnten, um die engstirnigen, bornierten europäischen Kolonialisten ersetzen könnten. Aber die Narren und Verrückten in Tokio haben diese glorreiche Möglichkeit zerstört."

Nomura spuckte diesen letzten Satz mit der gleichen Abscheu aus, die Roosevelt für kalifornische Republikaner hegte.

„Und progressive Elemente in Tokio haben immer davon geredet, mit den Vereinigten Staaten zu arbeiten und vor allem mit Ihnen persönlich, Mr. Präsident, um Ihren National Industrial Recovery Act in ganz Asien für alle Güter durchzusetzen. Wir Japaner hätten mit Ihnen daran arbeiten können, diesen Traum zu erfüllen und den halsabschneiderischen und gierigen Wettbewerb mit Ihrer exzellenten Idee zu entfernen, und ohne egoistische Geschäftsmänner und dumme Anwälte. Aber all diese Hoffnung ist nun zerschlagen worden. Es tut mir ehrlich und aufrichtig leid, dass ich Ihnen gegenüber versagt habe, Mr. Präsident."

Er wiederholte seine erste, schmerzvolle Verbeugung, ging rückwärts aus dem Raum und schloss die Tür.

Niemand sagte ein Wort.

Stimson sah Roosevelt an und sagte schließlich:

„Nun gibt es wenigstens einen Mann auf der Welt, der überraschter war als wir."

Roosevelt nickte. „Ernie?"

„Mr. Präsident, darf ich die Rauchlampe anzünden?"

Der Präsident lächelte, und zum ersten Mal seit Tagen war sein Lächeln entspannt und ehrlich, als ihm klar wurde, dass sie für die meisten Bewohner der Welt Geschichte schrieben – oder vielmehr den Kurs der Geschichte veränderten. Obwohl der Botschafter es nicht hatte sehen können, saß Roosevelt in seinem verhassten Rollstuhl. Er rollte ihn hervor und sagte zu Stimson:

„Henry, hol uns doch bitte die Schachtel Kubaner."

Stimson gehorchte gerne und reichte die Schachtel dem Präsidenten, der sie an King weiterreichte, der sie wiederum dem Kriegsminister zurückgab.

Nach dem fröhlichen Ritual des Schneidens und Befeuchtens und Ansteckens dachten alle drei Männer rauchend nach.

„Ich genehmige mir nur eine am Tag, aber einer der Gärtner des Weißen Hauses erzählte mir, dass sein Großvater ihm erzählt hat, dass Grant fünf am Tag rauchte – in genau diesem Raum hier."

Aus dem Nichts heraus sagte Stimson: „Ich mag Nomura; es ist schade, dass es nicht mehr von seiner Sorte gibt."

Nach einer sehr, sehr langen Pause veränderte Roosevelt die Geschichte der Welt mit fünf Worten: „Vielleicht gibt es sie doch."

„Mein größtes Problem sind nicht die Republikaner, sondern meine Partei – ich weiß, was diese törichten Republikaner tun werden und sie wissen, was von ihnen erwartet wird, aber meine Partei ist voller tollwütiger Hunde – einige von ihnen stimmten sogar gegen meinen NIRA. Vielleicht, nur vielleicht gibt es noch mehr Nomuras in Japan. Schaut, alle drei von uns haben – allzu oft – den Wahnsinn unserer eigenen Streitkräfte erlebt, ob es nun die Armee oder die Marine ist, und wie diese tollwütigen Hunde sich mit immer verrückter werdenden Intrigen bekämpfen."

„Lasst mich euch nur eine einzige Frage stellen. Nur eine. Und denkt gut nach, bevor ihr antwortet."

Stimson und King sahen den Präsidenten an:

„Falls – falls – falls ihr ein Abkommen entweder mit dem Lispler oder mit diesem Mann treffen müsstet, welcher der beiden wäre es?"

King sah Stimson an und zuckte nur mit den Schultern:

„Genau das dachte ich auch."

Roosevelt fügte hinzu:

„Und ich stimme zu, von ganzem Herzen. Und die Idee eines richtigen NIRA in ganz Asien für alle Güter – naja, ich habe genau diese Idee 1937 mit Morgenthau besprochen. Ich könnte mich zur Ruhe setzen und für diverse Nationen der Welt Berater werden. Ich könnte ihre Gebrechen heilen, oder vielleicht würde ich auch einfach nur meine Nase rümpfen. Ich könnte beispielsweise einem Land sagen, dass es zehn Millionen Menschen seiner Bevölkerung auslagern muss. Ich könnte es entwaffnen. Das könnte nun wirklichen Wert haben – und in Asien gibt es keinen verdammten Obersten Gerichtshof und keine Sutherlands und keine Brandeisens und keine verdammten Schechters. Das ist das Wundervolle am Politikerdasein – wir sind die modernen Götter."

Die Dämmerung drang in den Raum und Roosevelts Tonfall wurde sanfter:

„Moderne Mechanismen schrumpfen die Welt täglich ein wenig – es hat früher vier Tage gedauert, mit dem Salonwagen von New York nach Los Angeles zu reisen, jetzt mit dem neuesten DC-3 sind es nur noch 17 Stunden, und man bekommt im DC-3 auch die gutaussehenden Krankenschwestern, nicht diese fetten, stinkenden, faulen Bedienungen in den Salonwagen."

Stimson reflektierte:

„So verrückt es auch klingt, vielleicht haben die Japaner uns in Wirklichkeit einen Gefallen getan. Ich weiß, es klingt verrückt. Aber vielleicht haben wir durch das falsche Ende des Teleskops gesehen. Lasst uns das heutige Asien analysieren: Indochina – tot –, es ist in französischem Besitz, und die Franzosen sind tot, darum haben sich die Deutschen gekümmert; Niederländisch-Ostindien – ebenfalls; Malaysia, Singapur, Hong Kong, Burma, Indien – naja, wir kennen ja alle unseren charmanten Winston; und dann bleiben noch unsere Territorien der Philippinen und der hawaiianischen Inseln."

„Nun nehmen wir einmal an, nehmen wir nur einen Augenblick lang an, wir verbündeten uns mit den Japanern. Vielleicht könnte es wirklich ein himmlischer Traum sein. Treten wir einmal zurück; was sind die Gründe für unsere Unstimmigkeiten mit den Japanern? Nun ja, da gibt es China; für uns von Interesse, aber es wird niemals wirklich strategisch vorteilhaft werden, bis die Chinesen anfangen, sich wie die Japaner zu benehmen und anfangen, diszipliniert und organisiert zu werden. Dann gibt es Französisch-Indochina – kann mir einer von euch erklären, warum wir uns einen feuchten Dreck um Französisch-Indochina scheren, denn ich kann es nicht? Dann gibt es unser Territorium der Philippinen. Wir waren in Wirklichkeit sogar etwas zu schlau und haben die Japaner in eine Ecke gedrängt. Es gab wirklich nicht viel, was sie außer diesem vorsorglichem Angriff tun konnten, und das ist genau, was es ist – ein vorsorglicher Angriff. Und wir haben solche vorsorglichen Angriffe selbst ausgeführt. Wir haben die Japaner gnadenlos verhöhnt – wir haben ihre Nutzung des Panama-Kanals gesperrt, was die illegalste Handlung von allen war; wir haben ihren Zugriff auf ihr Öl abgeschnitten; wir haben sie total in den Arsch gefickt. Also haben wir so ziemlich alles getan, um sie zu verzweifelten Handlungen anzustacheln."

Eine buchstäbliche Fliege an der Wand hätte bemerkt – vermutlich mit Wohlgefallen –, wie sich die Ausdrucksweise verändert hatte: „Japsen" war durch „Japaner" ersetzt worden, und es gab keine schlechten Witze mehr über das Vernichten der Japsen.

„Also, falls, und ich bin mir im Klaren darüber, dass dies das größte ‚falls' der Welt ist, aber falls wir mit Nomura und seinesgleichen zu einem Einverständnis kommen, können wir vielleicht vorankommen."

Stimson legte den Kopf zur Seite und sah die beiden anderen Zigarrenraucher an.

„Ein Versuch wird uns nichts kosten. Ich bin jedenfalls froh, dass ich heute meine Glücksschuhe trage," sagte Roosevelt.

„Henry, lass Grace die Botschaft anrufen und den Botschafter hierher zurückbestellen:"

✠ ✠ ✠

Eine Stunde später wurde ein sehr verwirrter japanischer Botschafter eingeladen, sich auf eines der gelben Damastsofas zu setzen und eine der exzellenten Kubaner des Präsidenten zu versuchen. Nomura, der immer noch seinen schwarzen Traueranzug trug, vermutete, dass er exekutiert werden würde – dass der Präsident die Situation mit dem Minister und dem Admiral besprochen hatte und die Entscheidung getroffen worden war, ihn kurzum an die Wand außerhalb des Oval Office zu stellen und die Wachen feuern zu lassen. Und Nomura war seinem Schicksal ergeben; denn war es schließlich nicht Nomura gewesen, der sowohl seinem Herrscher gegenüber, als auch gegenüber dem Herrscher seines Gastgeberlandes versagt hatte? Sehr, sehr langsam nur wurde ihm klar, dass die beiden Männer nicht von Exekution sprachen, sondern von Wiedergutmachung.

„Kishi," sagte der Präsident, obwohl sein Spitzname eigentlich „Kichi" war.

„Ich habe die letzte Stunde damit verbracht, mit Hank und Ernie über die Situation zu sprechen, und wir wollten Ihnen nur eine Frage stellen."

Der Präsident paffte an seiner Zigarre.

Nomura nickte schwächlich; das war alles, was er zustandebrachte.

„Was sind die Pläne Ihres Landes in Asien? Ich meine, was wäre wenn – und das ist ein riesiges ‚Wenn' – was wäre, wenn wir zusammenarbeiteten? Wie würde das den Vereinigten Staaten zugutekommen?"

Nomura nickte und fragte dann – es war eigentlich mehr ein Betteln – ob er seine Zigarre anschneiden und rauchen durfte.

Stets der großzügige Gastgeber, der er war, nickte Roosevelt: „Bitte schön."

Die drei Männer sahen, wie Nomuras Hände zitterten, als er versuchte, die Zigarre anzuschneiden. Nach einem Augenblick lehnte Stimson sich nach vorne, nahm ihm die Zigarre aus der Hand und schnitt das Ende für ihn ab. Bei dieser einfachen, menschlichen Freundlichkeit zwinkerte Nomura die Tränen fort, die ihm in die Augen traten.

Roosevelt sagte ohne Sarkasmus und mit ehrlichem Humor: „Wir stehen Ihnen heute Abend alle drei zur Verfügung."

Wie ein alter Priester, der zu spät zur Messe kam, steckte Nomura sich schnell seine Zigarre an. Er nahm genau fünf Züge und hatte gerade genug Kontrolle wiedergewonnen, um seinem Gastgeber ein Kompliment über die exzellente Qualität der Zigarre machen zu können.

Roosevelt nickte höflich.

„Ich will Ihre Zeit nicht verschwenden, meine Herren. Aber ich muss damit anfangen, dass die Regierung in Tokio von Unstimmigkeiten zerrissen ist – viele von ihnen sind wie betrunkene Samurais. Prahlend, drohend, schimpfend. Dann sind sie am nächsten Tag voller Reue. Es ist schlimm, wirklich schlimm."

„Klingt wie bei uns Demokraten," kommentierte Roosevelt und Stimson und King lachten beide.

Nomura verstand den Witz nicht, war aber entzückt davon, seine amerikanischen Gastgeber lachen zu sehen.

Der Botschafter beschloss genau dort und dann, sich nicht zurückzuhalten. Leise begann er, den Amerikanern alles zu erzählen, was er wusste, und er war ein ausreichend erfahrener Verhandlungsführer, um zu wissen, dass es nie schadete, von oben her anzufangen.

„In den nächsten sieben Tagen wird die Kaiserliche Japanische Marine die *Repulse* und die *Prince of Wales* der Königlichen Marine versenken.

Das raubte den drei Amerikanern wirklich den Atem, die nun auf einmal neuen Respekt für den kleinen Japaner mit dem runden Gesicht und der noch runderen, schwarzen Brille schöpften.

„Bis zum Neujahrsfest des Mondes wird die Japanische Armee Singapur und Hong Kong eingenommen haben."

Da nicht einer der dreien die leiseste Ahnung hatte, was zur Hölle das Neujahrsfest des Mondes war, riet King und fragte leise:

„Also bis zum ersten März?"

Nomura sagte: „Ja, oder ein wenig früher."

Stimson schüttelte den Kopf:

„Es tut mir wirklich leid, Botschafter, aber ich kann mir das, ehrlich gesagt, nicht vorstellen. Während die Briten geschwächt sind, ist ihre Basis in Singapur riesig und unangreifbar und wird außerdem von 15-Zoll-Kanonen beschützt. Ich war dort – ich habe die Kanonen gesehen."

Nomura sagte: „Ich auch.

Und, Minister Stimson, wir haben einige unserer Agenten in Singapur. Um genau zu sein, haben wir drei chinesische Agenten im Büro des Quartiermeisters, die jede Patronenhülse der Waffenkammer genau zählen. Fast alle der Granaten dieser riesigen Kanonen durchdringen Panzerung und sind dadurch extrem wirkungsvoll beim Durchdringen der Panzerung von Schlachtschiffen, aber nutzlos gegen Infanterie. Die Briten verteidigen Singapur auf genau die gleiche Art und Weise, auf die sie sich auf die Schlachten von 1916 vorbereitet haben."

Der Groschen fiel.

„Verflucht," sagte der stets wortreiche King.

„Natürlich. Ja. Verflucht brillant – Somme *redux*," King konnte sich nicht zurückhalten.

Nomura nickte.

King war wie Nomura jemand, der fleißig den Krieg und die allzu häufigen Desaster studiert hatte, die durch große Missverständnisse gedankenverlorener und abwesender Generäle (und Admiräle) hervorgerufen wurden – „Schickt drei Schillinge und vier Pfennige, wir gehen zum Tanz" war eine Nachricht, die 1916 von der britischen Front empfangen wurde, obwohl die eigentliche Nachricht lautete: „Schickt Verstärkung, wir rücken nach vorne."

Wie King den anderen beiden Amerikanern erklärte, hatten die Briten an der Frontlinie am Fluss Somme in den Wochen vor dem 1. Juli 1916 über eine Million Granaten von den „schweren Tanks" aus abgeschossen. (Und drei Monate später zahlten die britischen Rüstungsfirmen, die diese Million Granaten hergestellt hatten, stillschweigend zwei Millionen Pfund Lizenzgebühren an eine schweizerische Bank für die deutschen Firmen, die für diese Granaten das Patronen-Herstellungspatent besaßen.)

Die 25 Jahre alten sepiafarbenen Filme und Fotografien zeigten, wie diese Granaten in der trostlosen Mondlandschaft des nördlichen Teils der Westfront explodierten. Zum Unglück der Briten war die deutsche Linie an der Somme die am besten befestigte an der ganzen Westfront: der harte Kalkboden des Gebiets – hervorragend für Champagnertrauben – war perfekt für tiefe Verschanzungen. Und die Deutschen, die stets schlauen Ingenieurgeist besaßen, hatten massive Schützengräben konstruiert, die gegen die Granaten undurchdringbar waren, die die Briten herüberwarfen; viele der Gräben in der zweiten Reihe hatten sogar Teppiche, Elektrizität und Grammophone.

Die beiden Kommandanten – Haig und Rawlinson – hatten bequemerweise beschlossen, alle Berichte, dass die deutschen Positionen noch vollständig intakt waren, zu ignorieren. Dutzende der britischen Überfallkommandos hatten in den Tagen und Wochen vor dem Angriff tödliche Qualen erlitten, um die Wahrheit herauszufinden. „Es wird mit einer Million Patronen nicht funktionieren," war die allgemein gültige Meinung, und die Einstellung war „Wir-lassen-nicht-zu-dass-die-Tatsachen-den-Plan-zerstören."

Tatsächlich beschrieb Haig die ersten Stunden der Schlacht so: „Sehr erfolgreicher Angriff heute Morgen… Alles lief wie am Schnürchen… Die Schlacht läuft sehr gut für uns, und die Deutschen ergeben sich schon freiwillig. Der Feind hat so wenig Männer, dass er sie aus allen Teilen der Front zusammensucht. Unsere Truppen sind wundervoll gelaunt und voller Zuversicht."

Aber das wirkliche Ergebnis war das, was der Engel der Wahrheit schon immer vorhergesagt hatte: das größte militärische Desaster in der Geschichte; laut einer Schätzung kehrten von den

100.000 britischen Soldaten, die an diesem verhängnisvollen Tag zu viel des Guten taten, nur 35.000 zurück.

Die restlichen waren allein, verängstigt, und starben unter furchtbaren Schmerzen. Viele dieser tapferen, jungen Männer schleppten sich in eines der zahllosen Granatenlöcher und warteten auf das langsame Ende ihres Leidens, während sie an ihr Zuhause und an die Familien dachten, die sie nie wieder sehen würden und an das Gelächter und das Glück, das sie nie wieder verspüren würden. Ein paar zogen ihre kleinen Bibeln heraus und hofften auf einen Augenblick des Trostes. Als an diesem furchtbaren Samstag am frühen Nachmittag der Regen einsetzte, füllten sich die Granatenlöcher langsam mit Wasser, und die letzte Blamage kam über viele dieser ruhmreich tapferen – aber furchtbar angeführten – eifrigen jungen Soldaten, als sie langsam in ihren Granatenlöchern ertranken, vor Kälte zitternd, allein, weggeworfen und voller qualvoller Schmerzen, die sie stundenlang erleiden mussten, bevor ein langsamer Tod sie von ihrem Leiden erlöste. Und alles umsonst – es wurde kein Boden gewonnen. Die beiden Kommandanten logen und prahlten mit einem „begrenzten Erfolg.“

„Natürlich bin ich jetzt ein Verräter meines Landes – ich habe es Ihnen erzählt, und Sie können Mr. Churchill mit diesem Telefon auf Ihrem Schreibtisch anrufen, Mr. Präsident.“

„Ja, das könnte ich, Kishi.“

In dem Augenblick, in dem der Präsident der Vereinigten Staaten von Amerika ihn zum zweiten Mal „Kishi“ nannte, wurde dem Botschafter auf einmal klar, dass er sich mit einem potenziellen Verbündeten unterhielt.

Stimson fragte beharrlich: „In Ordnung, Kishi, aber was ist mit unserem philippinischen Territorium? Was für Garantien kannst du uns geben, dass sie nicht das gleiche Schicksal erleiden werden wie unsere hawaiianischen Besitze? Oder dass Ihr Amerika nicht richtig angreifen werdet?“

Nomura beschloss, den Einsatz zu erhöhen:

„Mr. Präsident, lassen Sie uns eine Zeitmaschine betreten und 100 Jahre in die Zukunft reisen. Wer werden im Jahre 2041 Ihre Verbündeten sein? Das britische Königreich, die *Bolschewiki*, die chinesischen Nationalisten, die Franzosen, die Holländer, die Deutschen, die Japaner? Wer?"

„Was glauben Sie, Botschafter?" fragte Stimson.

„Nun, das ist es, was Japan so ausdauernd macht: Für uns Japaner sind 10 Jahre nur eine Viertelstunde, denn wir denken in Jahrhunderten. Hier ist ein Beispiel: es gibt einen berühmten, japanischen Whiskeyhersteller in Osaka. Die Firma beschloss, sich zu erweitern, und begann, Bier herzustellen und zu verkaufen. Diese Firma brauchte 45 Jahre, bevor sie aus dieser Bierherstellung Profit ziehen konnte. Gibt es eine amerikanische Firma, die die Geduld und diese Zielstrebigkeit hätte, 45 Jahre zu warten, bevor sie einen Profit macht? Ich bezweifle es.

Wir Japaner glauben, dass die Aufrechterhaltung unserer kulturellen Reinheit das Wichtigste ist, was wir tun können. Wir haben keine Kolonien mit Farbigen, die den japanischen Geist der Genügsamkeit, der harten Arbeit und der Gemeinschaft verschmutzen könnten. Hier ist ein Beispiel dessen, wie wir Japaner als Team zusammenarbeiten: Nach dem großen Erdbeben in Kantō im Jahre 1923 wurden 95 % der gefundenen Geldbörsen intakt bei der Polizei abgegeben, sodass das Geld zu seinem rechtmäßigen Besitzer zurückgegeben werden konnte; es wäre für uns Japaner unehrenhaft, etwas anderes zu tun. Und der japanische Sinn für Teamarbeit und Zusammenarbeit sucht auf der Welt seinesgleichen. Und das ist allein aufgrund der Reinheit unserer Kultur der Fall. Andere Länder hassen uns dafür, sie beneiden uns dafür, aber so sind wir Japaner, und wir glauben, dass das uns die nächsten 500 Jahre überdauern lassen wird. Denken Sie daran, dass die Familie unseres Kaisers bis zum 11. Februar des Jahres 660 vor dem Christus des

Westens zurückgeht. Natürlich wird es Katastrophen geben und Niederlagen und Fehler, aber wir Japaner arbeiten als Team zusammen, wie wir es immer getan haben und immer tun werden."

Der Botschafter schlug einen anderen Kurs ein:

„Es ist viel einfacher, die Vergangenheit vorherzusagen als die Zukunft, aber ich würde sagen, dass der Mühlstein der europäischen Länder ihre Kolonien sind. Als junger Mann war Mr. Churchill Teil des letzten Reiterangriffs seines Königreichs. Und er denkt immer noch so – wie ein europäischer Kolonist, obwohl er, technisch gesehen, wegen seiner amerikanischen Mutter Amerikaner ist. Aber diese Kolonien sind ein zweischneidiges Schwert. In dieser Hinsicht war Deutschland eigentlich der Sieger von Versailles: Indem Deutschlands aller seiner afrikanischen Kolonien beraubt wurde, könnten keine dieser gebürtigen Afrikaner jemals deutsche Herkunft beanspruchen. Und wenn man Afrika für sich allein als ein einzelnes Schlachtfeld betrachtet, hätten die Deutschen problemlos den gesamten dunklen Kontinent einnehmen können. Sie werden sich an den brillanten, überfallartigen Feldzug von Lettow Vorbeck erinnern. Mit nur 15.000 Männern trotzte er einer alliierten Streitkraft von 400.000 Männern und besiegte sie. Er war ein späterer John McNeill. Mit Leuten wie Lettow Vorbeck hätte Deutschland ohne Weiteres den Großteil, wenn nicht ganz Afrika, kontrollieren können. Aber mit Versailles kam die komplette Vernichtung aller dieser farbigen deutschen Kolonien.

Aber in diesen farbigen Kolonien werden die Leute immer Ärger verursachen, und manche besudeln sogar ihr Mutterland, falls und wenn sie sich irgendwie in ihrem Mutterland niederlassen – können Sie sich eine Million Mohammedaner im zivilisierten England vorstellen, wie sie ihre rohen und primitiven Rituale praktizieren: halbnackte Fakire in den Straßen Londons; Restaurants in Cambridge neben den Universitätsgebäuden, die Curries und Gewürze servieren; und sogar Moscheen neben den Kirchen in Birmingham, mit all diesen Imamen, die ihre verrückten Ideen von sich geben? Und denken Sie daran, der mohammedanische Koran lehrt, dass es keinen Frieden geben wird, bis alle Ungläubigen vernichtet sind. Ich weiß, dass es heutzutage lächerlich klingt, aber es könnte in der fernen Zukunft möglicherweise geschehen. Wer weiß? Und falls das geschehen sollte, dann werden diese europäischen Länder zerstört und überrannt, genau wie es die Mauren vor hunderten von Jahren mit Südeuropa getan haben. All diese europäischen Länder werden zerstört werden, langsam aber sicher. Also ist dies die wichtigste, unbeabsichtigte Konsequenz des Wahnsinns von Versailles: Deutschland bleibt rein, während England und Frankreich nun mit diesen lästigen farbigen Kolonien belastet sind; früher oder später werden England und Frankreich leiden."

„Also, Kishi, Sie meinen, die Briten sind abgefuckt?" sagte King mit seiner üblichen Subtilität.

Nomura antwortete: „Ja, Admiral, das sage ich. Nun ist Mr. Churchill sehr gut darin, über die englischsprachige Welt zu reden und über die Großartigkeit der weißen Rasse, aber ich bin der Meinung, dass das sehr übertrieben ist.

Mr. Stimson, um Ihre Frage zu beantworten, nachdem wir Hong Kong und Singapur eingenommen haben, weiß ich, dass die Armee beabsichtigt, Ihr philippinisches Territorium anzugreifen. Wir würden uns niemals trauen, die 48 amerikanischen Staaten direkt anzugreifen, aber die Idioten in Tokio denken, dass die amerikanischen Territorien in Asien genau das sind – asiatische Territorien."

„Wann?"

„Das weiß ich nicht, aber ich kenne die Hitzköpfe in der Armee, also wird es wahrscheinlich geschehen, bevor sie bereit sind."

Nomura hatte gerade vier Asse hingeblättert, und er wusste es.

„Wie könnten wir also zusammenarbeiten?" fragte der Präsident mit echtem Interesse.

„Nun, wenn ich in Ihrer Haut steckte, würde ich annehmen, dass alles, was ich Ihnen heute Abend erzählt habe, gelogen ist. Dann würde ich warten, um zu sehen, wie sich die Dinge entwickeln. Sie gehen dabei kein Risiko ein, und es dauert nur eine oder zwei Wochen. In der Zwischenzeit gehen wir alle unseren eigenen Geschäften nach.

Wenn wir in den nächsten ein, zwei Monaten zu einem Einverständnis kommen können, dann könnten unsere beiden Länder zusammenarbeiten. Wir Japaner könnten mit Ihnen daran arbeiten, einen amerikanisch-japanischen Asienrat aufzubauen. Wie wir alle wissen, ist Asien sehr reich an Ressourcen. Wir brauchen Öl, und Sie brauchen Gummi aus Malaysia und andere Rohstoffe. Wenn wir einen neuen und erweiterten NIRA schaffen, der auf die asiatischen Länder zugeschnitten ist, könnten wir die Preise stabilisieren, das Schreckgespenst der Arbeitslosigkeit und der Verschwendung entfernen und neue unabhängige Regierungen aufbauen, die alle unter dem gemeinsamen Schutz der Vereinigten Staaten und Japans stehen – zusammen wären wir die Polizei der Region. Ihr Land hat in diesen Bereichen gigantische Fortschritte gemacht und es ist sehr, sehr bedauerlich, dass Ihr Oberster Gerichtshof dagegen entschieden hat."

„Das können Sie laut sagen," sagte Roosevelt mit echter Bosheit.

„Das wäre diesen Drecksäcken eine Lektion, wenn wir einen großen NIRA in Asien hätten."

„Es gibt eine Sache, die ich tun kann, die Ihnen vielleicht etwas helfen würde," sagte der Botschafter.

„Sprechen Sie," sagte der Präsident der Vereinigten Staaten.

„Ich kann Tokio signalisieren, dass wir verhandeln, und kann darum bitten, dass alle neuen Angriffe gegen die Territorien Ihres Landes bis zum ersten Januar gestoppt werden."

„Ja, das könnte etwas helfen," sagte Roosevelt mit einem kläglichen Lächeln.

Nomura nahm ein Blatt Papier aus seiner Jacke und schrieb in klarem Englisch: „Die Kirschblüten blühen verfrüht am Potomac."

Darunter schrieb er eine Kurzwellenfrequenz.

„Mr. Präsident, können Sie jetzt Ihren Marine-Radiomann im Übertragungsraum im Keller diese Nachricht senden lassen; er wird ein einziges Wort als Antwort erhalten."

Bei der Erwähnung des geheimen, oder wie es jetzt schien, ehemals geheimen Radioraums hoben sich Roosevelts Augenbrauen.

Roosevelt nickte und Stimson stand auf und verließ den Raum.

Nomura zog ein zweites Stück Papier hervor und schrieb ein Wort darauf. Er faltete das Papier, erhob sich und stellte sich vor King, verbeugte sich und überreichte dem Admiral das Papier.

„Der Antwortcode ist ein Wort von einem neuen amerikanischen Film, den ich so mochte."

Stimson kehrte zurück.

Roosevelt sagte: „Herr Botschafter, sie waren mit uns heute sehr aufrichtig."

Stimsons Herz machte einen angstvollen Sprung bei dem Gedanken, dass der stets impulsive Präsident etwas sagen könnte, das er später bereuen würde.

„Darf ich Ihnen etwas zu trinken anbieten?"

Stimsons Herz nahm seinen normalen Rhythmus wieder auf.

Zum ersten Mal lächelte der Botschafter und sagte, dass ein amerikanischer Bourbon sehr angenehm wäre.

„Sie sind ein Mann der Marine wie ich, stimmt das, Kishi?" sagte der Präsident im Plauderton.

„Ja, das bin ich, Sir. Ich hatte die Ehre, meinem Kaiser zu dienen."

„Haben Sie irgendwelche Kämpfe mitgemacht?"

Nomura hob seine linke Hand, den beiden kleinsten Fingern fehlte jeweils das erste Gelenk.

„Russischer Granatensplitter, als ich auf der *Takachiho* diente, aber ich hatte mehr Glück als der Mann neben mir, der getötet wurde."

„Tsushima?" fragte King.

Der Botschafter nickte.

Einen Augenblick später klingelte das Telefon, und Roosevelt hörte zu, dann legte er den Hörer wieder auf das Gerät.

„Rosenknospe?" sagte der Präsident eher fragend.

King faltete das Papier auf und nickte.

„Was heißt das?" fragte der Präsident.

„Das heißt, dass alle Angriffe auf amerikanische Territorien in Asien gestoppt werden, auf Land und See. Eine Einstellung aller Kampfhandlungen, ein Waffenstillstand."

„Und die Briten?" fragte Stimson.

Nomura war etwas überrascht: „Sir, Mr. Präsident, diese Vereinbarung gilt nur für die Vereinigten Staaten."

Roosevelt lächelte. „Das wird den Herrn in London richtig stinksauer machen."

Professionelle Neugierde nahm bei King überhand. „Was ist dann also der Plan für Malaysia und Singapur und das Einsatzkommando der Königlichen Marine und ihrer *Force Z*?"

„Ich wurde von dem neuen Berater, der letzte Woche aus Japan anreiste, informiert – diese Details sind viel zu empfindlich für Kabel. Nun, der Plan ist Folgender."

King lehnte sich nach vorne, und es wurde ihm klar, dass kein Admiral jemals diese Haltung eingenommen hatte und keiner nach ihm es jemals tun würde. (Yamamoto hätte diesen Anspruch allerdings möglicherweise angefochten.)

„Es gibt vier führende japanische U-Boote, denen die Aufgabe zugeteilt wurde, die *Repulse* und die *Prince of Wales* zu orten und zu versenken. Falls sie versagen, werden unsere Flugzeuge, die in den vorgeschobenen Flughäfen in Saigon in Französisch-Indochina stationiert sind, die beiden Schiffe orten und angreifen. Wir sind uns beinahe sicher, dass Admiral Phillips nach Norden ausweichen wird, entlang der malaysischen Küste, und da er nicht viel von Flugzeugangriffen auf Großkampfschiffe hält, wird er wenige oder überhaupt keine Flugzeuge haben, die ihn beschützen."

Bei dieser letzten Enthüllung sah King Stimson sehr direkt an. Als ob er Kings Gedanken lesen konnte, sagte Nomura:

„Admiral King, der britische Admiral Phillips ist ausreichend freundlich und großzügig gewesen, sowohl in Pretoria, als auch kürzlich in Singapur Zeitungsinterviews zu geben, die seine Meinung darlegen. Wir haben die Artikel dieser Interviews ausgeschnitten. In beiden Interviews sagte er, dass es in dem Gebiet wenige japanische Flugzeuge gebe und dass, ich zitiere, ‚sie alle zweitrangig sind' und dass ganz abgesehen davon ‚die großen Schiffe der Königlichen Marine vom Himmel nichts zu befürchten haben; wir sind schließlich die Königliche Marine, die die Meere seit Nelsons Zeit regiert.' Ich nehme auch an, dass der englische Admiral glaubt, die Japaner seien eine zurückgebliebene Rasse und dass 1905 nur ein Zufallstreffer war. Aber er scheint geflissentlich zu vergessen, dass es die Briten waren, die die Japanische Marine schufen, die der Japanischen Marine die Taktik beibrachten und die sogar ihre Uniformen entwarf, und dass meine geliebte *Takachiho* in Newcastle upon Tyne gebaut wurde."

27: Der Nachttopf

Washington
Mittwoch, 10. Dezember 1941

KING UND STIMSON SASSEN in der kleinen Nische vor der Haupttür des Oval Offices und warteten auf den Präsidenten. Als er nach Miss Tully klingelte, um seine Ankunft bekanntzugeben, berichtete sie ihm von ihrer Anwesenheit. Er grunzte nicht besonders enthusiastisch und gebot ihr, sie herein zu schicken.

King begann: „Es sieht so aus, als ob Nomura recht hatte – die *Repulse* und die *Prince of Wales* liegen nun beide auf dem Boden des malaysischen Meeres."

„Dann wird es nur eine Frage der Zeit sein, bis der betrunkene Winston am Telefon ist. Und was ist mit japanischen Aktivitäten gegen uns?"

„Es ist, als ob sie alle nach Hause gegangen sind. Es ist wie ein Feiertag – keine U-Boot-Aktivität, nicht einmal Überflüge, nichts, Totenstille," berichtete Stimson."

Stimson schnitt ein frisches Thema an. „Mr. Präsident, ich möchte Sie auf diesen Bericht aufmerksam machen. Er stammt von diesem Dulles in der Schweiz, und ich glaube, wir drei müssen ihn hier durchgehen."

Bei der Erwähnung des Namens von Alan Dulles tat der Präsident so, als ob er den Namen nicht kannte.

„Dieser Dulles – Sie kennen wahrscheinlich seinen Bruder, den Anwalt John Dulles – hat diesen Bericht von den schweizerischen Sicherheitsleuten in die Hände bekommen. Der wesentliche Punkt der Geschichte ist, dass die Sowjets im sowjetisch besetzten Polen ungefähr 20.000 Männer hingerichtet haben. Die Sowjets hatten zuerst die Hände der Männer hinter ihrem Rücken mit Stacheldraht gefesselt."

Stimson sah auf den Bericht hinunter und las: „Laut schweizerischen und schwedischen Bediensteten des Roten Kreuzes richtete die sowjetische NKVD mehr als 20.000 Männer hin, wovon die meisten Armeeoffiziere und Polizisten waren. Die meisten Opfer hatten die Hände hinter ihrem Rücken mit Stacheldraht gefesselt."

„Jesus Christus. Verfluchte Tiere," murmelte Roosevelt.

King sagte ruhig: „Die britische Feindseligkeit den Deutschen gegenüber scheint nur auf den Ansichten des Premierministers und der öligen Clique von Zweitrangigen zu beruhen, mit denen er sich umgibt. Ich verstehe nicht, wie die Briten so blind sein können. Ehrlich gesagt, scheinen die Handlungen der Deutschen in Zentraleuropa meiner Meinung nach vollkommen fair und vernünftig, denn sie möchten, dass deutschsprachige Regionen sich Deutschland wieder anschließen oder einer größeren deutschen Supra-Nation. Nun bin ich nur ein Marinemann, aber das gibt mir eine Perspektive, von der ich glaube, dass sie manchen Engländern fehlt. Während also deine Parteilinie vom ‚Arsenal der Demokratie' sich an der Ostküste gut anlässt, stimmt sie eigentlich nicht, und die Amerikaner deutscher Herkunft im Mittleren Westen sind der Idee gegenüber bestenfalls lauwarm. Und aus anderen Berichten geht hervor, dass die Sowjets seit 1921 beinahe acht Millionen ihrer Leute hingerichtet haben – das sind Tatsachen, keine Hirngespinste.

Und lassen Sie uns einmal ein paar andere unangenehme Tatsachen beleuchten, Mr. Präsident. Versailles war ein Witz – die Franzosen wollten sich nur bei den Deutschen für 1870 rächen,“ sagte der Kriegsminister.

„1870?“ Roosevelt war trotz seiner Harvard-Schulbildung verwirrt, wo seine einzige 3 die beste Note gewesen war.

Stimson erklärte:

„Im Deutsch-Französischen Krieg von 1870 hatten die Franzosen die guten Karten – unsere Generäle Sheridan und Sherman waren dort und beobachteten die Franzosen, und sie schrieben beide glühende Berichte, in denen sie die Franzosen lobten. Die *Times of London* war in ihrem Lob gegenüber den Franzosen überschwänglich und machte sich über die Preußen lustig – ‚dieser kleine Krieg wird wahrscheinlich an einem Nachmittag ausgetragen‘. Aber es gab einen wesentlichen Unterschied – Technologie. Während die Franzosen ihre altbewährten, ehernen Glattrohre verwendeten, hatten die Preußen die neuen gezogenen Krupp-Kanonen aus Stahl. Die Krupp-Kanone hatte im Wesentlichen die doppelte Reichweite und konnte eine viel schwerere Granate abfeuern. An dem Tag verwendeten die Preußen eigentlich hauptsächlich die von Henry Shrapnel erfundenen Granaten, die sie ‚Kartätschen‘ oder Schrapnell-Granate nannten, aber der Punkt ist derselbe. Jener heiße Nachmittag des Jahres 1870 war ein Gemetzel, die französischen Soldaten starben wie die Fliegen. Sie nannten das Schlachtfeld den ‚Nachttopf‘ – an diesem Tag wurde aus großer Höhe auf sie geschissen.

Und so begann bei den Franzosen eine Pechsträhne gegenüber ihren verhassten Rivalen, die bis zum heutigen Tag weitergeht – 1870, 1914 und letztes Jahr. Nach 1870 und ihrem Verlust des Elsass und Lothringens kochte die französische Bitterkeit in Versailles 1919 über, und das führte zur Erschaffung dieser unsinnigen, sogenannten Länder wie *Tschechoslowakei* und anderer wahnsinniger

Gebilde und Konstrukte. Und diese sogenannten ‚Länder' wurden von den Franzosen nur entworfen, um Deutschland einzuschließen und zu beengen. Wissen Sie, im, Abkommen von 1919 verlangten die Österreicher - vernünftigerweise - dass ihr Land ‚Deutsches Österreich' genannt werden sollte, aber die Franzosen lehnten den Namen ab, und das deutsche Adjektiv wurde verworfen. Und die Slawen sind noch schlimmer als die Franzosen - sie bauten in ihrer Hälfte der sogenannten ‚Tschechoslovakei' 24 riesige Flughäfen. Aber die Slawen dort hatten keine Bomber. Ihre Mitslawen in Russland - oder der ‚Sowjetunion', wie sie jetzt heißt - hatten 120 Schwadronen von schweren Bombern. Kein Wunder, dass die Deutschen sich wegen des unsinkbaren Flugzeugträgers in der ‚Slowakei' Sorgen machten. Und lassen Sie uns nicht Gavrilo Princip in Sarajevo im Jahr 1914 nicht vergessen; wir müssen realistisch sein - Südeuropa braucht eine starke Hand, und die Deutschen haben genau das richtige Temperament, um diese primitiven und zurückgebliebenen Leute zu kontrollieren.

Und ich stimme Ernie zu - die Deutschen haben nicht ganz Unrecht. Und mit dem plötzlichen Tod ihres Führers im September, wer weiß? Aus all den Berichten zu schließen und mit seinem komischen Schnurrbart und seiner Postmütze schien er ziemlich verrückt, aber mit Sicherheit nicht verrückter als Mr. Churchill. Und lassen Sie uns realistisch sein, die Deutschen sind ein zivilisiertes Volk, wobei die Slawen, nun ja, dieses russische Massaker bestärkt doch nur den Punkt, und vergessen wir nicht die Pogrome."

Stimsons Stimme verlor sich.

King hob hervor: „Die Schweden und die Schweizer haben wirklich kein persönliches Interesse - sie verdienen sowohl an den Slawen, als auch an den Deutschen Geld.

Und wo wir gerade von den Russen reden, ich sprach letzte Woche mit ihrem jungen Rex, und er erinnerte mich an Hank Whiteheads schreckliche Geschichte, die ich von Hank selbst gehört habe. Sie müssen sich an Hanks Vater aus Ihrer Zeit in Cambridge erinnern."

Roosevelt runzelte einen Augenblick lang die Stirn und lächelte dann sein wundervolles Lächeln, als er sich an die Freundlichkeit von Hanks Vater erinnerte.

„Oh ja, Jack Whitehead, mein Philosphieprofessor. Ja, er war ein guter Mann – er gab mir eine großzügige 4 minus, damit ich nicht durchfiel. Hätte ich eines der Bücher gelesen, hätte ich vielleicht eine richtige 4 bekommen."

Stimson fuhr fort:

„Nun, der junge Hank war ein Freiwilliger im Spanischen Krieg und ging voller Entschlossenheit hinüber, um den ‚Faschismus', zu bekämpfen, wie er es nannte. Er war in der Lincoln-Brigade, die, wie der Name verrät, zum Großteil aus Amis bestand. Laut seiner Erzählungen waren die sowjetischen Berater alle Tiere. Behandelten alle Soldaten wie ihr Eigentum, es gab nie genug zu essen für die Männer, obwohl die Kommissare mit ihren spanischen Huren in der Stadt gut lebten. Oft gab es auf dem Schlachtfeld kein Wasser bei Temperaturen von über 40 Grad. In zwei der letzten Schlachten platzierten die Kommissare ihre Maschinengewehre *hinter* den republikanischen Truppen."

Roosevelt runzelte die Stirn und fragte weswegen.

„Damit sie jeden Amerikaner der Lincoln-Brigade erschießen konnten, der versuchte, sich zurückzuziehen."

Roosevelt schwieg und sah aus dem Fenster des Oval Offices in den Garten.

„Also ist dein Punkt, dass der blinde Hass des versoffenen Winston gegenüber den Deutschen ihn bezüglich des natürlichen slawischen Barbarentums blind macht?"

Stimson nickte und sagte: „Bevor wir allem Slawischen unsere unsterbliche Liebe und Bewunderung erklären, müssen wir vielleicht darüber nachdenken, mit wem wir da ins Bett gehen. Mit den

Deutschen können wir innerhalb eines Nachmittags ein Abkommen aushandeln, und die Deutschen sind die natürlichen Herrscher Zentraleuropas, nicht diese halbverrückten, mongoloiden Slawen, denen jedes Quäntchen Zivilisation fehlt."

Während der nächsten zwei Wochen stand dieselbe Geschichte zuerst in den kalifornischen Zeitungen und dann in den Zeitungen im Osten des Landes – „Der Sitzkrieg, Teil 2." Wie die Zeitungen erklärten, „umschlang Europa ein Zustand unheimlicher Stille" nach der Invasion Polens 1939 – die englischen Zeitungen hatten ihn den „Sitzkrieg" genannt, der im Mai 1940 mit dem plötzlichen Zusammenbruch Frankreichs endete.

Am frühen Nachmittag las Roosevelt amüsiert das Telegramm, das Stimson von MacArthur in Manila empfangen hatte, in dem der General sich persönlich die plötzliche Stille als Verdienst angerechnet hatte: „Ich habe in ganz Asien im Feind ein Gefühl von überwältigender Angst erzeugt, und gleichzeitig haben sich alle feindlichen Angriffe gegen das US-Territorium der Philippinen reduziert."

„Ich bin überrascht, dass Douglas nicht auch Verantwortung für das tägliche Aufgehen der Sonne beansprucht," war Roosevelts knapper und schroffer Kommentar."

In der ersten Woche nach dem japanischen Angriff war das Land darauf versessen gewesen, „alle Japsen zu töten", und in San Francisco gab es einige extrem unangenehme Mob-Lynchungen unschuldiger amerikanischer Geschäftsleute japanischer Abstammung. Aber Roosevelts wöchentliche Radioansprachen waren sehr, sehr sorgfältig geschrieben worden, um diesen Ärger abzuschwächen. Und mit seiner ruhigen und beruhigenden Stimme schuf er einmal mehr eine neue – und bessere – Wirklichkeit.

Der Ärger des Mobs verflog so schnell, wie er begonnen hatte.

28: Schlechte Neuigkeiten für den Lispler

DER JAPANISCHE BOTSCHAFTER KAM pünktlich um 9 Uhr morgens zum Weißen Haus zu dem Treffen, um das er am vorigen Tag gebeten hatte. Nomura war wie immer, ganz japanisch: still, höflich und ehrerbietig. Um die Wahrheit zu sagen, gab es absolut keinen Grund für sein bescheidenes Verhalten.

Der Präsident und Stimson waren zwar nicht freundlich, aber sie waren auch ganz und gar nicht unfreundlich – sie sahen ein, dass die Japaner genau das taten, was sie versprochen hatten: Sie hielten den inoffiziellen Waffenstillstand mit Amerika ein, während sie gleichzeitig präzise und elegant das demolierten, was lächerlicherweise das britische „Königreich" genannt wurde.

„Also, was haben Sie heute für uns, Botschafter?" fragte der Präsident.

Wie immer war der Respekt des Japaners extrem – er hatte sich vor den beiden Männern tief und feierlich verbeugt, bevor er leise zu sprechen begann.

„Und setzen Sie sich bitte."

Mit leiser Zögerlichkeit setzte sich der Botschafter, aber im Gegensatz zu dem herumlümmelnden Stimson saß Nomura am Ende des Sofas wie ein nervöser Schuljunge.

„Mr. Präsident und Mr. Stimson, ich bin erfreut, Ihnen zu berichten, dass Tokio mich beauftragt hat, Ihre Erlaubnis für eine Verlängerung des Waffenstillstandes um weitere sechs Wochen einzuholen. Meine Regierung befindet, dass wir Fortschritte machen, und es ist ihr wichtig, diese Verhandlungen weiterzuführen. Wäre es möglich, dass wir diese Vereinbarung beibehalten, während wir weiter verhandeln?"

Der Präsident, der keine Trümpfe in der Hand hielt, lächelte gleichmütig. „Das kann sich arrangieren lassen."

Der japanische Botschafter erhob sich und verbeugte sich vor dem Präsidenten.

„Mr. Präsident, ich kann Ihnen versichern, dass Sie meinen Kaiser sehr glücklich gemacht haben."

Stimson sagte: „Wie ich sehe, haben Sie Hong Kong eingenommen."

„Ja, Mr. Stimson. Die britische Kolonie hat sich am ersten Weihnachtstag ergeben."

Die einfache Antwort des japanischen Botschafters zeigte nichts von dem Stolz, den er und sein Land empfanden.

„Aber ich hege den Verdacht, dass Singapur schwerer zu knacken sein wird."

Nomura war einen Augenblick lang verloren, bis er verstand, was der Kriegsminister meinte.

Als er begriffen hatte, antwortete er:

„Nun, Admiral Yamamoto, der eine lange Zeit in Ihrem Land verbracht hat, verwendet den amerikanischen Ausdruck ‚Die Zeit wird es zeigen.'"

Neugierig sagte Stimson: „Glauben Sie wirklich, dass Sie Singapur einnehmen können?"

„Nun, wie ich Ihnen und Admiral King gegenüber erwähnt habe, denken wir, dass wir uns in einer guten Lage dafür befinden."

Nomuras nächste Frage schockierte die beiden anderen.

„Nehmen Sie einen Augenblick lang an, die japanische Armee wäre in der Lage, Singapur zu erlangen, wäre das ein Grund für einen permanenteren Waffenstillstand zwischen unseren beiden Ländern?"

Die beiden Männer waren keine Kinder; was Nomura im Wesentlichen sagte war: Da die Briten machtlos waren, wäre eine Neuordnung in Asien – ein Duopol der Vereinigten Staaten und Japans, beruhend auf Roosevelts geliebtem NIRA, möglich? Da Großbritannien der letzte europäische Kolonialist in Asien war, könnte, nachdem die Briten besiegt und so vollkommen machtlos wären, eine neue „Vereinbarung" getroffen werden?

„Ich muss ehrlich sein, Herr Botschafter, ich spreche täglich an diesem Telefon mit Mr. Churchill," sagte der Präsident und tätschelte das schwarze Instrument aus Bakelit.

„Und Mr. Churchill sagt, dass die Japaner Singapur unmöglich einnehmen können."

Nomura nickte: „Ich verstehe, Sir. Aber falls wir Japaner in der Lage wären, unseren militärischen Scharfsinn unter Beweis zu stellen, wäre es Ihnen dann möglich, eine Veränderung in Betracht zu ziehen?"

Roosevelt zeigte ein kleines bisschen ungewöhnliche Offenheit. „Nun, Henry, was meinst Du?"

Stimson zog an seinem Ohrläppchen.

„Naja, um ganz ehrlich zu sein, Herr Botschafter, wenn die Japaner in der Lage wären, Singapur einzunehmen, dann ja, dann würde das eventuell das Gleichgewicht der Kräfte in Asien sehr wesentlich verändern. Aber wie meine Berater mir sagen, ist das sehr unwahrscheinlich. Und wenn die Briten nicht besiegt werden, wäre ein amerikanisch-japanischer Asienrat sehr schwer aufzubauen. Aber andererseits gäbe es mit einer großen britischen Niederlage ein Vakuum der Macht, das von führenden und vernünftigen Ländern gefüllt werden müsste."

Nomura machte Druck. „Aber falls die Briten eine große Niederlage erleiden würden, stünden Sie Verhandlungen offen gegenüber?"

Der Präsident kam Stimson zuvor, der die gleiche Antwort geben wollte:

„Sicher, wir würden es in Erwägung ziehen."

Ganz der Politiker, der er war, fügte Roosevelt hinzu: „Aber lediglich in Erwägung ziehen, falls und wenn ein solches Ereignis jemals geschähe."

Als er erreicht hatte, was er wollte, folgte Nomura einer unantastbaren Regel des Verkaufens und kaufte es nicht zurück.

„Mr. Präsident, Sie sind mehr als fair. Darf ich zur Botschaft zurückkehren und diese Nachricht der Regierung meines Kaisers überbringen?"

Der Präsident nickte und bejahte.

Ohne weitere Umschweife stand der Botschafter auf, verbeugte sich und ging.

„Henry, was zur Hölle ist gerade passiert?"

„Naja, Franklin, ich glaube, wir haben den kleinen, fetten, betrunkenen Winston gerade gefickt."

Roosevelt lächelte: „Es könnte schlimmer sein – wir könnten an seiner Stelle sein. Hol mir doch bitte einen Drink."

Stimson gehorchte und holte sich selbst auch einen.

Stimson setzte sich auf das gelbe Sofa und sagte:

„Weißt Du, Franklin, wir könnten viel, viel Schlimmeres tun, als mit diesen Leuten Geschäfte zu machen. Churchill redet immerfort von seinem Unsinn über ‚englischsprachige Völker' und diesen ganzen Scheiß, aber wir müssen realistisch sein – unsere beiden Länder grenzen an den Pazifik. Die Franzosen und die Holländer sind dem Untergang geweiht, Chang ist ein Schleimer und völlig unzuverlässig, und wenn die Briten Singapur verlieren, sind sie in Asien erledigt, und das bedeutet, dass sie als Imperium erledigt sind. Lass uns abwarten, was passiert. Und ich weiß nicht, wie es dir geht, aber ich kann mit Nomura zusammenarbeiten. Er ist bescheiden, verlässlich, nüchtern und höflich, im Wesentlichen ist er genau das Gegenteil des Lisplers."

Roosevelt schwieg, aber es war eindeutig, dass er zustimmte.

29: Der Billardtisch

IM JANUAR IST NASSAU immer kühl und trocken – die langen, herrlichen Sommertage mit ihrer köstlichen, faulen Hitze und ihren plötzlichen Regenfällen sind verschwunden. Und diesen Januar verwirrte die unablässige Flut der kleinlichsten Regelungen aus Whitehall die Eingeborenen und ging den Engländern auf die Nerven. An diesem Morgen hatte der eingeborene Obergärtner David nach der *Zusätzlichen Regelung betreffend des Waschens von Farm- und Gartengeräten zum Kultivieren von Torf* gefragt. Es war Quatsch und zweifellos von einem Beamten geschrieben, der noch keinen Fuß von den britischen Inseln weg gesetzt hatte.

Aus dem Nebenzimmer fragte Davids Frau: „Liebling, kannst du mir bitte den Reißverschluss hochziehen?"

Wallis' schlanker Körper und ihr unweibliches Gesicht erschienen im Spiegel. Niemand konnte sie jemals ‚schön' nennen, aber viele starke Männer waren ihrem Zauber verfallen, und der ehemalige englische König war kein starker Mann. Und wie Wallis immer gerne zugab – jedenfalls sich selbst gegenüber –, kam David nicht von dem starken Ast des Familienbaumes der Windsors. Ganz im Gegenteil, er war die schwächste ihrer vielen Eroberungen. Der Witz, der zu verbreitet war, um nur einfacher Tratsch zu sein, war, dass sie eine unvergleichliche Fähigkeit besaß, einen Mann, der nur einen Zahnstocher in der Hand hielt, sich so fühlen zu lassen, als hielte er eine Zigarre.

Sie flüsterte: „Ich habe nichts darunter, trödel heute Abend also nicht allzu lang, Liebling."

Diese kleinen Indiskretionen waren alles, was es brauchte, um sein Interesse an ihr zu erhalten – er war ein Schwachkopf und würde immer einer bleiben. Sie erinnerte ihn während des Abendessen zweimal daran, aber ihre Hauptbotschaft richtete sich an die Damen, nachdem sie ihre Männer bei Brandy und Zigarren alleingelassen hatten. Diese Damen gackerten alle mehr oder weniger missbilligend über einen solch dirnenhaften Trick. Natürlich übernahmen sie alle die Praktik sofort selbst, um bei ihren langweiligen Ehemännern wieder ein kleines, sinnliches Feuer zu entfachen. Was Wallis aber viel wichtiger war, war das getreue Weitererzählen an ihre Ehemänner. Innerhalb der kleinen Kolonie von Briten in den Bahamas hatte Wallis immer einen genügenden Vorrat von englischen Anwärtern, mit denen sie sich vergnügte, und wenn sie von ihnen und ihrem angeborenen Mangel an Durchhaltevermögen genug hatte, gab es die gelegentlichen „Informalitäten" mit einem eingeborenen Helfer, die so spontan schienen, die Wallis aber in Wirklichkeit bis ins letzte Detail plante – sie liebte den Animismus so sehr, von einer riesigen, schwarzen Gestalt voll ungeschlachter Muskeln dominiert zu werden, der über ihr schwitzte, und sein Schweiß machte das Greifen seiner starken Arme und Schultern umso fesselnder und erregender.

Wallis war beschwingt, denn sie hatte vor kurzem zunächst schriftlich und dann mit gelegentlichen Ferngesprächen einen diskreten Kontakt zu dem sehr höflichen, sehr anständigen, gebildeten und anspruchsvollen Lord Halifax eingeleitet. Sie bewunderte Halifax und sah in ihm einen potenziellen Verbündeten. Sie spürte, dass Halifax dabei führend sein könnte, dass ihr pathologisch schwacher Ehemann seine Machtposition zurückgewinnen konnte. Es stimmte, die Auflagen des Thronverzichts waren immer härter geworden, aber das war schließlich nur ein Stück Papier, und neue Papiere konnten immer kreiert werden, wenn die richtige Zeit kam. Und Halifax wusste, dass man sowohl Wallis als auch David in Deutschland sehr mochte.

Im vorigen August hatte Wallis das Bootshaus neu dekoriert und hatte es in hellem Creme mit himmelblauen Rändern anstreichen lassen. Das Bootshaus war weit entfernt vom Haupthaus und verfügte über die zusätzliche Attraktion eines privaten, gewundenen Pfades zur Hauptstraße, und der Pfad wurde von den Pflanzen und Gebüschen sehr gut versteckt – ein Mann konnte leicht ungesehen ins Bootshaus gelangen.

Einmal war Wallis ertappt worden und sie fühlte immer noch ein Prickeln, wenn sie sich daran erinnerte. Sie hatte einen Anbau an das Bootshaus mit seinem herrlichen Blick auf den Hafen bauen lassen. Wallis hatte vier weiche, dunkelbraune Clubstühle aufgestellt, die Sorte, die David liebte und in die man eher einsinkt, als sich hineinzusetzen. Sie stellte auch einen Billardtisch in der entferntesten Ecke des Raumes auf, weg von den Fenstern. Es war auf diesem Tisch gewesen, während sie ihre Beine um ein kräftiges Bein geschlungen hatte, dass man sie *in flagrante delicto* ertappt hatte.

Mit ihrer typischen Gründlichkeit und Planung ließ Wallis maßgeschneiderte, dunkelbraune Kissen herstellen, die ganz zufällig genau ein wenig dicker waren als die Wände des Billardtisches hoch waren. Die Kissen waren überraschend fest und mit glatter Seide bezogen. In dem Schrank unter der kleinen Bar waren vier zusätzliche Kissenbezüge für den Fall, dass eines der benutzten

Kissen spontane, aber potenziell peinliche Flecken bekam. Eines dieser Kissen war am Tag der plötzlichen Entdeckung benutzt worden.

Dickie und Edwina waren Wallis und Davids beste Freunde gewesen, bevor der ganze Ärger mit Davids Mutter begann. Es war diese anständige und korrekte, für die englische Oberklasse archetypische Dame gewesen – und noch dazu eine Thronerbin –, von der Wallis die Herrlichkeiten des dunklen Fleisches gelernt hatte.

„Du hast so etwas noch nie gespürt. Es ist überwältigend – sie sind überall so groß, besonders da unten," hatte Edwina sachlich gesagt.

„Nun, Edwina, ich bin eine südliche Schönheit, und der Gedanke, einen riesigen, schwitzenden Neger auf mir und in mir zu haben – nun ja. Ich kann es mir einfach nicht vorstellen."

„Pfff, sei doch nicht so prüde. Ich bin ein dutzendmal in Harlem gewesen und habe dir von den Abenteuern erzählt, die ich auf Billardtischen hatte. Du musst aufgeschlossen sein. Es ist ja nicht so, dass du dich in der Öffentlichkeit mit diesen Negern sehen lassen musst. Es ist alles nur leichtherziger Spaß. Und denk daran, als weiße Frau bist du unter diesen Männern Gold wert, also behandeln sie dich wie eine Königin. Wenn ich darüber nachdenke, bist du ja auch eine Königin."

Sie kicherten beide, während Wallis der Idee sichtlich weniger abgeneigt war.

Edwina hatte recht gehabt. Bei den ersten paar Treffen mit den einheimischen Männern war Wallis entzückt über ihre eigene Nervosität; sie war nicht so nervös gewesen, seit sie in ihrer Jugendzeit in

Shanghai als Hure gearbeitet hatte, und durch die Nervosität fühlte sie sich wieder jung.

Wallis hatte es arrangiert, dass einer der einheimischen Jungen, die zuvor das Bootshaus gestrichen hatte, später wiederkam, „nur um die Farbe ein wenig auszubessern," wie sie dem genervten und unhöflichen britischen Kapitän am Telefon erklärte, der für Details der Arbeit an Regierungseigentum auf der Insel verantwortlich war.

Der junge Mann kam in Sandalen, einem alten Strohhut und einem Overall, der ehemals tiefblau gewesen war, dessen Farbe aber inzwischen durch all das Waschen und Bleichen zu einem sehr blassen Blau verkommen war. Das Bleichen hatte all die Härte des ursprünglichen Materials entfernt, und so war der Overall nun weich wie ein Babywaschlappen.

Wallis kannte das Verführungsprotokoll auswendig. Und die Verführung dieses starken, jungen Mannes erregte sie genauso wie das Eindringen. Natürlich wusste sie, dass es nicht wirklich Verführung war, da sie die komplette Herrschaft über den jungen Mann hatte, aber sie liebte, es, alle ihre Eroberungen – schwarz wie weiß – betteln zu lassen.

Wallis trug eine Sonnenbrille mit einem großen, braunen Rahmen, flache Baumwoll-Sandalen und ihr halblanges Lieblingssommerkleid aus weißer Baumwolle mit blauen und gelben Sonnenblumen; darunter trug sie nichts, wie es mit diesem Kleid ihre Gewohnheit war. Sie öffnete die Tür und erklärte dem jungen Mann, dass sie einen Bereich der Veranda über dem Haupt-Aussichtsfenster gestrichen haben wollte. Sie setzte sich in einen der weiß gestrichenen Korbstühle und trank ein Glas selbstgemachten Rumpunsch. Der junge Mann strich gelangweilt. Sie bemerkte mit stiller Freude, dass seine Arme extrem gut entwickelt waren, ebenso wie sein Rücken und seine Schultern – seine Muskeln waren deutlich sichtbar, ganz anders als bei den schlaffen, weißen Männern der Kolonie. Sie schätzte sein Gewicht auf 100 Kilogramm, oder jedenfalls das Doppelte ihrer bescheidenen 50 Kilogramm – „er kann mich herumwerfen wie eine Stoffpuppe", sie wurde feucht bei dem Gedanken.

Sie liebte das Gefühl totaler Kontrolle; einem Mann zu befehlen, ihre sexuellen Triebe zu befriedigen, war der größte Genuss, den sie sich vorstellen konnte – das Gefühl absoluter Macht, kompletter Herrschaft, und das Gefühl, nicht sichergehen zu müssen, dass er befriedigt wurde – denn nur sie spielte eine Rolle, wenn sie es hart wollte, verlangte sie es einfach so, und sie würde es so bekommen.

Der Tag war unerwartet heiß. Er arbeitete eine Stunde lang in der brennenden Sonne. Er schwitzte, und die Achselhöhlen seines ausgeblichenen Overalls waren dunkel vor Schweiß. Wallis perspirierte auch, und sie ging zu der kleinen Toilette, wo sie mit Zufriedenheit sah, dass ihre kleinen, rubinroten Brustwarzen begannen, sich durch das Sonnenblumenkleid zu zeigen. Um den Effekt zu verstärken und sicherzugehen, dass nichts der Vorstellung überlassen blieb, spritzte sie etwas Wasser um das Oberteil ihres Kleides. Sie ging zurück in den Hauptraum und machte ein kaltes Getränk mit Wasser und Ananassaft. Eines der Luxusartikel des Bootshauses war ein kleiner Kühlschrank, in dem sich drei Pressstahlschalen voller Eiswürfel befanden. Und, Himmel, sie hatte kämpfen müssen, um dieses Gerät zu bekommen – „Wissen-Sie-denn-nicht-dass-wir-im-Krieg-sind" war der Satz, den sie wieder und wieder gehört hatte.

Sie brachte das Glas zu dem jungen Mann, der so passiv war, dass er sie nicht anblickte und seine Augen auf den Boden richtete. Aus dem Augenwinkel sah sie jedoch, wie er einen langen Blick auf ihre bescheidene Brust und ihre beiden rubinroten Nippel geworfen hatte, als sie innehielt, um abwesend den Hafen zu betrachten. Ihre Nippel standen inzwischen durch die feuchte, weiße Baumwolle hervor. Sie konnte sehen, wie seine Erregung im Schritt des Overalls wuchs.

Während der nächsten Stunde wurde der junge Mann sehr, sehr langsam mutiger. Wallis konnte sehen, dass sein Mut mit der wachsenden Schwellung seines Overalls zusammenhing. Nun war es Zeit für den nächsten Schritt. Sie warf ihren Kopf zurück und wölbte ihren Rücken ein wenig. Dann sagte sie, mit übereinandergeschlagenen Beinen, ganz in der Art einer englischen Lady:

„Was ich am Bootshaus am meisten liebe, ist, dass es völlig ungestört ist. Ich bin die einzige, die einen Schlüssel hat. Es ist vollkommen verlassen, und niemand kommt jemals hierher herunter. Du könntest mich problemlos überwältigen und vergewaltigen, und niemand würde es je erfahren. Du könntest mich hier und jetzt nehmen."

Natürlich wussten sie beide, dass das Unsinn war, denn sie war praktisch die mächtigste Frau der Kolonie. Und es war genauso eine Lüge, dass sie den einzigen Schlüssel hatte.

Der junge Mann missverstand sie völlig und fragte sehr höflich: „Lady Wallis, soll ich jetzt gehen?"

„Nein, nein, natürlich nicht. Alles, was ich meinte ist, dass ich die Ungestörtheit hier liebe und dass es so friedlich ist. Bitte arbeite weiter."

Der junge Mann nickte.

Es war ganz klar ein direkterer und einfacherer Ansatz vonnöten.

„Eigentlich finde ich die Ungestörtheit sehr erregend. Nur wir beide sind hier, und ich muss schon sagen, dass deine Arme und Schultern sehr kräftig sind, deine Muskeln sind so groß und stark."

Jetzt war es Zeit für explizite Fragen.

„Wie hast du so starke Arme bekommen?"

Der junge Mann verlor etwas von seiner Anspannung und sah Wallis zum ersten Mal an, als er sich umdrehte. Wallis unterdrückte ein Japsen, als sie etwas sah, das aussah wie der Arm eines Babys, der an seinem rechten Bein herunterreichte. In dem mittleren Schweißfleck zeigte das weiche Material des Overalls den Umriss einer riesigen Vene, die so dick war wie Wallis kleinster Finger.

„Lady Wallis, alle Männer in meiner Familie sind gleich; mein Vater und meine vier Brüder sind alle so wie ich – wir sind alle groß."

„Ich verstehe, und es sieht so aus, als ob du auch sehr gut in Form bist *und* ein richtiger Mann," sagte sie in versteckter Bezugnahme auf die Schwellung in seinem schweißnassen Overall.

Er lief knallrot an, und es fehlten ihm die Worte.

„Nun werde nicht verlegen, du solltest für solche Gaben dankbar sein. Sind deine Brüder in dem Bereich auch wie Du?"

Er war immer noch verwirrt und nickte nur.

„Wirklich, alle vier sind wie Du?"

Immer noch errötend, sagte er: „Ich bin der Kleine – meine Brüder sind alle größer als ich."

Zum ersten Mal an diesem Tag war Wallis ehrlich überrascht. „Himmel."

Sie hielt ihr linkes Handgelenk mit dem Daumen und dem Zeigefinger ihrer rechten Hand.

„Dicker als das?"

Immer noch rot, aber nun erregter, antwortete er: „Viel größer als das, Lady Wallis."

„Ich glaube, ich sollte jetzt gehen, Lady Wallis. Ich möchte keinen Ärger."

Sie liebte ein wenig Widerstand. Es verstärkte ihre totale Dominanz, ihr Gefühl von Macht.

„Nein, du musst bleiben und meine Fragen beantworten und genau das tun, was ich dir sage, ist das klar? Du tust genau das, was ich dir sage, oder sonst bekommst du *tatsächlich* Ärger, ist das klar?" befahl sie.

Er sah sie und ihr errötetes Gesicht an und sagte: „Ja, Lady Wallis. Ich tun was Sie befehlen."

Sie begann nun, reichlich feucht zu werden, und sie nahm ihre Beine auseinander und spreizte sie etwa 15 Zentimeter weit. Sie liebte das Gefühl. Sie liebte das Reizen, und am meisten liebte sie die Macht. Das Sommerkleid bedeckte immer noch ihre Knie, aber die Wirkung auf den jungen Mann war trotzdem sehr aufregend, da ihm jetzt deutlich wurde, was diese mächtige weiße Frau in der Stille und Ungestörtheit des cremefarbenen und himmelblauen Bootshauses wollte.

„Weißt Du, du hast großes Glück, denn die meisten weißen Männer sind nur ungefähr halb so groß."

Er lächelte. Die Lust begann nun endlich, seine Nervosität zu besiegen.

„Darüber weiß ich nichts, aber alle meine Freundinnen mögen, was ich da unten habe."

Wallis gefiel der Plural. Und das erste Erwähnen seiner Freundinnen bedeutete, dass Wallis' Verführung nun beinahe vollständig war.

Während der ganzen Zeit, die er ihr zugewandt war, konnte sie sehen, wie der Babyarm immer größer und fester wurde, und nun stand das Ende am Bund der Overallhose heraus. Sie spürte, dass er weniger nervös wäre, wenn sie sich in das Bootshaus begaben und sagte zu ihm:

„Lass uns hineingehen, es gibt etwas, das du für mich tun musst. Oder vielmehr etwas, das du *mit* mir tun musst."

Er stellte seinen Farbtopf mit dem Pinsel ab.

Sie führte ihn nach innen und ließ sich in einen der Clubstühle fallen.

„Geh in die Toilette und wasch dir die Hände und das Gesicht, dann komm sofort wieder her," befahl sie, wie ein Kapitän mit dem rangniedrigsten Seemann sprechen würde.

Während er seine kurze Waschung vollzog, machte sie sich noch einen Rumpunsch, dieses Mal mit mehr Rum. Und sie machte ihm auch einen – sie wollte den jungen Mann betrunken machen, denn sie wollte es sehr hart, und er war ein viel zu schüchterner Junge, um das mit ihr zu tun, wenn er nüchtern war. Sie wollte seine tierischen Triebe erwecken.

Er kehrte in den Hauptraum zurück und stellte sich vor sie hin. Das Licht des Aussichtsfensters war in ihrem Rücken und schien direkt auf den jungen Mann. Sie starrte seinen kleinen Arm an, der inzwischen gute 25 Zentimeter lang war. Und sie ließ ihn dabei zusehen, wie sie ihn anstarrte. Sie liebte es, dass er sie dabei beobachtete, wie sie ihn und seine Eingeborenen-Männlichkeit betrachtete. Es war Rohheit, eine Primitivität, als sie ihn mit ihrer kompletten Macht, die sie über ihn hatte, dominierte.

„Komm hierher und trink das alles sofort. Es wird dich entspannen," befahl sie und reichte ihm den Rum. „Alles, sofort."

Er tat, was sie ihm befahl. Er mochte den Rum gerne, war aber zu furchterfüllt, um etwas zu sagen.

„Also bist du kleiner als deine vier Brüder."

Er nickte.

„Nun, das ist interessant," sagte sie lässig.

Wie sie zwei ihrer Freundinnen später erzählte, waren ihre Nippel kurz davor zu explodieren. Sie war sehr erregt und konnte spüren, wie ihre Feuchtigkeit an den Innenseiten ihrer Oberschenkel hinablief, durch das Sommerkleid und auf den Stuhl.

Sie winkte ihn mit dem Finger heran und befahl: „Komm hier herüber."

Der junge Mann gehorchte.

„Du darfst niemals jemandem erzählen, was wir beide gleich tun werden, niemandem und niemals. Ist das sehr, sehr klar?"

Er sagte, dass es klar war. Es war ihr in Wirklichkeit nicht sehr wichtig, denn die Vorstellung war so fantastisch, dass niemand ihm jemals geglaubt und es einfach als Wahnsinn abgetan hätte, und das wusste sie.

Da die ausgedehnten Förmlichkeiten nun vorbei waren und der junge Mann direkt vor ihr stand, lehnte sich Wallis nach vorne und schloss ihre rechte Hand, nur den kleinen Finger ausstreckend. Sehr langsam bewegte sie ihren Finger bis einen halben Zentimeter vor den Babyarm. Das Ergebnis war genau, was sie erwartet hatte – das Ende des kleinen Armes zuckte plötzlich, und das Material des weichen, weiß gebleichten Overalls war nun bis an das Knie herab gespannt. Sie japste, als sie sah, dass ein kleiner feuchter Fleck auf dem Overall an der Stelle war, an der der Babyarm endete. Sie liebte es, eingeborene Männer zu reizen, und diesen reizte sie so langsam, dass ihre eigenen Kontraktionen schon begannen.

Wie eine Krankenschwester es zu einem ängstlichen, kleinen Jungen, der gleich eine Spritze bekommt, sagte sie: „Jetzt entspann dich einfach," und dann lächelnd: „Es wird nicht weh tun."

Endlich strich sie mit ihrem kleinen Finger ganz entlang und hielt am Ende inne. Durch das weiche Material konnte sie den Umriss einer großen Hautkante sehen, die den Umfang umgab, und sie streichelte sie. Das Reizen und der Rum riefen in dem jungen Mann ein tiefes Bariton-Stöhnen hervor. Er holte tief Luft und sah zuerst ihr Gesicht, dann ihre Nippel an.

Wallis reizte ihn so fünf Minuten lang weiter. Dann stand sie einfach auf und zog die beiden Riemen des Overalls von den Schultern des jungen Mannes. Das Oberteil des Overalls fiel ihm bis auf die Hüfte herunter, aber der Babyarm, der inzwischen riesig war, hielt den Overall auf, wie ein Hemd, das an einem Nagel hängt oder, wie sie später erzählte, wie ein Hemd, das am Ast eines jungen und männlichen, dunklen Schösslings hing. Mit geringen Schwierigkeiten manövrierte sie den Overall auf den Boden. Er stand splitternackt da, der Ast aufgestellt. Er war riesig und schwarz, und am Ende war er feucht. Sie schwelgte in der Größe und dachte daran, dass es weh tun würde. Und es würden Schmerzen sein, die sie erregen würden, wie kein weißer Mann sie jemals erregen konnte. Edwina, die perfekte englische Dame, hatte recht gehabt – das hier war ungleich allem, was ein weißer Mann zu bieten hatte.

Als sie ihren japsenden und kichernden Freundinnen das Erlebnis erzählte, sagte Wallis:

„Wenn ihr das nächste Mal bei uns zum Essen seid, seht Euch Davids Arm vom Handgelenk bis zum Ellbogen an. Davids Unterarm ist dünner und kleiner als das, was ich an diesem Tag sah und in mir hatte. Und es war ganz und gar in mir drin. Es war riesig und so unglaublich hart. Und es ging ganz in mich hinein – Gott weiß, wohin eigentlich."

Von den Zwängen des Overalls befreit, stand die junge Männlichkeit beinahe vertikal hoch und dehnte sich zehn Zentimeter über seinen Bauchnabel hinaus.

„Ich habe kaum nur die Spitze in meinen Mund bekommen," prahlte sie.

„Er war nicht nur sehr lang, er war auch sehr dick – der Umfang war verblüffend. Ich dachte, ich würde nicht alles hereinbekommen, aber ich wollte, soviel ich konnte. Ich wollte ein wenig Schmerz mit dem Genuss mischen."

Sie konnte schon ein wenig frühe Sahne schmecken: ölig und vorzüglich salzig.

„Leg dich auf den Rücken auf den Boden," befahl sie herrisch.

Als er auf dem Boden lag, setzte sie sich rittlings auf ihn und hob ihren Rock mit der linken Hand nach oben, während sie ihn mit ihrer rechten Hand in sie führte. Obwohl sie extrem nass war, musste sie sich ganz langsam herabsenken und vorsichtig ihre Atmung kontrollieren, um das Monster hineinzubekommen. Während der ganzen Zeit lag der junge Mann passiv auf dem Rücken und gab gelegentlich ein Stöhnen von sich. Auf ihren Vorschlag hin hatte er seine Augen geschlossen. Der Rum begann nun, sie zu entspannen, und sie fühlte sich herrlich beschwingt, als sie sich auf den schwarzen Adonis setzte. Immer weiter senkte sie sich herab, und während sie das tat, wurde sie immer erregter.

Zu Gunsten beider hatte sie zu stöhnen begonnen und fing dann an, tierisch zu ächzen – die schweigsame englische Dame war nun ein wildes Tier mit primitiven Trieben, und sie wollte ihn ganz in sich haben. Sie wusste von ihren Erfahrungen mit Hunderten von Männern, dass eine anständige und sittsame Dame, die plötzlich zum primitiven Tier wurde, immer das stärkste Aphrodisiakum war – all die Vortäuschungen der Mittelklasse waren weggewischt, als sie von diesem jungen, rohen Tier einfach nur gefickt und zwar sehr hart gefickt wurde. Wie erwartet, spürte sie, dass der junge Mann sogar noch härter wurde; er war jetzt hart wie Stein. Sie senkte sich zwei Drittel des Weges hinab und konnte nicht weiter – sie hatte ihre Grenze erreicht, und das Gefühl, als er ihre innere Decke berührte, war weißglühend in der Lust, die es rasend durch ihren Körper schickte, und sie liebte den Schmerz, den sie spürte. Selten hatte sie solche Lust erlebt. Und was am allerbesten war, sie hatte die völlige Kontrolle. Sie musste sich keine Sorgen darum machen, dass er zu früh kommen könnte, denn sie spürte, dass er sehr hart war, aber es gab keine Anzeichen des Pulsierens, das, wie sie wusste, das Vorzeichen dafür war, dass ein Mann kurz vor der Vollendung stand.

Sie ging drei oder vier Zentimeter nach oben, sodass er nicht mehr an ihre Grenze stieß – das Gefühl war einfach zu stark. Minutenlang bewegte sie sich langsam herauf und hinunter und ritt das Monster, das zu ihrem Spielzeug gehörte. Und ihre Säfte leisteten ihre Arbeit. Sie trug immer noch das Sommerkleid, und sie hatte das herrliche Gefühl, wie eine echte Hure zu sein, deren weißes Kleid sich auf die dunkle Haut des jungen Mannes legte. Inzwischen war ihr Sommerkleid triefend nass von ihrem Schweiß.

Sie war schweißüberströmt, und sie liebte dieses Gefühl. Sie fühlte sich wieder jung.

Schließlich beschloss sie, sich mit dem ultimativen Preis zu belohnen, also senkte sie sich hinab, sodass die Spitze seines Astes wieder an ihre oberen Grenzen stieß. Sie stieß während der ganzen Zeit die Tirade einer Hure aus, und das wurde immer lauter und intensiver, als sie spürte, wie sie unkontrollierbar anfing zu kontrahieren, und dann kam Welle um Welle des Genusses. Nach diesem ersten starken Höhepunkt wartete sie einen Augenblick. Ihre Haut fühlte sich lebendig an; sie drückte ihre Nippel. Aber sie wollte mehr. Sie wollte, dass er in ihr kam und die ganze Ladung seines rohen Tiersamens in sie spritzte.

Bis sie begann, ihre Nippel zu drücken, hatte sie ihn geritten und seine Hände gehalten, um nicht das Gleichgewicht zu verlieren. Die Hände des jungen Mannes waren riesig, und sie hatte ihre Finger mit den seinen verschlungen. Der Anblick ihrer schlanken, weißen Finger gegen die Ebenholz-Finger raubte ihr den Atem, und sie liebte es, ihren Ehering neben seinen schwarzen Fingern zu sehen; genau wie das Sommerkleid erregte es sie, sich so furchtbar nuttig zu fühlen. Und seine Arme waren so stark, dass sie sich überhaupt nicht bewegten. Sie hatte völlige Kontrolle.

Sie stand auf. Sie leckte seine Spitze ab; er stöhnte.

Dann legte sie das braune Kissen auf die Ecke des Billardtisches; sie knöpfte die beiden Schulterriemen des Sommerkleides auf, sodass das Kleid ihr nun auf die Hüfte hinunterfiel und ihre kleine Brust und die beiden harten Kieselsteine entblößte. Sie zog das Kleid nach oben und setzte sich auf das Kissen, ihre Beine baumelten über die Seiten des Billardtisches, fünfzehn Zentimeter über dem Boden. Sie gab zu, dass sie gerne die Lorbeeren für diese Stellung eingeheimst hätte, aber „leider war es Edwina Mountbatten, die mir von ihren Abenteuern in Harlem mit schwarzen Musikern in den Zwanzigern erzählt hat."

„Mach es bitte so," sagte sie.

„Und ich will es hart bitte. Sehr hart, bitte."

Der junge Mann stand auf und glitt wieder in sie. Sie bekam gerade ihre Beine hinter das Bein des Billardtisches, und auf diese Art konnte sie sich den immer tiefer werdenden Stößen des jungen Mannes entgegenstemmen. Sie wollte alles, was er hatte, und er war ganz in ihr. Der Schmerz war ihr egal. Sie wollte ihn einfach nur ganz in sich.

„Ich habe noch nie ein solches Gefühl erlebt – ich dachte, in mir würde etwas zerreißen," gab sie später zu.

Die Stöße des jungen Mannes wurden immer stärker, und das Gefühl war so extrem, dass Wallis sich die Hände an beide Seiten ihres Kopfes hielt, als ob sie von einer heftigen Migräne geschüttelt wurde. Das Gefühl war extreme Lust gepaart mit einem sehr hohen Grad an Schmerz – Schmerz, der beinahe, aber nicht ganz, unaushaltbar war.

Die Dynamik änderte sich jetzt, als der junge Mann der aktive Teil war – sie war nun der passive Teil, außer Kontrolle und wurde sexuell hingerissen, immer tiefer und tiefer von diesem außergewöhnlich männlichen, jungen Mann. Im Gegensatz zu ihrer Rolle in der Mittelklasse bestand keine Notwendigkeit für anstrengendes Geschwätz und schlaue Worte, nur rohes und hartes und gewaltsames Ficken. Und sie liebte es. Und das Ficken wurde lautstarker, als sie spürte, dass sie kurz vor dem zweiten Höhepunkt stand. Sie blickte hinunter und stellte schockiert fest, dass er ganz in ihr war. Bei diesem Anblick, unterstützt dadurch, dass der junge Mann selbst anfing zu pulsieren, kam sie zu einem Höhepunkt, wie sie noch nie zuvor einen erlebt hatte.

Als sie ihren Höhepunkt vollendete, spürte sie, wie er in sie spritzte. Und sein Taumel schien nicht aufzuhören, was sie wieder ganz von vorne beginnen ließ. Schließlich kam er zum Ende und zog sich aus ihrem Körper heraus.

Sein Anblick war jetzt, da er nur leicht erschlafft war, immer noch erregend. Sie stützte sich auf dem Billardtisch auf ihre Ellbogen und sah ihn an. Sie hatte Ponys mit Kleineren gesehen.

„Hilf mir bitte auf," sagte sie.

Er half ihr aufzustehen, und als sie auf den Beinen stand, spürte wie, wie ein Spritzer Saft aus ihr heraus floss, dann ein zweiter – jetzt war unter ihr eine große Pfütze. Sie stand auf und brach sofort zusammen; ihre Beine hielten ihr Gewicht nicht. Leicht verschämt befahl sie ihm, sie zur Couch zu tragen, von der aus sie zum Aussichtsfenster hinaussehen konnte. Dort lag sie eine lange Zeit. Schließlich schwang sie ihre Beine auf den Boden und verlangte, dass er ihr die Flasche Brandy bringen solle, die in der kleinen Sammlung von Flaschen auf der Bar stand. Mit dem Brandy brachte er ihr ein Glas – es dauerte einen Augenblick, bis er, indem er mit dem Finger auf jedes Glas in der Vitrine gezeigt hatte, das Kognakglas gefunden hatte.

Sie schenkte sich ein großes Glas ein. Sie war begeistert von dem riesigen, schwarzen Ding – es war wie ein schwarzer Babyarm –, das ganz in ihr gewesen war.

Sie trank ihren Brandy langsam – er war ihre Belohnung.

„Ich will es noch einmal lecken. Komm her und gib mir dieses Ding nochmal."

Sie nahm ihn wieder in den Mund, und als sie das tat, wurde er wieder hart. Sie war unentschlossen, ob sie ihn wieder in sie eindringen lassen sollte. Als er hart wurde, saugte sie weiter. Sie hatte beide Hände um ihn gelegt, sodass sie sein Eindringen in ihren Mundes begrenzen konnte. Sie war überrascht, als er plötzlich in ihren Mund spritzte. Verblüffender Weise war die zweite Ladung beinahe so groß wie die erste, als sie ihn geritten hatte. Sie schluckte einfach und hörte nicht auf, seine Ladung zu schlucken, und sie verlängerte den Saftfluss mit ein paar Tricks, die sie bei ihrer früheren Arbeit in Shanghai gelernt hatte.

Nach der riesigen Ladung war er endlich fertig. Sie hatte alles geschluckt.

Sie setzte sich anständig und gerade auf.

Ohne weitere Umschweife sagte sie einfach: „Du kannst jetzt gehen."

„Und denk daran, dass nichts hiervon jemals geschehen ist."

Der junge Mann ging mit einem Nicken.

Die Erregung des Befehlens war beinahe – aber nicht ganz – so erregend wie der Akt selbst.

Nach zehn Minuten stand sie auf, spülte das Sommerkleid aus und hing es in der untergehenden Sonne auf der Terrasse auf. In der Stunde, die es brauchte, um zu trocknen, trank sie noch zwei Gläser Rumpunsch und schwelgte in den Nachklängen dessen, was sie gerade getan hatte. Es dauerte weitere zwei Stunden, bis sie wieder gehen konnte, zuerst nur behutsam, dann mit mehr Selbstvertrauen. Als es dämmerte, ging sie kurz schwimmen und duschte anschließend im Bootshaus. Ganze sieben Tage lang war sie wund. Wie erwartet, hatte David keine ehelichen Rechte eingefordert, und so konnte sie sich in Ruhe erholen.

30: Der amerikanische Verehrer

Nassau
Samstag, 7. Februar 1942

DAVID STAND AUF DER Veranda des Regierungshauses. Der ehemalige König von England sah verdrießlich in die Regenströme, die die grüne Wiese durchtränkten, die bis zum Meer hinunter abfiel. Vor dem Krieg hatte er noch ein paar Schiffe gesehen, aber jetzt waren beinahe alle Frachter zu Konvois eingezogen worden. Heute, wie an so vielen anderen Tagen auch, starrte er einfach nur in die leere See. Er freute sich nicht auf das Abendessen heute – größtenteils Amerikaner und größtenteils Geschäftsdiskussionen, die er weder mochte noch verstand.

Das Abendessen begann pünktlich um acht Uhr.

Die vorherige Stunde war bei Cocktails auf der Veranda verbracht worden, und wie üblich hatte David schon zu viel von seinem bevorzugten Single-Malt getrunken. Zum Essen wurde ein wirklich vorzüglicher Pichon Longueville serviert – der 1936er, einer von Davids Lieblingsjahrgängen.

Nach dem Essen gingen die Männer, um Zigarren zu rauchen und Brandy zu trinken; Wallis unterhielt die Damen auf der Veranda.

„Ich muss Ihnen für ein so herrliches Essen ein Kompliment machen," sagte die große, beredte Reporterin des *New York Herald*.

„Vielen Dank, Susan. Wissen Sie, es ist eine echte Herausforderung, mit dem Krieg und allem, und David ist hier nichts als ein etwas besserer Gefangener. Wir dürfen nicht reisen, selbst nicht nach New York. Und die Bahamas sind wahrlich eine drittklassige britische Kolonie."

„Ja, es muss furchtbar sein," sagte die amerikanische Reporterin und verfiel dabei in einen nachgeahmten Akzent der englischen Oberklasse, den sie so bewunderte.

Susan und Wallis wurden allein gelassen, als die anderen Damen sich in das Haus begaben, um der Kälte und der Feuchtigkeit zu entgehen.

Susan sah Wallis direkt an.

„Ja, es ist tragisch, wie die Dinge verlaufen sind, dass David im Wesentlichen von einer Clique abgesetzt wurde, sozusagen."

Susan wartete absichtlich auf Wallis' Antwort. Wallis, die selbst Amerikanerin war, wusste, dass man von den amerikanischen Tischgästen erwarten konnte, so unverblümt und direkt zu sein – die niemals endenden Umschweife der Engländer in London trieben Wallis immer zur Verzweiflung. Und Wallis spürte, in welche Richtung die Unterhaltung ging.

„Natürlich, ich habe David das oft gesagt, aber er ist zu verblendet von Treue, und er ist seinem Bruder gegenüber viel zu treu."

„Ich habe aus verlässlichen Quellen gehört, dass Mr. Churchill Ihren Mann mit dem Gefängnis bestrafen würde, falls er jemals nach England zurückkehrt."

Wallis sagte nichts, sah Susan aber direkt an.

„Ihre Informationsquellen sind sehr gut für eine Reporterin. Das soll keine Beleidigung sein, aber die meisten männlichen Reporter, die ich in Baltimore kannte, waren einfach nur schlechte Schreiberlinge und besoffene Schreiberlinge noch dazu."

„Nun, wie Sie wissen, ist New York das Herz des amerikanischen Reiches, und wie der Zufall es will, bin ich in der Schweiz aufgewachsen, also habe ich enge Kontakte in Europa."

„Ich verstehe," sagte Wallis und verstand eindeutig mehr als das.

„Also, Mr. Churchill und seine Clique und ihre Eskapaden sind den informierten Amerikanern bestens bekannt, ebenso wie den Europäern, Lady Wallis."

Wie die meisten Amerikaner verwirrten Susan die Titel der englischen Aristokratie; Wallis hatte über drei Jahre gebraucht, um dieses undurchsichtige Thema zu meistern.

Wallis blickte Susan an und fragte: „Was meinen Sie mit Clique?"

„Nun, es ist in manchen Kreisen in New York bekannt und auch in Washington, dass Großbritannien ohne die große Hilfe von Amerika ganz schön tief in der Tinte säße.

Die Deutschen könnten einen zweiten Blitzkrieg anfangen – sie haben Frankreich ja schon befreit."

Bei dem Wort „befreit" sah Wallis ihr Gegenüber sehr genau an. Wallis war sich im Klaren darüber, dass Reporter die besten Agenten für Geheimdienste waren, da sie eine natürliche Deckung für die vielen Fragen hatten, die sie stellten.

„Und mit dem Führungswechsel in Deutschland letzten September geht es den Deutschen momentan sehr, sehr gut in Russland, wenigstens steht das in den wenigen Telegrammen, die David vom Außenministerium erhält."

„Ich nehme an, Sie haben recht, aber falls das geschähe und Deutschland würde ein neuer Verbündeter der USA, wäre Großbritannien in Schwierigkeiten."

„Aber weswegen würde Deutschland Amerika helfen, selbst wenn es das könnte?"

Susan kam Wallis näher und berührte sehr leicht ihren Arm.

Wallis spitzte die Lippen und sagte: „Erzählen Sie."

„Ich werde Ihnen vertrauen und Ihnen erklären, wie Sie, Sie persönlich, wieder in den Mittelpunkt rücken können. Und dieses Mal haben Sie die Kontrolle."

In diesem Moment kam James, der eingeborene oberste Diener, und öffnete die Türen am anderen Ende der Veranda. Langsam und feierlich ging er zu Wallis hinüber und fragte mit extremer Zaghaftigkeit, ob die Damen etwas bräuchten, einen Schal oder etwas in der Art, da es kalt wurde.

„Nein, es geht uns gut, danke, James; das wäre für heute Abend alles."

James ging. Wallis trank noch mehr von dem erbärmlichen südafrikanischen Sherry und begann, ein warmes Glühen zu spüren.

„Also werde ich Ihnen vertrauen, Mrs. Windsor," fuhr Susan fort.

„Die Deutschen erinnern sich mit großer Zuneigung an ihren Besuch und freuen sich darauf, Sie sehr bald zu sehen. Der ehemalige Kanzler mochte Sie und Ihren Ehemann gern und bewunderte Sie. Er sah etwas von sich selbst in Ihnen, wie er mir persönlich sagte."

„Nun vertrauen Sie mir aber sehr, nicht wahr, Susan?"

„Vielleicht, aber ich denke, wir können beide von dem profitieren, was ich Ihnen gleich vorschlagen werde."

Das einzige Geräusch kam vom Regen. Susan hatte ihre Hand gespielt und jetzt war es an der Zeit, Wallis' Antwort abzuwarten.

Wallis war still und sagte dann:

„Ja, wir haben ihn 1936 in Deutschland in seinem Berghaus getroffen, und sie scheinen in der Tat die natürlichen Anführer der neuen Ordnung Europas zu sein."

„Wallis, lassen Sie mich Ihnen versichern – und ich habe das von der höchsten Autorität in Deutschland –, dass sie keinerlei

Verlangen nach Großbritannien haben. Es ist völlig normal für die Welt, in Einflussbereiche aufgeteilt zu sein. Das ist die natürliche Ordnung der Dinge. Und mit einem Waffenstillstand zwischen Deutschland und Großbritannien, nun ja, eine Bedingung könnte Davids Rückkehr auf den Thron sein."

„Aber weswegen sollte Deutschland David als König zurück wollen?"

Wallis vermutete, dass sie das nur allzu gut wusste, wollte es aber von Susan direkt hören.

„Nun ja, Wallis, es sind nicht die Engländer – es sind die Amerikaner."

Wallis sah Susan an, und ein Blitz der Aufregung schoss durch sie – vielleicht war es der billige Sherry.

Susan fuhr fort:

„Es ist eigentlich klar – die momentane Clique, die von Churchill angeführt wird, müsste weg, und je mehr verrottete, verdorbene Elemente entfernt werden können, desto besser wäre es sowohl für Deutschland als auch für Großbritannien."

In diesem Moment erschien die übergewichtige Frau des amerikanischen *chargé d'affaires* und drängte die beiden, in die Wärme der Loggia zurückzukehren. Wallis scheuchte die Kuh mit einem warmen und wundervollen Lächeln weg.

Sobald die Frau abgefertigt war, sagte Wallis mit echter Wärme:

„Susan, ich bin so froh, dass Sie die Einladung angenommen haben."

Susan beschleunigte dann die Geschwindigkeit ihrer Rede.

„Frankreich ist erledigt; Großbritannien überlebt mit Ach und Krach. Mr. Churchill ist zuhause und im Ausland unbeliebt. Die Deutschen haben den Briten bei drei verschiedenen Gelegenheiten durch Mittelsmänner, zwei Schweden und einen Schweizer, Friedensbedingungen unterbreitet. Die Deutschen wollen nicht, dass Großbritannien beschädigt wird. Wenn dieser verrückte Krieg sich weiter hinzieht, wird Großbritannien zu einem Bettler, und wir Amerikaner sähen das nicht gern.

Was am meisten Sinn macht, ist, dass sich Deutschland und Großbritannien zusammenschließen."

Susans Augen funkelten, als sie Wallis das erklärte.

„Wallis, Ihr Ehemann ist ein wunderbarer Mann, der brutal missbraucht wurde."

„Er ist ein schwächlicher Narr mit einem kleinen Gehirn, und auch anderswo nicht übermäßig bestückt."

Susan ignorierte das und sagte:

„Das macht es für Sie so leicht, seinen rechtmäßigen Platz für ihn wiederzugewinnen, ebenso wie Ihren rechtmäßigen Platz – Wallis Windsor, Königin von England, Schottland, Wales und Nordirland."

„Nun, das klingt ja alles schön und gut, aber ich sitze hier auf dieser gottverlassenen Insel mit meinen Hunden fest, und das ist so ziemlich alles."

Susan fuhr fort: „Der erste Schritt ist, dass Sie das Angebot der Deutschen in Erwägung ziehen, wovon ich Ihnen sagen kann, dass Mr. Roosevelt das auch gefallen wird."

„Es in Erwägung ziehen? Es gibt nichts in Erwägung zu ziehen, ich würde auf allen Vieren kriechen, um als ein „Jemand" nach London zurückzukehren."

„Gut, hier ist dann also, was wir beide tun müssen, um das Ganze ins Rollen zu bringen."

Sie setzten sich an den weißen, schmiedeeisernen Tisch – der Regen wurde stärker und es wurde kälter, aber keine der beiden Frauen kümmerte das.

31: Brookes Bekanntgabe

MAN SAGT: „IM SIEG: Großmut" Und das war nie wahrer gewesen als im Bezug auf das Verhalten des japanischen Botschafters an diesem kalten Dienstag im Februar, als er zu dem kleinen Kreis im Oval Office des Präsidenten der Vereinigten Staaten von Amerika sprach. Wie auch die anderen Treffen wurde dieses absolut geheim gehalten. Anwesend waren Admiral King; der Kriegsminister Henry Stimson; der Präsident der Vereinigten Staaten Franklin Roosevelt und der japanische Botschafter der Vereinigten Staaten, Kichisaburō Nomura.

Zwölf Stunden zuvor hatte der Präsident auf seinem Chiffriergerät einen abendlichen Anruf von der anderen Seite des Atlantiks erhalten. Er war überrascht gewesen, die nüchterne Stimme des Feldmarschalls Brooke zu hören. Roosevelt hatte Brooke zweimal zuvor getroffen und den Mann sofort gemocht – Brooke war die Antithese seines Herrn: nüchtern, höflich und wohlüberlegt. Roosevelt hatte zu Stimson gesagt, dass er verstand, wie die Briten mit Leuten wie Brooke am Hebel durchhalten konnten.

Brooke sagte, es täte ihm leid, den Präsidenten zu belästigen, aber es sei ihm aufgetragen worden, den Präsidenten anzurufen, um ihm mitzuteilen, dass Singapur sich den Mächten des japanischen

Imperiums ergeben hatte. Roosevelt täuschte Überraschung über den plötzlichen Zusammenbruch der angeblich uneinnehmbaren Festung vor. Aus Brookes Ton ging klar hervor, dass Roosevelt mit seiner Überraschung nicht allein war. Es war bei Brooke drei Uhr morgens, und er klang völlig wach und aufmerksam. Aus den Tiefen des Raumes konnte Roosevelt den Premierminister laut und hin und wieder gewalttätig schreien hören, was der Feldmarschall ignorierte und vor seinem Zuhörer ausblendete, so gut er konnte. Es gab eine lange Pause, und dann war die vertraute Stimme des Premierministers am Telefon. Wie Roosevelt später zu King und Stimson sagte, hatte er den Premierminister noch nie so betrunken gehört. Churchills Geschwafel war eine bizarre Mischung aus Gefühlsduselei und Drohungen, deren tiefster Punk an der Stelle war, als Churchill sagte:

„Ich weiß persönlich von Marschall Stalin – er hat es mir gesagt –, er hat es mir gesagt, mir persönlich gesagt – dass er plant, sich Alaska zurückzuholen und dass du mich brauchst, um ihm das auszureden.“

Als Roosevelt das King und Stimson erzählte, schüttelte King einfach nur den Kopf.

„Dieser aufgeblasene Trinker gehört nicht in so ein hohes Amt, er muss weg, und zwar besser früher als später,“ war Stimsons einziger Kommentar.

Bei dem Treffen in dem inzwischen vertrauten Oval Office hielt King seine professionelle Bewunderung in Schach, aber Roosevelt war direkter:

„Mr. Nomura, ich muss Ihrem Land zu den überraschenden gestrigen Ereignissen gratulieren.“

Nomura dankte dem Präsidenten.

„Nun, Mr. Präsident, es war ein schwerer und harter Kampf, und wir hatten Glück, während unsere starken Gegner, die Briten, sehr großes Pech hatten."

Die vier Männer wussten, dass die Wirklichkeit sich sehr von dieser bescheidenen Aussage unterschied. In Wirklichkeit waren die Japaner drei zu eins in der Minderheit gewesen: 35.000 Japaner gegen 115.000 Briten. Und die Briten hatten alle Vorteile der Verteidigung. Das klassische Verhältnis war vier zu eins zum Vorteil der Verteidigung – nach von Clausewitz braucht ein Angreifer viermal so viele Truppen wie ein Verteidiger.

Aber in dem heißen Dezember des Jahres 1941 vollführten die japanischen Truppen in Malaysia riskante Angriffe, bei denen sie oft den malaysischen Dschungel als Verbündeten hatten. Die englischen Kommandanten – alle sicher im fernen Singapur in ihrem Kokon eingesponnen, verhätschelt und parfümiert – betrachteten den Dschungel in Malaysia als schrecklich, heimtückisch und undurchdringbar, obwohl die Japaner ihn wiederholt benutzten, um sie strategisch zu überlisten. Während des ganzen heißen und feuchten Dezembers fuhr die japanische Fahrrad-Infanterie gen Süden, oftmals nur auf den Felgen ihrer Fahrräder – die Reifen an ihren Fahrrädern waren alle zerstochen worden, also hatten die japanischen Truppen die Reifen einfach abgeschnitten und weggeworfen. Der Lärm der japanischen Fahrrad-Infanterie auf ihren stählernen Fahrradfelgen entlang der Kopfsteinpflasterstraßen verschreckte ihren Feind, besonders während dieser heißen und stillen Sommernächte.

Als sie an dem Damm angekommen waren, der Singapur und Malaysia verband, machte der japanische Kommandant Yamashita den Sultanspalast an der Spitze von Malaysia zu seinem Hauptquartier, von wo aus er die Ausbreitung der britischen Truppen auf der Insel von Singapur deutlich sehen konnte. Die Japaner waren inzwischen Meister der flexiblen, modernen, mobilen

Kriegsführung, während das Dogma der britischen Kommandanten immer noch im Schlamm der Westfront des Ersten Weltkrieges feststeckte.

Da ihnen die Versorgung und die Munition ausgingen, dachte Yamashita über einen Rückzug nach. Aber er warf die Würfel – wie alle großen Kommandanten es tun – und schickte den Briten eine Nachricht, in der er den britischen General Percival aufforderte, „diesen bedeutungslosen und verzweifelten Widerstand aufzugeben, um weiteres Blutvergießen zu verhindern."

Was Yamashita zu dem Zeitpunkt nicht wusste war, dass die völlige Überlegenheit der Japaner im Luftraum über Singapur die einheimische Bevölkerung verängstigt hatte und viel von dieser Angst schnell auch in die Truppen selbst durchgesickert war. Als die Truppen einmal mit der Angst angesteckt waren, brach sowohl die Zivil-, als auch die Militärdisziplin zusammen – und sehr bald plünderten betrunkene alliierte Truppen Läden und desertierten in Scharen. Das bedauerliche Verhalten der britischen Truppen war Stimson in Telegrammen des amerikanischen *chargé d'affaires* in Singapur seit dem frühen Februar berichtet worden. Die Fantasie der Überlegenheit der britischen Armee war augenblicklich verflogen, und sie wurde als das gesehen, was sie wirklich war – wichtigtuerisch, engstirnig und nutzlos.

Nomura fragte höflich, ob der Kriegsminister irgendwelche Berichte von irgendwelchen „Vorfällen" – wie er sie nannte – der japanischen Truppen gegen irgendwelche amerikanischen Truppen oder Schiffe erhalten hatte.

Stimson sagte:

„Ich habe nichts gehört. Admiral King, hatten Sie irgendwelche Berichte?"

King schüttelte den Kopf.

Dann kam Nomura so sanft wie möglich auf den Zweck seines Besuches zu sprechen.

„Mr. Präsident, Mr. Stimson, Admiral King, es ist meiner Regierung sehr wichtig, dass wir die jüngste Vergangenheit hinter uns lassen. Wie Sie wissen, waren viele von uns entsetzt über die Ereignisse des letzten Dezembers, und ich kann Ihnen sagen, dass uns dieser abscheuliche Fehler sehr leid tut. Ich kann Ihnen ebenfalls versichern, dass die Hitzköpfe in Tokio nicht mehr an der Macht sind.“

Roosevelt sagte:

„Botschafter Nomura, das ist alles schön und gut, aber es ist Tatsache, dass Sie Blut – amerikanisches Blut – an Ihren Händen haben. Wir sprechen hier nicht von der *Ruben James* mit einhundert Seemännern, sondern einer großen Anzahl an verlorenen Leben; viele Amerikaner lechzen noch immer nach Blut. Nun haben sie sich etwas beruhigt, aber viele wollen immer noch Rache.“

Obwohl das wortwörtlich stimmte, bewegte Roosevelt sich hier auf einem schmalen Grat – mit dem Fall von Singapur kontrollierten die Japaner nun effektiv ganz Asien, und alle vier Männer wussten, dass Amerika machtlos dagegen war, wenigstens für die nächsten zwei Jahre.

Nach einer Pause sagte Roosevelt: „Was schlagen Sie also vor?“

Es dauerte qualvoll lange, bis die Antwort kam.

„Nun, Mr. Präsident, mein Kaiser ist sehr darum bemüht, die Ehre der Vereinigten Staaten zu schützen. Das ist sein erstes und wichtigstes Anliegen. Es ist die Ehre Ihres Landes, also wurde meinem Kaiser vorgeschlagen, dass die japanischen Drahtzieher dieses mitleidlosen Angriffes vor Gericht gerufen werden, so dass die ganze Welt es sehen und im Radio hören kann, und zwar in einem speziell dazu einberufenen Gericht in der neutralen Schweiz, das aus einem amerikanischen Richter, einem japanischen Richter und einem schweizerischen Richter zusammengesetzt ist. Das Urteil des Gerichts bräuchte eine einfache Mehrheit, und die Regierung meines Kaisers ist gewillt, jegliche Strafen zu akzeptieren.“

Stimson fragte: „Jegliche Strafen?"

Nomura nickte.

„Botschafter, danke für Ihren Besuch, ich denke, es ist an der Zeit, dass wir Ihren Vorschlag besprechen," sagte Roosevelt.

Nomura stand auf, verbeugte sich und ging.

„Hol mir bitte einen Drink, Henry, und hol dir selbst und Ernie auch einen."

Roosevelt nippte an seinem Martini und bemerkte mit einem Blick auf das Getränk: „Das ist so ziemlich das einzige Vergnügen, das mir noch bleibt."

„Nun, da haben wir es. Ich meine, wir haben die Japaner die ganze Zeit lang vollkommen unterschätzt. Und wie die Ereignisse der letzten Tage zeigen, sind wir nicht die einzigen."

Stimson fügte hinzu: „Der größte Fehler, den wir gemacht haben, war dieses verfluchte Ölembargo. Wir wussten, dass es ihnen weh tun würde, aber wer hätte gedacht, dass ihre verdammte Antwort so effektiv sein würde – mit nichts als dem Fiasko in Hawaii wären wir ja noch davongekommen. Ja, sicher, es wäre mit Hängen und Würgen gewesen, aber jetzt kamen noch der Kanal und San Diego und dieses verdammte Gummifeuer und die kanadischen Züge und die Angriffe auf die Jochbrücken dazu. Jesus Christus, die Liste ist endlos. Und ganz ehrlich, ich bin über Singapur schockiert."

King fügte nachdenklich hinzu: „Und Nomura scheint ein natürlicher Verbündeter zu sein. Ja, er ist doppelzüngig, aber welcher Politiker ist das denn nicht? Nichts für ungut, Mr. Präsident."

Roosevelt lächelte. „Schon in Ordnung – das gehört automatisch dazu, Ernie."

Roosevelt verlangte noch ein Getränk und sagte dann:

„Und lasst uns realistisch sein: Wir können keine Offensive aufstellen und können auch nicht wirklich eine Defensive aufstellen. Mit Singapur als Basis können die Japaner die Philippinen einnehmen, wann immer sie wollen. Ein Angriff auf Kriegsschiffe ist *eine* Sache, aber ein amerikanisches Territorium wie die Philippinen zu verlieren, zum Teufel, das ließe Hawaii im Vergleich blass aussehen.

Ich habe meine Idee eines Super-NIRA mit Henry Morgenthau besprochen, und er hat mir etwas sehr Interessantes verraten: Im Jahr 1904 unterstützte Jacob Schiff Japan über die Firma Kuhn, Loeb & Co. an der Wall Street mit einem Darlehen von 200 Millionen Dollar für seinen Krieg gegen die Russen. Mit diesem Geld waren die Japaner in der Lage, Munition und Kriegsausrüstung zu kaufen. Natürlich hasste Schiff die Russen wegen ihrer unendlichen Pogrome. Nun ist das nur ein Gedanke, aber wir könnten in Asien das Gleiche tun. Wir könnten sogar Luftschiffe bauen, die von Kalifornien aus fliegen."

Das merkwürdige Erwähnen von Luftschiffen verwirrte Stimson und King, bis Roosevelt schließlich erklärte:

„Ihr wisst das vielleicht nicht, aber ich habe früher eine Luftschifffirma geleitet, die plante, eine Verbindung von New York nach Chicago zu bauen. Die Idee war ihrer Zeit voraus, aber heutzutage ist sie mehr wert als je zuvor. Und in einer Partnerschaft mit den Japanern könnte ich diese Firma sogar wieder aufbauen."

Nach einer Pause, um die Idee sich setzen zu lassen, sagte Roosevelt: „Lasst uns jedenfalls darüber schlafen und uns morgen treffen."

In Wirklichkeit war die Entscheidung von einem Pronomen getroffen worden: Als Roosevelt sich auf Nomuras Vorschlag eines pan-asiatischen NIRA als „meine Idee" bezog, hatte die alte Schlange unabsichtlich ihre Karten gezeigt.

Aber dem verabredeten Treffen mit Nomura kam ein weiterer Schock zuvor.

32: Das Verbrennen und das dritte Manassas

Washington
Mittwoch, 18. Februar 1942

UM GENAU 8:00 UHR am Mittwochmorgen rief die Sekretärin des deutschen Botschafters Miss Tully an und bat um einen Termin für den deutschen Botschafter, um den Präsidenten der Vereinigten Staaten zu treffen, und zwar „in einer extrem wichtigen Angelegenheit." Da der deutsche Botschafter dafür bekannt war, still und bescheiden zu sein und normalerweise niemals mehr verlangte als ein zweites Glas Champagner bei der endlosen Runde der Diplomatenparties, trug Miss Tully den Termin sofort um 10 Uhr am gleichen Morgen ein.

Der Botschafter traf in Begleitung eines Mannes mit ziemlich scharfem Blick namens Schneider ein.

Die beiden Männer wurden in das Oval Office gebracht, wo der Präsident und Minister Stimson sie begrüßten.

„Wie kann ich Ihnen behilflich sein, meine Herren?" fragte der Präsident, der in seinem Rollstuhl hinter dem Schreibtisch saß.

Es war Schneider, der sprach, da sein Englisch perfekt war; der ältere Botschafter hatte schlauerweise beschlossen, dass die

Nachricht so wichtig war, dass Übersetzungsfehler um jeden Preis vermieden werden mussten.

„Nun, Sir, Mr. Präsident, wir möchten Sie und Mr. Stimson darüber informieren, dass mein Land und die Sowjets sich vor ein paar Stunden in Genf trafen, um die Möglichkeit zu diskutieren, die Vorkehrungen und erweiterten Modalitäten für einen potenziellen Waffenstillstand zu besprechen."

Trotz der schmerzhaft geschwollenen Ausdrucksweise stach das drittletzte Wort für Roosevelt und Stimson sofort stark hervor, aber beide schwiegen.

„Nach dem tragischen Verlust, den unser Land letzten September erlitten hat, wurden, wie soll ich sagen, gewisse ‚Neuordnungen' getroffen, bei denen General Jodl und Feldmarschall Milch wesentliche militärische und politische Änderungen vorgenommen haben. Die wichtigste militärische Veränderung ist das, was wir Deutschen die neue Brest-Litowsk-Kiew-Krim-Linie nennen. Ich habe sie hier auf einer Karte. Sie gestatten, Sir?"

Auf dem alten Schreibtisch des Onkels des Präsidenten breitete Schneider sehr sorgfältig die Karte aus und gab sich dabei extreme Mühe, den Rollstuhl des Präsidenten nicht zu bemerken.

„Wie Sie an der breiten roten Linie auf der Karte sehen können, ist es das Ziel der deutschen Armee, den Sowjets das Öl zu kappen. Und wir sind dabei extrem erfolgreich gewesen, während wir gleichzeitig unsere eigenen Felder in Ploiesti in Rumänien abgesichert haben. Diese neue Linie wurde in der zweiten Septemberwoche gezogen und erreicht inzwischen das, wozu sie bestimmt war."

„Zusätzlich zu der neuen Linie der deutschen Armee ist die britische RAF größtenteils neutralisiert worden."

Stimson, der den Präsidenten eine Woche zuvor über die Details dieser Angriffe auf die britische Luftwaffe informiert hatte, fragte einfach: „Was meinen Sie?"

„Nun, wir haben nicht alle Details, aber die *Luftwaffe* hat viele der britischen Flughäfen und Benzinvorräte zerstört. Und jetzt gibt es keine Bombenangriffe mehr auf das *Reich*. Das bedeutet, dass unsere Flugzeuge frei waren, um Einsätze nach Russland zu fliegen und die russischen Panzer mit unseren neuen 45-Millimeter-Kanonen zu zerstören. Diese neuen Kanonen öffnen laut den Berichten einen russischen Panzer wie eine Blechdose.

Als Ergebnis haben die Sowjets eingesehen, dass ihre Position nun unhaltbar ist. Daher unterhalten sich unsere beiden Seiten in Genf über ein Entgegenkommen."

„Was für eine Art von Entgegenkommen?" fragte Stimson.

„Wir beide sind nur Diplomaten, aber es ist das Verständnis meines Botschafters und auch mein eigenes, dass die Sowjets ein deutsches Kommando über die Ukraine gewährleisten werden und dass Deutschland die Felder in Baku behalten und die Russen kostenlos mit 100.000 Tonnen Öl im Monat versorgen wird. Im Gegenzug wird Deutschland den Sowjets Autonomie in den baltischen Ländern gewährleisten. Finnland wird eine freie, eigenständige Nation werden."

„Sie sind in einer so starken Position?" fragte Stimson offen.

Schneider nickte: „Meine Herren, bitte erinnern Sie sich daran, dass all die schlecht durchdachten Bemerkungen darüber, wie Russland anzugreifen sei – ‚man muss nur die Vordertür eintreten' und all dieser Quatsch – mit dem plötzlichen Tod unseres Kanzlers letzten September fortgespült wurden."

Die Bezugnahme auf den toten Kanzler brachte sowohl Stimson als auch dem Präsidenten zum Bewusstsein, dass es in den deutschen Rängen genauso viele Unstimmigkeiten gab wie in ihren eigenen.

Roosevelt fragte: „Und wie beeinflusst das Ihre beiden Alliierten in der Vereinbarung?"

Schneider antwortete: „Nun, Sir, was das Dreierabkommen betrifft, haben wir uns mit unseren japanischen Alliierten sehr eng beraten und die Italiener vollkommen ignoriert."

Schneider beantwortete Roosevelts Stirnrunzeln: „Sie sind Italiener."

Einen Augenblick lang herrschte Stille, dann brach Roosevelt in Gelächter aus, und Stimson stimmte mit ein.

Während der Botschafter sich nicht ganz klar über das Geschehen war, so zerstreute es doch seine Besorgnis, die beiden Amerikaner so ausgelassen lachen zu sehen.

Schneider zwinkerte dem alten Mann zu.

„Und um vollkommen ehrlich und gerade heraus zu sein, meine Herren, haben die Japaner eine überraschende Forderung gestellt, von der ich mir nicht sicher bin, ob es angemessen ist, sie preiszugeben."

Das Gelächter verstummte.

„Unsere japanischen Alliierten forderten ganz explizit, dass das *Reich* den Vereinigten Staaten nicht den Krieg erklärt, obwohl das *Reich* rechtlich dazu verpflichtet ist. Das schien uns in dem Moment seltsam und ungewöhnlich, aber vielleicht arbeitet der japanische Geist einfach so."

Ganz diplomatisch fragte Stimson: „Ist das eine Tatsache?"

Schneider – nun war er an der Reihe, sich dumm zu stellen – nickte nur.

„Nun, Mr. Präsident und Minister Stimson, Sie sind beide vielbeschäftigte Männer. Ich denke, es ist wohl an der Zeit, dass der Botschafter und ich Ihre Zeit nicht länger verschwenden. Wir wünschen Ihnen einen schönen Tag."

Damit standen die beiden Deutschen auf, schlugen ihre Hacken zusammen und gingen.

„Hmm," war der einzige Kommentar des Präsidenten.

DIE GÖTTIN DES SCHICKSALS

Zwanzig Minuten später, genau um zehn nach zwölf Uhr mittags, betrat Admiral King das Oval Office. Zehn Minuten darauf gab Miss Tully dem Präsidenten durch die Gegensprechanlage bekannt, dass Botschafter Nomura eingetroffen war.

Der japanische Botschafter betrat leise den Raum, verbeugte sich, wie üblich, und wartete darauf, dass der Präsident der Vereinigten Staaten ihm anbot, sich zu setzen.

Am Abend davor hatte Roosevelt Stimson zum Capitol Hill geschickt, um mit drei der lautesten Kritiker von Roosevelts scheinbarer Tatenlosigkeit zu sprechen. Erst letzten Monat hatte der Senator aus Kalifornien im Senat ein „zweites München" erwähnt.

Seltsamerweise fand Stimson die beiden Senatoren eigenartig still und merkwürdig entgegenkommend. Stimson witzelte Roosevelt gegenüber am Telefon: „Wir sollten dort oben am Capitol Hill das Wasser prüfen lassen."

Unter mysteriösen Umständen war der dritte Senator – der aus Oregon – eine Woche zuvor in einem Autounfall ums Leben gekommen, als er eines Abends sein Auto tragischerweise von einer Brücke in den Bull Run Creek außerhalb von Washington fuhr.

Der Senator aus Kalifornien fuhr immer mit dem Pullman zurück nach Kalifornien, anstatt zu fliegen. Es lag nicht so sehr daran, dass er das Fliegen nicht mochte, sondern eher an seiner Sucht nach den jungen Schaffnern im Pullman. Und – traurigerweise – während er sich nach einem langweiligen Monat des Gesetze-Machens und Reden-Schreibens nur zwei Wochen zuvor während einer Sondersitzung erholte, hatte er das furchtbare Unglück gehabt, von einem presbyterianischen Minister und seinen beiden altjüngferlichen Tanten erwischt zu werden. Alle drei kehrten gerade von einer ökumenischen Konferenz in Chicago zurück. Der Ausdruck von Abscheu und Empörung auf ihren Gesichtern brannte sich in das Gedächtnis des Senators. Und der Minister sah aus, als ob er perfekt für seine Rolle ausgewählt worden war – weißes Haar, groß, ehrliches und offenes Gesicht, unverblümt und mit einer leicht gebeugten Haltung.

Er war in Wirklichkeit auch perfekt ausgewählt worden und die beiden „Tanten" ebenso, und der junge Schaffner war mit zehn 100-Dollar-Noten bezahlt worden – „mehr Geld, als ich jemals haben werde", war sein Kommentar einem anderen Schaffner gegenüber, als der junge Mann prahlerisch von seinen Plänen erzählte, nach Mississippi zurückzukehren. Die drei Schauspieler machten ein missbilligendes Geräusch und verschwanden schnell. Die Laune des Senators war düster, denn er wusste, dass er sich würde zur Ruhe setzen müssen, also war ein Besuch von Stimson sogar eine willkommene Abwechslung. Während der ganzen Zeit, die er mit Stimson sprach, dachte der Senator an den Ausdruck auf dem Gesicht des Ministers.

Erst drei Jahre später begann der mittlerweile in Ungnade gefallene Senator, die Wahrheit zu sehen, als er in einem heißen und stinkenden Film-Bumslokal in San Diego saß. Er saß in der hinteren Reihe und während er von einem männlichen Prostituierten bedient wurde, der 50 Cent pro Stunde kostete, und lauwarmen Thunderbird-Fusel trank, sah er genau denselben „Minister" auf dem Bildschirm, der paradoxerweise einen Geistlichen spielte, der es nicht geschafft hatte, der Versuchung des Fleisches zu widerstehen.

Das Verbrennen der anderen beiden Senatoren war viel direkter. Und bei beiden ereignete es sich in dem selben Haus in der K-Street.

Das Haus war bekannt und angesehen, sowohl für die Frische der jungen Damen als auch für die Diskretion der Besitzerin.

Die Besitzerin selbst war aus dem Süden – aus Richmond, um genau zu sein, aus der früheren Hauptstadt der Stars und Bars. Sie holte sich sehr hübsche Mädchen aus Richmond und „zeigte" ihnen Washington. Den Eltern erzählte sie alles über ihr ‚Lee-Mädchenpensionat für gutes Betragen von jungen Damen aus dem Süden', und dass ein paar der jungen Damen manchmal ausgewählt wurden, um Diplomatenpartys in Washington zu besuchen, wo sie jungen europäischen Prinzen und anderen Adligen von königlichem Blut vorgestellt werden könnten.

In der Tat hatte der junge schwedische Kronprinz gerade vor zwei Wochen seine Absicht bekanntgegeben, eines ihrer Mädchen zu heiraten. In den sechs Jahren, in denen sie diese Geschichte schon erzählte, resultierte sie immer in allgemeinem Nach-Luft-Schnappen. Gelegentlich ahnten die Eltern die Möglichkeit einer Entjungferung, und in diesen Fällen dankte die Besitzerin ihren Gastgebern einfach für den Tee und sagte: „Danke für das Treffen, ich werde meinen Weg zur Tür finden."

Die jungen Mädchen selbst waren alle erpicht darauf, die langweiligen Gewässer zu verlassen, zu denen Richmond nach der Kapitulation in Wilmer McLeans Salon geworden war. Als sie mit den jungen Damen allein war, war die Besitzerin ehrlicher – die Arbeit war unterhaltsam und entspannte die überarbeiteten Beamten, die so lang und hart zum Wohl der Allgemeinheit in der Buchstabensuppe arbeiteten, die den New Deal darstellte. Und bei dem riesigen legislativen Programm der Roosevelt-Verwaltung gab es fast jeden Monat neue Agenturen aufzubauen. Die Besitzerin erklärte den Mädchen – immer mit sehr begrenztem Erfolg –, dass die Roosevelt-Verwaltung über 10.000 Seiten neuer Gesetze für ihren New Deal hinzugefügt hatte und dass die gesamte föderale

Rechtsstruktur vor dem momentanen Präsidenten aus weniger als 8.000 Seiten bestanden hatte.

„Also, wie Sie sehen, arbeiten die Gesetzgeber sehr, sehr hart," betonte sie.

Die Mädchen nickten alle, meistens nur vortäuschend, dass sie verstanden, um höflich zu der Dame zu sein, die sie als ihre Erlösung von der immerwährenden Langeweile Richmonds sahen und von ihren samstäglichen Ausgehpartnern, die generell betrunken waren und sie immer plump begrapschten.

Die Besitzerin erklärte, dass viele dieser älteren Männer reich waren und immer Interesse an hübschen, freundlichen jungen Südstaatenschönheiten hatten. Bestenfalls konnte sich das Mädchen in den Hochzeitsanzeigen der Washingtoner Zeitung wiederfinden; schlechtesten Falls würde das Mädchen sehr gutes Geld verdienen, für ein Jahr oder zwei Spaß haben, einige sehr nützliche Kontakte knüpfen, und viel Spaß im Bett haben – nicht alle Politiker waren Titanen, aber ziemlich viele dieser Männer, besonders die Südstaatler, hatten Erfahrung und waren überraschend bewandert darin, die primitiveren Wünsche einer jungen Dame zu befriedigen.

Die Besitzerin erklärte, dass diese mächtigsten Männer in der Hauptstadt des Landes genauso mächtige Gelüste hatten. An dieser Stelle stellte sie eine Liste von in Frage kommenden Senatoren, Abgeordneten und hohen Beamten auf. Allgemein gab es von Seiten der jungen Damen immer eine Menge aufgeregtes Gekicher, wenn die Besitzerin erklärte, dass die Namen in Rot ein „Einverständnis" mit ihren Ehefrauen hatten (Scheidung war politisch nicht akzeptabel); diejenigen, deren Namen eine grüne Markierung trugen, waren nicht verheiratet und nur auf der Suche nach Geliebten. Natürlich war die Liste eine reine Erfindung, aber sie erfüllte ihren Zweck.

Die bereitwilligen Mädchen gingen der Besitzerin nie aus, und sie hatte mehr als genug Kunden. Nichtsdestotrotz war sie offen, wenn ein Mann nach einem sehr besonderen Arrangement fragte – er nannte es „Verbrennen" –, solange die Belohnung es wert war, ihren schwer verdienten Ruf aufs Spiel zu setzen. Wenn der Mann eine altmodische, braune Gladstone-Ledertasche mitbrachte, die mit Einhundert-Dollar-Noten gefüllt war – „alle gebraucht, keine Seriennummern und keine rückverfolgbar" –, hatte die Besitzerin Interesse; großes Interesse sogar. Später zählte sie persönlich (sie konnte den Mädchen kaum vertrauen) gut über eine Million Dollar.

Für ein großes Vermögen wie dieses hätte die Besitzerin sich selbst verbrannt. Die technischen Details der Verbrennung waren total einfach. Während der letzten drei Jahre hatte die Besitzerin sich die Grundlagen der Fotografie und des einfachen Entwickelns beigebracht. In den beiden betreffenden Nächten schloss die Besitzerin sich in den kleinen, heißen und stickigen Alkoven hinter dem größten Schlafzimmer ein und schoss seelenvergnügt zwei Stunden lang mit Hilfe des großen Doppelspiegels am Kopfende des Bettes Fotos von dem Senator, der verbrannt wurde. Den Annalen der fotografischen Geschichte zuliebe war sie glücklich darüber, dass die Politiker in jeder der beiden Nächte mehr als nur die einfache und langweilige Missionarsstellung mit einem einzigen Mädchen verwendeten; in einem Fall waren es zwei Mädchen, und dem sehr unanständigen Senator wurde der Hintern versohlt; der andere Senator wollte es sehr hart mit allen drei Mädchen, die er sich an dem Abend ausgesucht hatte, und der zweite Senator war nach dem vielen Bourbon, den er getrunken hatte, ebenfalls sehr grob.

Der Auftraggeber der Besitzerin holte die Fotos und Negative am nächsten Tag ab und gab ihr noch einen kleinen Beutel – „nur ein kleines Dankeschön für die gute Arbeit."

Der letzte Schritt war es, ein paar Beispielfotos bei jedem einzelnen Büro der Senatoren abzugeben, denen eine Aufforderung beigefügt war, sich in einer schummrigen und dreckigen Bar sieben Blocks vom Weißen Haus entfernt zu treffen – sieben Blocks vom Zentrum der Macht, mit Sägemehl auf dem Boden und voller Spucknäpfe. Der scharfblickende Mann traf sich in der Bar mit jedem Senator an aufeinanderfolgenden Abenden im Februar. Am Anfang des zweiten Treffens begann der Senator, der es, wie seine Kollegen, gewohnt war, dass die Dinge nach seinem Willen geschahen, mit Drohungen; der Mann antwortete kurz und bündig mit:

„Halten Sie Ihr verdammtes Maul, oder ich gehe sofort, und Sie können, mich gerne jetzt erschießen, denn wenn ich bis 10 Uhr abends nicht zurückkehre, wird ein frischer und makelloser Satz aller Bilder – nicht nur der fünf Beispielbilder, die Sie haben – an alle Zeitungen in Washington geschickt und ein Satz wird persönlich an Ihre Frau in Ihrem Haus in Portland übergeben."

Der Senator aus Portland blickte finster.

„Nun, Senator, ich vertrete einen sehr großen Arbeitgeber, der Interesse an Ihrem Staat hat und der sehr interessiert daran ist, seine Geschäfte mit seinen japanischen Partnern auszubauen."

In dem Moment, in dem Japan erwähnt wurde, versuchte der korrupte Senator, sein Grummeln wieder aufzunehmen.

„Halten Sie das Maul, Sie alter Narr! Sie werden nun einen freundlicheren Ton annehmen und sagen ‚Ich habe meine Position überdacht, und ich bin inzwischen der Meinung, dass wir unsere Verbindungen mit den Japanern ausdehnen sollten, die ja schließlich unsere pazifischen Nachbarn sind.'"

„Ich kann und werde das nicht sagen; die Japsen sind hinterlistige gelbe Sauhunde, die vom Angesicht des verfluchten Planeten eliminiert werden sollten – jeder einzelne."

„Wie Sie möchten," sagte der Mann, als er aufstand; er ging zur Bar, zahlte die Rechnung und ging.

Zwei Stunden später riefen all die Washingtoner Zeitungen im Haus des Senators in Washington und in der Wohnung des Hauptberaters des Senators an. Und es wurde eine Nachricht für den Senator hinterlassen, die lautete: „Rufen Sie sofort Ihre Frau an."

Um 10.10 Uhr abends hatte der Senator begriffen, dass seine Karriere und sein Leben zu Ende waren. Er stieg in sein Auto und fuhr in Richtung Virginia davon.

Nomura war von dem mysteriösen Melodrama bezüglich der drei Senatoren abgeschirmt worden, nicht aufgrund der moralischen Schändlichkeit, mit der es verknüpft war, sondern aus dem einfacheren Grund, sich nicht ins eigene Fleisch zu schneiden – Nomura hätte nichts davon, irgendwelche Details zu kennen, und es hätte seine Darbietung im Oval Office beeinträchtigen können.

Als Nomura, höflich wie immer, leise das Oval Office betrat, begrüßte er seinen Gastgeber mit einer förmlichen Verbeugung. Roosevelt saß in seinem verhassten Rollstuhl, der von neuerlichen Anbauten am Schreibtisch seines Onkels diskret versteckt wurde.

„Mr. Präsident, die Regierung meines Kaisers sendet ihre Grüße an Sie und Mr. Stimson."

Während Stimson früher mit Japan seine Unstimmigkeiten gehabt haben mochte, besonders in Bezug auf China, so hätte er seine Meinung problemlos ändern können, wenn es mehr von Nomuras Sorte gegeben hätte – Politik war eine sehr persönliche Angelegenheit, vor allem auf dieser höchsten Ebene; wenn man einen Protagonisten mochte, war damit schon viel gewonnen, wie Stimson gelernt hatte.

„Und mein Kaiser ist sehr besorgt um die Ehre Ihres Landes, da die Vereinigten Staaten das wichtigste und mächtigste Land der Welt sind."

Sowohl Roosevelt, als auch Stimson verglichen diese Gei-
steshaltung mit derjenigen, die von dem allzu oft betrunkenen
britischen Premierminister und seinem bankrotten Land kam
– Churchill wäre in tausend Jahren nicht so rücksichtsvoll und
höflich gewesen.

„Ihre Besorgnis und die Ihres Kaisers sind sehr rücksichtsvoll,
und wir in diesem Land sind sehr dankbar dafür und für Ihre
Anwesenheit."

Es entstand eine lange Pause, die Nomura zufrieden andauern
ließ.

„Nun, was Ihr letztliches Angebot betrifft, so glaube ich, dass
wir zu einer Übereinstimmung kommen können. Bitte setzen Sie
sich."

Nomura setzte sich auf eines der inzwischen vertrauten, gelben Damastsofas.

Während der nächsten zwei Stunden schüttelten die drei Männer einen vorläufigen Plan aus dem Ärmel, demzufolge die Japaner
die Schweizer bitten würden, einen Waffenstillstand zu vermitteln,
und die Amerikaner zustimmen würden, aber nur unter gewissen
strengen Bedingungen, dass die Kriminellen, die für die schrecklichen Taten im Dezember verantwortlich waren, zur Rechenschaft
gezogen und verurteilt würden.

Roosevelt lächelte:

„Ich liebe es, dass diese politischen Verkündigungen immer
damit beginnen, Schuld und Verurteilung vorauszusetzen."

Nomura stimmte zu.

„Ich entnehme aus den Berichten meiner Angestellten, dass
die beiden entscheidenden Senatoren, die dieser Vereinbarung ent-
gegenstehen, ihren Ton gemäßigt haben und der Senator aus Oregon in einem tragischen Autounfall getötet wurde."

Roosevelt erklärte die Details dieser provinziellen Politik und
dass die Zeit das beste Heilmittel war.

Nach einer weiteren Stunde blickte Roosevelt auf und lächelte: „Das hier, meine Herren, sieht mir nach einem anständigen Plan aus."

„Eine Runde Drinks bitte, Henry."

Stimson gehorchte, und dann begann der Teil der Unterhaltung, der für Roosevelt am interessantesten war:

„Meine Herren, meine Regierung sieht den Pazifik als die Zukunft der Welt, und sie stellt sich auch Japan und die Vereinigten Staaten als die beiden Länder vor, die ihn partnerschaftlich verwalten und entwickeln. Einfach ausgedrückt, wir sehen uns Japaner als die Verwalter und Steuerer, während die Vereinigten Staaten die Region erschließen, indem, sie den brillanten NIRA des Präsidenten in Asien umsetzen. Wir Japaner sind sehr gut im Regieren und im Organisieren, aber wir haben nicht die Rohmaterialien und, ganz ehrlich, nicht die finanzielle Kompetenz dazu, Nationen aufzubauen. Sie haben Mr. Ford und Hunderte gleichgesinnter, industrieller Führer."

Besonders Stimson hörte dieser Erklärung aufmerksam zu und verstand zum ersten Mal das Konzept des gemeinsamen Gedeihens im Großraum Ostasien: Japan verwaltet, Amerika verkauft. Und das war Stimson durch und durch recht.

Roosevelt stellte die Entwicklungen – auf Nomuras Bitte hin – als Japans zerknirschte Ergebung dar und als den Versuch Japans, die Dinge wiedergutzumachen. Das Benutzen des Wortes „Ergebung" nahm Roosevelts Kritikern den Wind aus den Segeln. Und die Fotografien der bedrückten Gesichter Tojos und Yamamotos in den dunklen, feuchten Zellen des Genfer Polizeiquartiers sorgten für besonders gute Presseberichterstattung in den Vereinigten Staaten. Und so sollte es auch sein – es hatte über eine Stunde gedauert, die Beleuchtung in Tokios größtem Filmstudio sorgfältig einzustellen, und sogar noch mehr Zeit, um mit sorgfältigem Make-up diese Illusionen herzustellen. Für beide Männer war dies die erste Erfahrung mit Schauspielerschminke, und beide verabscheuten es, aber für das Allgemeinwohl des Landes und für den Kaiser, nun ja, da war dies nur ein kleiner Preis, den sie zahlen mussten.

Wie es bei den meisten politischen Theaterstücken ist, wie auch bei der Politik im Allgemeinen, war die Wirkung zwar heftig, aber sehr kurzlebig. Durch ein paar ziemlich legale Manöver wurde es den japanischen Angeklagten erlaubt, sich durch Stellvertreter ersetzen zu lassen. Der Entwurf der grundlegenden Dokumente des Gerichtshofes zog sich um einiges über die drei Monate hinaus, die ursprünglich festgelegt waren. Der schweizerische Richter wurde krank und fiel vier Monate lang wegen eines mysteriösen Ausschlags aus. Der Vater des japanischen Richters starb, und er musste nach Japan zurückkehren. Und dann beschloss der amerikanische Richter, sich frühzeitig zur Ruhe zu setzen.

Anfänglich zeigte die Weltpresse, und besonders die amerikanische Presse, ein fanatisches Interesse an dem Gerichtsverfahren, aber als die Monate sich dahinschleppten, bewahrheitete sich die Beobachtung, dass Verzögerung die feinste Form der Ablehnung ist. Und selbst für die amerikanische Presse waren die endlosen Verzögerungen keine Neuigkeiten mehr – es gab frische Neuigkeiten darüber, dass der Präsident beinahe täglich die Vorzüge anpries, die sein neuer pan-asiatischer NIRA seinem Land bringen würde. Und Roosevelt brachte das Land mit seinen Visionen für das neue Asien auf Touren, das von der Tyrannei des Kolonialismus befreit werden sollte. Er hatte selbst Modelle seiner Flotte von PANIRA-Luftschiffen, die mit der amerikanischen Old-Glory-Flagge auf der einen und der japanischen Rising-Sun-Flagge auf der anderen Seite verziert waren. Außer Roosevelt war sein treuer Rex Tugwell am energiegeladensten.

Und wie Roosevelt Joe Alsop eines Abends nach viel zu vielen Martinis erzählte:

„Und, Joe, kein verdammter Oberster Gerichtshof, der uns wieder in die Postkutschenzeit zurückwirft, also wirst du deine *168 Tage* möglicherweise überarbeiten müssen. Lass dir das gesagt sein, ich habe dank Nomura und den Japanern völlig freie Hand in Asien. Und denk daran, dass die Japaner uns vollkommen an den Eiern hatten – sie waren die Profis, und wir waren wie Oberschüler mit undichten Wassereimern. Behalte das für dich, aber die Japaner waren viel großzügiger, als wir es gewesen wären, hätten wir eine solche totale Überlegenheit gehabt. Ich schätze, es muss die viertausend Jahre alte Zivilisation sein, die sie so höflich und zivilisiert macht. Und die Japaner sind immer noch höflich, sogar wenn sie totale Kontrolle haben. Sie können sich vorstellen, wie flegelhaft wir Amerikaner wären, wenn wir solche Macht hätten. Und im Vergleich zu diesem Säufer in London ist der Unterschied wie Tag und Nacht; Churchill redet nicht, er doziert, als ob seine Worte direkt von Gott kommen. Was für ein Langweiler."

33: Halifax' neue Stelle

Washington
Donnerstag, 19. Februar 1942

AN DEM NASSEN DONNERSTAGNACHMITTAG, direkt nach dem Mittagessen und einem sehr großen Martini nach dem Essen, fand Roosevelt besonderen Genuss darin, dem britischen Premierminister den Waffenstillstand mit den Japanern mitzuteilen. An einem Punkt des Berichtes brüllte Churchill den Präsidenten mit Worten an, die soviel sagten wie „Botschafter Halifax wird eine sehr dunkle Anschauung von diesem Punkt haben," worauf Roosevelt freundlich antwortete:

„Darüber bin ich mir nicht so sicher, Winston, aber du kannst ihn ja selbst fragen, wo er gerade vor mir sitzt."

Dieser Satz verriet Churchill, dass seine Herrschaft betrunkener Hetzreden und schlecht durchdachter Strategien (die bis 1915 zurückging) vorbei war – der Präsident hatte sich mit Churchills altem Rivalen abgesprochen, bevor er mit ihm sprach. Und was noch wichtiger war, Roosevelt hatte es nicht einmal für nötig befunden, Churchill über Halifax' Anwesenheit im Oval Office zu informieren. Nun, jetzt war alles aus.

„Und mit dem kürzlichen Einverständnis in Genf und der Einstellung aller Boshaftigkeiten zwischen den Sowjets und den Deutschen gibt es für uns nun keine Notwendigkeit mehr,

Kriegsmaterial oder Gold oder Darlehen bereitzustellen. In Wirklichkeit macht es nicht den geringsten Sinn, Winston. Du weißt, dass du schon bald mit den Deutschen zu einem Einverständnis kommen wirst."

Roosevelt sah Halifax an, der daraufhin langsam nickte.

Nach dem Telefongespräch sagte Roosevelt zu dem britischen Botschafter:

„Die Deutschen sind sehr erpicht auf ein Einverständnis mit Ihrem Land. Ich weiß, dass ich das innerhalb eines Tages aushandeln könnte. Ich nehme an, Churchill ist das einzige Hindernis?"

„Mr. Präsident, Sie haben recht. Wie Sie wissen, habe ich das Amt selbst in Erwägung gezogen, aber ich denke, das Land braucht eher eine beliebte Gallionsfigur. Wir würden David Windsor in Betracht ziehen."

„Glauben Sie wirklich, dass das funktionieren würde? Ich weiß wenig von den Machenschaften Westminsters, aber der frühere König scheint einem Ami wie mir als PM sehr unwahrscheinlich: Ist das nicht extrem weit hergeholt?"

Roosevelts natürliche politische Instinkte zeigten ein sehr tiefes, intuitives Verständnis von Politik, ungeachtet des Landes. Und Roosevelt erkannte wegen der Unbrauchbarkeit des Vorschlages, dass Halifax schwach war und ein Mann, den man leicht beherrschen konnte.

Lord Halifax stimmte zögerlich zu.

„Aber was wäre, wenn Sie das Amt des PM annehmen und David Ihr Amt übernimmt? Würde das nicht funktionieren?"

Halifax schwieg.

„Wie ist Windsor zur Zeit gestimmt? Und was ist mit seiner Frau, Wallis, korrekt?"

Halifax zuckte bei der Form der Anrede beinahe unmerklich zusammen: Ja, David Windsor war ein in Ungnade gefallener Regent, aber er war dennoch ein ehemaliger König Englands.

„Ich denke, er ist in guter Stimmung, Mr. Präsident."

„Also, Eddie, dann nehmen Sie das Amt des PM an und schicken David hierher."

Mit „Eddie" angesprochen zu werden, selbst von einer Person in einer so hohen Position wie dem Präsidenten der Vereinigten Staaten, brachte Halifax' Blut zum Kochen.

Halifax Reaktion missverstehend, fragte Roosevelt:

„Was, möchten Sie denn nicht?"

Halifax öffnete den Mund, um zu antworten, wurde aber von dem Amerikaner unterbrochen.

„Also, wie machen wir das eigentlich – ich meine, ich weiß, wie man es hier macht, aber was sind die Mechanismen in London?"

Die Wirkung des doppelten Scotch, den Halifax sich eingeschenkt hatte, als er den Präsidenten bedient hatte, zeigte sich endlich, und die versehentliche Grobheit des Präsidenten schien etwas weniger auszumachen. Halifax überlegte.

„Nun, Franklin, wir bräuchten ein Misstrauensvotum. In Zeiten wie diesen ist das einfach einzurichten. Äh, ein paar ausgesuchte Informationshäppchen an Geoffrey, die in die *Times* kommen."

„Geoffrey?"

„Geoffrey Dawson, ein Freund von mir, der sich gerade als Herausgeber der *Times* zur Ruhe gesetzt hat, aber immer noch die treibende Kraft hinter der Zeitung ist."

„Also, Ed, wo fangen wir an? Und wen stellst du dir als deinen Abgeordneten vor, Butler oder Anthony? Wen?"

Halifax schoss zurück:

„Nun, Rab ist eine Möglichkeit. Rab ist eigentlich sogar sehr passend, aber Anthony ist sehr unpassend. ‚Zur einen Hälfte ein verrückter, kleiner Baron, zur anderen eine schöne Frau', so nennt Rab Eden, und ich stimme im Großen und Ganzen zu."

Roosevelt brüllte vor Lachen.

„Nein, nein, Anthony wäre eine komplette Katastrophe; wuss-test du, dass er sich die Fingernägel mit Klarlack lackiert?"

Roosevelt runzelte die Stirn, aber bevor er nach einer Erklärung fragen konnte, fragte Halifax:

„Franklin, hatten Sie etwas mit dem russischen Waffenstill-stand zu tun?"

Roosevelt verneinte.

„Schade. Das hätte nützlich sein können."

„Warte nur eine Sekunde."

Ungestüm wie immer und ohne zu denken, hob Roosevelt das Telefon ab und rief die deutsche Botschaft an: „Herrn Schneider bitte."

Einen Augenblick später war Schneider am Apparat.

„Schneider, hallo, hier spricht Franklin. Hören Sie, ich glaube, ich kann Ihnen zu einem Abkommen mit den Briten verhelfen, aber wir werden ein wenig des Guten zuviel tun müssen. Sie kennen doch Eddie Halifax, oder? Nun, er ist gerade bei mir, und er glaubt – und dem stimme ich zu –, dass wir aus der Londoner Regierung eine, wie soll ich sagen, freundlichere machen können, wenn wir verbreiten, dass das Oval Office an der Einigung mit Ihnen und den Sowjets beteiligt war. Klingt das für Sie vernünftig?"

Schneider bejahte.

Roosevelt sagte: „Fantastisch, dann überlassen Sie es mir und Eddie."

In der Botschaft legte Schneider den Telefonhörer auf und sah die nackte Louise an, die ihre sehr langen Beine die ganze Couch entlang ausgestreckt hatte und dort mit nichts als ihren hautfar-benen Lieblingspumps lag. (Schneider liebte es, wie so viele Män-ner, Sex mit einer Frau zu haben, die nichts als Absatzschuhe trug.)

„Wer war das?"

„Du würdest es mir nicht glauben, wenn ich es dir sagen würde."

„In Ordnung, Eddie, das Spiel beginnt," sagte der Präsident.

34: Rabs Freude

London
Freitag, 20. Februar 1942

DIE PARTEIMITGLIEDER DER REGIERUNG sahen nervös aus, als die Aufteilung ausgerufen wurde. Ihre Nervosität war sehr berechtigt – die Regierung lag niederschmetternde 120 Stimmen im Rückstand. Früher an diesem Tag hatten die MPs – und in der Tat der ganze Rest des gebildeten England – in der *Times* von den unermüdlichen und anstrengenden Bemühungen des amerikanischen Präsidenten gelesen, zwischen den Deutschen und den Sowjets das Friedensabkommen zu sichern, und dass die Deutschen das Flehen des amerikanischen Präsidenten zunächst abgelehnt hatten, da sie sich in einer so starken Position befanden, dass sie es sich schließlich aber anders überlegt hatten.

Aber es war auf Seite drei, auf der die Fantasie von Churchills Ruf als Retter der Demokratie zerstört wurde. Ein Artikel, der auf Informationen des Schweizer und Schwedischen Roten Kreuzes beruhte, legte die grausamen Details der Entdeckungen im Wald von Katyn in Polen dar. Selbst die anglikanischen Geistlichen, die seit jeher der Grundstein Großbritanniens gewesen waren, machten Andeutungen über das „sowjetische Massaker", als das es bekannt wurde.

Als die Namen aufgerufen wurden, stürmte Churchill aus der Kammer, eine Handlung, die gleichzeitig hochfahrend und beleidigend war.

Rab Butler, der Churchill verabscheute, genoss die unübertreffbare Freude, Nummer 10 später an diesem Nachmittag mit der Nachricht zu besuchen, dass Butler persönlich arrangiert hatte, dass Halifax „dem Land helfen wird, sich von dem Wahnsinn zu erholen, den es deinetwegen durchgemacht hat." Butler lachte nur, als Churchill ihn vom oberen Treppenabsatz in Nummer 10 aus vollem Hals anschrie, während Colville versuchte, seinen Chef zurückzuhalten.

„Du bist eine halbamerikanische, bankrotte Hure, die nach Gallipoli hätte erschossen werden sollen. Ich bin hier, um deinen Posten wieder für einen rationalen und vernünftigen, echten Engländer zurückzuholen."

Nach diesem Gespött ging Rab. Churchill wandte sich an seinen oftmals missbrauchten Sekretär und sagte:

„Jock, das ist nicht wahr. Sag mir, dass es nicht wahr ist. Bitte."

Colville holte tief Luft und sagte langsam: „Nun, Sir, ich fürchte, es ist wahr."

Der nächste Tag wurde Zeuge eines der erstaunlichsten Ereignisse im langen Leben des ältesten Parlamentes – der neue Vizepremierminister, Rab Butler, traf sich mit dem König, um die Erlaubnis einzuholen, eine neue Regierung zu bilden, da der gewählte Premierminister Halifax nicht vor dem Abend in Heston landen würde.

Der König war nicht darüber informiert, dass sein älterer Bruder Halifax in Washington ersetzen würde – „der König ist ein vielbeschäftigter Mann, und ich wollte ihn mit den Details des demokratischen Prozesses nicht belästigen," sagte Butler später bei Whiskey zu Halifax, als Halifax es sich in in seiner neuen Residenz in der Downing Street gemütlich gemacht hatte.

Epilog

EINES DER EINDRUCKSVOLLSTEN FOTOS wurde in der frühen Nachkriegszeit nach dem Europäischen Krieg von einem jungen *Life*-Fotografen an einem frühen Morgen im Mai im Rosengarten geschossen.

Herrliches, helles Sonnenlicht, das Fotografen auf der ganzen Welt so sehr lieben, strömte auf das Weiße Haus hinunter, und das prachtvolle Gelb der Rosen hob sich so perfekt von dem Grün des Rasens ab, der am vorigen Tag frisch für die Meute der Fotografen gemäht worden war.

Und inmitten des Rasens standen die gutaussehenden, beinahe selbstgefälligen Staatsoberhäupter mit ihren Frauen: Franklin Roosevelt, Präsident der Vereinigten Staaten von Amerika; zu seiner Linken Albert Speer, der neue Reichskanzler; Nobusuke Kishi, Premierminister von Japan; und zu seiner Rechten Lord Halifax, Premierminister des Vereinigten Königreichs von Großbritannien und Nordirland.

Hinter Albert war der nervös herumzappelnde David Windsor, der britische Botschafter für die Vereinigten Staaten, der nur noch sechs Wochen zu leben hatte – er wurde beim Verlassen des Café Royale in London von drei Offizieren der Grenadiergarde ermordet, die noch treue Anhänger Churchills waren. Nachdem sie den ehemaligen König erschossen hatten, warteten die drei höflich darauf, von der Polizei festgenommen zu werden; dies war der Anfang einer Rebellion, die Rab Butler sehr brutal – und erfolgreich – unterdrücken würde.

ANDREW BLENCOWE

Davids Frau, der ehemals der Thron verweigert wurde, wurde einmal mehr auf grausame Weise das Rampenlicht verwehrt, nach dem sie so sehr lechzte. An diesem herrlichen Maitag stieg der Qualm immer noch von der englischen, ovalen Zigarette auf, die der neue britische Premierminister auf Insistieren des jungen *Life*-Fotografen zögerlich fallengelassen hatte.

Der Gesamteindruck war der drei sehr zufriedener Männer.

ENDE

Anmerkung des Autors

Anmerkung des Autors

DER AUS MELBOURNE, AUSTRALIEN, stammende Andrew Blencowe entdeckte schon früh in seinem Leben, wie es ist, am Rand des Abgrunds zu leben. Während seiner Highschool-Jahre brach er die Schule ab, um Motorrad-Rennfahrer zu werden. Als Computer-freak wurde er mit Anfang Zwanzig Gründer und Firmenchef eines internationalen Software-Unternehmens mit Zweigstellen auf fünf Kontinenten. Seine internationale Sichtweise und sein Drang, Ver-mutungen in Frage zu stellen, sind es, die seine schriftstellerischen Interessen beeinflussen.

Erfahren Sie mehr auf **AndrewBlencowe.com,** unter anderem auch Einzelheiten zu Blencowes in Kürze erscheinendem Buch Die letzte *Bastion der Zivilisation: Japan im Jahr 2041,* das für Herbst 2016 vorgesehen ist.

Bibliographie

WÄHREND DIESES BUCH OFFENSICHTLICH ein fiktionales Werk ist, ist die Geschichte akkurat.

Diese kurze Bibliographie nennt einige der nützlicheren Bücher und Autoren. Alle erwähnten Bücher sind online erhältlich.

Zusätzlich dazu sind auch YouTube und Wikipedia nützlich – die Schwertgeschichte in Yokohama basiert auf einem YouTube-Video.

Diese Liste soll nicht vollständig und ausführlich sein, deckt aber einige der Hauptpunkte ab.

Zusätzlich möchte ich mich auch bei Dean Lekos bedanken, dessen unermüdliches Überprüfen der Tatsachen und Korrekturlesen unzählige Fehler entfernt hat; die verbleibenden Fehler liegen in meiner alleinigen Verantwortung.

- **Shlaes, Amity.** *The Forgotten Man: A New History of the Great Depression.* **New York: HarperCollins, 2007.**

Dieser Roman ist inspiriert von *The Forgotten Man*, by Amity Shlaes. In der Tat basieren die sieben Worte der Widmung auf dem ersten Absatz der Einführung zu Shlaes Buch. *The Forgotten Man* zerstört viele Mythen und Konventionen und wird deshalb sehr empfohlen.

Ich stieß zufällig in einer Buchbesprechung im *Economist* auf dieses Buch. Bevor ich das Buch las, hatte ich die normale Standard-Auffassung des gesunden Menschenverstandes: Die frechen und boshaften Republikaner verursachten die Große Depression, wozu die alkoholischen Exzesse der Zwanziger beisteuerten – Flapper, Jay Gatsby und all das; dann erschien der wundervolle FDR und rettete alles.

Leider ignorierte diese Ansicht geflissentlich alle Tatsachen, wie den Aphorismus der Chicagoer Schule, dass alle Finanzblasen Geldblasen sind: der Anstieg des Dow Jones von 200 auf 381 zwischen dem Frühling 1927 und dem Sommer 1929 wurde allein durch die Druckpressen der US-Notenbank verursacht; und die Katastrophe von 1937 – die berüchtigte Depression in der Depression – wurde durch die schlecht durchdachten Übergewinnsteuern verursacht, ganz ähnlich wie bei den heutigen Regelungen der "Supersteuern für die 1 %" (Frankreich hat das schon durchgesetzt. *Plus ça change…*).

Eine Umfrage vor ein paar Jahren zeigte, dass von 900 Geschichtslehrern, von denen in den Vereinigten Staaten Daten erhoben wurden, 830 eingetragene Demokraten waren; und es ist anzunehmen, dass Europa noch unausgeglichener ist. Mit dieser Verzerrung scheint es unwahrscheinlich, dass die Wahrheit über den "weisen alten Vogel" (Roosevelts selbstdienliche Beschreibung von sich selbst) jemals ans Licht kommt.

- **Tooze, J. Adam.** *The Wages of Destruction: The Making and Breaking of the Nazi Economy.* **New York: Viking, 2007.**

Dieses Buch ist bahnbrechend – die meisten Bücher über den Zweiten Weltkrieg in Europa sprechen in Begriffen von Schlachten und Armeen und konzentrieren sich dabei hauptsächlich auf die falschen Schlachten (die fünf wichtigsten Schlachten fanden alle auf russischem Boden statt).

Toozes Buch ist so, wie alle Geschichte geschrieben werden sollte – es beginnt mit dem wichtigsten Gesichtspunkt, nämlich dem

Geld. Das ist das Hauptthema der *Göttin* – Sasakis Druckpresse, etc. *Wages* ist zur gleichen Zeit fesselnd und gut geschrieben. Allein der Abschnitt ‚Anmerkungen‘ ist purer Goldstaub. *Wages* schlägt die offenkundige Frage vor: Wie überlebte das Dritte Reich bis 1945? Es lag sicher nicht an der obersten Führung. Es ist klar, dass Deutschland hätte gewinnen können, wenn Jodl, Model, Rundstedt und andere das strategische Planen übernommen hätten statt dem verrückten Alice-im-Wunderland-Unsinn, der sich wirklich ereignete. Es ist eine Sache, ein Opportunist zu sein, aber es ist eine andere, Anfängerglück mit professionellem Können zu verwechseln, und sehr kurzlebiges Glück noch dazu (Griechenland im Sommer 1941 war der letzte Sieg des Österreichers).

- **Keegan, John. *The First World War*. New York: A. Knopf, 1999.**

Alle Bücher vom verstorbenen John Keegan sind ein Genuss zu lesen; sein Buch über den Ersten Weltkrieg ist keine Ausnahme. Die Beschreibung des Schreckens und Elends der britischen Soldaten während der Somme ist eine Abstraktion aus diesem Buch. (Ich war vor drei Jahren in den Bermudas und las in einem Kirchhof in Hamilton den Grabstein eines Soldaten, der am 15. August 1916 "an Wunden, die ihm am Fluss der Somme zugefügt worden waren," gestorben war.)

- **Beevor, Antony. *The Spanish Civil War*. New York: P. Bedrick, 1983.**

Die Doppelgeschäfte des fetten Hermann mithilfe der *Bramhill* sind in Beevors Buch beschrieben und die Schrecken der Lincoln-Brigade und der Schlacht von Brunete sind geschildert.

- **Manchester, William. *The Arms of Krupp*. Boston: Little, Brown & Co., 1968.**

  Jodls Kommentare von 1870 basieren auf Manchesters Beschreibung der Auswirkungen der gezogenen Kanone aus Kruppstahl, ebenso wie der Anwesenheit der beiden amerikanischen Generäle. (Burnside und Sheridan wurden zu Sherman und Sheridan geändert – bessere Alliteration.)

  Der schreckerfüllte Abend des Kaisers von 1901 wird im Detail von Manchester Jules Vernes' U-Boot wird in ein Raumschiff verwandelt, "der Motor ist aus dem feinsten Stahl der Welt gebaut, geschmiedet von ‚Krupp in Preußen.'"

- **Heller, Anne Conover. *Ayn Rand and the World She Made*. New York: Nan A. Talese/Doubleday, 2009.**

  Dieses Buch ist eine extrem interessante Beschreibung von Ayn Rand und ihren Gefolgsmännern. Es ist die Basis für Speers Besuch in Barcelona. Die Unterhaltung im Zug basiert auf zwei wahrscheinlichen Kandidaten für die US-Präsidentschaft im Jahre 2016; ich werde den Leser schließen lassen, wer sie sind; es gibt mehr als ausreichende Hinweise.

Andere Quellen

Der *Esquire*-Artikel ist F. Scott Fitzgeralds "The Crack-Up" (*Esquire*, Februar, März, und April 1936). Ich erfuhr hierüber von einem Zitat in einem Roman von John le Carré – Smiley wird von Roy Bland gefragt: "Wer hat gesagt ‚der Test einer erstklassigen Intelligenz ist die Fähigkeit, sich zwei gegenteilige Ideen zur gleichen Zeit vor Augen zu halten'?" Der Artikel ist online erhältlich.

Die Einhundert Dollar-Note der Südstaaten wurde auf eBay für sechs US Dollar gekauft; gutes Unionsgeld.

Senator Beveridges Rede von 1900 ist wörtlich zitiert, und die komplette Rede ist online erhältlich.

"Tim" ist natürlich der englische Verräter Harold Adrian Russell "Kim" Philby.

Die Tagebucheinträge des Kriegsministers Henry Stimson sind wörtlich zitiert.

Morgenthaus Notizen, wörtlich zitiert, stammen von seinem Auftritt vor dem Haushaltsausschuss im Mai 1939.

"Zigarre" und "der Diplomat" waren Spitznamen Curtis LeMays, Milchs Gegenstück.

Die "haarige Hand in der Eisschale" stammt von einer Beschreibung von Lord Beaverbrook.

Ein "verdammt knappes Ergebnis" ist ein geringfügig falsch zitierter Kommentar von Wellington zu Waterloo.

"Wo weder die Betten noch die Jungen teuer sind" stammt von Michael Holroyds *Lytton Strachey: A Critical Biography*, London: Heinemann, 1967.

Das Zitat "die Eierstöcke klingeln" stammt vom Fahrer des Österreichers, der über Magda Goebbels redete.

Der Hypothekenplan Caudillos ist in Wirklichkeit das HUD-Diktat, beginnend im Jahr 1992, um 30 % von Fannie Maes und Freddie Macs Hypotheken an Darlehensnehmern zu geben, die im oder sogar unter dem mittleren Einkommensbereich ihrer Gemeinden lagen – der Anfang des "Cov-lite." Es endete im Jahr 2007 bei 55 %; was als nächstes geschah, ist nun vergangene Geschichte.

"Das ganze Ding landet Arsch über Titten" stammt aus dem Buch *A Bridge Too Far* und beschreibt die Landung eines Gleitfliegers auf weichem Boden.

"Ich möchte keinen Besenstiel fressen müssen" war ein prahlerischer Spruch des Reichsmarschalls, der bedeutete, dass "wenn ein feindlicher Bomber jemals Deutschland angreift, fresse ich einen Besenstiel."

Tex Wheeler und seine viel zur Schau gestellte goldene Uhr, die ein Geschenk des Gefangenen Nummer 1 in Nürnberg war, sind nach Hawaii transponiert worden.

ARB

www.ingramcontent.com/pod-product-compliance
Lightning Source LLC
Chambersburg PA
CBHW050859250626
47155CB00001B/28